Antje Babendererde · Die Suche

NUNC · LIBRO · PELLITE · CURAS

Merlins
Schmöker
Ecke

Antje Babendererde

DIE SUCHE

Roman

MERLIN

Für Ulli, in Liebe

Manche sehen Narben und denken an
Wunden. Für mich aber sind Narben
der Beweis dafür, dass es Heilen gibt.

Linda Hogan, *Sonnenstaub*

1. Kapitel

Ein rauer Schreckenslaut kam aus Canyons Kehle, als sie auf dem moosbewachsenen Stein ausglitt und beinahe in eine schwarze Wildsuhle gefallen wäre.

Der junge Constable packte sie geistesgegenwärtig am Arm: „Vorsicht, Miss Toshiro! Ist verdammt rutschig hier." Er bemühte sich, ein Lächeln zu verbergen, allerdings ohne Erfolg.

„Kein Wort über meine Schuhe", sagte Canyon, als sie wieder sicher stand.

Der Polizist schmunzelte. Für diese Art Ausflug trug sie eindeutig die falschen Schuhe. Leichte, beigefarbene Slipper. Anfang Juni waren in Thunder Bay, der Stadt am Westufer des Lake Superior, die Straßen längst trocken. Aber nicht hier, hundertfünfzig Kilometer weiter nördlich, in einem Wald – nein, einer Wildnis, die zu einem Indianerreservat gehörte. Hier gab es nicht einmal Straßen im herkömmlichen Sinne.

Canyon war eine Schotterpiste gefahren und dann auf eine breite, ausgefahrene Rinne voller Wasserlöcher abgebogen. Noch vor einer Woche hatte es Nachtfrost gegeben. In diesem Winkel der kanadischen Provinz Ontario, am Nordrand der Großen Seen, gab der Frühling oft nur ein kurzes Gastspiel. Es war schlagartig heiß geworden und die sommerlichen Temperaturen hatten die ersten Plagegeister aus ihren Verstecken gelockt.

Canyon beobachtete misstrauisch winzige schwarze Tierchen mit weißen Flügeln und Beinen, die sich auf ihren Armen niederließen. Die blutrünstigen Schwarzfliegen bissen

7

erbarmungslos zu, wo immer sie ein Stück nackte Haut erwischen konnten. Wütend schlug sie nach ihnen. Dabei rutschte sie erneut und klammerte sich an der Uniform des sommersprossigen Polizisten fest, dessen Namen sie vergessen hatte.

„Hoppla!", sagte er und sein Lächeln wurde breiter.

„Wo ist er denn nun?", fragte Canyon ungeduldig. Sie und ihre Kollegin Sarah Wilson hatten bereits Dienstschluss gehabt, als ihr Vorgesetzter ins Büro gekommen war und sie gebeten hatte, noch raus in ein Indianerreservat zu fahren. Der Fall sei dringend.

Sarah hatte ihren 15. Hochzeitstag und war nicht bereit gewesen, das Abendessen mit ihrem Mann Charlie im „Harrington Court" sausen zu lassen. So war Canyon nichts anderes übrig geblieben, als den Fall allein zu übernehmen. Sie hatte beinahe zwei Stunden hierher gebraucht und war nicht wie erwartet in ein Indianerdorf, sondern in eine summende, feuchtwarme Wildnis geführt worden.

Der Polizeibeamte wies auf drei Männer, zwei Indianer und einen Weißen, die etwas abseits vor der riesigen Wurzel eines umgestürzten Baumes standen und miteinander sprachen. „Dort drüben bei den anderen, Miss. Der Große im karierten Hemd. Er ist Lehrer an der High School von Nipigon und lebt mit seinem Sohn im Dog Lake Reservat. Auf dem Weg hierher sind Sie dran vorbeigekommen."

Canyon erinnerte sich, hinter einer Wegbiegung drei oder vier Holzhäuser gesehen zu haben. An einem Abzweig der Schotterstraße hatte dieser milchgesichtige Constable gewartet, um sie zu den anderen zu führen. Mit Hausnummern und Wegbeschreibungen käme man hier draußen nicht weit, hatte Sarah gesagt.

„Danke", sagte sie. Der Polizist nickte und blieb stehen. Sie ging auf die Männer zu, die ihr Gespräch unterbrachen und ihr entgegen sahen. Ein argwöhnischer Blick traf Can-

8

yon, der sie einen Moment zögern ließ. Sie atmete tief durch und setzte ihren Weg über den feuchten Waldboden fort.

Die beiden Indianer musterten sie wie ein Fabeltier. Natürlich war ihr klar, was für ein Bild sie in ihren winzigen Schuhen, der weißen Bluse und dem knielangen cremefarbenen Rock hier in der Wildnis abgeben musste. Das war nicht ihre übliche Dienstkleidung, aber am Vormittag hatte sie einen Gerichtstermin gehabt und dort wurde von den Mitarbeitern des Jugendamtes angemessene Kleidung erwartet. Als sie sich am Morgen für dieses helle Kostüm entschieden hatte, konnte sie nicht ahnen, in welche unwirtliche Gegend es sie an diesem Tag noch verschlagen sollte. Es war ihr erster Fall außerhalb der Stadt.

„Canyon Toshiro", stellte sie sich vor und gab sich Mühe, ein gewinnendes Lächeln aufzusetzen. „Ich bin vom Jugendamt in Thunder Bay. Man hat mich hergeschickt, weil ein Junge verschwunden ist."

Nachdem sie ihren Namen genannt hatte, bemerkte sie ein kurzes, verwundertes Aufflackern in den Blicken der beiden Indianer, das jedoch schnell wieder verschwand.

„Lange nicht gesehen, Miss Toshiro", sagte Inspektor Harding vom Thunder Bay Police Department, mit dem sie schon in anderen Fällen zu tun gehabt hatte. Auch er war unpassend gekleidet, allerdings auf andere Art. In den billigen Anzügen, die er stets trug, und seinen geschmacklosen bunten Krawatten, fiel er sogar in der Stadt auf, doch hier draußen wirkte seine Erscheinung grotesk.

Harding war ein untersetzter Mann mit zu langen kräftigen Armen, braunem Haar und einem Gesicht, das den Eindruck von einem Neandertaler noch verstärkte: eine breite Nase, wulstige dunkle Augenbrauen und ein tiefer Haaransatz. Einige Mitarbeiter des Jugendamtes behaupteten, er könne sich in den Kniekehlen kratzen, ohne sich zu bücken.

Canyon missfiel die kühle, abschätzende Art des Inspektors, die er niemals abzulegen schien. Alles an ihm war Routine, sogar sein Mitgefühl. Aber in ihrem Beruf war sie auf die Zusammenarbeit mit ihm angewiesen, also versuchte sie, ihn ihre Abneigung so wenig wie möglich spüren zu lassen.

Harding begrüßte Canyon mit einem Händeschütteln und machte sie mit den anderen beiden Männern bekannt. „Constable Miles Kirby von der Dog Lake Stammespolizei und der Vater des vermissten Jungen, Mr Jem Soonias."

Der hochgewachsene Indianer mit Pferdeschwanz und finsterer Miene reichte ihr nicht die Hand, obwohl sie ihm ihre entgegenstreckte. Er sah ihr auch jetzt nicht in die Augen. Mit verächtlichem Blick starrte er auf ihre Dienstmarke, die sie an ihre Bluse gesteckt hatte, bevor sie aus dem Wagen gestiegen war.

Canyon ging darüber hinweg, denn diese Art Unhöflichkeit war sie gewohnt. In ihrem Beruf hatte sie lernen müssen, mit Zurückweisung zurechtzukommen. Mitarbeiter des Jugendamtes wurden von den betroffenen Eltern selten herzlich empfangen. Ihr Erscheinen war Vorwurf genug und auf Sympathiebekundungen durfte sie nicht hoffen. Allerdings hatte sie das ungute Gefühl, dass sich hinter Jem Soonias Blick noch mehr verbarg. Ein lang angestauter Groll vielleicht. Sie würde vorsichtig sein müssen.

Mit einem freundlichen Kopfnicken wandte Canyon sich dem indianischen Polizisten zu und begrüßte ihn. Kirby trug Uniform. Unter seinen Achseln hatten sich dunkle Flecken gebildet. Sie schätzte ihn auf Anfang oder Mitte vierzig. Er hatte kurzes schwarzes Haar und ein offenes, sympathisches Gesicht mit dunkelbraunen Augen. Constable Kirby würde ihr gewiss helfen, sollte der Vater des

10

verschwundenen Jungen beschlossen haben, sie als Feindin zu betrachten.

Während Harding sie kurz aufklärte, musterte Canyon Jem Soonias verstohlen. Der Indianer mochte Mitte dreißig sein und trug die typische Kleidung der Männer, die in der Wildnis zu Hause waren: Jeans, ausgetretene Trekkingstiefel und ein rot-schwarzes Holzfällerhemd. Nicht der neueste Schrei, aber hier draußen allemal praktischer als das, was sie selbst am Leibe trug. Soonias stand unbeweglich wie ein Baum in der Landschaft und sein Gesichtsausdruck war immer noch unnachgiebig und verschlossen.

Der Inspektor räusperte sich und sagte: „Am besten, Sie lassen sich von Mr Soonias selbst erzählen, was passiert ist, Miss Toshiro. Wir haben die Gegend abgesucht und keinen Hinweis darauf gefunden, was mit dem Jungen geschehen sein könnte. Unser Spürhund ist auch nicht weitergekommen. Zuerst haben wir gedacht, Stevie wäre vielleicht in den Wald gelaufen und hat sich verirrt. Aber dann hätte die Hündin seine Spur gefunden. Sie ist eine unserer Besten."

„Was ist mit Reifenspuren?", fragte Canyon.

Harding schüttelte den Kopf. „Sehen Sie sich doch um! Wer weiß, wie viele Wagen heute schon durch diesen Schlamm gefahren sind. Unsereins kommt die Gegend ziemlich abgelegen vor, aber für die Leute aus dem Reservat ist der Wald die Vorratskammer. Constable Kirby sagt, sie sammeln hier Holz und irgendwelche Pflanzen." Er hob die Schultern. „Wenn die Kollegen den See abgesucht haben, gibt es hier für uns erst einmal nichts weiter zu tun." Der Inspektor gab dem indianischen Beamten einen Wink, dass er ihm folgen sollte. Canyon blieb mit dem Vater des vermissten Jungen allein zurück.

Sie trat von einem Bein auf das andere, um nicht im aufgeweichten Waldboden zu versinken. „Steven hat also zuletzt hier gespielt", sagte sie und versuchte, nicht vorwurfsvoll zu klingen. Wenn man so wenig über einen Fall und seine Beteiligten informiert war, wie sie in diesem Moment, dann war es besser, sich neutral zu verhalten und den Eltern nicht gleich mit verletzter Aufsichtspflicht zu drohen. Von Robert Lee Turner, ihrem Abteilungsleiter und Vorgesetzten, wusste sie nur, dass ein neunjähriger Indianerjunge verschwunden war. Canyon hatte keine Zeit gehabt, die Akte einzusehen, die es von Jem Soonias und seinem Sohn gab. Turner hatte sie unverzüglich losgeschickt.

„Sein Name ist Stevie, Miss", sagte der Indianer. „Und er spielt immer hier." Offenkundig war er ziemlich verstört, mühte sich aber, Fassung zu bewahren.

Canyon sah sich um und versuchte herauszufinden, *was* ein Junge von neun Jahren alleine hier draußen spielen konnte. Da war ein kleiner See, dessen Wasser grün von Algen war. Sonnenstrahlen warfen winzige funkelnde Lichtpunkte auf seine glatte Oberfläche. Wasser zog Kinder magisch an, das war kein Geheimnis. Aber Dog Lake, das Dorf in dem Stevie lebte, lag an einem großen See, das hatte sie auf der Karte gesehen, die sie im Wagen hatte. Der Junge hatte das Wasser vor seiner Haustür und hätte nicht erst hierher kommen müssen, um selbst geschnitzte Rindenboote auf ihre Tauglichkeit zu testen.

Canyons Blick machte einen Bogen. Es war ein sonniger Tag gewesen, trotzdem glitzerte noch Feuchtigkeit in den Gräsern, Moosen und Flechten am Boden. Sie sah beige, feinverzweigte Gebilde wie Kugeln aus Schaum. Weinrote Moose, durch deren Geflecht sich die ersten Blätter von Orchideen schoben. Ein Birkenwäldchen verdeckte zur Hälfte den umgestürzten Baumriesen, dessen Wurzeln wie Arme von Waldgeistern in die Höhe ragten.

Dahinter begann lichtlose Wildnis. Schwarzfichten, Douglas- und Hemlocktannen mit graugrünen Gespinsten in den Zweigen, die wie Bärte alter Männer aussahen. Ein

Gebiet, in das keine Wege führten, zumindest keine sichtbaren. Ein Ort voller Geheimnisse und Magie. Canyon durchforschte ihr Gedächtnis: Wie war es, neun Jahre alt zu sein?

In diesem Alter hatte man schon eine Menge gehört und gesehen und sich seine Gedanken darüber gemacht. Die Phantasie war stark ausgeprägt, aber meist siegte die natürliche, noch nicht durch Erfahrung getrübte Neugier.

Canyon erinnerte sich, dass sie sich als Kind sehr davor gefürchtet hatte, allein zu sein, obwohl ihre Welt damals noch in Ordnung gewesen war. Stevie dagegen hatte es nichts ausgemacht, hier draußen alleine zu spielen. Er schien mit der Wildnis vertraut zu sein und keine Furcht vor ihren Bewohnern zu haben. Aber nun war er verschwunden.

„Sie haben Ihren Sohn *hier* spielen lassen, Mr Soonias? Ganz allein? Wir sind fast zwei Kilometer vom Dorf entfernt!" Ihre Stimme war schärfer geworden, eindringlicher. Ihre dichten schwarzen Augenbrauen bogen sich streng nach oben. Jetzt wollte sie vorwurfsvoll klingen, um ihn aus der Reserve zu locken. Sie sah ihn an, aber sein Blick blieb verdeckt.

„Er kam mit dem Rad hierher. Hinter der Wurzel hat er sich eine Höhle gebaut." Der Indianer antwortete widerwillig. Seine Abneigung galt nicht nur ihren unangenehmen Fragen, Canyon vermutete, dass mehr dahintersteckte. Vielleicht irgendetwas, das sie wissen sollte, bevor sie schärfere Geschütze auffuhr.

Sie warf einen Blick auf ihre Armbanduhr. „Es ist noch nicht mal acht Uhr. Vielleicht hat er mit seinen Freunden die Zeit vertrödelt. Sie wissen doch, wie Kinder sind."

„Mein Sohn ist ein sehr zuverlässiger Junge", erwiderte Soonias. „Ich musste mir noch nie Sorgen machen, weil er nicht nach Hause kam. Wir wollten heute Nachmittag zusammen ins Kino gehen. Das hätte er auf keinen Fall versäumt."

„Kino?" Verwundert zog sie die Stirn in Falten.

Jem Soonias hasste diese versteckte Art von Überheblichkeit. Als wären die kanadischen Ureinwohner in den Reservaten arme Wilde, an denen der Fortschritt vorübergegangen war und die deshalb noch in einer Art Steinzeit lebten. Aber er war zu durcheinander, um mit dieser fremden Frau über Vorurteile zu diskutieren. Was sie über Indianer dachte, interessierte ihn nicht. Er wollte nur seinen Sohn wiederhaben. Dennoch rang er sich eine Erklärung ab. „Im Kulturzentrum von Red Rock läuft *Die Mumie II*. In den Sommerferien gibt es dort manchmal Kinovorstellungen."

Canyon nickte. „Sie sagen, Stevie ist mit dem Fahrrad hierher gekommen. Hat die Polizei es gefunden?"

Soonias schüttelte den Kopf. Canyon warf einen kurzen Blick hinüber zum See; Polizisten in einem Schlauchboot waren gerade dabei, mit Stangen den Grund nach dem Jungen und seinem Fahrrad abzusuchen. Der See war flach, höchstens anderthalb Meter tief. Bis auf einen dunkelgrünen Fleck in der Mitte, wo Algen wuchsen, konnte man überall den sandig gelben Boden sehen. Als Canyon wieder in das Gesicht des Mannes blickte, war es wie versteinert. „Was denken Sie, Mr Soonias?", fragte sie ihn.

„Dass die Männer nichts finden werden", antwortete er schroff.

Sie ahnte, dass es sinnlos sein würde, ihn zu fragen, weshalb er so sicher war. Jem Soonias konnte oder wollte ihr nicht in die Augen sehen und auch nicht mit ihr reden. Er ließ sich nicht aus der Reserve locken und sagte kaum mehr, als unbedingt nötig war. Sie wusste nicht, ob es nur daran lag, dass sie Mitarbeiterin des Jugendamtes war, oder ob er etwas zu verbergen hatte.

„Können wir zurück ins Dorf fahren?", fragte sie. „Ich würde mir gerne das Zimmer Ihres Sohnes ansehen und Ihnen gleich noch ein paar Fragen stellen. Ich hoffe, Sie haben nichts dagegen einzuwenden."

Als einziges Zeichen seiner Zustimmung stiefelte Jem los, dorthin, wo die Wagen auf einer Lichtung geparkt waren. Canyon folgte ihm. Morastiges Wasser drang in ihre Schuhe und verursachte beim Gehen schmatzende Geräusche. Als Soonias schließlich stehen blieb, sah sie sich kurz um. Außer den beiden Polizeifahrzeugen und ihrem Dienstwagen konnte sie kein weiteres Auto entdecken.

„Miles Kirby hat mich mit hier rausgenommen", sagte der Indianer, als hätte er ihre Gedanken erraten. „Ich kann auch laufen, wenn Sie Angst haben, mit mir in einem Wagen zu sitzen."

Idiot, dachte sie und hatte plötzlich ein klammes Gefühl in der Kehle. Canyon fasste nach dem Türgriff auf der Fahrerseite ihres Dienstwagens und musterte Jem Soonias' schlammverschmierte Halbstiefel. Schließlich stieg sie ein und öffnete ihm die Beifahrertür. Sie startete den Motor und manövrierte den kirschroten Toyota durch Wasserlöcher und über Wurzeln in Richtung Schotterstraße. Canyon dachte, dass der Wagen eine gründliche Reinigung brauchen würde, wenn sie erst wieder in Thunder Bay war. Und sie selbst auch. Sie schwitzte und hoffte, dass der Indianer keine allzu feine Nase hatte.

Jem Soonias musste den Kopf einziehen, um nicht an die Decke des Toyota zu stoßen, wenn Canyon durch die Löcher holperte. Er war ins Grübeln versunken. Schwer zu ahnen, was er eigentlich dachte.

„Sie erziehen den Jungen allein?", fragte sie ihn.

Er blickte stur geradeaus, aber sie bekam eine Antwort.

„Stevies Mutter starb bei seiner Geburt. Fruchtwasserembolie. Aber das wissen Sie doch längst alles. Damals wollten Sie mir meinen Sohn wegnehmen, weil ich mit seiner Mutter nicht verheiratet war. Ich habe einen Krieg gegen Ihre Behörde geführt."

Also das ist es, dachte Canyon. Daher seine unverhohlene Abneigung. „Und Sie haben gewonnen", stellte sie fest. Sie dachte an die Akte Soonias, die Robert Lee auf ihren Schreibtisch gelegt hatte. Manchmal war es von Vorteil, genau über alles Bescheid zu wissen und manchmal war es besser, unvoreingenommen an eine Sache heranzugehen. In diesem Fall hätte sie gerne mehr gewusst, aber das musste nun warten, bis sie wieder in ihrem Büro war.

„Ich habe Stevie adoptiert", antwortete er grimmig.

Canyon wollte ihm sagen, dass sie erst seit anderthalb Jahren im Jugendamt von Thunder Bay arbeitete und daher nichts über die alte Geschichte wissen konnte. Aber sie ließ es bleiben, als sie sein verschlossenes Gesicht sah. Halbseidene Zugeständnisse würden diesem Mann keine Sympathie entlocken. Da müsste schon ein Wunder geschehen. Und Canyon Toshiro glaubte seit langer Zeit nicht mehr an Wunder.

2. Kapitel

Sie erreichten die Indianersiedlung am Dog Lake, die größer war, als Canyon zuerst angenommen hatte. Es war eine Ansammlung von rund dreißig Holzhäusern in pastellfarbenem Einheitsanstrich, verstreut zwischen Bäumen und zerzausten Sträuchern, die langsam grün wurden. Windschiefe Bretterschuppen klebten an den Häuserwänden, alte Autos standen davor und hier und da rostete ein *Skidoo*, ein Motorschlitten, vor sich hin. Zwischendrin bunte Wäsche, die zum Trocknen auf der Leine hing. Canyon entdeckte ein großes, mit ausgebleichtem Segeltuch bespanntes Tipi, das sie daran erinnerte, wo sie sich befand.

Es gab einen kleinen Gemischtwarenladen auf dem Dorfplatz, der sich „Pinkies Store" nannte. Ein einfaches Holzhaus mit vergitterten Fenstern, von dessen Bretterwänden die weiße Farbe blätterte. Ein Bohlensteg führte zum Eingang, Schilder mit Pepsi- und Eiscremewerbung prangten über der offenen Tür. Die dunkle Erde auf dem Dorfplatz war aufgeweicht und schlammig, aber über den Steg kam man vom Ufer des Sees trockenen Fußes bis zum Laden. Dunkelhäutige Kinder saßen auf den Stufen vor dem Eingang, leckten Eis am Stiel und gestikulierten lachend. Ihre Fahrräder hatten sie achtlos im Morast liegengelassen.

Vielleicht war Stevie da drinnen und kaufte sich gerade ein Eis. Vielleicht hatte er vergessen, dass sein Vater mit ihm ins Kino gehen wollte. Canyon bremste und stellte den Motor ab. Sie machte Anstalten auszusteigen, um die Kinder nach dem Jungen zu fragen. Soonias hielt sie mit festem Griff am Arm zurück. „Die Mühe können Sie sich sparen,

Miss", sagte er erstaunlich sachlich. „Ich habe bereits überall herumgefragt. Stevie ist *nicht* hier. Glauben Sie mir, ich hätte die Polizei nicht herbemüht, wenn ich nicht sicher gewesen wäre, dass etwas nicht stimmt."

Er zeigte auf ein Holzhaus am Waldrand mit weißen Fensterrahmen und Dachrändern, das sich durch seinen kräftiggelben Anstrich von den anderen Häusern unterschied. „Dort hinten wohnen wir."

Sein energischer Griff war Canyon unangenehm und sie war erleichtert, als er sie wieder losließ. Schon spürte sie dieses unangenehme Kribbeln unter der Haut, dort, wo er sie berührt hatte. Sie brachte den Toyota neben einem schlammbespritzten Jeep Cherokee mit Pseudoholzleisten zum Stehen und wandte Jem ihr Gesicht zu. „Sind Sie verheiratet, Mr Soonias?"

„Nein", antwortete er unwirsch. Die Gereiztheit war wieder da.

Jem stieg aus, schlug die Wagentür zu und betrat die Stufen zum Hauseingang. Sie bemerkte, dass er auf ihrem Blazer gesessen hatte, der jetzt zerknittert auf dem Beifahrersitz lag. Canyon griff nach ihrer Tasche, stieg ebenfalls aus und folgte dem Indianer über die Treppe aus Holzbohlen zur Tür. Mit einer Hand hielt sie sich am abgegriffenen Geländer fest. Jem Soonias offene Ablehnung verunsicherte sie mehr, als sie sich eingestehen wollte. Sie fühlte sich unwohl, konnte aber das Indianerdorf nicht verlassen, bevor sie ihre Aufgabe erledigt hatte. Sonst würde Robert Lee sie noch einmal hierher schicken und das wollte sie auf jeden Fall vermeiden.

„Haben Sie eine Partnerin, Mr Soonias? Jemanden, der bei Stevie in den vergangenen Jahren die Mutterrolle übernommen hat?"

Jem wandte sich um und betrachtete sie von oben herab. Gegen das Licht der Abendsonne verengten sich seine schwarzen Augen zu schmalen Schlitzen. „Das geht Sie nichts an, Miss Toshiro. Ich habe die Polizei verständigt, weil mein Sohn verschwunden ist. Und was passiert: Man hetzt mir das Jugendamt auf den Hals." Unbewusst drohte er ihr mit der Faust. „Ich bin Lehrer, verdammt noch mal. Ich *arbeite* mit Kindern und lasse sie nicht verschwinden." Er drehte sich um, klappte das Fliegengitter zurück und öffnete die Tür, die nicht verschlossen war.

„Lassen Sie Ihr Haus immer offen stehen?"

Jem war kurz davor, Canyon mit harten Worten zum Schweigen zu bringen. Aus ihrem Mund waren bisher nur Fragen gekommen, die zugleich auch Vorwürfe waren. Er bückte sich und zog seine Halbstiefel aus. Nutzte die Zeit, um seinen Zorn zu bändigen.

„Hat diese Frage auch etwas mit Stevies Verschwinden zu tun?"

„Ja", meinte sie. „Irgendwie schon."

„Aber er ist da draußen verschwunden und nicht aus diesem Haus entführt worden." Seine Geduld war zu Ende und er wurde von einer tiefen Niedergeschlagenheit erfasst. Jem Soonias hatte dieser Frau und ihren Fragen nichts mehr entgegenzusetzen.

„Sie glauben, er wurde entführt?"

Er hob die Arme zu einer ratlosen Geste. „Eine andere Erklärung habe ich nicht. Stevie war am Vormittag draußen in seiner Höhle, zumindest hat er mir das so gesagt. Er sollte gegen 12 Uhr zu Hause sein und wir wollten zusammen bei meinen Eltern essen. Um 14 Uhr hätte die Kinovorstellung begonnen."

Die Tür zum Zimmer des Jungen stand offen. Er ging hinein und knipste das Licht an. „Als Stevie um 14 Uhr immer noch nicht zu Hause war, fing ich an mir Sorgen zu machen und bin raus zur Höhle gefahren. Ich habe überall nach ihm gesucht. Aber er war nicht da. Nirgends. Sein Fahrrad auch nicht. Da habe ich Miles Kirby in seiner Dienststelle in Nipigon angerufen."

„Und Sie haben nicht einmal in Erwägung gezogen, dass Ihr Sohn sich verlaufen haben könnte?"

„Natürlich habe ich daran gedacht. Aber Stevie kennt sich aus da draußen. Er hat sich noch nie verlaufen. Und er hätte wohl kaum sein Fahrrad mit in den Busch genommen."

Canyon nickte. Damit hatte Jem Soonias eindeutig Recht. Sie zog ebenfalls ihre Schuhe aus, aber als sie sah, dass ihre Füße schwärzer waren als die Sohlen ihrer Slipper, zog sie sie schnell wieder an.

Canyon Toshiro war schon in unzähligen Kinderzimmern gewesen und die meisten hatten eines gemein: die kreative Unordnung, mit der Kinder ihr eigenes Reich zu verzaubern wussten. Stevies Zimmer war eine Räuberhöhle und sein Sinn für Ordnung entsprach dem eines normalen neunjährigen Jungen. Kleidungsstücke lagen wahllos verstreut auf zwei Stühlen und auf dem Bett an der Wand.

Im Bett, das zur Hälfte mit einem bunten Quilt bedeckt war, lagen auch noch andere Sachen: verschieden große, seltsam geformte Steine, ein Vogelnest, gefüllt mit schillernden Glasmurmeln und ein Paar neue Turnschuhe. Unter dem Kopfkissen lugte der gestreifte, buschige Schwanz eines Plüschwaschbären hervor. Es gab einen abgeschabten Sessel, ein Bücherregal und einen Kleiderschrank, der offen stand. Das Chaos in seinem Inneren war Canyon kein ungewohnter Anblick. Sie lächelte in sich hinein. Auch wenn der Indianer davon überzeugt sein mochte, dass die Unordnung im Kinderzimmer ihm Minuspunkte als Vater einbringen würde, war das nicht der Fall. Dass dies ein reiner Männerhaushalt war, würde sie in ihrem Bericht berücksichtigen.

Und doch war das Zimmer dieses Jungen anders als jene, die sie bisher gesehen hatte. Keine Plakate mit Popstars an den Wänden, keine Konterfeis von Baseballhelden. Dafür eine große Landkarte der Provinz Ontario, auf der einige Gebiete mit einem Rotstift besonders hervorgehoben waren. Kein Kriegsspielzeug aus Plastik, kein Nintendo. Dafür waren Stevies Schreibtisch und das Regal darüber angefüllt mit Dingen, die jede Mutter zur Verzweiflung getrieben hätten und spätestens nach drei Tagen dem Hausputz zum Opfer gefallen wären: ein Marmeladenglas mit vertrockneten Grillen und Schlangenhäute in den verschiedensten Stadien des Verfalls. Leere Hornissennester; runde, graue, papierartige Gebilde. Ein mumifizierter Frosch und Schädelknochen verschiedener Kleintiere. Von der Decke hingen selbstgebaute Fabeltiere aus Wurzeln, Steinen und Federn.

Ein merkwürdiger Bau weckte Canyons Aufmerksamkeit: Stühle und Holzstangen, darüber zwei dunkle Wolldecken.

„Stevies Höhle", sagte Soonias, weil er sich durch ihr verwundertes Gesicht zu einer Erklärung genötigt fühlte. „Er liebt Höhlen."

Canyon versuchte, sich aus den spärlichen Sätzen des Mannes etwas zusammenzureimen. Stevie hatte draußen im Wald eine Höhle und er hatte eine in seinem Zimmer. Musste der Junge sich vor etwas verstecken? So wie sie sich mit zwölf im Kleiderschrank versteckt hatte, weil sie sich fürchtete? Warum liebte Stevie Soonias die Dunkelheit und das Alleinsein? Gab es irgendetwas, das falsch war an dem, was sie sah?

Canyon setzte sich auf das Bett des Jungen und betrachtete ein Foto auf seinem Nachtschrank, das ihn zusammen mit seinem Vater zeigte. Stevie lachte in die Kamera. Er war ein ausnehmend hübscher Junge mit feinen Gesichtszügen, ausdrucksvollen dunklen Augen und langem Haar, das ihm über die Schultern fiel. Sie wollte nach dem Bild greifen, um es sich genauer anzusehen, als plötzlich ein felliges Ungeheuer mit ärgerlichem Gezeter hinter dem Kopfkissen hervorschoss. Erschrocken schrie Canyon auf. Mit zusammengepressten Knien und angehobenen Füßen verharrte sie regungslos.

„Das ist bloß Edgar, Stevies Waschbär", sagte Soonias und lächelte kopfschüttelnd. „Sie haben ihn bei seinem Nickerchen gestört."

Hätte Canyon Jems Lächeln sehen können, hätte sie gewusst, dass er nicht so war, wie sie ihn einschätzte. Aber sie sah dem Tier nach, das mit erhobenem Schwanz beleidigt davonzog. „Edgar *Wallace*?", wollte sie wissen, nachdem sie ihre Füße wieder auf den Boden gesetzt und den Bücherstapel auf Stevies Nachtschrank inspiziert hatte.

„Nein, Edgar *Allan Poe*."

„Ist Stevie nicht noch ein bisschen jung für solche Lektüre?"

„Stevie liest eben andere Sachen als die meisten Jungen in seinem Alter." Er griff sich ein Buch aus dem Regal. „Sehen Sie: Hemingway."

„Haben Sie ihm diese Bücher empfohlen?"

„Ich gebe Tipps", sagte er achselzuckend, „nichts weiter. Er liest, was ihn interessiert. Nipigon hat eine kleine Bibliothek."

Weil sie inzwischen auch einen großen Stapel Comichefte auf dem Fußboden entdeckt hatte, und Spiele wie Scrabble und Monopoly, hielt sie Poe und Hemingway nicht mehr für besorgniserregend. „Ist Stevie gut in der Schule?"

Jem zuckte die Achseln. „Seine Noten sind in Ordnung."

„Hat er Pläne für die Zukunft?"

Soonias bedachte Canyon mit einem frostigen Blick.

„Stevie möchte Arzt werden", sagte er. „Weil er verhindern will, dass Mütter sterben, nachdem sie ihr Kind zur Welt gebracht haben."

Eine leise Röte überzog Canyons Wangen und sie schluckte. „Welche Fächer unterrichten Sie eigentlich, Mr Soonias?"

„Englisch, Stammessprache und amerikanische Geschichte."

„Macht Ihnen Ihr Beruf Freude?"

„Natürlich", sagte Jem. „Sonst hätte ich mir längst einen anderen gesucht." Er verschränkte die Arme vor der Brust. „Hat *diese* Frage auch etwas mit Stevies Verschwinden zu tun?"

Canyon wusste, dass es für Indianer nicht leicht war, einen Job zu finden, und Jem mit seinem Beruf zu den Privilegierten zählte. Als Lehrer hatte er Kindern gegenüber aber auch eine größere Verantwortung als die meisten anderen Menschen.

„Nein", sagte sie. „Das hat mich persönlich interessiert." Sie stand auf, ging zum Fenster und blickte auf den Dorfplatz hinaus, wo ein paar Kinder mit Stöcken barfuß einem Ball hinterher jagten. Die Jungen und Mädchen waren von oben bis unten mit Schlamm bespritzt und schienen sich herrlich zu amüsieren. Ihr Lachen hörte sich gut an, irgendwie tröstlich. Eine bunte Hundemeute rannte ebenfalls dem Ball hinterher und begleitete das Spiel mit aufgeregtem Bellen.

„Was ist mit Freunden?" Sie wandte sich um und strich sich eine Strähne ihres schulterlangen, tiefschwarzen Haares aus der Stirn. „Hatte Stevie Freunde?"

Jems Gesicht wurde auf der Stelle wieder abweisend. „Was heißt *hatte*? Und wie kommen Sie darauf, dass er keine Freunde hat?"

„Nun, Stevie fährt mit dem Rad fast zwei Kilometer, um

in seinem eigenen Reich zu spielen, wo doch alle seine Altersgenossen hier auf dem Dorfplatz herumtoben."

„Manchmal ist er lieber allein."

„Ist Stevie beliebt bei den anderen Kindern? Hat er Feinde?"

„Feinde?", Jem sah sie entgeistert an. „Wie kann ein neunjähriger Junge Feinde haben?"

Sie zuckte die Achseln. „Sich unbeliebt machen, ist ziemlich einfach."

„Ich glaube nicht, dass Stevie Feinde hat. Mag sein, dass er anderen in mancher Hinsicht ein wenig eigenbrötlerisch vorkommt, aber er ist ein freundlicher Junge und die anderen Kinder haben ihn immer mit Respekt behandelt. Jedenfalls hat er sich nie beschwert."

Canyon betrachtete ihn von der Seite. „Sind Sie ein guter Vater, Mr Soonias?"

Jem brauchte eine Weile, um diese Frage zu verarbeiten. Sein Körper verspannte sich und seine schwarzen Augen funkelten zornig. „Warum sparen wir uns dieses Gespräch nicht einfach, Miss Toshiro, und Sie sagen mir, was Sie wirklich denken. Mein Sohn ist verschwunden und das Letzte, was ich gebrauchen kann, ist jemand, der mir die Schuld dafür in die Schuhe schieben will. Glauben Sie, ich hätte Stevie vernachlässigt und er ist davongelaufen? Gibt es einen Verdacht gegen mich?"

Canyon zuckte die Achseln. „Das habe ich nicht gesagt. Aber wir müssen einfach die Möglichkeit, dass er davongelaufen sein könnte, in Betracht ziehen."

In den meisten Fällen waren Kinder, die als vermisst gemeldet wurden, von zu Hause weggelaufen. Manchmal waren die Gründe offensichtlich, manchmal aber auch nicht. Stevie war erst neun, deshalb schien Canyon diese Möglichkeit nicht sehr wahrscheinlich. Es sei denn, der Junge war vor etwas davongelaufen, das ihn quälte und das er nicht mehr ertragen konnte. Danach sah es nicht aus, aber der Schein konnte trügen. Meist spürte Canyon sehr schnell, ob sie es mit einem Ausreißer zu tun hatte, oder ob ein Verbrechen vorlag. Anhand des Zimmers, des Fotos und Stevies persönlicher Sachen versuchte sie, die Gegenwart des Jungen zu erspüren. Doch diesmal versagte ihre Intuition. Dieser Fall war anders als alle, die sie bisher bearbeitet hatte.

„Und was gibt es Ihrer Meinung nach noch für Möglichkeiten?", wollte Jem wissen. Er war ihr unangenehm nahe gekommen und seine erneut aufkeimende Aggressivität hielt sie für ein schlechtes Zeichen. Canyon bekam Angst, dass er sich in seinem Zorn vergessen könnte. Gerne hätte sie sich auch noch die anderen Räume des Hauses angesehen, vor allem die Küche, hielt das aber im Augenblick für keinen guten Zeitpunkt. Sie wandte sich zum Gehen und mit einem letzten Rest Beherrschung in der Stimme fragte sie: „Gibt es da draußen wilde Tiere?"

Der Indianer lachte kopfschüttelnd und diesmal war sein Lachen kalt und abweisend. Er folgte ihr durch den Flur und sagte: „Ja klar, Wölfe und Bären." Bevor Canyon die Haustür öffnen konnte, schnappte er sie am Arm und instinktiv versteifte sich ihr Körper. Die Stelle, an der er sie festhielt, begann zu kribbeln und wurde taub. Eine Fühllosigkeit, die sich auf ihren ganzen Körper auszubreiten drohte.

Canyon bereute es, den Mann so in die Enge getrieben zu haben. Das war eigentlich nicht ihre Art. Mit solchen Situationen hatte sie schlechte Erfahrungen gemacht. Einmal, es war ganz zu Beginn ihrer Tätigkeit im Jugendamt gewesen, war sie von einem aufgebrachten Vater als Geisel genommen worden. Sie hatte den Mann im Gespräch verdächtigt, seine kleine Tochter krankenhausreif geprügelt zu haben. Er hatte Canyon im Badezimmer eingeschlossen und damit gedroht, sie nicht eher gehen zu lassen, bis öffentlich seine Unschuld erklärt worden war. Canyon war erst seit einem Monat beim Jugendamt angestellt gewesen und ihr fehlte die Erfahrung. Turner, ihr Vorgesetzter, hatte den Forderungen des Mannes nachgegeben, weil er um Canyons Sicherheit fürchtete. Später hatte sich herausgestellt, dass der Mann seine siebenjährige Tochter über Jahre hinweg geschlagen hatte. Seitdem war Canyon vorsichtiger geworden. Und misstrauisch war sie sowieso.

Jems zorniges Gesicht näherte sich ihrem und sie wich zurück ins Dunkel des Flures. „Kein wildes Tier hat Stevie etwas getan und ist danach mit seinem Fahrrad verschwunden", sagte er mit gepresster Stimme. „Das ist lächerlich."

Plötzlich sprang die Tür auf und Soonias ließ Canyon abrupt los. Beinahe wäre sie gefallen, fing sich aber wieder. Licht drang in den Korridor und eine Frau stand vor ihnen, die ungefähr in Jems Alter war. Mitte dreißig, schätzte Canyon, vielleicht auch ein oder zwei Jahre jünger.

Die Indianerin fixierte sie mit einem scharfen Blick kalter Neugier. Sie war einen ganzen Kopf größer als Canyon. Die sinkende Sonne im Rücken, schien ihr langes schwarzes Haar wie von einer rötlichen Aura umgeben. Ihr Blick streifte Canyons Dienstmarke und ein feindseliger Ausdruck schlich in ihre Augen. Canyon schluckte beklommen. Irgendetwas Seltsames schien von dieser Frau auszugehen, etwas, das ihr mehr Angst einjagte als Jem Soonias' Zorn. Sie wollte nichts als weg von diesem Ort, an dem sie nicht willkommen war.

„Ranee!", sagte Jem endlich. „Was machst du denn hier? Ich dachte, du bist in Kenora?"

„War ich auch. Aber was ist eigentlich hier los? Mir sind Polizeifahrzeuge entgegengekommen."

„Stevie ist verschwunden."

„Was sagst du da?"

„Er war draußen bei seiner Höhle und ist nicht nach Hause gekommen."

„Das ist ja furchtbar." Die Stimme der Frau klang mitfühlend, aber Canyon war wachsam.

Sie stand zwischen den beiden und spürte auf einmal ein seltsames Vibrieren in der Brust. Als wäre sie in ein Magnetfeld geraten und eine negative Energie würde durch sie hindurchströmen, die von der anderen Frau ausging. Etwas Magisches verband diese beiden Menschen. Ihr wurde schlagartig klar, dass die Indianerin Jem Soonias' Geliebte war.

Canyon trat einen Schritt zur Seite, um dem Energiefeld zu entkommen. „Sind Sie eine Freundin von Mr Soonias?", fragte sie, als sie ihre Beherrschung wiedergefunden hatte.

„Ranee Bobiwash", sagte Jem. „Sie ist Künstlerin und wohnt drüben in Nipigon. Gelegentlich hält sie Workshops ab in der Schule, an der ich unterrichte."

Canyon blickte zu Ranee auf. Ein ovales Gesicht mit hohen Wangenknochen, brauner Haut und schrägen Augen. Sie waren jedoch nicht dunkel, wie sie zuerst geglaubt hatte. Ranee Bobiwashs Augen waren grün.

„Und wer sind Sie?", fragte die Indianerin.

Obwohl Canyon wusste, dass sie die Dienstmarke an ihrer Bluse registriert hatte, antwortete sie: „Canyon Toshiro, Sozialarbeiterin vom Jugendamt in Thunder Bay. Ich musste Mr Soonias ein paar Fragen stellen. Haben Sie vielleicht eine Ahnung, wohin der Junge verschwunden sein könnte?"

Die Indianerin schüttelte langsam den Kopf. „Nein. Keine Ahnung."

Canyon hatte kein Entgegenkommen erwartet von dieser Frau, die sich so eigenartig benahm. Indianer waren

27

seltsame Menschen. Man konnte nie wissen, was sie dachten oder warum sie etwas taten. Ihre Gefühlswelt schien eine vollkommen andere zu sein und bisher war Canyon noch nicht dahintergekommen, wie diese Welt funktionierte.

Sie wandte sich dem Vater des Jungen zu, zog ihre Visitenkarte aus ihrer Tasche und reichte sie ihm. „Wenn Ihnen noch etwas einfällt, das von Wichtigkeit sein könnte, Mr Soonias, oder wenn Sie merken, dass in Stevies Zimmer etwas fehlt, dann rufen Sie mich an. Ich werde versuchen, Ihnen zu helfen."

Canyon wusste nicht, warum sie das gesagt hatte. Vielleicht, damit sie schnell fortkonnte aus dieser Welt, die ihr fremd und unheimlich vorkam. In Wirklichkeit konnte sie nichts tun und sie zweifelte daran, dass ihre Anwesenheit tatsächlich von Nutzen gewesen war. Sollte die Polizei sich um die Sache kümmern, dafür war sie schließlich da. Es gehörte nicht zu ihrem Aufgabenbereich, nach verschwundenen Kindern zu suchen. Ihr Vorgesetzter hatte sie hierher geschickt, damit sie herausfand, ob die Eltern des Jungen etwas mit seinem Verschwinden zu tun haben könnten. Ihr Gefühl sagte ihr, dass Jem Soonias keine Ahnung hatte, wo sein Sohn sich befand und warum er nicht nach Hause gekommen war. Aber sicher war sie sich nicht. Sicher war nur, dass sie hier nichts mehr verloren hatte. Man würde das Jugendamt erst dann wieder einschalten, wenn Stevie aufgetaucht war. Wenn er *lebend* aufgetaucht war.

Canyon lief die Treppe hinunter, nicht zu langsam, aber immer darauf bedacht, nicht zu stolpern. Sie spürte den durchbohrenden Blick der Indianerin im Rücken und wollte vermeiden, dass sie vor deren Augen ausrutschte oder stolperte.

Der Schlamm an ihrem Wagen war inzwischen getrocknet und hatte sich grau gefärbt. Canyon stieg ein, startete den Motor und verließ das Dorf. Sie hatte nicht auf Wiedersehen gesagt. Mit Sicherheit war Jem Soonias nicht darauf erpicht, sie wiederzusehen.

3. Kapitel

„Komm rein!", sagte Jem zu Ranee. In diesem Moment klingelte das Telefon in der Küche. Er lief ins Haus und nahm hastig ab. „Hallo? Wer ist da?"

„Harding hier", meldete sich der Inspektor. „Sind Sie es, Mr Soonias?"

„Ja. Haben Sie etwas gefunden? Irgendeine Spur von meinem Sohn?"

„Nein", sagte Harding. „Wir haben den ganzen See abgesucht. Erfolglos. Auch die Hündin konnte nichts finden. An einer Stelle hört die Spur des Jungen plötzlich auf. Dort könnte ein Auto gestanden haben, aber da sind viele Spuren, die sich überlagern. Der Boden ist zu aufgeweicht."

„Danke", sagte Soonias und dachte darüber nach, was der weiße Polizist gerade gesagt hatte. *Erfolglos.* Wäre es für Harding ein Erfolg gewesen, wenn Stevie auf dem Grund des Sees gelegen hätte?

„Was werden Sie jetzt weiter unternehmen?", fragte er.

„Wir werden morgen bei Tageslicht weitersuchen. Außerdem brauche ich ein Foto Ihres Sohnes. Dann werde ich eine Vermisstenmeldung mit seiner Beschreibung herausgeben und an die anderen Provinzbehörden weiterleiten. Wenn Stevie bis morgen nicht wieder aufgetaucht ist, müssen wir seine Freunde und die Leute aus dem Dorf befragen."

„Das habe ich schon getan", sagte Jem.

„Überlassen Sie mal uns, was wir tun oder nicht tun, Mr Soonias. Wenn es etwas Neues gibt, melden wir uns. Dasselbe erwarten wir von Ihnen. Miles Kirby kommt nachher vorbei und holt das Foto. Beschreiben Sie ihm bitte so genau wie möglich, was Ihr Sohn heute angehabt hat."

„In Ordnung", sagte Jem und legte auf.

„Die Polizei?", fragte Ranee. Sie trug helle Jeans und eine dunkelgrüne Bluse aus roher Seide, die zur Farbe ihrer Augen passte.

„Ja. Sie haben den See bei seinem Versteck abgesucht und nichts gefunden."

Ranee stieß Luft durch die Zähne, was Jem als Ausdruck der Erleichterung deutete. Wie schön sie ist, dachte er, wie begehrenswert. Und wunderte sich, dass er kein Verlangen spürte, wie sonst in ihrer Nähe.

Er lehnte sich rücklings gegen die Spüle. „Ich wusste, dass sie ihn dort nicht finden würden. Stevie ist nicht tot, verdammt noch mal. Mein Sohn lebt, ich weiß es."

Ranee sah ihn mitfühlend an. „Natürlich, Jem."

„Hätte allerdings sein können, dass sein Rad im See liegt", sagte er nachdenklich. „Aber es war nicht dort."

Das rote BMX-Rad seines Sohnes war nagelneu. Stevie hatte es zu seinem neunten Geburtstag bekommen und das war erst ein paar Wochen her. Es war genauso spurlos verschwunden wie sein Sohn.

„Was glaubst du, ist passiert?", fragte Ranee.

„Jemand hat ihn mitgenommen."

„Was?" Die Indianerin riss ihre Augen weit auf. „Warum sollte jemand Stevie entführen?"

Jem hob die Schultern. „Ich weiß es nicht. Möglicherweise hat sein Verschwinden etwas mit dem Kahlschlag am Jellicoe Lake zu tun. Der Gerichtstermin in Ottawa rückt näher. Vielleicht klingelt gleich das Telefon und es meldet sich irgend so ein Idiot, den die Shimada Paper Company angeheuert hat, um mich einzuschüchtern."

„Würde mich nicht wundern, wenn es so wäre", sagte Ranee nachdenklich. „Immerhin bist du Vorsitzender und

Sprecher von *KEE-WE*. Du hast der Organisation einen Anwalt besorgt und ihr habt gute Chancen, dass die Provinzregierung die Abholzungsgenehmigung zurückzieht und Shimada klein beigeben muss."

„Genau das ist mir auch durch den Kopf gegangen."

„Hast du es der Polizei erzählt?"

„Nein, noch nicht. Ich will erst mal abwarten, was passiert. Ob sich überhaupt jemand meldet. Ich will Stevie nicht unnötig in Gefahr bringen."

„Ich verstehe", sagte Ranee und lehnte sich gegen seine Brust. Sie war genauso groß wie er, sehr schlank und hatte lange, sehnige Muskeln. Durch sein T-Shirt spürte er die festen Knospen ihrer Brüste. Nie, nicht mal im Winter trug sie einen BH. „Trotzdem würde ich der Polizei von deinem Verdacht erzählen. Die wissen schließlich auch, dass dem Papierkonzern jedes Mittel recht ist, um seine Interessen zu verteidigen."

Sie küsste ihn auf den Mund, ließ ihre Zunge über seine Zähne gleiten, aber er schob sie von sich. „Lass das", sagte er unwillig. „Miles kommt gleich und ich muss noch ein Foto von Stevie heraussuchen."

Als Miles Kirby gegangen war, schickte Jem Ranee nach Hause und ging zu seinen Eltern, deren Haus mitten im Dorf stand.

Jakob Soonias hatte seinen Sohn nicht mehr so verzweifelt gesehen, seit die Frau, die Jem liebte, bei Stevies Geburt gestorben war. Nach Marys Tod hatte er sich wie ein Schlafwandler durch das zerbrechliche Gefüge seines Daseins bewegt. Es war eine Art Lähmung gewesen, eine dunkle Klage, die verhinderte, dass er trauern und sich wieder dem Leben zuwenden konnte. Manchmal hatte Jakob das Gefühl, als wäre Jem immer noch gefangen im dumpfen Kreislauf des Verlustes. Er kam ihm vor wie ein Fremder in seinem eigenen Leben.

Der Sorgerechtskampf um seinen neugeborenen Sohn hatte Jem damals davon abgehalten, vor Schmerz um den Verlust seiner Liebe verrückt zu werden und zur Flasche zu greifen. Sein Zorn auf eine Behörde, die vorgab, das Beste für Stevie zu wollen, indem sie ihn zu Pflegeltern gab, weit weg von seiner Familie, hatte ihn gerettet. Er hatte gesiegt und die Erlaubnis erhalten, seinen Sohn adoptieren zu dürfen.

Am Ende hatte er das Unabänderliche akzeptiert und gelernt, die Leere, die Marys Tod hinterlassen hatte, zu ertragen. Es war ein langer und einsamer Abschied von einer Liebe gewesen, die ihn vollkommen ausgefüllt hatte.

Jem war arbeiten gegangen und die Nachmittage und Wochenenden hatten seinem kleinen Sohn gehört. Es war anstrengend gewesen, wenn Stevie nachts schrie und er nicht wusste, warum. Wenn ihm dann am nächsten Tag der Schlaf fehlte und er vor versammelter Klasse einzunicken drohte, weil er unendlich müde war. Manchmal hatte er geglaubt, dass er es nicht schaffen würde, aber seine Eltern hatten immer zu ihm gestanden. Jakob und Elsie halfen und unterstützten ihn, daran hatte sich bis heute nichts geändert.

Stevie war seiner Mutter immer ähnlicher geworden und dafür liebte Jem ihn nur noch mehr. Mary war gegangen, aber sie hatte ihm etwas zurückgelassen, etwas aus Fleisch und Blut, dem er seine ganze Fürsorge und Aufmerksamkeit schenken konnte.

Nach einiger Zeit hatte sein Leben zu einer Art Alltag gefunden. Aus dem anstrengenden Säugling war ein freundlicher und wissbegieriger Junge geworden. Noch nie hatte er sich Sorgen um Stevie machen müssen. Und seit Ranee Bobiwash am letzten Tag des vergangenen Jahres wieder in sein Leben getreten war, fühlte er sich als glücklicher Mann. Doch nun war sein Sohn auf rätselhafte Weise verschwunden und Jem hatte nicht die geringste Vermutung, was passiert sein könnte. „Sind Sie ein guter Vater?", hatte ihn die Sozialarbeiterin mit dem japanischen Namen gefragt. Diese Frage beschäftigte ihn seither pausenlos. Zusammengekauert hockte er auf der hölzernen Bank in der Wohnküche seiner Eltern.

„Das Jugendamt war natürlich gleich zur Stelle", sagte er gequält. „Ob ich auch genug Zeit für Stevie hätte, hat diese Frau mich gefragt."

„Du hättest die Polizei nicht holen dürfen", warf ihm seine Mutter vor, eine rundliche Frau mit grauem Zopf, die verschrumpelte Äpfel schälte. Äpfel vom vergangenen Jahr, deren Schalen einen starken Duft verströmten.

„Lass ihn in Frieden, Elsie", schritt Jakob ärgerlich ein. „Natürlich musste er die Polizei informieren. Der Junge ist verschwunden. Was glaubst du, hätten sie gesagt, wenn Jem Stevie erst nach einer Woche als vermisst gemeldet hätte?"

Elsie warf ihrem Mann einen aufgeschreckten Blick zu. Sie wagte nicht daran zu denken, wie das Leben ihres Sohnes aussehen würde, wenn man in einer Woche immer noch keine Spur von dem Jungen hatte. Vor Stevie waren schon andere Bewohner aus Dog Lake und verschiedenen Nachbarreservaten spurlos verschwunden. Meist waren es Jugendliche. Sie kamen mit dem Gesetz in Konflikt und endeten, ihrer Geschichte beraubt, irgendwo in den grauen Straßen der Städte. Wie Simon, Jems jüngerer Bruder. Es schmerzte immer noch körperlich, wenn Elsie an ihn dachte. Ihr Herz tat dann weh und sie konnte nur schwer atmen. Sie hatte ihn in sich getragen und er war ebenso ein Kind der Liebe und der Hoffnung gewesen wie Jem. Aber dann hatten sie ihn begraben müssen.

Eine Weile schwieg Elsie, bis der Schmerz sich aus ihrer Brust gelöst hatte.

„Glaubst du, es interessiert sie wirklich, wenn ein Indianerkind verschwindet?" Ihre braunen Hände kneteten Teig auf das Blech und drückten die Ränder fest. Dann begann sie, die Äpfel in schmale Scheiben zu schneiden und auf den Teig zu legen. Das Rezept hatte sie von einer Deutschen, die eine Zeit lang in Dog Lake gelebt hatte. Nur Elsie verstand es, diese Art Apfelkuchen zu backen.

„Die Weißen denken, wir sind verantwortungslose Menschen und einer weniger ist für sie kein Verlust", sagte sie aufgebracht. „Unsere Probleme müssen wir allein lösen, mein Sohn. Das war schon immer so und wird immer so sein. Die Weißen können uns dabei nicht helfen. Im Gegenteil, durch sie sind unsere Probleme nur noch größer geworden. Früher gab es keine Drogen in Dog Lake. Die Kinder kamen nicht auf die Idee Leim zu schnüffeln und der Alkohol hat nicht so viele von uns krank gemacht. Damals hörten wir noch auf die Wünsche der Geister. Heute haben die jungen Leute nichts als ihre eigenen Wünsche im Kopf."

Stevies Lieblingsapfelkuchen, dachte Jem, während er seiner Mutter zusah, ihre Worte aber an ihm vorbeirauschten. Vielleicht konnte der Duft des Kuchens den Jungen zurücklocken, wo immer er war. Für einen Augenblick wirkte Jems Gesicht leer vor Angst. Er fragte sich, ob es Anzeichen gegeben hatte für das, was passiert war.

Elsie sprach weiter. „Du solltest endlich Ordnung in dein Leben bringen, mein Sohn. Es ist nicht gut, was du da treibst. Die Leute reden schon."

Aufgeschreckt aus seinen Gedanken, hob Jem den Kopf und wollte seine Mutter fragen, was sie damit meinte.

Doch Jakob Soonias legte seine Hand beschwichtigend

auf die Schulter seines Sohnes. „Gehen wir ein Stück?", fragte er und klopfte mit dem verzierten Pfeifenkopf auf den Tisch. Er durfte im Haus seine Pfeife nicht rauchen. Elsie Soonias führte ein strenges Regime. Trotzdem fühlte er sich nach all den Jahren immer noch wohl an ihrer Seite. Sie war wie ein Baum, der tief in der Erde wurzelte. Jakob konnte sich daran festhalten, wenn der Wind des Lebens manchmal zum Sturm wurde und ihn ins Haltlose zu wirbeln drohte. Wie damals, als Simon, sein zweiter Sohn, in der fernen Stadt gestorben war.

Der Verlust hatte tiefe Spuren in seinem Leben hinterlassen. Immer fragte er sich, was er falsch gemacht hatte, ob er als Vater versagt hatte. Warum war es nicht möglich, die Kinder zu beschützen? Sie waren das Wichtigste für sein Volk, noch vor dem Land. Die Kinder und das Land gehörten zusammen, weil sie die Zukunft bedeuteten. Die Weißen hatten versucht, ihnen beides zu nehmen. Deshalb war sein Volk krank. Deshalb hatte er Simon verloren.

Jakob ignorierte die Weißen nicht, wie seine Frau es tat. Aber es gab nur wenige, in deren Gesellschaft er sich nicht unwohl fühlte; nur wenige, denen er traute.

Jakob Soonias ahnte, was in seinem Sohn vorging. Dass Jem an sich selbst zweifelte. Er hatte niemanden, an dem er sich festhalten konnte. Das war nicht gut. Elsie und er hatten gehofft, dass Jem nach Marys Tod bald wieder eine Frau finden würde, eine, die sich um ihn und den Jungen kümmern konnte. Bewerberinnen hatte es zur Genüge gegeben, aber Jem schien sie nicht bemerkt zu haben. Verzweiflung macht einsam und nimmt einem die Selbstachtung. Es hatte lange gedauert, bis Jem wieder lachen konnte. Doch der Verlust, den er lange nicht wahrhaben wollte, hatte einen dauerhaften Schatten in seinen Augen hinterlassen.

Nie war eine Frau über Nacht in seinem Haus geblieben. Bis vor einem halben Jahr Ranee Bobiwash wieder aufgetaucht war, mitten im klirrenden Winter, und Jems Bett gewärmt hatte. Ranee, die, wie schon ihre Großmutter vor Jahren, nichts als Unruhe ins Dorf gebracht hatte.

Jem nahm sich eine geschälte Apfelhälfte und folgte seinem Vater nach draußen. Sie liefen nicht zum See, sondern ein Stück in den Wald, der gleich hinter dem Haus begann. Schweigend lauschten sie den geisterhaften nächtlichen Dissonanzen der Grillen. Die Luft hatte sich abgekühlt, nachdem die Sonne hinter den Wipfeln der Bäume verschwunden war. Im Wald hielt sich der Duft von Tannenspitzen und wilden Kräutern. Hier, so nahe am Dorf, gab es viele ausgetretene Pfade, die alle irgendwann im Nichts endeten. Wo sie aufhörten, begann das Reich der Tiere, der Hexen und Geister. Dort draußen hauste der *Weetigo*, der mächtige Waldgänger mit einem Herz aus Eis. Ein Dämon, vor dem alle sich fürchteten.

Jem lachte tonlos. Solche Geschichten fielen ihm ein, wenn es dunkel wurde. Ob Stevie jetzt irgendwo in dieser Dunkelheit gefangen war und sich fürchtete?

„Nimm es ihr nicht übel, dass sie so daherredet", sagte Jakob Soonias zu seinem Sohn. „Deiner Mutter gefällt es nicht, dass du mit dieser Frau zusammen bist."

„Ranee Bobiwash?"

Der alte Mann brummte. „Ja, welche Frau sonst! Sie ist die Einzige, die du nach Marys Tod in dein Haus und dein Bett gelassen hast."

„Vater!", sagte Jem unwirsch. Er mochte es nicht, wenn sein alter Vater so mit ihm redete. Er mochte überhaupt nicht über Ranee reden.

„Wahrscheinlich hast du sie auch in dein Herz gelassen, was noch viel schlimmer ist", sagte Jakob kopfschüttelnd. „Nun hat sie Macht über dich."

Jem mühte sich, gelassen zu bleiben. Er hob die Schultern. „Was soll das, Vater? Ranee ist klug, sie ist eine hervorragende Künstlerin und sie ist eine Cree. Was hat Ma an ihr auszusetzen?"

„Du hast etwas vergessen, mein Junge. Ranee Bobiwash ist sehr schön und sie weiß es."

„Na und?" Jem runzelte die Stirn. „Ist das ein Verbrechen?"

„Nein. Aber du solltest darüber nachdenken, wie viel dir Äußerlichkeiten bedeuten. Diese Frau ist gefährlich, Jem, sie hat den bösen Blick. Deine Mutter sagt, sie ist eine Hexe."

„O je, Vater", Jem lachte laut auf. „Du glaubst doch nicht etwa, was Mutter da sagt. Ranee und eine Hexe! Mas Phantasie spielt mal wieder verrückt."

„Diese Frau war sehr lange weg von unserem Volk, Jem. Keiner weiß, wo sie gelebt hat und was sie dort getrieben hat." Jakob zog an seiner Pfeife. „Vielleicht solltest du mal mit Grace sprechen."

„Grace Winishut?", fragte Jem mit unverhohlenem Spott in der Stimme. „*Sie* ist wirklich eine Hexe. Die Kinder im Dorf fürchten sich vor ihr."

„Fürchtest *du* dich auch?"

„Um Himmels Willen, nein. Wie kommst du nur auf so etwas?"

„Deine Mutter und Grace sind nicht gerade das, was man Freundinnen nennen kann", sagte Jakob. „Aber Elsie hat großen Respekt vor Grace Winishuts Fähigkeiten und ihrem Wissen. Sie ist eine Heilerin und sieht Dinge, die andere Menschen nicht sehen können."

„Das tut Mutter auch", erwiderte Jem kopfschüttelnd. „Sie sieht Gespenster."

Eine weiße Tabakwolke hüllte Jakob ein. „Warum sperrst du dich so vehement gegen alles, was unser altes Leben ausgemacht hat?", fragte er. „Das sind unsere Traditionen. Sie haben uns jedes Mal geholfen zu überleben, wenn es schwierig wurde für unser Volk. Wenn wir sie aufgeben, geben wir uns auf."

„Meinst du mit Traditionen die Geschichten von Hexen, dem *Weetigo* und anderen Dämonen des Waldes?" Jem sah seinen Vater an. Von Jakob Soonias hatte er die stattliche Größe und die kräftige Statur. Er hatte seinen Vater immer bewundert und respektiert. Wie Jakob um ein würdevolles Leben kämpfte und nie aufgab. Obwohl er oft enttäuscht worden war und viele Niederlagen einstecken musste, hatte er der Verbitterung standgehalten. Auch noch in der schlimmsten Situation konnte er Hoffnung schöpfen und besaß die Gabe, diese Hoffnung an andere weiterzugeben.

Jem hatte seinem Vater viel zu verdanken. Eine Erziehung voller Güte, Respekt und ohne Zwang. Von Jakob kannte er unzählige Geschichten über die Tiere der Wildnis, die Teil einer uralten Übereinkunft waren.

„Wenn die Tiere spüren, dass die alten Mythen in Vergessenheit geraten", hatte sein Vater ihm erzählt, „dann werden sie das Land verlassen." Die Tiere wurden weniger, das war nicht zu leugnen. Aber Jem wusste, dass es an der industriellen Ausbeutung der Wälder lag: Kahlschlag, Erdölförderung, Erzminen und Skigebiete.

Jakob war Jäger und hielt an den alten Ritualen fest. Er gehörte zu den wenigen Männern von Dog Lake, die den Winter in der Wildnis auch ohne die Errungenschaften der Zivilisation überleben konnten. Als Jem in Stevies Alter war, hatte sein Vater begonnen, ihn mit hinaus in die Wälder zu nehmen, um zu jagen oder die Fallenstrecke abzugehen. Jem sollte lernen, wie man Schlingen legt und Holzfallen baut. Er sollte lernen, wie man die Jahreszeiten nutzt, um sich in der Natur zurechtzufinden.

Jem hatte diese Ausflüge, die manchmal Tage dauerten, geliebt. Er erinnerte sich noch genau an jenen Tag, an dem er seinen ersten Elch erlegt hatte. Damals war er fünfzehn gewesen und trunken vom Fieber der Jagd. Sein Vater hatte ihn noch an Ort und Stelle auf den Boden der Tatsachen zurückgeholt. „Ein Tier töten ist kein Sport", hatte Jakob gesagt. „Nichts, um sich selbst oder den anderen zu beweisen, was für ein toller Kerl man ist. Kein Lebewesen ist mehr wert als das andere. Wir töten, weil wir das Fleisch zum Leben brauchen, nicht um einen Sieg zu erringen. Bedanke dich bei dem Tier, mein Sohn, das sich für dich geopfert hat."

Jem hatte ein Tabakopfer dargebracht und versucht, seinen Stolz im Zaum zu halten. Aber in seinem Inneren war das großartige Gefühl geblieben, für das er sich heute noch schämte.

Später hatten sie zusammen am Feuer gesessen, Elchsteaks geröstet und den Geräuschen der Nacht gelauscht. Jakob hatte seinem ältesten Sohn von den Bewohnern des Waldes erzählt, von den sichtbaren ebenso wie von den unsichtbaren. Jem hatte schon einiges vom *Weetigo* gehört, über die Angst der anderen aber hatte er immer gelacht. Als sein Vater ihm in dieser Nacht vom behaarten Dämon erzählte, packte ihn das kalte Grauen.

„Das Verlangen des *Weetigo* nach Menschenfleisch ist unersättlich" sagte Jakob. „Nur wenn er keines zur Verfügung hat, begnügt er sich mit verrottetem Holz, Moos und Pilzen. Du kannst ihn nicht sehen, aber er sieht dich. Wenn du im Wald bist und plötzlich Blicke im Rücken spürst, dann ist er es. Von ihm zu träumen oder ihn zu hören, reicht aus, dass er Macht über dich bekommt."

Jem hatte die ganze Nacht nicht schlafen können und seine Furcht vor dem behaarten Kannibalen ließ den Stolz schwinden, den er über den erlegten Elch empfunden hatte. Wieder zu Hause, verschwand er in seinem Zimmer und ließ sich einige Zeit nicht blicken. Es ärgerte ihn, dass er seine Angst nicht beherrschen konnte. Dass er sich vor einem Wesen fürchtete, das angeblich ein Herz aus Eis hatte. Später hatte der Vater dann auch Simon, seinen kleinen Bruder mit auf die Jagd genommen. Jem konnte sich noch gut erinnern, wie Simon atemlos an den Lippen seines Vaters hing, wenn der über die alten Zeiten sprach.

Simon liebte die alten Geschichten, er liebte die Tiere und er liebte die Wälder. Das Töten aber hatte er gehasst.

Mit seinen vorwurfsvollen Blicken hatte Simon seinem großen Bruder jedes Mal ein schlechtes Gewissen gemacht, wenn der ein Tier erlegt hatte. Deshalb war Jem damals froh gewesen, als Simon aufhörte, sie zu begleiten.

Jem hatte geahnt, dass es seinen Vater schmerzte, einen Sohn zu haben, der die Jagd verabscheute. Von den anderen Jungen im Dorf wurde Simon als Feigling verlacht, aber Jakob zwang ihn nicht, sie auf die Jagd zu begleiten. Es wurde einfach nicht darüber gesprochen.

Simon wurde immer stiller und sein Interesse an den alten Geschichten versiegte plötzlich. Jem machte sich keine Gedanken darüber. Es gefiel ihm, den Vater auf diesen Ausflügen in die Wildnis für sich allein zu haben. Wenn ihm Jakobs ungeteilte Aufmerksamkeit galt, fühlte er sich geliebt und stark.

Er hatte sich immer sicher gefühlt an der Seite seines Vaters. Doch nun war diese Sicherheit weg. Nichts war mehr sicher, seit Stevie verschwunden war.

„Es *sind* schwierige Zeiten für unser Volk", sagte Jem zu seinem Vater. „Aber ich bezweifle, dass das Praktizieren von alten Bräuchen unseren Wald vor Shimadas Holzerntemaschinen retten kann."

„Du hast zu lange in der Welt der Weißen gelebt", sagte Jakob. „Ich hätte nicht einwilligen dürfen, dass du auf diese Internatsschule gehst, so weit weg von uns und unserem

Leben. Das hat dich verändert und war nicht gut für dich. Du hast so vieles vergessen von dem, was ich dich lehrte. Stevie ist ganz anders als du."

Die Kritik seines Vater traf Jem. „Er ist noch ein Kind, Vater. Hexen und Waldgeister faszinieren ihn, wie jedes andere Kind in seinem Alter auch. Immer wieder verlangt er von mir, dass ich ihm die alten Geschichten erzähle."

„Kennst du denn noch welche?" Jakob blieb stehen, drehte sich um und sah seinen Sohn an. Jem stand da mit hängenden Armen, wie ein trauriger Rabe. Sein Anblick verursachte einen dumpfen Druck in Jakobs Brust.

„Natürlich. Du hast sie mir erzählt und ich habe sie nicht vergessen. Ich habe nichts von dem vergessen, was du mir erzählt hast. Auch wenn du mir das vielleicht nicht glaubst. Aber die alten Geschichten können uns nicht retten, Vater. Sie konnten Simon nicht retten."

„Weil er sich von ihnen abgewendet hat."

„Aber warum hat er das getan?"

Jakob schwieg eine Weile, dann sagte er: „Es war meine Schuld."

„Deine Schuld?" Mit verständnisloser Miene sah Jem seinen Vater an.

„Ja. Ich nahm ihn mit auf die Jagd, um ihm klarzumachen, dass die alten Geschichten untrennbar mit dem Praktizieren der alten Bräuche verbunden sind. Dass er ein Jäger sein muss, um ein guter Cree zu sein. Aber Simon war kein Jäger. Er war ein *Naachin*, ein Träumer. Er liebte Geschichten und er hasste den Tod."

Im Mondlicht sah Jem glänzende Spuren von Tränen auf den Wangen seines Vaters. Jakob schwieg lange. „Du musst dich selbst auf die Suche nach Stevie machen", sagte er schließlich. „Du bist sein Vater und kennst ihn am besten. Wenn man etwas verloren hat, muss man den Weg noch einmal zurückgehen, um es zu finden." Er nahm einen tiefen

Zug aus seiner Pfeife und blies den blauen Rauch in den Himmel. Mondlicht formte seltsame Schatten aus dem Tabaknebel. „Aber allein kannst du es nicht schaffen. Lass dir von einer Medizinfrau helfen. Grace Winishut hat Einblick in die Zukunft, Jem. Sie kann dir helfen, deinen Geistern zu begegnen."

„Sie ist eine alte Frau, Vater, die sich mit Kräutern und Heilpflanzen auskennt. Dass sie in die Zukunft blicken kann, halte ich für ein Gerücht. Ranee wird mir helfen", bemerkte Jem und straffte seine Schultern. „Sie ist jetzt meine Frau."

Jakob Soonias schüttelte unmerklich den Kopf. „Nicht sie, mein Sohn. Sie hat kein Interesse daran, Stevie zu finden. Ranee Bobiwash will nur dich, nicht den Jungen." Er räusperte sich und sagte: „Diese junge Frau mit dem kurzen Rock, mit dem roten, ausländischen Wagen ..."

„Miss Toshiro vom Jugendamt?", Jem runzelte die Stirn.

„Ja, die. Sie wird dir helfen."

Jem bedachte seinen Vater mit einem Blick jäher Verwunderung. Schließlich lachte er lautlos und sagte: „Warum ausgerechnet sie, Vater? Ihr einziges Interesse besteht darin, mir irgendetwas anzuhängen, damit das Jugendamt mir Stevie wegnehmen kann. Wie kommst du bloß darauf, dass diese Frau mir helfen könnte? Sie ist eine Fremde."

„Grace Winishut hat es gesagt. Deine Mutter war heute bei ihr. Du solltest mal bei Grace vorbeischauen, vielleicht hat sie einen Hinweis für dich."

In einer hilflosen Geste hob Jem die Hände und ließ sie dann mutlos wieder sinken. „Tut mir Leid, Vater, aber ich kann das nicht."

In diesem Moment bemerkte er, dass Jakob mit ihm zum kleinen, eingezäunten Friedhof gegangen war, wo sich auch Marys Grab befand. Das war zuviel für ihn und er fand es nicht fair, jetzt auf diese Weise an sie erinnert zu werden.

Das einfache Holzkreuz mit ihrem Namen war ein schwarzer Schatten in der Dunkelheit. Ihn befiel eine Verzweiflung, von der er gehofft hatte, sie für immer überwunden zu haben.

„Geh zu Grace", sagte Jakob.

Jem schüttelte den Kopf. Er ließ seinen Vater stehen und machte sich auf den Weg zurück zu seinem leeren Haus mit den dunklen Fenstern. So sehr er seine Eltern liebte, es fiel ihm doch schwer nachzuvollziehen, dass sie tatsächlich an *Manitus*, an übernatürliche Wesen glaubten. Auch mit dem zweiten Gesicht der alten Grace konnte er nichts anfangen. Sein Volk besaß seit jeher die Fähigkeit, durch Träume zu sehen, er aber schien diese Fähigkeit verloren zu haben, seit er sich vom Geisterglauben seiner Vorfahren distanziert hatte.

Es gab Träume, die konnten schnell zu Alpträumen werden und manchmal standen Traditionen einem auch im Weg. Er war in eine Welt hineingeboren, in der die Dinge immer unübersichtlicher und komplizierter wurden. Und obwohl er stolz darauf war, ein Cree zu sein, widerstrebte es ihm, Halt im Geisterglauben zu suchen. Er hatte einen anderen Weg eingeschlagen, einen, der zwischen den beiden Welten verlief. Bisher hatte es so ausgesehen, als ob das für einen wie ihn der richtige Weg war. Doch nun war alles durcheinander. Seine Mutter und sein Vater drängten ihn, sich spirituellen Beistand zu holen und die Geister zu befragen. Aber noch sträubte er sich gegen die Vorstellung, dass es an der Zeit sein könnte umzudenken.

Jem ging in Stevies Zimmer, machte Licht und sein Blick streifte durch den Raum. Wie konnte alles nur so unverändert aussehen? Warum gab es keine einzige Spur, keinen einzigen Hinweis, dem er folgen konnte? War es möglich, dass die Angst, Stevie zu verlieren, ihn blind gemacht hatte? Jem nahm sich eines von Stevies getragenen T-Shirts, kroch in den niedrigen dunklen Bau aus Stühlen und Decken und hockte sich auf den Boden.

Was hatte Stevie hier drinnen gemacht? Hatte er da gesessen und auf das Flüstern von Geheimnissen in der Dunkelheit gewartet? Jem presste die Nase in das Hemd seines Sohnes und atmete den vertrauten Geruch ein. Vor seinen Augen sah er das winzige schreiende Bündel, das die Hebamme ihm vor neun Jahren in den Arm gelegt hatte. Der schwarze Flaum auf dem Kopf seines neugeborenen Sohnes, sein rotes, entrüstetes Gesicht, der zahnlose Gaumen. Die Energie, die in ihm steckte. Und Mary in ihrem Bett, erschöpft, aber so glücklich, wie er sie noch nie erlebt hatte. Mary, dachte er und wischte mit dem Ärmel seines Hemdes über sein tränennasses Gesicht.

Wenig später hatte es Komplikationen gegeben und die Hebamme hatte einen Arzt gerufen. Als der Krankenwagen eintraf, war Mary schon bewusstlos gewesen, aber das hatte er gar nicht richtig begriffen. Er hatte geglaubt, die Müdigkeit hätte sie übermannt. Alles war so schnell gegangen, er hatte sich nicht von ihr verabschieden können. Als man ihm sagte, dass sie gestorben war, weil durch ein gerissenes Blutgefäß Fruchtwasser in ihren Blutkreislauf gelangt war, lag Stevie schlafend an seiner Brust.

Einziger Trost für ihn war, dass Mary nicht geahnt haben konnte, dass sie sterben würde. Was mit ihr geschehen war, hatte sie noch weniger begriffen als er. „Ist er nicht wunderschön?", waren die letzten Worte, die sie zu ihm gesagt hatte.

„Stevie", flüsterte Jem in die muffige Düsternis der Höhle. „Wo bist du, mein Sohn? Wo bist du?"

4. Kapitel

Die Stadt Thunder Bay war erst Anfang der siebziger Jahre entstanden, als man beschlossen hatte, die Orte Fort Williams und Port Arthur zusammenzulegen. Fort Williams, einst Umschlagplatz für Trapper und Pelzhändler aus dem Norden, war 1892 zum ersten Mal als Ort erwähnt worden und Port Arthur, benannt nach Queen Victorias drittem Sohn, etwa zur selben Zeit.

In den Sommermonaten wurde im alten Fort Williams von Studenten in originalgetreuen Kostümen die Vergangenheit nachgestellt. Canyon hatte das Spektakel schon einige Male gesehen und fragte sich jedes Mal, wie es wohl wirklich gewesen war, als sich die ersten Waldläufer unter die Indianer mischten und später als Siedler hier niederließen. Als französische Pelzhändler die Flüsse in Richtung Norden befuhren, den ganzen Winter über Fallen stellten und dann, wenn das Eis geschmolzen war, die großen Seen überquerten, um nach tagelangen unmenschlichen Strapazen ihre Felle gegen Lebensmittel, Munition oder klingende Münze zu tauschen. Viele von ihnen hatten, weil es praktisch war, indianische Frauen geheiratet und Mischlingskinder in die Welt gesetzt.

Auch sie selbst war ein Mischblut. Tochter eines japanischen Vaters und einer Mutter französisch-indianischer Abstammung, wobei sich das Erbgut ihres Vaters nur spärlich durchgesetzt hatte. Der asiatische Einschlag in ihrem Gesicht war zwar unverkennbar: breite Wangenknochen, Augen, die sich in den Winkeln leicht verengten und kräftiges schwarzes Haar, aber ebensogut hätte sie auch ein

Inuitmischling sein können. Es war ihr Name, der das Rätselraten meist beendete.

Nach dem College war Canyon aus Vancouver nach Thunder Bay gekommen und hatte die Stadt seither kaum verlassen, höchstens mal zu ein paar kleinen Ausflügen in die umliegende Gegend. Alles Fremde machte Canyon nervös. Sie brauchte ihre Ordnung, ihren Rhythmus. Den hatte sie gerade erst wiedergefunden, nachdem sie sich endlich von Gordon getrennt hatte und in dieses kleine Apartment gezogen war. Gordon Shaefer, Rechtsanwalt mit einer vielversprechenden Karriere vor sich. Sprössling einer angesehenen Familie in Thunder Bay, deren männliche Mitglieder seit vier Generationen Anwälte waren.

Gordon war ein gut aussehender, immer korrekt gekleideter Mann, um den Canyon von anderen Frauen beneidet worden war. Hinter vorgehaltener Hand hatten sie sich gefragt, was er an ihr fand: an einer kleinen Halbjapanerin, die weder besonders schön noch extravagant war. Was keine von ihnen wusste: Shaefer war ein Mann, der sehr jähzornig werden konnte und in solchen Augenblicken die Kontrolle über seine körperlichen Kräfte verlor.

Als Canyon ihn vor fünf Jahren kennen gelernt hatte, war Gordon vom asiatischen Einschlag in ihrem Gesicht fasziniert gewesen. Er hatte ihre hohen Wangenknochen und die schrägen Augen exotisch und attraktiv gefunden. *Meine kleine Geisha*, hatte er sie manchmal genannt und sie hatte sich geschmeichelt gefühlt. Dass er, wenn er wütend war, heftiger reagierte als andere Menschen, hatte sie zwar wahrgenommen, es aber nicht für bedenklich gehalten. Gordon bereute schnell und war dann meist besonders zärtlich und aufmerksam. Er machte teure Geschenke und beschwor seine Liebe zu ihr. Da war Canyon schon so abhängig von seiner Zuneigung und der körperlichen Erfüllung, die sie bei ihm fand, dass sie ihm immer wieder glaubte.

47

Aber dann war er eines Abends auf einer Party von einer hübschen jungen Journalistin gefragt worden, von welchem Eskimovolk seine Freundin eigentlich abstamme. Gordons wütende Verlegenheit war Canyon noch gut im Gedächtnis. Seitdem fand er ihr Gesicht zu breit und flach, ihre Beine nicht lang genug und sowieso: beim Sex war sie verklemmt und zögerlich und viel zu still. Das alles sagte er ihr zwar nicht ins Gesicht, denn er hielt sich für einen außerordentlich kultivierten Menschen, aber Canyon entdeckte Gordons Vorbehalte in seinen Blicken und seinen Äußerungen, die er anderen gegenüber machte.

Der Gedanke, ihn zu verlieren, war ihr unerträglich. Sie klammerte sich an ihn, was ihn gereizt machte. Eines Tages schlug er sie. Es war das erste Mal. Gordon war klein, aber kräftig und sie wog nur fünfzig Kilo. Der Schlag warf sie gegen die Wand. Sie taumelte und stürzte. Das Blut, das aus ihrer Nase strömte, ernüchterte ihn. Er kümmerte sich, stoppte die Blutung, kühlte ihr Gesicht, bereute zutiefst.

Und Canyon verzieh ihm. Die nächsten Tage meldete sie sich krank. Ihren Kollegen aus dem Kinderheim, in dem sie damals arbeitete, erzählte sie, dass sie gestürzt sei. Nach diesem Zwischenfall ging es mehrere Monate gut zwischen ihnen und Canyon fasste neuen Mut. Sie wechselte den Job und begann auf dem Jugendamt zu arbeiten. Das war seit dem Abschluss ihres Studiums ihr Ziel gewesen.

Die ersten Wochen waren schwer für sie. Was sie als Mitarbeiterin des Jugendamtes erlebte, machte ihr zu schaffen und zu Hause konnte sie nicht darüber reden, weil sie fürchtete, Gordon könne sich angesprochen fühlen, wenn sie von gewalttätigen Männern und ihren Opfern erzählte. Obwohl sich Sarah Wilson, ihre ältere Kollegin, von Anfang an mit großer Herzlichkeit um sie kümmerte, blieb Canyon verschlossen und misstrauisch. Sie konnte und wollte nichts von sich preisgeben. Eines Tages, sie und Gordon waren gemeinsam auf eine Party gegangen, erwischte sie ihn in einer dunklen Ecke, wie er eine andere Frau umarmte und küsste. In ihrem Schock und der großen Angst verlassen zu werden, stellte sie ihn vor allen anderen zur Rede und floh hinterher nach Hause. Sie weinte sich in den Schlaf, unglücklich und doch voller Hoffnung, dass er ihr vergeben möge.

Als Gordon einige Zeit später in ihre gemeinsame Wohnung kam, war er betrunken und raste vor Wut über die Demütigung, für die er sie verantwortlich machte. Er würgte Canyon und nötigte sie. Es war ein gewaltsamer, brutaler Akt. Erst als sie in ihrer Todesangst nach Luft japste, ließ er von ihr ab. Diesmal entschuldigte er sich nicht. Gordon Shaefer war stumm vor Entsetzen über das, was er getan hatte. Fluchtartig verließ er die Wohnung und ließ sie allein zurück.

In dieser Nacht begriff Canyon, dass sie sich von Gordon lösen musste, wenn sie ihr Leben in den Griff bekommen wollte. Sie wählte die Nummer ihrer Kollegin und zehn Minuten später stand Sarah vor der Wohnungstür, um Canyon mitzunehmen. Sarah und ihr Mann Charles bestanden darauf, Gordon anzuzeigen, aber Canyon ließ sich nicht dazu bewegen. Schließlich waren die beiden bereit, von einer Anzeige abzusehen, unter der Bedingung, dass Canyon zu ihnen zog, so lange, bis sie eine neue Wohnung gefunden hatte.

Die nächsten Tage begleitete Sarah Canyon auf Schritt und Tritt. Sie holten die Sachen aus der Wohnung und Sarah besorgte ihr das Apartment, in dem sie jetzt lebte. Gordon machte sich nicht die Mühe, Canyon nachzulaufen. Diesmal hatte er die Grenze überschritten und er war klug genug zu wissen, dass er sein Versprechen, ihr nie wieder weh zu tun, nicht einhalten konnte.

Das war jetzt ein Jahr her. Seitdem war Canyon Gordon zwei- oder dreimal begegnet. Das letzte Mal bei einem Mozartabend des Thunder Bay Symphony Orchestra im Auditorium, einer modernen Konzerthalle, die über tausend Menschen Platz bot. So viele Menschen und doch liefen sie einander über den Weg, er mit einer blonden, sehr elegant gekleideten Frau an seiner Seite. Sie hatten einander angesehen und gegrüßt und sie hatte nichts empfunden außer Mitleid und Bedauern. Sie hatte ihre Liebe vergeudet, und das vier Jahre lang.

Diese Tatsache änderte nichts an einer anderen: Canyon fühlte sich einsam. Es gab Momente, in denen sie Gordon vermisste. Er hatte ihr eine Art Sicherheit gegeben und in seinen guten Zeiten war er ein aufmerksamer Liebhaber gewesen. Unter seinen geduldigen Händen hatte sie ihren ersten Höhepunkt erlebt. Sie erinnerte sich noch gut an jene Nacht mit ihm, in der erwartungsgemäß alles schiefgegangen war. Doch statt aufzugeben, war sein Interesse an ihr auf unerklärliche Weise gewachsen. Seine Hartnäckigkeit hatte Canyon zu der Annahme verleitet, dass er sie wirklich lieben würde. Er hatte ihr Geschenke mitgebracht, war zärtlich gewesen und hatte sie nicht bedrängt. In dieser Zeit hatte sie gelernt, dass Zärtlichkeiten nicht zwingend mit dem Eindringen in ihren Körper verbunden sein mussten. Zum ersten Mal seit zehn Jahren hatte sie wieder Vertrauen zu einem Mann empfinden können.

Gordon Shaefer hatte sie aus ihrem dunklen Gefängnis geführt, nur um sie später dorthin zurückzustoßen. Nun war es für sie noch schwerer, mit ihrem eigenen Körper Freundschaft zu schließen. Weil er Bedürfnisse hatte, ihr Kopf aber sagte, dass es schmerzhaft war, diesen Bedürfnissen nachzugehen. Sie wollte nicht lieben, sie wollte nur vergessen.

Canyon ließ sich auf ihre Stoffcouch fallen und stellte

den Fernseher an. Mit der Fernbedienung zappte sie durch alle Programme und stellte das Gerät wieder aus. Sie ging ins Bad und nahm eine Dusche. Danach hockte sie sich wieder auf ihre Couch und blätterte in der Zeitung. Sie sah nach, ob es vielleicht einen guten Film im Kino gab. Am besten eine Komödie. Es lief *Die Mumie II*, aber sie konnte sich nicht dazu durchringen hinzugehen. Sie konnte sich zu überhaupt nichts durchringen. Mit angezogenen Beinen, die Arme um die Knie geschlungen, saß sie da und wiegte sich in monotonem Rhythmus vor und zurück. Das passierte ihr manchmal, wenn die Gedanken sich vom Körper lösten. Wenn sie zurückglitt in die Vergangenheit, ohne dass sie es wollte. Wenn aus dem Heute das Gestern wurde. Dann saß sie wieder in diesem Schrank, von Dunkelheit umschlossen, wiegte ihren mageren Körper und murmelte Beschwörungsformeln. Weil sie Angst hatte. Weil sie sich schützen wollte. Weil sie glaubte, wenn sie *ihn* nicht sah, würde er sie auch nicht sehen.

„Na, wie war das Essen im Harrington Court?", fragte Canyon ihre Kollegin Sarah am nächsten Morgen. Sarah Wilson war zehn Jahre älter als Canyon. Sie war eine untersetzte Rothaarige mit breiten Hüften und einer Neigung zur Leibesfülle. Sarah naschte für ihr Leben gern und man sah ihr nicht an, dass sie dreimal in der Woche joggte. Aber Canyon wusste es, denn manchmal liefen sie gemeinsam auf der Uferpromenade des Lake Superior.

„Einfach Klasse die Küche dort", erwiderte Sarah. „Das Mousse au Chocolat war köstlich." Sie verdrehte genussvoll die Augen.

Canyon lachte kopfschüttelnd. Sarah, mit der sie sich ein Büro im Gebäude des Sozialamts teilte, war Ende Dreißig und eine Frohnatur. Schon seit vielen Jahren kümmerte sie sich aufopferungsvoll um Kinder, die zu Fällen des Jugendamtes geworden waren. Missbrauch, Verwahrlosung, seelische und körperliche Misshandlungen: Die Kindheit konnte auch eine Hölle sein.

Canyon, der die meisten Fälle so nahe gingen, dass sie Mühe hatte, ihr seelisches Gleichgewicht nicht zu verlieren, wunderte sich jedes Mal aufs Neue, wie Sarah diese Tragödien ertrug. Woher sie die Kraft nahm, ein fröhlicher Mensch zu bleiben, nachdem sie so viel Leid gesehen hatte.

Als Canyon vor anderthalb Jahren als Neuling ins Jugendamt gekommen war, hatte Sarah sie unter ihre Fittiche genommen. Canyon hatte eine Menge gelernt von ihrer erfahrenen Kollegin. Wie man Ruhe bewahrt, obwohl man seinem Gegenüber am liebsten an die Kehle gehen würde. Wie man sich mit einer Fünfjährigen über abnorme Sexualpraktiken unterhielt, ohne dabei in Tränen auszubrechen und wie man einer Autopsie beiwohnt, ohne hinterher Alpträume zu haben. Sie hatte sich angewöhnt, den Leuten immer einen Ausweg offen zu lassen, weil manch einer, in die Enge getrieben, zu den merkwürdigsten Reaktionen fähig war. Meist gelang es Canyon, ihren Job auf diese Weise in den Griff zu bekommen. Doch manchmal beschäftigte sie ein Fall so sehr, dass sie tagelang darum kämpfte, wieder Boden unter den Füßen zu spüren. Trotzdem dachte sie nie daran, ihren Beruf aufzugeben.

„Und wie war dein Ausflug in die Wildnis?", fragte Sarah neugierig.

„Du hättest mich ja mal vorwarnen können", erwiderte Canyon. „Ich war falsch angezogen."

„Moskitos?" Sarah verzog schadenfroh das Gesicht, ein spöttisches Funkeln in den blauen Augen.

Canyon lachte, sie nahm ihr das nicht übel. Seit jener Nacht, als Sarah sie aus Gordons Wohnung geholt hatte, war sie ihre beste Freundin und Vertraute. Sie war der einzige Mensch, dem sie von ihrer Vergangenheit erzählt hatte. Das war ein großer Vertrauensbeweis, aber bei Sarah Wilson waren ihre Geheimnisse sicher aufgehoben.

Sollte Robert Lee Turner, der in Canyon vernarrt war, je von ihrem Kindheitstrauma erfahren, würde er ihr Befangenheit bescheinigen, sie in eine andere Abteilung versetzen und nicht mehr mit Fällen von Kindesmisshandlung betrauen. Und dabei hatte Canyon gerade zu diesen Kindern einen besonderen Draht, aus dem einfachen Grund, weil sie sich in sie hineinversetzen konnte. Durch ihr besonderes Feingefühl und ein beinahe magisches Gespür, hatte sie schon viele Male vollkommen verängstigte und verstörte Kinder zum Reden gebracht. Sie vertrauten Canyon, als ob sie spüren würden, dass sie jemanden vor sich hatten, der dasselbe durchgemacht hatte wie sie.

„Schwarzfliegen", antwortete sie, „Morast und ..."

„Und *was*?", fragte Sarah, die Stirn in Falten gezogen.

„Indianer."

Sarah Wilson lehnte sich seufzend in ihren Drehstuhl zurück. „Na komm schon, Can, du hattest schließlich nicht das erste Mal mit ihnen zu tun. In Thunder Bay gehören sie zu unseren besten Kunden."

„Ja ja, ich weiß. Aber die Ojibwa da draußen im Reservat sind irgendwie anders."

„Anders? Klar sind sie anders. Ihre Welt ist eine andere. Sie sind Jäger. Freie Menschen, obwohl sie im Reservat leben. Noch vor hundert Jahren durchstreiften sie als räuberische Nomaden die Wälder. Bis man sie zwang, in dauerhaften Siedlungen zu leben und ihr Dasein mit staatlichen Fürsorgechecks zu fristen."

„Gibt es gar keine Jobs für sie?", fragte Canyon. „Ich kann mir das nicht vorstellen."

„Schon", erwiderte Sarah. „Wenn sie sich bereit finden, gefährliche und gesundheitsschädigende Arbeiten im Straßenbau, den Erzminen oder der Holzwirtschaft zu übernehmen, dann haben sie Aussicht auf einen Job. Doch der überwiegende Teil von ihnen kommt nur schlecht oder überhaupt nicht mit den unwürdigen Arbeitsbedingungen zurecht." Sie zuckte die Achseln. „Trotz allem geht es den Indianern im Reservat besser als ihren Stammesbrüdern hier in der Stadt, wo der Alkohol leichter zu haben ist. Und im Übrigen sind es Cree, mit denen du es diesmal zu tun hast. Dog Lake ist ein Cree Reservat."

„Tatsächlich", bemerkte Canyon nachdenklich. „Ich glaube nicht, dass das einen großen Unterschied macht. Auf jeden Fall fühlte ich mich irgendwie ... fehl am Platz."

Sarah hatte Recht. Den Stadtindianern war von ihrer Kultur kaum etwas geblieben. Abgeschnitten von ihrem Land und ihrer Gemeinschaft, verloren sie ihre Identität, ihren Stolz. Wenn Canyon in Thunder Bay mit Indianern oder Mischlingen zu tun hatte, wurde sie meist mit großer Armut, Alkohol und Verwahrlosung konfrontiert. Diese Menschen taten ihr Leid, weil sie ihr Leben nicht in den Griff bekamen und die nächste Generation in einen Kreislauf aus Resignation und Hoffnungslosigkeit hineingeboren wurde. Als sie ins Reservat gefahren war, hatte sie Ähnliches erwartet und war auf eine Welt gestoßen, die ihren Vorstellungen widersprach. Dass sie die Menschen, die dort lebten, nicht einordnen konnte, hatte sie verunsichert. Jem Soonias war ein Mann, der sein Leben sehr wohl im Griff hatte. Jedenfalls, bis sein kleiner Sohn auf rätselhafte Weise verschwunden war.

„Na ja", sagte Sarah, „die Wildnis macht uns Stadtmenschen Angst. Wir kommen uns verloren vor in den dunklen Wäldern, während die Indianer sich dort zu Hause fühlen. Wir fürchten uns vor allem, was da kriecht und krabbelt, während sie jede noch so kleine Spinne als Bruder betrachten."

„Ja, schon möglich. Aber der Vater des Jungen war unfähig, meinem Blick zu begegnen. Würdest du das nicht für bedenklich halten?"

„Das ist ihre Art", sagte Sarah. „Sie vermeiden längeren Augenkontakt, um ihr Gegenüber nicht zu bedrängen."

„*Bedrängen*?", rief Canyon. „Jem Soonias war nicht nur völlig unkooperativ, er hat mich total abblitzen lassen."

„Was hast du denn erwartet?"

„Etwas mehr Entgegenkommen. Schließlich will ich ihm seinen Sohn nicht wegnehmen, nur herausfinden, wo er vielleicht sein könnte."

„Jem Soonias hat schlechte Erfahrungen mit dem Jugendamt gemacht, vielleicht war er deshalb so abweisend. Und außerdem: Das Kind zu suchen, ist Sache der Polizei, Canyon. Lass Inspektor Harding seine Arbeit machen und kümmere dich um die Aktenberge, die auf deinem Schreibtisch liegen."

Canyon zuckte die Achseln. „Wo ist die Akte über Jem Soonias eigentlich abgeblieben?"

Sarah wies mit ihrem Kuli auf einen Ordner, der auf Canyons Schreibtisch lag. „Im Übrigen erinnere ich mich noch sehr gut an den Fall. Ich war ein Frischling wie du und damals war es noch ungewöhnlich, dass sich ein Indianer in einem Sorgerechtsfall einen Anwalt nimmt." Sie klopfte mit dem Kuli gegen ihre Schneidezähne. „Wir hatten vor, den Jungen in einer indianischen Pflegefamilie unterzubringen. Er war ein winziger Säugling und niemand traute Jem Soonias zu, dass er das alleine packt. Aber er hatte einen guten Anwalt und bekam das Sorgerecht für den Jungen. Ein paar Mal war noch jemand von uns draußen im Reservat, um nach dem Rechten zu sehen. Es hat keine Beanstandungen gegeben."

„Was ist mit dir?", fragte Canyon. „Warst du auch mal in Dog Lake."

Sarah nickte. „Ja. Zusammen mit einem Kollegen."

„Und?"

„Ich fand, dass Jem Soonias nicht nur ein guter, sondern auch ein verdammt gut aussehender Vater war. In seiner Trauer und seinem Zorn, der ja durchaus berechtigt war, wirkte er wie eine tragische Gestalt. Wenn ich damals Charlie nicht schon gehabt hätte ..."

Canyon seufzte und verdrehte die Augen. „Wer hat sich um Stevie gekümmert, während sein Vater arbeitete?"

„Soonias' Mutter. Seine Eltern leben auch in Dog Lake. Elsie Soonias war damals schon Mitte fünfzig und ihr Mann Jakob gerade sechzig geworden. Aufgrund ihres fortgeschrittenen Alters haben wir sie als Pflegeeltern nicht in Betracht gezogen. Heute sehe ich auch einiges anders als damals." Sarah hob die Schultern. „Natürlich wäre es idiotisch gewesen, den Jungen zu fremden Menschen zu geben, wenn er einen Vater hat, der ihn liebt und eine Familie, die sich um ihn kümmern kann."

„Wir versuchen doch nur, das Beste für diese Kinder zu tun", warf Canyon ein.

„Natürlich." Sarah nickte. „Aber das Beste ist vielleicht nicht immer das Richtige. Armut und Verwahrlosung gibt es schließlich überall, Can, auch bei uns Weißen. Aber was die Indianer angeht, tragen wir eine gewisse Schuld und die sitzt uns jedes Mal im Nacken, wenn wir mit ihnen zu tun haben. *Sixties Scoop* ist zwar inzwischen ein historischer Faktor", sagte sie. „Aber wir hier auf dem Jugendamt haben auch heute noch jeden Tag mit den Auswirkungen zu tun."

Canyon wusste, wovon Sarah sprach, obwohl sie damals noch ein Kind gewesen war. *Sixties Scoop* war jedem Sozialarbeiter ein Begriff. Das Assimilationsprogramm war bis in die achtziger Jahre hinein in Kanada praktiziert worden. Über zwei Jahrzehnte hinweg hatte man überdurchschnittlich viele indianische Kinder ihren Familien entrissen und bevorzugt an weiße Mittelklassefamilien zur Adoption freigegeben. Damals war auf den Adoptionspapieren bewusst darauf verzichtet worden, die leiblichen Eltern mit Namen zu nennen. Die Kinder sollten daran gehindert werden, später etwas über ihre indianischen Eltern herauszufinden. Meist wurde ihnen erzählt, sie wären italienischer oder griechischer Abstammung. Man wollte diesen eingeborenen Kindern ein privilegiertes Leben ermöglichen, aber dadurch verloren sie den Zugang zu ihrem kulturellen Hintergrund und büßten ihren Status als Indianer ein. Der Schaden, der an Leib und Seele dieser Kindern angerichtet worden war, hatte schlimme Folgen. Nur wenige von ihnen führten heute ein normales Leben. Erst der *Indian Child Welfare Act* von 1978 stellte sicher, dass Indianerkinder nicht mehr aus dem Zuständigkeitsbereich des Stammes entfernt und von weißen Familien adoptiert werden durften. Doch der Stachel der Bitterkeit über die verlorenen Kinder saß tief im Gedächtnis der Ureinwohner.

„Ja", sagte Canyon. „Sie denken immer noch, dass wir ihnen ihre Kinder wegnehmen und Weiße aus ihnen machen wollen. Diese Angst sitzt in ihren Köpfen und wird an die nächste Generation vererbt. In Jem Soonias' Augen bin ich ein Monster, das es auf seinen Sohn abgesehen hat."

Sarah lachte herzlich über Canyons unglückliches Gesicht. „Nun mach mal halblang", sagte sie, „so schlimm wird es schon nicht gewesen sein. Ich nehme an, Stevies Vater kennt die Gesetze und seine Rechte sehr genau. Aber wenn ich mich voller Verzweiflung an die Polizei wende, weil mein Kind verschwunden ist, und man mir gleich jemanden vom Jugendamt vorbeischickt, wäre ich auch sauer."

„Aber das ist der übliche Weg. So sind nun mal die Vorschriften", sagte Canyon.

„Ich weiß. Aber möglicherweise wusste Jem Soonias das nicht."

Canyon murmelte etwas Unverständliches und ließ sich hinter ihrem Schreibtisch nieder. Sie klappte die Akte auf und las. Jem Soonias, Statusindianer und Angehöriger der Woodland Cree, war vierunddreißig Jahre alt und hatte einen tadellosen Lebenslauf. Aufgewachsen im Reservat, war er seit seinem vierzehnten Lebensjahr auf eine Internatsschule in Kenora gegangen, hatte später ein College in derselben Stadt besucht und war als Lehrer in sein Reservat zurückgekehrt. Er unterrichtete Englisch, Stammessprache und amerikanische Geschichte an der Highschool von Nipigon, so, wie er es ihr erzählt hatte.

Ein Jahr nach dem Tod von Stevies Mutter hatte er nach einem erbitterten Kampf das Sorgerecht für seinen Sohn erhalten und ihn adoptiert. Seitdem hatte das Jugendamt nichts mehr mit den beiden zu tun gehabt. Bis gestern. Jem Soonias hatte telefonisch die Stammespolizei in Nipigon verständigt, weil er seinen Sohn Stevie nirgendwo finden konnte. Constable Miles Kirby hatte sich an das Police Department von Thunder Bay gewandt und Inspektor Harding hatte das Jugendamt verständigt.

„Jem Soonias glaubt, sein Sohn ist entführt worden", sagte Canyon nachdenklich. „Aber warum sollte jemand einen Indianerjungen entführen?"

Sarah hob die Schultern. „Was weiß ich. Vielleicht weil er ein hübscher Bursche ist und irgendeiner weißen Frau gefallen hat, die selbst keine Kinder bekommen kann. Wahrscheinlich hat sie noch nichts vom *Indian Child Welfare Act* gehört und dachte sich, dass die Eltern des Jungen froh sind, einen Esser weniger am Tisch zu haben."

Canyon lachte. „Du guckst zuviel Fernsehen, meine Liebe. Solche Leute wollen nur niedliche Babys und keine halbwüchsigen Wilden. Stevie ist neun und liebt die Wildnis. Einer wie er lässt sich kein neues Leben aufzwingen, wenn er nicht will."

„Vielleicht gefällt es ihm ja, wo er jetzt ist. Vielleicht ist er freiwillig mitgegangen."

„Das glaube ich nicht, Sarah. Es sah alles nach einem ziemlich intakten Zuhause aus. Immerhin hat der Junge jemanden, der möchte, dass er gefunden wird."

„Na wunderbar."

„Aber wo ist Stevie?"

Sarah winkte ab. „Dir darüber den Kopf zu zerbrechen, ist nicht dein Job. Das ist Sache der Polizei. Du bist erst gefragt, wenn der Junge wieder auftauchen sollte. Falls er denn jemals wieder auftauchen sollte."

Canyon schüttelte abwehrend den Kopf, denn davon wollte sie nichts hören. Es kam häufig vor, dass Kinder verschwanden und nie gefunden wurden. Was nicht unbedingt bedeuten musste, dass sie tot waren. Manche liefen von zu Hause weg und trieben sich irgendwo in großen Städten auf den Straßen herum. Wenn sie es schafften, nicht von der Polizei aufgegriffen zu werden, bekam die Familie manchmal jahrelang kein Lebenszeichen von ihnen.

Es gab Entführungsfälle, bei denen die Kinder, wenn sie sehr klein waren, ihre richtigen Familien vergaßen und unter neuem Namen ein ganz anderes Leben führten. Aber es gab auch genug Fälle, in denen die Kinder nicht gefunden wurden, weil sie tot waren. Missbraucht und irgendwo verscharrt, wo sie vielleicht nie jemand finden würde. Kanada war ein großes Land und bot viele Möglichkeiten, für immer zu verschwinden oder verloren zu gehen.

„Ich hoffe sehr, dass der Junge schnell wieder auftaucht", sagte Canyon. „Sein Vater dreht sonst durch." Sie schloss die Mappe und wandte sich dem Stapel Akten mit Fällen zu, über die sie in den nächsten Tagen ihre Berichte schreiben musste. Ein aufreibender Fall, mit dem sie und Sarah betraut waren, hatte ihre Abteilung in den letzten Wochen in Atem gehalten. Gestern hatte der Prozess stattgefunden und Canyon musste darüber noch einen Abschlussbericht schreiben. Ein zweiundsechzigjähriger Mann war beschuldigt worden, seine drei minderjährigen Stiefenkeltöchter über Monate und Jahre hinweg missbraucht zu haben. Eine Lehrerin hatte den Mann angezeigt, nachdem ihr eines der Mädchen Dinge erzählt hatte, die die Frau stutzig werden ließen. Der Mann wurde festgenommen und leugnete zunächst hartnäckig. Doch nach und nach kam die ganze furchtbare Wahrheit ans Licht.

Die Mutter der Mädchen, die seit Jahren von Sozialhilfe lebte, hatte ihre Töchter im Alter von acht, zehn und zwölf Jahren regelmäßig gegen Geld und Lebensmittel an Bekannte und Verwandte zur Prostitution angeboten. Unter anderem auch an ihren eigenen Stiefvater. Monatelang waren die Mädchen einem unvorstellbaren Martyrium ausgesetzt gewesen, bevor sich die Älteste ihrer Lehrerin anvertraut hatte, die mit einem Anruf bei der Polizei dem Ganzen ein Ende bereitete. Mutter und Großvater kamen in Untersuchungshaft. Die drei Mädchen brachte man in einem staatlichen Heim unter und nun warteten sie darauf, von einer Pflegefamilie aufgenommen zu werden. Das würde nicht einfach sein, denn die Kinder sollten zusammenbleiben. Alle drei waren in psychologischer Behandlung.

Canyon hatte mit den Mädchen gesprochen und erfahren, dass sie einander immer wieder Mut gemacht hatten. Die älteste Schwester, die Zwölfjährige, hatte nicht mehr ertragen können, wie ihre kleinen Schwestern litten. Das war schlimmer gewesen als ihr eigenes Leid. Deshalb war sie zu ihrer Lehrerin gegangen, obwohl der Großvater ihr gedroht hatte, sie in den Superior zu werfen, wenn sie irgendjemandem erzählen würde, was er mit ihr und ihren Schwestern machte. Das Mädchen konnte nicht schwimmen und hatte panische Angst vor dem Ertrinken. Ihr Mut war bewundernswert.

Gestern hatte die Mutter der Mädchen ein Geständnis abgelegt, um ihren Töchtern einen Auftritt vor Gericht zu ersparen. Unter Tränen hatte sie von ihrer eigenen traurigen Kindheit berichtet. Dem sexuellen Missbrauch durch ihren Stiefvater und einem ihrer Brüder, sowie von langen Jahren in Kinderheimen. Es war keine Seltenheit, dass Angeklagte Misshandlungen, die ihnen selbst in ihrer Kindheit widerfahren waren, als eine Art Entschuldigung benutzten. Sexueller Missbrauch war eine Krake, die immer neue Arme ausbildete. Es gab Menschen, die waren in einem schrecklichen Zuhause aufgewachsen und später erschufen sie diese Höllen neu: für ihre eigenen Kinder.

Der sexuelle Missbrauch wurde von einer Generation an die nächste weitergegeben, als gäbe es keinen anderen Ausweg. Aber Canyon wusste, dass es einen gab.

Gewalttätigkeit war kein Zustand, der einem auferlegt wurde, weil man selbst misshandelt worden war. Bei diesen oftmals vom Verteidiger aufgeführten Gründen kannte Canyon kein Erbarmen, kein Verständnis.

Manchmal schien es ihr, als wüsste sie über alle Möglichkeiten der Grausamkeit Bescheid, hätte alles schon einmal gehört oder gesehen. Doch sie sah sich immer wieder mit neuen Arten von Gewalt gegenüber Kindern konfrontiert. Physische oder psychische Demütigungen, es schien nichts zu geben, was es nicht gab.

Das war der Grund, warum Canyon in ihrem Job ausharrte, warum sie nicht alles hinschmiss und sich einen Broterwerb suchte, der sie nicht auf diese Weise seelisch belastete. Die drei Mädchen hatten einander gehabt und so die Kraft gefunden, sich aus dem Teufelskreis von Abhängigkeit, Angst und Missbrauch zu befreien. Sie selbst hatte niemanden gehabt, nicht einmal ihre eigene Mutter hatte ihr geglaubt. Und es gab andere wie sie. Kinder, die niemanden hatten, dem sie sich anvertrauen konnten, niemanden, der ihnen Kraft gab, sich zu wehren. Für diese Kinder wollte sie da sein. Deshalb setzte sie von Montag bis Freitag jeden Morgen ihren Fuß in dieses Büro und war bereit alles zu geben, wenn Robert Lee seinen Kopf zur Tür hereinschob und sagte: „Ich habe da eben einen Anruf bekommen, meine Damen. Hier ist die Adresse. Und beeilen Sie sich."

5. Kapitel

Jem hob vorsichtig Ranees Arm von seiner Brust und legte ihn sacht an ihren Körper, ohne dass sie davon erwachte. Im Schlaf waren ihre Gesichtszüge ganz entspannt und sie sah weich und verletzlich aus. Einen Augenblick lauschte er ihren gleichmäßigen Atemzügen. Unglaublich, dass sie am hellen Nachmittag so tief schlafen konnte.

Sie hatte vor seiner Tür gestanden und wenig später waren sie im Bett gelandet, so war es fast immer. Auch noch nach einem halben Jahr des Zusammenseins und unzähligen Vereinigungen konnten sie nicht genug voneinander bekommen.

Wenn Ranee auf ihm saß und ihn mit ihren heftigen Bewegungen zum Höhepunkt brachte, fühlte Jem sich, als wäre er gefangen in einem ihrer Gemälde mit den durchdringenden Farben. Schloss er die Augen, rauschten Visionen hinter seinen Lidern vorbei, die ihn faszinierten und ihm gleichzeitig Angst machten. Er sah Bilder, die nicht aus seinem Leben, nicht aus seiner Erfahrung kommen konnten. Vielmehr schienen sie aus einer weit zurückliegenden Vergangenheit auf ihn einzustürzen.

War Ranee vielleicht doch eine Hexe? Merkwürdige Fähigkeiten besaß sie jedenfalls. Noch immer war er ganz benommen von den ekstatischen Bewegungen und der Unersättlichkeit ihres Leibes.

Jem glitt aus dem Bett, klaubte seine Sachen vom Boden zusammen und schlich sich aus dem Zimmer. Leise schloss er die Tür hinter sich. Gerade hatte er seine Jeans über die Hüften gezogen, als das Telefon klingelte. Er eilte in die Küche und nahm ab. „Hallo", sagte er. „Wer ist dran?"

„Canyon Toshiro vom Jugendamt."

„Ach, Sie sind es."

Canyon hörte die Enttäuschung in seiner Stimme. „Hatten Sie einen anderen Anruf erwartet?", fragte sie.

Jem atmete tief ein. „Hätte ja sein können, dass sich jemand meldet, der ...", er zögerte.

„Sie denken immer noch, dass Stevie entführt wurde? Obwohl sich bisher niemand bei Ihnen gemeldet hat?"

„Was wollen Sie, Miss?", erwiderte er mit verhaltener Stimme, ohne auf ihre Frage einzugehen. „Weshalb rufen Sie mich an?"

„Warum flüstern Sie?", fragte Canyon. „Sind Sie nicht allein?"

„Doch." Er räusperte sich ungeduldig. „Nun reden Sie schon! Gibt es etwas Neues?"

„Leider nicht, nein. Die Polizei hat immer noch keine Spur von Stevie, Harding hat eben angerufen und es mir erzählt. Sie haben noch einmal gründlich die Gegend abgesucht und nichts gefunden."

„Ich weiß", sagte Jem. „Er und Miles Kirby haben gestern die Leute im Dorf befragt. Sie sind auch bei mir gewesen und wollten alles Mögliche wissen."

„Und?"

„*Nada*. Nichts. Ich konnte ihm auch nichts anderes sagen, als vor zwei Tagen."

„Haben Sie nachgesehen, ob von Stevies Sachen etwas fehlt?"

„Ja, habe ich. Es ist alles noch da. Jedenfalls soweit ich mich erinnern kann. Aber wahrscheinlich würde es mir nicht auffallen, wenn ein T-Shirt weg ist."

„Was ist mit seinen Jacken und Schuhen?"

„Es fehlt nur das, was er an dem Tag anhatte."

Eine Weile war es still. Jem überlegte, wie er Canyon Toshiro beibringen sollte, dass er ihre Hilfe brauchte. Er setzte keine große Hoffnung in sie, wollte aber nichts unversucht lassen. In der vergangenen Nacht hatte er von ihr geträumt. Sie hatte in der Wildnis gestanden und Stevie an der Hand gehabt. Mit Sicherheit war dieser Traum auf das zurückzuführen, was sein Vater ihm von Grace Winishut erzählt hatte. Seine Hoffnung hatte ihn von Canyon und Stevie träumen lassen. Doch das Bild der beiden war so deutlich, so lebendig gewesen, dass er davon erwacht war und es jetzt noch vor sich sehen konnte, wenn er die Augen schloss.

„Wie geht es Ihnen, Jem?", fragte Canyon.

Er glaubte seinen Ohren nicht zu trauen. Sie wollte tatsächlich wissen, wie es ihm ging. Seine massiven Vorurteile dieser Frau gegenüber waren wie eine Barriere vor seinem Verstand. „Interessiert Sie das wirklich, Miss Toshiro, oder ist das wieder nur einer Ihrer Tricks."

Der Sarkasmus in seinem Ton war bis zu Canyon durchgedrungen. „Was für Tricks?", fragte sie.

„Mit denen Sie auf psychologisch ausgeklügelte Art herausfinden wollen, ob ich auch wirklich unglücklich über das Verschwinden meines Sohnes bin. Ich weiß nicht, was für Gedanken in Ihrem Kopf herumschwirren, aber augenscheinlich trauen Sie mir alles zu. Auch dass ich selbst Stevie etwas getan haben könnte."

Aus dem Hörer kam nichts als Stille. Jem hörte nicht mal den Atem der Frau am anderen Ende der Leitung. Verdammt, dachte er, wütend auf sich selbst, krieg dich unter Kontrolle, sonst legt sie auf. „Miss Toshiro?", fragte er. „Sind Sie noch dran?"

„Ja, ich bin noch dran."

Ihr Schweigen hatte ihn wieder klar denken lassen. „Ich muss mit Ihnen reden, heute noch."

„Ich höre zu", sagte sie. „Aber wenn Sie noch einmal solchen Unsinn von sich geben, lege ich auf."

„Ich will nicht am Telefon mit Ihnen sprechen. Können wir uns irgendwo treffen?"

„Wollen Sie mich auf den Arm nehmen?"

Jem lehnte seinen Kopf gegen die Wand und stöhnte leise. „Nein", sagte er. „Ich meine es ernst. Vergessen Sie, was ich eben sagte. Es war nicht so gemeint. Ich bin ziemlich durcheinander und brauche Ihre Hilfe."

Canyon blickte auf ihre Uhr. Sie hatte schon seit einer Stunde Dienstschluss, war aber, nachdem Sarah gegangen war, länger im Büro geblieben, um noch ein paar der anstehenden Schreibarbeiten zu erledigen. Sie hatte es nicht eilig nach Hause zu kommen. Niemand wartete auf sie und manchmal war die Einsamkeit wie ein Labyrinth aus kalten Mauern, zwischen denen sie umherirrte und verzweifelt nach dem Ausgang suchte. Manchmal war alles andere besser als das.

„Also gut", sagte sie mit etwas mehr Wärme. „In anderthalb bis zwei Stunden kann ich bei Ihnen sein."

„Nein, nicht hier", widersprach er mit gedämpfter Stimme. „Ich komme zu Ihnen, nach Thunder Bay. Wo kann ich Sie treffen?"

Wieder Stille.

„Kennen Sie das Windmill Café an der Uferpromenade?"

„Ja." Er warf einen kurzen Blick auf die Uhr an der Wand. „Spätestens gegen 19 Uhr bin ich dort." Jem hängte ein und schlüpfte in sein Hemd. Er kannte das Café nicht, aber er würde es finden. Während seiner Collegezeit in Kenora hatte er gelernt, sich in Städten genauso sicher zu bewegen und zurechtzufinden wie in der Wildnis. Wenn es notwendig war, konnte man eine gewisse Perfektion sogar in Dingen erlernen, die einem widerstrebten. Jem Soonias hatte gelernt in einer Welt zu überleben, die ihm nicht freundlich gesinnt war. Das war ihm schon einige Male von Nutzen gewesen.

Er bemerkte eine Bewegung in seinem Rücken und drehte sich um. Ranee stand in der Tür, mit nichts am Leib außer ihrem Amulett, das sie niemals ablegte. Trotz ihrer Größe besaß ihr Körper katzenartige Geschmeidigkeit. Sie war so schlank, dass ihre Rippen hervortraten, wenn sie einatmete.

„Wer war das?", fragte sie.

„Walter Katz, der Anwalt aus Thunder Bay", log Jem, in der Hoffnung, dass sie noch nicht lange genug dort stand, um zu wissen, mit wem er wirklich gesprochen hatte. „Wir haben noch einiges wegen des Gerichtstermins zu besprechen, das besser nicht am Telefon gesagt werden sollte. Ich bin in Eile."

„Kann ich mitkommen?" Sie kam auf ihn zu und lehnte sich gegen ihn. Er roch den Duft ihrer wilden Vereinigung, die noch keine Stunde zurücklag. Manchmal, wenn er sie berührte, wenn er in ihr war, spürte er etwas von ihrer Macht, die sich auf ihn übertrug.

Jem gab Ranee einen flüchtigen Kuss und schob sie von sich weg. „Ein anderes Mal", sagte er. „Ich muss jetzt los."

Der Gestank der Papierindustrie erreichte Jem Soonias, als er sich dem Stadtrand von Thunder Bay näherte und er schloss das Fenster. Es gab sieben Zellstoffmühlen in Thunder Bay, riesige Fabriken, in denen täglich tonnenweise Holz zu Zellulose verarbeitet wurde. Fünf davon gehörten Paul Conley, einem der reichsten Männer der Stadt. Sollte die Shimada Paper Company die Wälder um den Jellicoe Lake abholzen dürfen, würde auch Conley sein Geschäft machen, denn seine Zellstoffmühlen lieferten den Rohstoff für die Papierhersteller. Die rechtmäßigen Besitzer der Bäume würden dagegen zum wiederholten Mal leer ausgehen.

Alter Zorn regte sich in Jem. Nach und nach verlor sein Volk alles, zuletzt auch seine Würde. Das erledigte der Alkohol. Er war wie eine quälende Krankheit, schwächte Kraft, Verstand und Liebe, tötete das Lachen und sogar die Träume. Alles, was sein Volk ausgemacht hatte. Im Rausch vergaß es sogar seine Geschichten.

Es war verrückt, aber Weiße und Indianer schienen in einer Art Parallelwelt zu leben. Die meiste Zeit hatten sie überhaupt nichts miteinander zu tun. Und wenn sie es doch taten, dann weil ihre unterschiedlichen Lebensauffassungen und ihre unterschiedlichen Vorstellungen von Recht und Gerechtigkeit aufeinander prallten. Mit ziemlicher Sicherheit lag Ärger in der Luft, wenn Ureinwohner und Weiße ihre Aufmerksamkeit aufeinander richteten.

Soonias versuchte zu erkennen, woher der Wind kam. Bei Ostwind verpestete der Rauch aus den Schloten die Luft über der Stadt und er fragte sich, wie man freiwillig hier leben konnte, wenn es auch noch andere Möglichkeiten gab. Jedes Mal, wenn er der Wildnis den Rücken kehrte, um sich ins Chaos der Zivilisation zu begeben, empfand er die Hässlichkeit wie Schorf auf dem Leib von Mutter Erde. Städte waren Orte, in denen ein lebendiger, atmender Organismus von Beton und Asphalt bedeckt war. Eine kalte, lebensfeindliche Welt.

Zwischen den Mauern der Häuser bekam Jem Soonias Beklemmungen und die Geräusche der Zivilisation machten ihn nervös. Aber er hatte keine Angst mehr, wie damals, als er mit vierzehn nach Kenora gekommen war und gefürchtet hatte, in der Welt der Weißen unterzugehen.

Es hatte lange gedauert, bis er es wagte, noch nach Anbruch der Dunkelheit auf die Straße zu gehen. Aber es war nicht die Dunkelheit, die er fürchtete, sondern ihre Abwesenheit. Dass es in der Stadt nie wirklich dunkel wurde, irritierte ihn. Selbst die Sterne zogen sich zurück hinter diesen rötlich grauen Dunst am Himmel, der nicht natürlichen Ursprungs war.

Damals hatte er sich gezwungen, nach draußen zu gehen. Hatte das Durcheinander in seinem Inneren bezwungen und sich an diesen neuen Rhythmus gewöhnt. Zuletzt konnte er problemlos hin- und herspringen zwischen dem Leben in der Stadt und dem im Reservat. Ein Wanderer zwischen den Welten. Auch wenn ihm vieles am Leben der Weißen unbegreiflich geblieben war.

Jem fand das Windmill Café an der Uferpromenade auf Anhieb. Canyon saß allein an einem der runden Metalltische unter einem zusammengeklappten Sonnenschirm und wartete auf ihn. Er hatte sich verspätet und war froh, dass sie noch nicht gegangen war. Canyon hatte ihr Haar mit einer Spange im Nacken zusammengenommen, was sie wie ein junges Mädchen aussehen ließ. Diesmal reichte er ihr die Hand und zwang sich zu einem Lächeln. Er wollte etwas von ihr und sollte aus diesem Grund die Regeln der Höflichkeit einhalten. Sie trug helle Jeans, ein orangefarbenes T-Shirt und hatte flache Wildlederschuhe an den Füßen. In dieser einfachen Kleidung wirkte sie weniger unnahbar, weniger perfekt, was ihm die Sache erleichterte.

„Ich habe mich verspätet", entschuldigte er sich. „Ein Straßenbautrupp hat Schlaglöcher ausgebessert und ich musste eine Viertelstunde warten."

„Das macht nichts", sagte Canyon. „Wir können hierbleiben, aber das Café hat geschlossen, weil der Besitzer wechselt. Ich habe das nicht gewusst, als ich diesen Treffpunkt wählte. Es tut mir Leid."

Es tat ihr Leid, dass dieses Café geschlossen war. Aber sie brachte es nicht fertig, ihm zu sagen, dass ihr das Verschwinden seines Sohnes Leid tat. Was war bloß los mit dieser Frau, die ihre Gefühle so gut unter Kontrolle hatte?

Jem kniff unwillig die Augen zusammen. Auf einmal hielt er es für einen Fehler, hierher gekommen zu sein. Canyon Toshiro konnte ihm nicht helfen. Sie machte nur ihren Job und vermutlich machte sie ihn gut. Doch ging es in diesem Fall um ganz andere Dinge. Dinge, die sie wahrscheinlich nie begreifen würde.

„Kein Problem", sagte er und ließ ihre Hand los. „Wir finden etwas anderes. Haben Sie schon etwas gegessen? Ich lade Sie ein."

Jem war nicht wild darauf, sie zum Essen auszuführen, er wollte ihr nur beweisen, dass er ein ganz normaler Mann war und kein exotisches Exemplar einer aussterbenden, urweltlichen Rasse.

„Vielen Dank, Jem", sagte sie, „aber ich mache Ihnen einen anderen Vorschlag. Mein Kühlschrank ist voll und ich bin seit zwei Tagen nicht dazugekommen, etwas zu kochen."

„Tut mir Leid", sagte er.

„Was tut Ihnen Leid?"

„Dass Sie meinetwegen Überstunden machen müssen."

„Kein Problem", sagte Canyon, „das ist mein Job. Ich habe ihn mir ausgesucht und mache ihn gern. " Sie sah ihn erwartungsvoll an. „Ich könnte uns etwas kochen? Es würde mir keine Umstände machen."

Soonias hob die Schultern. Damit hatte er nicht gerechnet. Er sah die Bitte in ihren braunen Augen und erkannte auf einmal, wie verwundbar sie war. Plötzlich schämte er sich. „Also gut", sagte er, immer noch ein wenig unschlüssig darüber, was er von ihrer Einladung halten sollte. „Dann fahren wir eben zu Ihnen. Mein Wagen steht nicht weit von hier."

Zusammen liefen sie die Uferpromenade entlang, wo um diese Zeit noch reges Treiben herrschte. Die milde Abendluft hatte die Menschen aus ihren Häusern getrieben. Pärchen, die Hand in Hand gingen, Familien mit Kindern und Singles, die ihre Hunde ausführten. Der Sleeping Giant, eine dem Hafen vorgelagerte Halbinsel, deren langgezogene Silhouette an einen ausgestreckten Riesen erinnerte, lag in silbrig grauem Dunst.

„Kennen Sie die Geschichte vom schlafenden Riesen?", fragte Canyon.

„Ja, natürlich", antwortete Jem. „Es gibt verschiedene Varianten und ich erzähle sie den Kindern im Geschichtsunterricht. Das gehört zum Lehrplan."

„Vermutlich eine dieser Indianerlegenden, die besagt, dass der weiße Mann nichts als Unheil bringt, nicht wahr?"

„Nicht unbedingt", entgegnete er. „*Nanna Bijou*, der Geist des Tiefen Wassers, hat den Ojibwa den Weg zu einer reichen Silbermine gezeigt, als Belohnung für ihren Fleiß, ihr friedvolles Leben und ihre Güte. Er sagte ihnen, dass sie ihr Geheimnis niemals verraten dürfen, sonst würde er zu Stein. Er hätte wissen müssen, dass Reichtum Macht nach sich zieht und Macht die Menschen verändert. Nicht der Weiße Mann ist schuld, dass *Nanna Bijou* jetzt versteinert da drüben in der Bucht liegt. Das Silber ist schuld. Die Gier der Menschen danach."

„Es geht also immer um Dinge, die wir haben wollen und die wir nicht bekommen können."

„Sehr oft ist es so", sagte er.

Sie stiegen in seinen weißen Jeep Cherokee. Der Wagen war verbeult und zerkratzt, aber sauber. Soonias hatte ihn gewaschen, bevor er in die Stadt gekommen war. Sie registrierte es mit einem Lächeln.

Canyon wies ihm den Weg und zehn Minuten später parkte er vor dem roten Backsteingebäude, in dem sie wohnte. Es war ein großes Mietshaus, das vor rund neunzig Jahren auf diesem Hügel erbaut worden war. Nichts Besonderes, aber der Reiz dieser Wohngegend bestand darin, dass sie grüner war als das Zentrum von Thunder Bay.

Bevor sie in den Hausflur traten, warf Jem einen Blick auf die Fassade. Es fiel ihm immer noch schwer sich vorzustellen, wie man in so einem steinernen Haus leben konnte, dicht an dicht mit anderen Menschen, die man vielleicht gar nicht mochte. Der Geruch und die Enge im Treppenhaus waren ihm unangenehm. Eine Mischung aus Tabakqualm, Reinigungsmitteln und Essensgerüchen hüllte ihn ein. Er hatte das Gefühl, keine Luft zu bekommen und bereute, Canyons Einladung angenommen zu haben. Vielleicht wäre es besser gewesen, auf neutralem Boden mit ihr zu sprechen. Vielleicht sollte er das, was er ihr sagen wollte, lieber für sich behalten.

Nachdem sie die vielen Stufen bis hinauf in die dritte Etage gestiegen waren, standen sie endlich vor Canyons Haustür. „Genau sechzig", sagte sie.

„Was?"

„Es sind genau sechzig Stufen, ich habe sie gezählt."

Canyon kramte in ihrer Tasche nach dem Schlüssel und er beobachtete sie dabei, merkte, wie nervös sie war. Warum das alles?, fragte er sich. Mit Sicherheit gehörte es nicht zu den üblichen Gepflogenheiten, dass Mitarbeiter des Jugendamtes die Ermittlungen in ihrem eigenen Wohnzimmer durchführten. Er sollte nicht hier sein, sollte nicht reden mit dieser Frau, die er überhaupt nicht kannte und von der er nicht wusste, ob er ihr trauen konnte. Er hätte nicht darauf hören sollen, was seine Mutter ihm geraten hatte. Er hätte seinen Traum einfach ignorieren sollen, wie all die anderen merkwürdigen Träume zuvor.

Endlich hatte Canyon den Schlüssel gefunden und öffnete die Tür. „Gehen wir in die Küche", schlug sie vor. „Dann können wir uns unterhalten, während ich etwas zu essen vorbereite."

Jem folgte ihr durch den kleinen Flur in eine winzige, helle Küche, die modern und praktisch eingerichtet war. „Sie leben ganz allein?", fragte er, obwohl er die Antwort bereits kannte. Er sah sich um. Tontöpfe mit frischen Kräutern standen auf den Fensterbänken. Es gab ein Sortiment blinkender Edelstahltöpfe und verschieden großer Pfannen, die – nach Größe sortiert – über dem Herd hingen. Canyon Toshiro kochte vermutlich gern. Vielleicht konnte sie es auch. Auf einmal spürte er, dass er großen Hunger hatte. Seit diesem dünnen Honigtoast mit Kaffee am Morgen hatte er nichts mehr gegessen.

„Ja", sagte sie, „seit einem Jahr." Canyon begann Zwiebeln zu schälen und zu schneiden. So brauchte sie wenigstens die Tränen nicht erklären, die plötzlich in ihre Augen stiegen.

„Was ist passiert?", fragte Jem.

„Er hat mich nicht respektiert."

Jem nickte. Weiter nachzuhaken, wäre unhöflich gewesen. „Kann ich helfen?", fragte er, weil er sich auf einmal überflüssig vorkam.

Canyon überließ ihm die Zwiebeln und entschuldigte sich für einen Moment. Als sie in die Küche zurückkam, bereitete sie einen herzhaften Salat aus Tomaten, Eissalat, Oliven und Schafskäse. „Essen Sie Oliven und Schafskäse?", fragte sie, als beides schon in der Schüssel war, vermengt mit den anderen Zutaten.

„Ich werde es versuchen", sagte Jem mit todernstem Gesicht.

Canyon lachte. In diesem Moment ahnte sie, dass sie ihn mochte, obwohl sie sich von ihm nicht dasselbe erhoffen durfte. Er war der erste Mann, den sie in ihr Apartment gelassen hatte, abgesehen von Charlie Wilson, Sarahs Ehemann, und den Möbelträgern. Aus Erfahrung wusste sie, dass die eigene Wohnung eine Menge über die Person verriet, die darin lebte. Was auch immer sie veranlasst hatte, Jem Soonias zu sich einzuladen, nach diesem Abend würde er mehr über sie wissen, als ihr vielleicht lieb war.

„Worüber wollen Sie mit mir sprechen, Jem?", fragte sie, während sie Paprika und Zucchini wusch. Ihre kleinen flinken Hände hielten niemals still.

Seine Augen tränten und er wischte sie mit dem Handrücken trocken. „Wie sind Sie eigentlich zu Ihrem ungewöhnlichen Vornamen gekommen?", fragte er. Nun bereute er nicht mehr, mit ihr gegangen zu sein. Ihr Lachen hatte sympathisch geklungen, für einen Augenblick war sie eine andere gewesen. Jem ahnte ihre tiefe Einsamkeit, die Verletzlichkeit hinter der glatten Fassade, und das machte es ihm leichter, sein Misstrauen für eine Weile im Zaum zu halten.

Canyon sah ihn schräg von der Seite an. „Um das herauszufinden, haben Sie doch nicht den weiten Weg gemacht, oder?"

Sarah hatte ihr das mal erzählt. Indianer kamen nie direkt zur Sache. Wenn sie etwas Wichtiges zu sagen hatten, musste man Geduld aufbringen. Nun, sie hatte Zeit.

„Nein." Er spülte sich die Hände unter dem Wasserhahn und trocknete sie an seiner Hose ab. „Aber ich würde gern etwas über Sie wissen, bevor ich Ihnen mehr über mein Leben erzähle, als ich es vernünftigerweise tun sollte."

„Ich verstehe", sagte Canyon. Dachte traurig, dass es kein wirkliches Interesse war, nur Neugier oder eine Art Absicherung.

„Gut." Er nickte abwartend.

„Als meine Mutter mit mir schwanger war", erklärte sie

ihm, während sie erst die Zucchini, dann die Paprika in Streifen schnitt, „besuchten meine Eltern den Grand Canyon in Arizona. Sie waren überwältigt von seiner atemberaubenden Schönheit, dieser unfassbaren Weite, den verrückten Farben. Als ich geboren wurde, bekam ich diesen seltsamen Namen. Als Kind hatte ich Schwierigkeiten damit und bestand darauf, dass jeder, der meine Sympathie wünschte, mich Canny rief. Inzwischen habe ich mich an meinen Namen gewöhnt. Ich glaube, es gibt schlimmere."

Sie lächelte, obwohl ihr nicht danach zumute war. Ihr Vater hatte ihr diese Geschichte oft erzählt und nun musste sie an ihn denken, voller Trauer und einer Art taubem Schmerz, der sie jedes Mal halb blind machte, wenn er sie unerwartet überfiel.

Aber Jem konnte Canyons Augen nicht sehen, weil sie den Kopf neigte und eine glatte Haarsträhne, die aus der Spange gerutscht war, ihr Gesicht verdeckte. „Ich finde es ist ein schöner Name und eine schöne Geschichte", sagte er. „Hat Ihr Nachname auch eine Bedeutung?"

Sie hob die Schultern. „Keine Ahnung."

Obwohl es ihn wunderte, dass sie nichts darüber wusste, beließ er es dabei. „In unserem Volk gab man sich früher auch Namen von Tieren, Pflanzen oder bestimmten Orten. Jetzt sind unsere Namen weiß und langweilig."

„Ich finde, Jem ist auch nicht gerade gewöhnlich", sagte sie.

Er zuckte die Achseln. „Ursprünglich sollte ich Jim heißen. Aber meine Mutter hat nie viel von Schule gehalten. Sie behauptet immer, in der weißen Schrift wohne die Lüge. Mit einigen Buchstaben stand sie auf Kriegsfuß und als sie nach meiner Geburt der Hebamme meinen Namen aufschreiben sollte, wurde aus dem i ein e und aus Jim eben Jem."

„Sind Sie deshalb Lehrer geworden?" Canyon hantierte

am Herd. Er sah ihr interessiert zu. Sie schien tatsächlich eine gute Köchin zu sein. Zumindest duftete es wunderbar.

„Vielleicht", antwortete er. „Es macht mir Freude mit Kindern zu arbeiten. Sie sind noch offen für alles und ich habe das Gefühl, ihnen etwas mit auf den Weg geben zu können. Auf einen Weg, der von vornherein um einiges steiniger ist als der von weißen Kindern."

Dem hatte sie nichts entgegenzusetzen.

Jem schwieg und starrte aus dem Fenster. Für eine Weile lauschte Canyon seinem Schweigen und fühlte sich geborgen darin.

„Ich werde versuchen, Stevie selbst zu finden", sagte er auf einmal. Und ehe sie etwas einwenden konnte, redete er auch schon weiter. „Meine Mutter war bei einer Frau im Dorf. Einer Wahrsagerin oder Heilerin, wie auch immer. Diese Frau sagte, dass Sie mir bei meiner Suche helfen würden, Canyon. Deshalb bin ich hier." Seinen Traum verschwieg er. Es widerstrebte ihm, sich ihr auf diese Weise auszuliefern.

Canyon fiel das Messer aus der Hand; es schepperte in den Ausguss. Jem drehte sich um und sie blickte ihn ungläubig an. *„Ich?"*

„Es klingt absurd, ich weiß", sagte er achselzuckend. „Aber warum sollte die alte Grace das sagen, wenn es keinen Grund dafür gibt? Fremde sind in Dog Lake nicht gerne gesehen. Man kann also nicht behaupten, dass Sie einen Sympathiebonus haben, weder bei meiner Mutter noch bei Grace Winishut. Und doch riet sie mir, Sie aufzusuchen."

Canyon nickte befremdet. „Was ist das Besondere an dieser Grace, dass Sie ihrem Rat gefolgt sind? Sie sehen nicht aus wie jemand, der schnell auf andere hört."

„Grace ist die Heilerin in unserem Dorf. Bevor die Leute sich überwinden zu einem Arzt in die Stadt zu gehen, suchen sie Grace Winishut auf. Sie hat außergewöhnliche

Fähigkeiten. Als Kinder glaubten wir, dass sie uns mit einem einzigen Blick in Frösche verwandeln kann."

Canyon unterdrückte ein Lächeln. „Eine Medizinfrau also."

„Ja, so etwas in der Art. Sie hört sich Träume an und hilft bei ihrer Deutung. In ihren eigenen Träumen empfängt sie Lieder, mit denen sie anderen Lebenshilfe leistet. Aber sie kann auch helfen, wenn jemand körperlich krank ist. Ihr Können stützt sich auf das geheime Wissen über die Heilkraft von Pflanzen. Wenn es so aussieht, als ob eine Krankheit eine natürliche Ursache hat, wird in der Regel Grace geholt."

Canyon neigte den Kopf zur Seite, um Jem mit ihren wachen, aufmerksamen Augen anzusehen. „Was kann eine Krankheit außer natürlichen denn noch für Ursachen haben?"

Ihr leicht spöttischer Ton reizte ihn und er war nicht bereit, auf ihre Frage einzugehen. „Ich glaube nicht, dass Sie diese Dinge verstehen würden, Miss Toshiro. Meine Mutter behauptet jedenfalls, Grace Winishut kann Dinge sehen, die wir nicht sehen können, weil unser Blick nicht so weit reicht wie der ihre."

„Und Sie glauben daran?", fragte Canyon. Ihr Gesicht drückte Zweifel aus.

Jem ließ sich Zeit, um seine Antwort zu überdenken und beschloss dann, offen zu sein. „Sehen Sie", sagte er, „ich bin in einer sehr traditionellen Familie aufgewachsen. Animismus ist unsere ...", er zögerte, „unsere Religion, wie Sie es ausdrücken würden. An diese Dinge zu glauben, liegt sozusagen in meinem Blut. Später, auf dem College, kam mir der Glaube unseres Volkes, dass alles in der Natur beseelt ist, fremd vor und ich habe mich davon distanziert. Jetzt weiß ich manchmal nicht mehr, was ich glauben soll. Es gibt Eltern, die würden ihre Kinder nicht in meinen Unterricht schicken, wenn ich versuchen wollte ihnen einzureden, dass Hexen und Waldgeister Aberglauben sind."

„Aber sie sind es", erwiderte Canyon. „Ich bin mir da ziemlich sicher." Sie lachte, um dieser Diskussion die Ernsthaftigkeit zu nehmen.

„Vielleicht, vielleicht aber auch nicht", antwortete er in ernstem Tonfall. „Vielleicht ist es ein Irrtum, wenn wir annehmen, dass die Welt für uns alle gleich ist."

„Es gibt nichts als die Wirklichkeit, Jem", sagte Canyon voller Überzeugung. Zu diesem Punkt war sie am Ende ihrer Therapie gekommen, die sie mit vierzehn begonnen und vier Jahre später beendet hatte. „Sie ist das Einzige, was zählt."

„Schon möglich. Aber kann es nicht sein, dass Ihre Wirklichkeit eine andere ist als meine, Miss Toshiro?" Als sie daraufhin nicht antwortete, räusperte er sich und meinte: „Immerhin, was Grace gesagt hat, veranlasste mich dazu, hierher zu kommen und Sie um Hilfe zu bitten. Ich sehe keine andere Möglichkeit mehr und ich kann auch nicht herumsitzen und nichts tun, während mein Sohn vielleicht in großer Gefahr ist."

„Ich verstehe." Canyon nickte. Sie reichte ihm den Thunder Bay Observer und sagte: „Schauen Sie auf Seite 4."

Jem schlug die Zeitung auf und fand das Foto von Stevie, das er Miles Kirby überlassen hatte. Es war nicht groß und doch versetzte es ihm einen Stich, als sein Sohn ihm aus der Zeitung entgegenblickte. Er sah sehr nachdenklich aus auf diesem Bild und seltsam wissend. In einem kleingedruckten Aufruf bat die Polizei um Mithilfe. Wer Stevie gesehen hatte, sollte sich melden. Dazu drei verschiedene Rufnummern, unter denen auch die von Canyons Büro im Jugendamt war.

„Stevies Verschwinden hat keine Schlagzeilen gemacht", sagte Canyon. „Bei einem weißen Kind wäre das mit Sicherheit anders gewesen."

„Ich bin froh, dass es nicht so ist", erwiderte Jem. „Sonst würden mir plötzlich irgendwelche Reporter die Tür einrennen."

„Aber je mehr Menschen wissen, wie Stevie aussieht, umso größer ist die Chance, dass er erkannt wird und jemand sich meldet."

„Das mag der Fall sein, wenn Stevie ausgerissen wäre. Aber das ist er nicht."

Canyon nickte erneut, sagte jedoch nichts. Auch sie glaubte immer weniger daran, dass der Junge von zu Hause weggelaufen war.

Sie forderte Jem auf, ihr mit der Salatschüssel über den Flur ins Wohnzimmer zu folgen. Drinnen schaltete Canyon zwei verschiedene Lampen an, die den Raum in warmen Ockertönen aufleuchten ließen. Jem stellte die Schüssel auf den Esstisch aus unlackiertem Zedernholz und sah sich um. Die Tür zum Balkon stand offen und die Luft, die hereinströmte, war angenehm frisch.

Es gab eine gemütliche Couch mit einem in Pastellfarben gemusterten Überwurf, einen Beistelltisch und zwei Sessel. Eine Stehlampe und eine Wandleuchte, von denen dieses angenehme Licht ausging. Canyon besaß einen Fernseher. An der Wand über der Couch hingen japanische Rollbilder mit Schriftzeichen, daneben ein Schwarz-weiß-Portrait eines Mannes mit ausgeprägt japanischen Gesichtszügen. Zwei ordentlich sortierte Bücherregale standen an der gegenüberliegenden Wand. Es war ein geschmackvoll eingerichtetes Zimmer, aber er fühlte sich ein wenig unbehaglich wegen der pedantischen Ordnung, die darin herrschte. Was verbarg sich hinter dem äußeren Schein?

Canyon schloss die Balkontür, was er halb bedauerte, halb begrüßte. Nun war es still, die Geräusche der Stadt drangen nicht mehr zu ihnen herein. Gleichzeitig fühlte er sich eingeschlossen in dem kleinen Raum. Canyon ließ ihn allein und als sie wenig später mit zwei Tellern und Besteck aus der Küche zurückkehrte, stand er immer noch vor den Rollbildern. „Sie passen nicht wirklich in diesen Raum, der grellen Farben wegen", sagte sie, „aber sie sind alles, was ich von meinem Vater habe. Irgendwie hänge ich dran."

„Das verstehe ich gut." Er besaß kaum etwas, das ihn an Mary erinnerte. Nur den geschnitzten Schaukelstuhl, das Einzige, was sie aus ihrem Zuhause mitgebracht hatte. Ihr gemeinsames Leben im neuen Haus hatte nur ganze vier Wochen gedauert. Eingezogen waren sie mit Marys Schaukelstuhl, zwei Matratzen, einem Tisch und zwei Holzstühlen. Er sah Mary, die mit ihrem runden Bauch durch die leeren Räume tanzte. „Heiratest du mich, Jem?", hatte sie lachend gefragt, die Wangen gerötet vor Glück.

Die Erinnerung quälte ihn.

„Ist er das?", fragte Jem und wies auf das Foto.

„Ja. Er starb bei einem Autounfall. Es war an meinem zwölften Geburtstag."

„Das muss schlimm für Sie gewesen sein." Für einen Augenblick vergaß er seinen eigenen Kummer, weil der ihre so offensichtlich die Atmosphäre des Raumes beherrschte.

Jem blickte Canyon mit einer Teilnahme an, die sie nicht erwartet hätte.

„Das war es", sagte sie mit großer Traurigkeit in der Stimme. „Immer wenn ich Geburtstag habe, muss ich daran denken. Es hat nie wieder einen fröhlichen Geburtstag für mich gegeben. Ich habe mir schon lange abgewöhnt, ihn zu feiern."

„Vielleicht denken wir zu oft an diejenigen, die sich von unserem Leben verabschiedet haben", sagte Jem. „Vielleicht tun wir es aus Angst, sie zu vergessen. Aber irgendjemand denkt immer an sie, auch wenn wir es nicht tun."

Er wollte sie nach ihrer Mutter fragen, ließ es jedoch sein, als er feststellte, dass es nirgendwo in diesem Raum ein Foto von ihr gab.

„Ich bin die Einzige, die noch an meinen Vater denken kann", erwiderte sie. „Meine Großeltern leben nicht mehr, meine Mutter auch nicht und Geschwister habe ich keine."

„Das tut mir Leid", sagte er, aber sie hörte es nicht, weil sie den Raum schon wieder verlassen hatte.

Ganz allein, dachte Jem. Das war unvorstellbar für ihn.

Canyon kam mit dem Essen aus der Küche und er setzte sich. Was sie in der kurzen Zeit gezaubert hatte, sah köstlich aus: Wilder Reis mit zarten Putenfleischstücken, gedünsteten Zucchini und Paprikastreifen. Es duftete verführerisch nach Knoblauch und ihm lief das Wasser im Mund zusammen. Sein Magen knurrte laut, was ihm peinlich war.

„Was trinken Sie?", fragte Canyon.

„Eistee, wenn Sie welchen haben", sagte er.

Sie brachte ihm einen Krug mit selbst gemachtem Eistee und goss sich ein Glas Rotwein ein. „Guten Appetit", wünschte sie, als sie ihm aufgetan hatte.

„Vielen Dank für die Einladung", erwiderte er verlegen.

6. Kapitel

Als er ihr so gegenübersaß und schweigend kaute, musterte sie ihn verstohlen. Diesmal war der Grund kein beruflicher. Sie betrachtete ihn wie eine Frau, die einem Mann gegenübersaß, dessen Kummer etwas in ihrem Inneren berührt hatte.

Jem Soonias' Gesicht mit der hohen Stirn und den markanten Wangenknochen wirkte sehr ernst und nachdenklich. Seine Augen verengten sich leicht in den Winkeln, wie ihre eigenen. Selbst wenn er lächelte, spiegelte sich Hoffnungslosigkeit in den schwarzen Pupillen, was sie auf seine derzeitige Situation zurückführte. Jems Nase hatte einen leichten Knick, der vermutlich nicht angeboren war. Sollte er in seiner Jugend ungestüm und rauflustig gewesen sein, so hatte er diese Eigenschaften inzwischen abgelegt. Canyon wusste, dass er sich beherrschen konnte.

Sie dachte daran, dass es vielleicht gemeinsame Vorfahren gab, die vor tausenden von Jahren in Asien gelebt hatten. Die ersten Amerikaner waren, wie man annahm, über eine Landbrücke von Sibirien nach Alaska gekommen, als sie mit knurrenden Mägen Mammuts verfolgten. Wann genau die ersten kamen, war weiterhin ein Streitpunkt der Wissenschaftler. Doch ob nun vor vierzigtausend Jahren oder vor vierzehntausend, Fakt war: In wenigen hundert Jahren hatten asiatische Nomaden den amerikanischen Kontinent von Alaska bis Feuerland besiedelt und es hatten sich hunderte verschiedene Kulturen entwickelt. Allein in Kanada gab es sechshundert Indianer- und Eskimovölker mit fünfzig unterschiedlichen Sprachen.

Vielleicht stammte die Mutter ihrer Mutter aus dem Volk der Cree, wie Jem. Vielleicht waren Wangenknochen und Augen indianisches Erbe und kein japanisches. Doch darüber wusste Canyon nichts. Sie wusste nur, dass ihre Großmutter nach kanadischem Gesetz ihren Status als Ureinwohnerin aufgegeben hatte, als sie Henri Lacrosse heiratete. Ihren Großvater, einen Frankokanadier.

Aber das war auch schon alles, was sie über ihre Herkunft mütterlicherseits wusste. Nicht viel. Und hier ging es schließlich auch nicht um sie, sondern um einen verzweifelten Vater, der seinen Sohn wiederfinden wollte. Jem Soonias, Cree Indianer, Lehrer an der High School von Nipigon, erwartete von ihr, dass sie ihm half, obwohl sein Leben nichts mit ihrem gemein hatte.

„Es schmeckt wunderbar", sagte Jem, der kräftig zulangte. Schon lange hatte er nicht mehr so gut gegessen. Insgeheim gab er Canyon einen dicken Pluspunkt. Ranee Bobiwash konnte nicht kochen. Ihr kreatives Potential erschöpfte sich in bizarrem Sex, extravaganten Ansichten von der Welt und ihren künstlerischen Fähigkeiten. Die allerdings waren bemerkenswert. Sie konnte sich einreihen in die obere Liga kanadischer Maler. Ranee hatte die geheimnisvolle Begabung, Farben auf ganz besondere Weise zu mischen oder abzustufen und ihnen damit rätselhafte Schwerkraft zu verleihen. Ihre Gemälde waren Visionen von beklemmender Phantasie. Sie riefen ein eigenartiges Rauschen in den Hirnen ihrer Betrachter hervor, wenn die Farben in die Netzhaut gedrungen waren. Ein Sog ging von ihnen aus, der jeden, der nicht mit beiden Beinen fest auf dem Boden der Tatsachen stand, in eine fremde, mystische Welt zog. Jem hatte Menschen beim Betrachten von Ranees Bildern haltlos schwanken sehen. Auch ihm zog es jedes Mal den Boden unter den Füßen weg, wenn sie ihm eines ihrer neuen Werke zeigte. In solchen Augenblicken war sie ihm unheimlich und gleichzeitig fühlte er sich geschmeichelt, dass diese faszinierende Frau ihn als Gefährten auserwählt hatte.

Es war noch nicht lange her, dass sie sich geliebt hatten. Nur ein paar Stunden. Momente des Vergessens. Ranee Bobiwash konnte einen Mann in unerkannte Ebenen seines Bewusstseins führen, sodass er glaubte, er wäre ein anderer. Sie konnte süchtig machen, schlimmer als Alkohol oder Drogen. Aber sie war unfähig, so einfache Gerichte wie Spaghetti oder Kartoffelbrei zuzubereiten, eine Tatsache, über die Stevie sich manchmal beklagt hatte.

„Vielen Dank", sagte Canyon überrascht. Für Gordon waren ihre Kochkünste immer selbstverständlich gewesen. Er hatte nichts, was sie gut konnte, je richtig zu würdigen gewusst. Überhaupt – sie war viel zu schade gewesen für einen Mann wie ihn. Wieso war sie eigentlich nicht früher zu dem Schluss gekommen, dass er nicht gut für sie war? Warum hatte Shaefer sie erst schlagen und vergewaltigen müssen, bevor sie begriff, dass ihre Liebe zu ihm Angst und damit Vergeudung war? Schon mit der ersten Ohrfeige hatte er eine Grenze überschritten, die er nicht hätte überschreiten dürfen. Und sie hatte es geschehen lassen. Sie war weiter mit ihm zusammengeblieben, obwohl sie wusste, dass es ein Fehler war.

Würde sie immer wieder falsch wählen? Würde ihre Sehnsucht nach Liebe und Geborgenheit sie jedes Mal den falschen Männern in die Arme treiben? War es überhaupt möglich, das Muster zu ändern?

Canyon schluckte und drängte ihre Sehnsucht zurück. Dies war kein Rendezvous und Jem Soonias auch nicht deshalb gekommen, weil sie ihn als Frau interessierte.

„Sie sind den weiten Weg nach Thunder Bay gekommen, weil Sie möchten, dass ich Ihnen helfe", sagte Canyon und gab ihrer Stimme einen bemüht sachlichen Tonfall.

„Wie stellen Sie sich das vor, Jem?"

Er hob die Schultern. „Ich weiß es nicht. Um das herauszufinden, bin ich hier."

Canyon sagte: „Inspektor Harding tappt im Dunkeln, mehr weiß ich auch nicht. Könnten vielleicht die Eltern oder irgendwelche Verwandte von Stevies Mutter den Jungen ...?"

„Das halte ich für unwahrscheinlich", unterbrach er sie. „Sie haben sich neun Jahre lang nicht für Stevie interessiert, warum sollten sie es jetzt auf einmal tun?"

„Keine Ahnung. Aber möglich wäre es doch?"

Eine Weile musterte er Canyon wortlos. Die langen dichten Wimpern warfen Schatten auf ihre blassen Wangen. Sie sitzt zu viel in ihrem Büro, dachte Jem.

„Mary stammte aus dem Rocky Bay Reservat am Lake Nipigon", sagte er schließlich. „Ich lernte sie auf einem Powwow kennen, doch da war sie schon einem anderen versprochen. Ihre Eltern wünschten sich diese Beziehung und als Mary sich für mich entschied, brachen sie den Kontakt zu ihrer Tochter ab."

„Was hatten Marys Eltern denn an Ihnen auszusetzen?", fragte Canyon verwundert. In ihren Augen war Jem der Traum jeder Schwiegermutter. Jeder indianischen Schwiegermutter.

„Ich hatte studiert und unter Weißen gelebt. Meine Ansichten waren andere als ihre. Ich war ihnen nicht traditionell genug. Sehen Sie, früher gab es gewisse Tabus in unserem Volk. So durfte ein Mann nicht direkt mit seiner Schwiegermutter sprechen und eine Frau nicht mit ihrem Schwiegervater."

„Und wenn es etwas Wichtiges zu sagen gab?", fragte Canyon erstaunt.

Zum ersten Mal lächelte er. „Da gab es ein paar Tricks. Mein Vater hat mir mal erzählt, wie er seiner Schwiegermutter beibrachte, dass meine Mutter mit mir in den Wehen lag. Er ging zu ihrem Haus und sah eine Katze, die auf der Veranda umherschlich. Mein Vater wusste, dass seine Schwiegermutter im Haus war und ihn hören konnte. So erzählte er der Katze lautstark, dass seine Frau Wehen hatte und meine Großmutter wusste Bescheid."

„Das ist eine schöne Geschichte", sagte Canyon. Nach einer Weile fragte sie: „Und Sie haben das Tabu gebrochen und mit Ihrer Schwiegermutter gesprochen."

„Ja. Alles andere kam mir albern vor."

„Und es gab kein Einlenken, als die Eltern Ihrer Frau merkten, dass Sie es ernst meinten?"

„Doch. Als sie erfuhren, dass Mary schwanger war, nahmen sie wieder Kontakt zu ihr auf. Sie drängten auf eine Heirat."

„Und warum haben Sie ihnen den Gefallen nicht getan, Jem?"

An der Art seines Schweigens erkannte sie, dass er nicht beabsichtigte, ihr auf diese Frage zu antworten. Sie fing seinen Kummer auf, dafür war sie empfänglich. Er durchdrang alles, was sein Blick traf und womit er in Berührung kam. Es schien, als hätte er den Tod von Stevies Mutter nie hinter sich lassen können. Jemanden zu lieben, der nicht mehr da war, konnte sehr einsam machen.

Canyon dachte darüber nach, wie der Abend bisher verlaufen war und über was sie geredet hatten. Und ihr wurde klar, dass sie immer noch nicht auf den Punkt gekommen waren. Jem Soonias hatte etwas auf dem Herzen und scheute sich, mit ihr darüber zu sprechen.

„Sie wissen etwas, das Sie bedrückt, nicht wahr?", sagte sie leise. „Etwas, das Sie der Polizei nicht erzählt haben."

Er hob den Kopf. „Wie kommen Sie darauf?"

„Manchmal weiß man Dinge eben. Nun reden Sie schon, Jem." Ein Seufzer der Ungeduld kam über ihre Lippen. „Nichts von dem, was hier gesprochen wird, verlässt den Raum, wenn Sie es nicht wünschen."

„Auch nicht, wenn Sie mit Ihren Vorschriften in Konflikt geraten?", fragte er, die Stirn misstrauisch in Falten gezogen.

„Ich verspreche es."

Jem holte tief Luft. „Ja, Sie haben Recht. Da ist etwas, worüber ich nicht gesprochen habe und vielleicht steht Stevies Verschwinden damit im Zusammenhang." Er schwieg wieder, aber sie fragte nichts, denn sie wusste, dass er von allein weiterreden würde, wenn er so weit war.

„Ich nehme an, Sie haben schon einiges darüber in der Zeitung gelesen", fuhr er schließlich fort. „Der japanische Papierkonzern Shimada Paper Company hat von der kanadischen Provinzregierung die Erlaubnis erhalten, die Wälder um den Jellicoe Lake abzuholzen. Aber dieses Gebiet ist die Lebensgrundlage meines Volkes und das schon seit Anbeginn der Zeit. Rechtmäßig fällt es unter den *Aboriginal Title*."

Canyon sah Jem fragend an, wollte ihn aber jetzt nicht unterbrechen.

„Der *Aboriginal Title* ist ein uns direkt vom Schöpfer verliehenes Recht", erklärte er bereitwillig, als er die Frage in ihren Augen sah. „Es umfasst das Eigentumsrecht an den Jagdgründen unseres Volkes, die uns seit Generationen gehören, eingeschlossen der darauf befindlichen Ressourcen und der Verantwortung, die wir dafür tragen. Aber in diesem Fall geht es nicht nur um Land und Geld. In der Nähe des Jellicoe Lake befinden sich auch heilige Stätten unseres Volkes. Wir können nicht zulassen, dass sie entweiht werden. Unsere Vorfahren haben an diesen Orten gebetet und ihre Zeremonien ausgeführt. Seltene Heilpflanzen wachsen dort. Das sind Orte, die seit hunderten von Jahren nicht angetastet wurden und das soll auch so bleiben."

Jem Soonias hatte sich von seinem Ärger hinreißen lassen und senkte jetzt die Stimme. „Es gibt zwei Organisationen, die sich gegen den Kahlschlag in diesem Gebiet einsetzen. Eine davon ist das *Forest Action Network*, genannt *FAN*. Die meisten dieser Leute sind Weiße. Sie wollen darauf aufmerksam machen, was der Kahlschlag in den kanadischen Wäldern für globale Folgen hat. Immerhin besitzt Kanada heute nur noch zehn Prozent seines ursprünglichen Waldbestandes."

Canyon hörte genau zu und dachte, dass er immer noch nicht mit dem herausgerückt war, was er eigentlich von ihr wollte. „Jem", sagte sie und sah ihn eindringlich an. „Sagen Sie mir endlich, was das alles mit Stevies Verschwinden zu tun haben soll."

„Ja, natürlich", erwiderte er, sichtlich befremdet über ihre Ungeduld. „Es gibt noch eine andere Organisation, deren Mitglieder fast ausschließlich Ureinwohner sind. Sie nennt sich *KEE-WE*, was in unserer Sprache so viel wie: Geht nach Hause! bedeutet. Vor einem Jahr hat man mich zum Vorsitzenden und Sprecher dieser Organisation gewählt. Wir haben uns einen Anwalt genommen und unsere Klage gegen den Kahlschlag durch alle Instanzen verfolgt. In ein paar Tagen findet in Ottawa eine Verhandlung vor dem Obersten Gerichtshof statt, bei der ich mein Volk vertreten soll. Das ausstehende Urteil ist sehr wichtig für uns Dog Lake Cree, es besiegelt die Zukunft meines Volkes. Möglicherweise wurde Stevie von Shimadas Leuten entführt, um mich einzuschüchtern."

Endlich war es raus und Canyon merkte, dass Jem sie wieder einmal nicht ansehen konnte.

„Haben Sie irgendwelche Anrufe bekommen, die diesen

Verdacht bestätigen?", fragte sie. Ihr Herz klopfte schneller und ihre Gedanken liefen auf Hochtouren. Das war ein erster wirklicher Anhaltspunkt in diesem merkwürdigen Fall.

Jem schüttelte den Kopf. „Nein, noch nicht."

„Zwei Tage sind nun schon seit Stevies Verschwinden vergangen. Wenn diese Leute Sie einschüchtern wollten, hätten sie sich doch bestimmt längst gemeldet." Canyon sah Jem an und mit einem Mal kam ihr sein Verhalten seltsam vor. Er hatte nach Stevies Verschwinden die Polizei gerufen, Harding aber nichts von dem Gerichtstermin in Ottawa und seinem Engagement gegen den japanischen Papierriesen erzählt. Sie fragte sich, was verdammt noch mal in seinem Kopf vorging.

„Ich weiß nicht, was das für Menschen sind", sagte Jem und starrte auf seinen Teller. „Keine Ahnung, wie Japaner denken oder sich verhalten. Ich weiß nicht, wie weit sie gehen würden, um ihre Interessen durchzusetzen."

Es dauerte eine Weile, bis sie begriff, was er damit andeuten wollte. „Oh", meinte sie, „und Sie glauben, ich könnte Ihnen das sagen? Ist es das, was Sie sich von mir erhofft haben?" Canyon lächelte nachsichtig, wobei sie den Kopf schüttelte. „Meine Großeltern väterlicherseits stammten aus Japan und dorthin sind sie auch wieder zurückgekehrt, bevor ich geboren wurde. Sie leben nicht mehr und ich habe sie nie kennen gelernt. Mein Vater wurde in Vancouver geboren, zwei Jahre vor Pearl Harbour. Wie die meisten anderen Japaner in Kanada wurde er mit seinen Eltern evakuiert und ins Landesinnere gebracht. Nach dem Krieg gingen meine Großeltern nach Vancouver zurück und versuchten erneut, sich in der Stadt eine Existenz aufzubauen. Aber nur wenige Japaner waren nach dieser großen Demütigung an die Westküste zurückgekommen und sie hatten es dort sehr schwer. Als mein Großvater krank wurde, wollte er zurück in seine Heimat. Mein Vater war inzwischen achtzehn Jahre alt, ging auf ein College und entschloss sich zu bleiben. Er ist Ingenieur geworden und traf auf einer seiner beruflichen Exkursionen ins Inland meine Mutter. Ich bin in diesem Land aufgewachsen", sagte Canyon. „Außer meinem Nachnamen und dem asiatischen Einschlag in meinem Gesicht ist mir von meinen japanischen Vorfahren nichts geblieben. Ich bin Kanadierin, Jem. Keine Ahnung, wie Japaner denken."

„Verstehe", sagte er enttäuscht. „Dann muss sich die alte Grace Winishut wohl geirrt haben, als Sie mich zu Ihnen schickte. Ich hoffte, dass Sie mir auf diese Weise helfen könnten."

„Das würde ich gerne, Jem, wirklich."

„Ich kann nicht glauben, dass Sie so wenig wissen über die Menschen, von denen Sie abstammen", sagte er. „Interessiert Sie nicht, warum Sie so geworden sind, wie Sie sind?"

Canyon senkte den Blick. „Was ich geworden bin, hat nichts, aber auch gar nichts mit meiner Abstammung zu tun", sagte sie. „Ich bin, was ich bin, Jem, nicht wonach ich aussehe. Ist es nicht das, womit auch Sie sich täglich auseinandersetzen müssen?"

Er sagte nichts, schien aber darüber nachzudenken. Schließlich stützte er sich mit beiden Händen auf der Tischplatte ab und erhob sich. „Danke für das gute Essen", sagte er, „aber ich muss jetzt los. Es ist schon spät." Draußen war die Nacht hereingebrochen und er hatte eine lange Fahrt vor sich.

Canyon brachte ihn noch bis zur Tür. „Danke", sagte sie.

Jem sah sie verwundert an. „Danke wofür?"

„Dass Sie mich um Hilfe gebeten und mir alles erzählt haben, obwohl Sie mir, ganz tief in Ihrem Inneren, immer noch misstrauen. Und dass Sie meiner Einladung zum Essen gefolgt sind, obwohl Sie eigentlich keine Lust dazu hatten."

Jem blickte verlegen an ihr vorbei. Es gab nichts, was er darauf hätte erwidern können.

Aber Canyon hatte den schuldbewussten Ausdruck in seinen Augen bemerkt und sagte versöhnlich: „Es ist schon in Ordnung und ich kann Sie durchaus verstehen. Ich hoffe sehr, dass Stevie schnell gefunden wird. Unversehrt", fügte sie hinzu. „Und sollte sich wirklich ein Erpresser bei Ihnen melden, dann rufen Sie Harding an. Er mag vielleicht nicht sonderlich sympathisch sein, aber er hat Erfahrung in solchen Dingen."

„Harding hat Vorbehalte gegenüber Menschen mit anderer Hautfarbe", sagte Jem.

„Nein", erwiderte Canyon, „das stimmt nicht. Ich kenne ihn und höre täglich, was meine Kollegen über ihn erzählen. Glauben Sie mir, er verhält sich Weißen gegenüber genauso unmöglich. Aber er ist ein gewissenhafter Polizist."

Auf seiner Fahrt durch die Nacht, am Ufer des Superior entlang, auf dessen unruhiger Oberfläche sich der volle Mond spiegelte, fragte sich Jem, warum er plötzlich über Canyon Toshiros Leben nachdachte.

Hinter der Fassade ihres selbstsicheren Benehmens lag ein stummer, nackter Schmerz. Aber es würde schwierig sein, zum Kern ihrer Verletzung vorzudringen, weil sie das Zentrum des Schmerzes sorgfältig hütete. Er fragte sich, wer ihr wehgetan hatte und wie tief die Wunden waren, die sie davongetragen hatte. Dass es nicht so leicht war, die Vergangenheit Vergangenheit sein zu lassen, wusste niemand besser als er.

7. Kapitel

Längst war die Sonne hinter den Dächern der Stadt verschwunden, doch die Luft in den Straßen war noch lau. Die Steinwände der Häuser und der Asphalt hatten die Sonnenwärme des Junitages gespeichert. Canyon und Sarah waren eine Stunde am Ufer des Lake Superior zusammen gelaufen, hatten geduscht und sich umgezogen und saßen nun in Sarahs Wohnzimmer bei einer Flasche französischem Rotwein, einem guten Pinot-Noir, der einen ätherischen Duft verströmte.

Sarahs Mann Charlie hatte heute ein Konzert im Thunder Bay Auditorium. Er war fest angestellter Cellist und würde erst zu später Stunde zurückkehren. So blieb ihnen genügend Zeit, um ungestört zu reden.

Canyon fühlte sich angenehm matt nach der körperlichen Anstrengung, aber ihr Geist war vollkommen wach. Sie hockte mit angezogenen Beinen auf Sarahs Couch und sah ihrer Freundin zu, wie sie eine CD von Marla Glen auflegte, ihre neueste Errungenschaft, die sie heute erst erstanden hatte.

Canyon fühlte sich wohl in Sarahs Wohnung, in der alles zusammengestückelt schien. Hier herrschte eine lässige und gemütliche Atmosphäre. Tassen und Teller passten nicht zueinander und sie hatte noch kein Glas in Sarahs Haushalt gefunden, das zweimal vorhanden gewesen wäre. Die hellen Holzmöbel waren einfach und an manchen Stellen abgestoßen. Das ganze Wohnzimmer war mit weichem Teppichboden ausgelegt und schien nur aus vollgestopften Bücherregalen zu bestehen. Sogar auf dem Boden stapelten sich hüfthohe Büchertürme. Sarah las viel und gerne und besaß ein enormes Allgemeinwissen. An ihr war nichts Übertriebenes, dafür strahlte sie eine Ruhe aus, die sich unbemerkt auf andere übertrug. Charles Wilson nannte das *geerdet*. Er liebte seine bodenständige Frau über alles.

Nach einem illegalen Schwangerschaftsabbruch mit sechzehn konnte Sarah keine Kinder mehr bekommen. Aber Charles hatte zwei Töchter aus erster Ehe, die häufig bei den beiden zu Besuch waren.

Sarah Wilson hätte gerne eigene Kinder gehabt. Doch sie wusste auch, dass es viele unglückliche Kinder in Thunder Bay und Umgebung gab. Für diese Kinder da zu sein, war ihre Entscheidung, die sie nach langen Gesprächen mit Charles über eine mögliche Adoption getroffen hatte. Sarah gab Liebe, wo immer sie fehlte, denn schon ein winziges Stück Liebe und Aufmerksamkeit konnte Wunder bewirken im Herzen eines unglücklichen Kindes.

Die Kinder, mit denen sie und Canyon es zu tun hatten, vermochten in den meisten Fällen selbst nichts zu ändern an ihrer traurigen Situation. Durch die Umstände ihrer Geburt und die Launen des Zufalls waren sie gezwungen, die Dinge so zu nehmen, wie sie nun mal waren. Für sie waren Schläge, Verwahrlosung oder Missbrauch die Normalität.

Bei ihrer Arbeit waren die Mitarbeiter des Jugendamtes auf Menschen mit Zivilcourage angewiesen, die notfalls eingriffen. Nachbarn, Lehrer oder Erzieher und Familienangehörige. Menschen, denen das Wohl der Kinder am Herzen lag und die spürten, wenn sie Verletzungen an Leib und Seele zu verbergen suchten.

Marla Glen schickte ihre rauchige Stimme durch den Raum und Sarah setzte sich zu Canyon auf die Couch. Sie ließen ihre Weingläser behutsam aneinander klirren und tranken einen Schluck.

„In letzter Zeit bist du ziemlich still", bemerkte Sarah. Canyon zuckte die Achseln.

„Nun siehst du aus wie jemand, der etwas Verbotenes getan hat und auf Strafe wartet." Sarah verdrehte die Augen. „Sei so gut und mach ein anderes Gesicht, okay?"

Ein Lächeln erschien auf Canyons Lippen. Die Beobachtungsgabe ihrer Freundin war bewundernswert und grenzte manchmal an Hellseherei.

„Jem Soonias ist gestern Abend bei mir gewesen", sagte sie.

„In deiner Wohnung?" Sarah sah Canyon einen Moment lang mit scharfem Blick in die Augen.

„Ja." Sie erzählte Sarah von Jems Anruf, dass er am Abend nach Thunder Bay gekommen war und sie ihn zum Essen eingeladen hatte.

„Es war unklug, diesen Mann zu dir nach Hause mitzunehmen", schalt Sarah ihre Freundin. „Und das weißt du auch."

Canyon nickte schuldbewusst. Sarah würde noch aufgebrachter werden, wenn sie ihr erst erzählte, dass sie vorhatte, für Stevies Vater zu Gordon Shaefer zu gehen.

„Es war ein ganz normales Gespräch", verteidigte sie sich.

„Und trotzdem bist du völlig durcheinander. Wie kommt das bloß?"

„Ich weiß auch nicht, was mit mir los ist, Sarah", sagte Canyon plötzlich kleinlaut. „All meine Ängste und Unsicherheiten, die ich so gut im Griff zu haben glaubte, sind wieder auferstanden. Ich habe ständig Angst, mich falsch zu verhalten und unbedachte Entscheidungen zu fällen. Ich habe das Gefühl, das falsche Leben zu führen und fürchte, die Liebe nicht zulassen zu können, wenn sie mich jemals finden sollte."

„Wenn du das so gut erkannt hast, dann bist du doch

schon einen großen Schritt weitergekommen", sagte Sarah, die wusste, dass Mitleid Canyon nicht helfen würde.

„Aber dass ich meine Ängste erkenne, ändert doch nichts daran, dass sie mich quälen."

Sarah hob die Schultern. „Ich bin keine Therapeutin, Can, ich habe bloß ein paar Semester Psychologie belegt. Ich glaube, man kann kein falsches Leben führen. Wahrscheinlich liegt es in der Natur des Menschen, sich nach dem zu sehnen, was er nicht hat. Aber die Dinge, die wir tun, unterliegen einer freien Entscheidung. Und wenn wir uns verabschieden von dieser Welt, dann war unser Leben das einzig wahre Leben, das wir hatten."

Diesen Gedanken noch im Kopf, musterte Sarah ihre jüngere Freundin und entdeckte in Canyons Augen hinter all der Angst einen warmen Schimmer, ein merkwürdiges Leuchten, das sie so noch nie an ihr bemerkt hatte. Da lächelte sie und sagte: „In Wahrheit ist es die Liebe, die dir am meisten zu schaffen macht, nicht wahr?"

Canyons Mandelaugen wurden rund und groß. Sie kaute an ihrer Unterlippe.

„Vielleicht bist du auf diesem Auge wirklich blind wie ein Vogel in der Dämmerung, Can. Jemand, der sich mit einem wie Gordon Shaefer zusammentut, ist blind *und* taub und wahrscheinlich auch noch geistesgestört."

„Danke für deine herzerfrischende Offenheit", sagte Canyon frustriert. „Aber Gordon hatte auch ein paar gute Seiten."

„Weil er dir einen Orgasmus beschert hat?" Sarah verzog das Gesicht. „Na so toll ist der Verdienst nun auch wieder nicht. Was er mit dir gemacht hat, hat nichts mit Liebe zu tun und andere Männer können es auch. Wahrscheinlich sogar besser. Einer, der seine Frau vergewaltigt und schlägt, gehört ins Gefängnis. Was das angeht, habe ich meine Meinung nicht geändert."

„Ich will Gordon nicht verteidigen", erwiderte Canyon. Sie hätte gekränkt sein können über Sarahs Worte, doch das war sie nicht. Sie wusste, dass die direkte Art ihrer Freundin durchaus keinen Mangel an Sensibilität bedeutete. „Aber es gab Dinge, die er nicht tun wollte und trotzdem tat."

Sarah erging sich in finsteren Gedanken über Gordon Shaefer und sagte: „Eine Therapie hätte ihm helfen können, aber dazu war er nicht bereit."

„Er schämte sich zu sehr."

„Du verzeihst ihm?" Sarah seufzte. „Dafür kann es nur einen Grund geben: Du hast dich neu verliebt und willst es dir nicht eingestehen."

„In wen sollte ich wohl verliebt sein?", fragte Canyon brüsk. „Du weißt genau, dass Robert Lee nicht mein Typ ist und er mein Herz nicht erweichen wird, auch wenn er mir noch so umwerfende Komplimente macht. Außerdem ist er viel zu alt für mich." Ihr Abteilungsleiter war ein hagerer Mittvierziger, dessen Schläfen langsam grau wurden und der Canyon heftig den Hof machte, seit er von seiner zweiten Fau geschieden worden war.

Sarah lachte. „Ich rede nicht von Robert Lee, Canyon. Du hast dich nicht in einen Mann verliebt, der dir mit Komplimenten schmeichelt, sondern in einen, der Vorbehalte gegen dich hat. Das ist dein großes Problem. Und außerdem ist es uns verboten, mit einem Klienten etwas anzufangen, während wir noch offiziell an dem Fall dran sind", fügte sie mürrisch hinzu.

Nun lachte auch Canyon. „Du denkst, ich bin darauf aus, mit Jem Soonias was anzufangen? Mit einem Mann, der an Hexen und Waldgeister glaubt, auch wenn er das nicht zugibt?"

Sarah nickte. „Genau das denke ich. Weil du gestern Abend herausgefunden hast, dass er nicht so ist, wie du zuerst geglaubt hast. Jem Soonias ist kein raubeiniger Wilder, Can. Er ist ein Mann mit Ecken und Kanten, aber auf seine eigene, grimmige Art ist er ein netter Mensch. Das verwirrt dich."

„Er ist Indianer, Sarah. Wir haben nichts miteinander gemein. Diese Menschen sind nicht wie du und ich."

„Das habe ich auch nicht behauptet. Aber du magst ihn und darauf bist du nicht gefasst gewesen. Außerdem sieht er verdammt gut aus und wenn du nicht blind bist, muss dir das doch aufgefallen sein." Sarah lachte verschmitzt. „Abgesehen davon, hast du mir nicht mal erzählt, dass du selbst Indianerblut in den Adern hast."

„Ein Viertelchen vielleicht", erwiderte Canyon. „Ich habe nie gespürt, dass es da ist und weiß überhaupt nichts über meine indianischen Vorfahren." Sie dachte an den Karton mit Papieren, der nach dem Tod ihrer Mutter mit der Post gekommen war und in den sie nur einmal einen kurzen Blick geworfen hatte. Seither fristete er im tiefsten Winkel ihres Kleiderschrankes sein Dasein und sie hatte ihn nicht mehr beachtet. Es gab keine Familie mehr und die Geheimnisse der Toten interessierten sie nicht.

„Schlimm genug", erwiderte Sarah. Sie legte den Kopf schief. „Und du hast Jem Soonias nichts von diesem Viertelchen erzählt, damit er dich vielleicht mit anderen Augen betrachtet?"

Canyon presste die Lippen zusammen und schüttelte den Kopf. „Bestimmt nicht", sagte sie.

Sarah seufzte laut. „Du musst aufhören Angst zu haben, Can. Nicht in jedem Mann steckt ein Ungeheuer. Sieh dir Charlie an, meinen dicken Brummbär. Er kriegt es nicht mal fertig mich anzuschreien, wenn er wütend ist."

„Du hast eben Glück gehabt."

„Nein", widersprach Sarah, „du hast Pech gehabt. Gordon Schaefer konnte ganz gut den Schein wahren. Er hat das Untier in seinem Inneren hervorragend versteckt."

„Er ist ein Mensch, Sarah."

Sarah winkte ab. „Wie auch immer. Jem Soonias verschwundener Sohn liegt dir am Herzen und er selbst ebenfalls. Das ist kein Verbrechen. Die Frage ist: Mag der Mann dich auch?"

Canyon wich dem Blick ihrer Freundin aus. Sie trank einen Schluck Wein und überlegte, ob etwas Wahres dran war an Sarahs Worten. Tatsächlich hatte noch nie ein Fall ihr eigenes Leben so berührt wie dieser. Jem Soonias, der verwaiste Vater aus dem Reservat, hatte etwas in ihr geweckt, dass sie längst verloren geglaubt hatte. Einen Bereich ihres Wesens, der unter all den vernarbten Häuten verborgen lag, die sie schützten. Auf seine spröde Art war Jem zu ihr durchgedrungen, etwas, das noch keinem vor ihm jemals gelungen war. Und nun war sie doppelt verwundbar.

„Jem Soonias hat eine Geliebte", sagte Canyon. „Eine schöne Frau mit großer Anziehungskraft und beeindruckenden grünen Augen. Sie stammt aus seinem Volk und er ist verrückt nach ihr, Sarah. Er ist … wie sagt man? … Wachs in ihren Händen."

„Ich nehme an, dass Sex zu ihren Hauptwaffen zählt", sagte Sarah. „Oder irre ich mich da?"

„Vermutlich nicht", erwiderte Canyon geknickt.

Sarah zog die Mundwinkel nach unten und zuckte die Achseln. „Vielleicht gefällt ihm das nicht mehr. Vielleicht ist er auf der Suche nach etwas anderem."

„Nach jemandem wie mir vielleicht?" Canyon lachte, aber ihr Lachen klang klein und traurig.

„Warum nicht? Wenn ich ein Mann wäre, ich würde dich in meine starken Arme nehmen und nie wieder loslassen. Hat dir in letzter Zeit mal jemand gesagt, wie hübsch du aussiehst?"

Canyon machte eine wegwerfende Handbewegung. „Ich

will keinen Beschützer, Sarah. Ich will dem Mann, den ich liebe, ebenbürtig sein."

„Das eine schließt doch das andere nicht aus. Ich würde jedenfalls ruhiger schlafen, wenn ich wüsste, dass du in guten Händen bist."

„Aber was sind *gute* Hände für mich?", fragte Canyon resigniert. „Vielleicht gibt es die gar nicht. Vielleicht bin ich zu kaputt, als dass es jemand mit mir aushalten könnte."

Sarah hörte die Furcht vor der Einsamkeit in Canyons Worten und sagte: „Nun quäl dich doch nicht so. Was du da sagst ist großer Unsinn und das weißt du auch. Du bestehst nicht nur aus deinen Wunden, Canyon. Nicht jeder Teil von dir ist verletzt oder beschädigt, etwas ist unberührt geblieben. Ob du dich weiter abkapselst oder dich öffnest, ist deine freie Entscheidung. *Du* bestimmst, was aus deinem Leben wird und nicht er, der vorhatte, es zu zerstören. Er hat keine Macht mehr über dich."

Canyon schloss die Augen und sah ihren Stiefvater vor sich. „Er hatte Macht über meinen Körper", sagte sie leise. „Aber er wusste nicht, wer ich war."

Sarah beugte sich herüber und streichelte den Arm ihrer Freundin.

Canyon fasste nach Sarahs kräftiger warmer Hand. „Danke, dass es dich gibt, Sarah Wilson."

„Ich danke dir, Can. Ich habe eine Menge gelernt von dir."

Canyon blickte erstaunt. „Gelernt? Von mir?"

„Ja. Du bist eine Kämpfernatur, auch wenn du dich selbst vielleicht nicht so siehst. Du bist missbraucht worden und gedemütigt, aber du hast dir einen Beruf gesucht, der dir dein eigenes Leid täglich vor Augen führt. Und auch wenn es dir schwer fällt, meisterst du den Job. Du meisterst ihn hervorragend. Ich bin sicher, eines Tages wirst du es schaffen, dich von der Vergangenheit zu befreien."

Es tat Canyon gut, Sarahs Worte zu hören. Und schließlich erzählte sie ihrer Freundin, dass sie vorhatte, am nächsten Tag in Gordon Shaefers Kanzlei zu gehen, um ihn über die Shimada Paper Company auszufragen, weil sie glaubte, Jem Soonias damit weiterhelfen zu können.

Statt loszuwettern, sagte Sarah fröhlich: „Na, wenn das keine Liebe ist."

„Mir graut davor, ihm gegenüberzutreten. Aber ich werde es schaffen."

„Das wirst du", sagte Sarah. „Du hast es geschafft, dich von ihm zu trennen. Er war deiner nicht wert, Can."

„Ich habe ihn geliebt, Sarah. Mir das einzugestehen hat mehr wehgetan als das, was er mit mir gemacht hat. Ich muss zu ihm gehen und ihm in die Augen sehen. Danach werde ich mich besser fühlen."

„Ja", sagte Sarah, „das wirst du."

Canyon hatte sich telefonisch bei Shaefer angemeldet und er erwartete sie. Als sie in sein Büro trat, bot er ihr einen Platz auf der modernen schwarzen Ledercouch an und orderte Tee bei seiner Sekretärin. Dann setzte er sich in einen Sessel ihr gegenüber.

„Du siehst gut aus", sagte er und sie wusste, dass sich die Mühe gelohnt hatte, für diesen Anlass ein wenig Make-up aufzutragen.

Shaefer war einer von jenen Männern, die auf so etwas hereinfielen. Für sie selbst war es eine Art Maske, um ihre Unsicherheit und Abneigung zu verbergen. Noch jetzt rann ein Schauer über ihren Rücken, wenn sie daran dachte, dass sie mit diesem Mann ein Bett geteilt und über ihre Gefühle geredet hatte. Sie kam sich ausgeliefert vor, weil er so viel über sie wusste. Sie hatte Gordon nie von ihrem Stiefvater und dem, was er getan hatte, erzählt. Doch er wusste um ihre Schwächen, ihre schlaflosen Nächte. Kannte ihr Wimmern, wenn sie aus quälenden Träumen erwachte. Kannte den herben Geruch ihrer Angst.

Das war der andere Grund, warum sie hier war. Sie wollte diesem Mann noch einmal gegenübersitzen, der ihr in seinem schwächsten Moment Gewalt angetan hatte. Er sollte wissen, dass sie überlebt hatte.

„Danke", sagte sie und atmete tief durch. Dann fragte sie ihn, wie es ihm ging. Das Foto mit der lächelnden blonden Frau auf seinem Schreibtisch hatte sie längst registriert. Es berührte sie nicht.

„Es geht mir gut", sagte er. „Alice und ich haben uns am Wochenende verlobt."

Ein überraschtes „Oh" entfuhr Canyon, dann verschlug es ihr die Sprache. Sie spürte, wie ihr die junge Frau auf dem Foto plötzlich Leid tat. Ein Gefühl, mit dem sie nicht gerechnet hätte.

Gordon merkte es nicht. „Wir werden im August heiraten und dann geht es ab in die Flitterwochen nach Europa. Venedig, Rom, Paris." Er lachte, aber sein Lachen klang nervös.

Die Sekretärin kam und nickte Canyon freundlich zu, als sie ihr Tee in weißes, dünnwandiges Porzellan einschenkte. Die junge Frau mit krausem Haar und kaffeebraunem Teint war neu und hielt Canyon für eine Klientin.

„Ich habe eine Therapie gemacht", sagte er plötzlich, als die Angestellte den Raum wieder verlassen hatte.

Canyon nickte. „Das ist gut." Sie entspannte sich ein wenig.

„Was passiert ist, tut mir Leid", fuhr er fort. „Sehr Leid. Ich kann es nicht rückgängig machen, aber ich wollte dir sagen, dass du keine Schuld hattest. Ich allein war dafür verantwortlich. Ich habe dich nicht mehr geliebt und statt mich von dir zu trennen, habe ich ... " Er senkte den Blick.

Canyon wollte etwas sagen, konnte es aber nicht, weil es

sich von ihr entfernte und unwichtig wurde. Unwichtig wie die Jahre, die sie mit diesem Mann verbracht hatte.

Gordon räusperte sich. „Ich hoffe, das Ganze hat keine bleibenden Schäden bei dir hinterlassen", sagte er. „Wie geht es dir jetzt? Schon jemand Neues gefunden?"

So einfach ging er über das Ungeheuerliche hinweg. Da wusste sie, dass er, was immer sie auch antworten würde, die Angelegenheit längst abgehakt hatte. Canyon sah gut aus und er hatte eine Therapie gemacht. Die Sache war aus der Welt. Gordon Shaefer war kein nachtragender Mensch. Sein neues Leben hatte längst angefangen.

„Ich habe nicht gesucht", sagte sie nach einer Weile.

Shaefer lächelte: „Ich sah dich neulich mit einem stattlichen Krieger auf der Uferpromenade spazieren. Bist du dabei, zu deinen Wurzeln zurückzukehren?"

Canyon hatte ihm irgendwann einmal erzählt, dass ihre Mutter eine Meti war und es hatte ihm nicht sonderlich behagt. Aber das alles war jetzt nicht mehr wichtig. Nichts, was mit Gordon Shaefer zu tun hatte, war mehr wichtig. Sie war frei und atmete auf.

„Ich glaube, das geht dich nichts an", sagte Canyon. „Ich bin beruflich hier, weil ich dich bitten wollte, mir etwas über die Shimada Paper Company zu erzählen. Es geht um ein verschwundenes Kind und der Konzern könnte in diesen Fall verwickelt sein."

„Shimada?", fragte Gordon. „Du hast Glück. Unser Anwaltsbüro hat mit der Abholzungssache nichts zu tun, also kann ich dir ein paar Dinge über die Japaner erzählen. Was genau willst du denn wissen?"

Sie stellte ihm ihre Fragen und er ging zu seinem Aktenschrank, um eine Mappe hervorzuziehen. Dabei fiel ihr auf, dass er klein war. Einen halben Kopf größer als sie, aber klein im Gegensatz zu Jem Soonias. Auf dem Kragen seines teuren Anzugs sammelten sich winzige weiße Flocken.

Sein Schuppenproblem hatte er jedenfalls nicht in den Griff bekommen.

Canyon gab sich einen Ruck, setzte sich gerade auf und hörte genau zu, was Shaefer ihr über die Shimada Paper Company erzählte. Es überraschte sie nicht, dass er eine Menge wusste, aber sie wunderte sich darüber, wie bereitwillig er alles berichtete. Gordon schien zu gefallen, dass er ihr helfen konnte. Als könne er damit etwas wieder gut machen. Sie ließ ihm dieses Gefühl. Und als sie ging, wusste sie, dass die Wunden, die *er* ihr zugefügt hatte, nun zu heilen begannen.

8. Kapitel

Der Fahrweg zu Stevies Versteck im Wald war immer noch morastig. Das Dach der Bäume war hier so dicht, dass die Sonne nur an manchen Stellen bis auf den Boden vordringen konnte. Canyon quälte ihren alten Ford durch unvorhersehbare Löcher und über modriges Holz. Einen Augenblick befürchtete sie, den falschen Abzweig von der Schotterstraße genommen zu haben, doch dann erkannte sie die Wurzel des umgestürzten Baumes wieder, hinter der sich Stevies Höhle befinden musste.

Endlich war sie da. Ihren Wagen stellte sie in der halbwegs trockenen Schneise ab, in der vor vier Tagen die Polizeifahrzeuge gestanden hatten, und stieg aus. Gegen den Kotflügel ihres Wagens gelehnt, atmete sie die vollkommen klare, würzige Luft des Waldes, die beinahe betäubend wirkte. Zu viel Sauerstoff, dachte Canyon. Keine Abgase, kein Gestank aus den Schloten der Zellstoffmühlen. Zum ersten Mal kam ihr in den Sinn, dass es auch seinen Reiz haben konnte, nicht in der Stadt zu leben.

Eine ganze Weile stand sie dort, ohne sich zu rühren. Die hängenden Zweige der Hemlocktannen bewegten sich leicht im Wind. Sie brachen die dünnen Strahlen der Sonne und es schien, als würden Elfen in mit Goldfäden durchwirkten Schleiern über die Halme der Gräser tanzen. Das Grün der Birken war in den vergangenen Tagen endgültig durchgebrochen und nahm dem Ort seine raue Gespenstigkeit.

Zwischen harten Grashalmen und Blaubeersträuchern hatten Spinnen ihre Netze gewebt. Jetzt hockten sie in

ihren Verstecken und warteten darauf, sich auf ihre ah-
nungslose Beute zu stürzen, wenn sie sich erst in den Fäden
verfangen hatte. Fressen und gefressen werden, das uralte
Gesetz aus dem Tierreich hatten die Menschen in die Zivilisation übernommen. Doch während die Tiere ihrem
Selbsterhaltungstrieb folgten, lag dem menschlichen Treiben die Gier nach Macht und Reichtum zugrunde. Für Pa-
pierkonzerne wie Shimada bestand der Wald nur aus Dollars
und die Manager in den Chefetagen würden nicht eher Ruhe
finden, bis sich auch der letzte alte Baum in klingende Münze verwandelt hatte.

Canyon seufzte. Dieser Ort war voller Magie. Das war
ihr schon aufgefallen, als sie das erste Mal hierher gekommen war. Nur hatte sie damals dieses Gefühl nicht benen-
nen können. Kinder nahmen das Besondere solcher Orte
viel schneller in sich auf als Erwachsene. Es war eine Fähigkeit, die den meisten Menschen im Laufe der Jahre abhanden kam. Das Staunen verlor sich. Sie resignierten und ver-
schanzten sich hinter Mauern, die der Lichtstrahl der Magie nicht zu durchdringen vermochte. Manchen blieb das
Geheimnis für immer verborgen.

Canyon lief über die Lichtung, um nach dem Eingang der
Höhle zu suchen. Sie hatte damals nur einen kurzen Blick
hineingeworfen und hoffte nun, dort irgendwelche An-
haltspunkte zu finden, die auf den Grund von Stevies Verschwinden hinweisen könnten. Vielleicht konnte sie ihn
spüren, in seinem selbst erschaffenen Reich, zwischen den
Dingen, die er angesammelt hatte und die ihm etwas bedeuteten.

Diesmal hatte Canyon sich passend gekleidet für einen
Ausflug in die Wildnis: Jeans und dunkelblaue Gummi-
stiefel, ein langärmeliges braunes T-Shirt und ein buntes
Tuch um den Hals, um ihn vor Schwarzfliegen und Moskitos zu schützen. Aber die kleinen Viecher ließen sich von

einem Fetzchen buntem Stoff nicht abhalten. Auch nicht von der Insektenabwehrlotion, mit der sie Hände, Hals und Gesicht eingerieben hatte. Sie krochen sogar unter das Armband ihrer Uhr und bissen zu. Canyon kratzte sich und stiefelte um die Wurzel herum. Die eigenartige Stille des Waldes wurde ihr unheimlich. Sie sah Schatten, wo keine waren und verdammte ihren unerklärlichen Mut, den sie gehabt hatte, als sie allein hier rausgefahren war. Bären und Wölfe, hatte Jem Soonias gesagt. Hoffentlich ein Scherz. Hätte er seinen Sohn sonst hier alleine spielen lassen?

Stevie hatte seinen Unterschlupf gut getarnt, aber schließlich fand sie den Eingang wieder und schob einen dicht verzweigten Ast zur Seite, um hineinkriechen zu können. Das Innere von Stevies geheimer Behausung erinnerte sie an die Buden, die sie selbst mit Freunden in ihrer Kindheit gebaut hatte. Das war, *bevor* der Tod ihres Vaters ihre Kindheit vorzeitig beendet hatte. Damals kannte sie die Bedeutung des Wortes Schuld noch nicht. Und der Schmerz hatte noch eine andere Dimension: die einer Ohrfeige für zu spätes Nachhausekommen; die eines aufgeschlagenen Knies oder eines verdorbenen Magens. Mit Zwölf musste sie begreifen, dass Liebe Grenzen hatte, Schmerz aber ein Gefühl war, das den ganzen Körper beherrschen konnte. Auch die Seele. Und dass, wenn der Schmerz sich erst eingenistet hatte, nur Magie die Seele schützen konnte.

Der Zauber war ihr abhanden gekommen und hatte einem Festhalten an nüchterner Ordnung Platz gemacht. Ein perfektes Zuhause, gesunde Kost und regelmäßige Bewegung; makellose Kleidung und unzählige Überstunden, die sich zu einer langen Reihe von Urlaubstagen angesammelt hatten, die sie niemals nehmen würde. Wozu auch? Sie hatte niemanden, mit dem sie ihre freie Zeit verbringen konnte, abgesehen von den gelegentlichen Treffen mit Sarah Wilson.

Nun brach auf einmal alles auseinander, die äußere Ordnung reichte nicht mehr, um als Kitt für die Bruchstücke ihres Lebens herzuhalten. Canyon wusste, dass sie sich selbst belog, wenn sie versuchte, so weiterzumachen wie bisher. Gerade jetzt, wo sie sich wieder lebendig fühlte, wo ihr Körper Wünsche anmeldete, die über Hunger, Durst und das Bedürfnis nach Schlaf hinausgingen.

Canyon sah sich in Stevies Bau um. Das Dach der Höhle war dicht. Zumindest beinahe. An einer lecken Stelle musste der Junge vor seinem Verschwinden gearbeitet haben. Reste von Plastikfolie lagen noch auf dem Boden. Es gab ein kleines Regal, auf dem er Dinge gesammelt hatte, die ihn mit Hilfe seiner Phantasie in tollkühne Welten getragen haben mussten. Wurzeln, deren verschlungenes Holz Tiere oder Menschen darstellte; Steine mit dämonischen Gesichtern, Schädelknochen von kleinen Tieren und ein paar leere Coladosen in geheimnisvoller Anordnung.

Canyon hockte sich auf die niedrige Bank in der Höhle und versuchte herauszufinden, was Stevie Soonias für ein Kind war. Warum zog er es vor, so oft allein zu sein? Was bedeutete dieser starke Höhlenbautrieb? Was hatte er hier stundenlang allein gemacht, mit all diesen stummen Dingen, denen er zwar Fragen stellen konnte, die aber nie Antworten gaben? Oder hatten sie *ihm* Antworten gegeben? So vieles verlangte nach einer Erklärung.

Gab es etwas *hinter* den Dingen, irgendetwas Ungesagtes oder Verstecktes? So wie bei ihr, wenn sie sich in die Höhle ihres Kleiderschrankes verkrochen hatte, damit *er* sie nicht fand. Ihr fiel der Spruch wieder ein, den sie dann jedes Mal lautlos vor sich hingebetet hatte. „Lieber Gott, wenn es dich gibt, mach, dass mich jemand liebt. Mach es leise, mach es wahr, mach mich unsichtbar." Manchmal hatte es geholfen, meistens aber nicht. Der Schrank war kein besonders gutes Versteck gewesen. Wie dumm von ihr. Wenn der Stiefvater sie finden wollte, brauchte er nicht einmal zu suchen. Aber das war ihr erst später klar geworden.

Hatte sich Stevie Soonias hier draußen vor irgendjemandem versteckt? Hatte er mit Hilfe dieses Sammelsuriums von merkwürdigen Dingen versucht, der Realität zu entfliehen, weil sie in quälte? War da etwas zwischen Vater und Sohn, das ihr bisher verborgen geblieben war? Nach dem langen Gespräch in ihrer Wohnung hatte Canyon das Gefühl, Jem Soonias etwas besser zu kennen. Er war ein Vater, der sich Sorgen um seinen Sohn machte. Der Angst hatte. Nichts dahinter. Kein dunkles Geheimnis. *Nada*.

Plötzlich hörte Canyon das leise Knacken von Ästen. Etwas näherte sich dem Versteck, der Falle, in der sie saß. Ihre Glieder schlotterten und das Herz schlug viel zu laut in ihrer Brust. So laut, dass man es kilometerweit hören konnte. Sie hielt den Atem an, hörte neben dem Schlag ihres Herzens und dem Summen der Moskitos, das Rascheln von trockenen Blättern.

Ein Bär, dachte sie. Natürlich, er hatte sie gerochen. Canyon griff sich einen faustgroßen Stein aus dem Regal, der das Gesicht eines Cougar hatte. Wenigstens wollte sie nicht kampflos als Mittagessen herhalten. Sie gehörte schon lange nicht mehr zu denen, die angesichts einer Gefahr stocksteif wurden. Wenn es sein musste, würde sie sich verteidigen.

Mit vierzehn hatte sie eine gewisse körperliche Unerschrockenheit an sich entdeckt und sie von da an auch einzusetzen gewusst. Was zur Folge hatte, dass ihre eigene Mutter sie hasste. Sie glaubte Canyon nicht, ließ sie allein in ihrer Qual. Canyons Versuche, in Notfällen einen Gott um Beistand zu bitten, hatte sie damals längst aufgegeben. Die Rettung lag nicht im Glauben, jedenfalls nicht für sie. Er verdeckte nur die Wirklichkeit. Die Rettung lag in der eigenen Vorstellungskraft und ihrem eigenen, tief verwurzelten Drang nach Überleben.

Canyon zitterte am ganzen Körper. Sie lauschte angestrengt und ihre Fantasie gaukelte ihr Bilder vor. Bisher hatte sie Bären nur im Zoo von Vancouver gesehen und in ihrer Erinnerung waren sie riesig. Gab es vielleicht Grizzlys in dieser Gegend? Zitternd hob sie die Hand, die den Stein umklammerte, in die Höhe. Ein dunkler Kopf erschien im Eingang. Mittelscheitel, langes Haar. Jem Soonias.

„Canyon! Was machen *Sie* denn hier?", fragte er, sichtlich überrascht.

Sie schluckte, ließ den Stein sinken. „Haben Sie mich vielleicht erschreckt, Jem. Ich dachte, Sie wären ein Bär."

Er lächelte kopfschüttelnd und wies auf den Stein in ihrer Rechten. „Wollten Sie ihn mit diesem Kieselsteinchen erschlagen?"

Canyon legte den versteinerten Berglöwen zurück ins Regal. „Ich fand auf die Schnelle nichts Passenderes." Sie ließ sich seufzend wieder auf die Bank sinken. Jem stand gebückt im Raum, mit aufgekrempelten Ärmeln, aus denen braune Unterarme herausschauten. Die kräftigen Hände hatte er auf seine Oberschenkel gestützt. Sein Haar, er hatte es diesmal nicht zu einem Zopf gebunden, hing ihm ins Gesicht. „Waren Sie manchmal mit Stevie hier?", fragte sie ihn. Sie hatte endlich zu zittern aufgehört.

„Ja. Es kam vor, dass er mich einlud, um mir seine neuesten Schätze zu zeigen. Aber das war nicht sehr oft. Es ist sein Reich und ich dachte, es wäre besser, das zu respektieren." Er sah sich um. „Sie haben meine Frage noch nicht beantwortet. Was tun Sie hier, Miss Toshiro?"

„Ich dachte, wenn ich eine Weile hier sitze, dann würde ich vielleicht etwas über Stevie herausfinden."

Jem sah sie an, einen seltsamen Ausdruck in den Augen. „Was ist?", fragte sie verwundert.

„Ich glaube, in Wirklichkeit sind Sie hier, weil Sie etwas über sich selbst herausfinden wollen."

Canyon erwiderte nichts und Jem setzte sich ihr gegenüber, auf ein Brett, das über zwei Steine gelegt war. Er rümpfte die Nase und bemerkte: „Irgendetwas riecht hier abscheulich."

„Das bin ich", gab sie zu, froh, dass er von selbst das Thema gewechselt hatte. „Antimückenlotion."

„Und", fragte er mit skeptischem Blick, „hilft sie?"

„Nicht wirklich. Was machen Sie eigentlich gegen diese Viecher? Ihnen scheinen sie nichts anzuhaben. Da steckt bestimmt ein geheimer Indianertrick dahinter."

„Kein Trick", antwortete er. „Es gibt bestimmte Kräuter, mit denen wir uns einreiben."

„Und die wirken?"

„Wie Sie sehen." Er lächelte. „Sie haben mich neulich gefragt, was eine Krankheit, außer natürlichen, noch für Ursachen haben kann. Nun, die Wurzel für eine Krankheit ist meist die Vernachlässigung der übernatürlichen Ordnung.

Die Geister, die *Manitus*, wachen über diese Ordnung und reagieren unweigerlich, wenn sie verletzt wird. Zum Beispiel, wenn jemand sich rücksichtslos gegenüber einem Tier oder einem Menschen verhält.

Eine unserer Geschichten erzählt, dass sich am Anfang der Welt die Beziehungen zwischen Menschen und Tieren rapide verschlechterten. Die Menschen begannen mehr Tiere zu töten, als sie für ihr Überleben brauchten. Deshalb beschlossen die Tiere in einer großen Versammlung, den Menschen Moskitos und mit ihnen Krankheiten zu schicken.

Damit wir dem Übel nicht völlig hilflos gegenüberstehen, half uns *Wísaka*, einer der Heroen unserer Mythologie. Er hatte vom Eichhörnchen gelernt, wie man Krankheiten heilt und zeigte es uns, weil er Mitleid hatte."

„Wirken *Wísakas* Kräuter auch bei Nichtindianern?" Canyon kratzte sich auf dem Handrücken. Dort waren fünf oder sechs blutende Stellen, winzige Bisswunden.

Jem fasste nach ihrer Hand, spürte die zarten Knochen ihrer Finger und lockerte seinen Griff. „Hören Sie auf damit. Es kostet zwar ein bisschen Überwindung, das Jucken auszuhalten, aber wenn Sie nicht kratzen, lässt es irgendwann nach. Und wenn Sie meinen Rat brav befolgen, dann verrate ich Ihnen vielleicht, wie die Kräuter aussehen und wo sie wachsen."

Möglicherweise war es nur Einbildung, aber seine Berührung schien etwas Sanftes zu haben. Trotzdem begann ihre Hand zu kribbeln und wurde taub. Irritiert zog sie sie zurück. Aber er hatte schon gesehen, was er nicht sehen sollte. Die feine wulstige Narbe an ihrem Handgelenk. Ein heller Strich. Jem war überrascht, sagte aber nichts. Die Eigenart seines Blickes machte sie nervös. Er war wie eine Frage, die sie jedoch nicht beantworten wollte.

„Warum sind *Sie* hier, Jem?", fragte Canyon stattdessen.

Es dauerte eine Weile, bis seine Worte kamen. „Ich habe einen Wagen in den Wald fahren sehen, Sie aber nicht erkannt. Ich wollte wissen, wer hier herumschnüffelt."

„Heute ist Sonntag und ich bin mit meinem eigenen Auto hier, nicht mit meinem Dienstwagen. Ich habe Sie gar nicht kommen hören, Mr Soonias."

„Mein Jeep steht ein Stück weiter vorn. Ich habe mich angepirscht. Alter Indianertrick."

Ein wenig befremdet sah sie ihn an.

„Wollen Sie noch eine Weile sitzen bleiben, oder kommen Sie mit zurück ins Dorf?", fragte er. „Ich zeige Ihnen

111

wo *Wísakas* Kräuter wachsen und wenn Sie etwas Zeit haben, dann lade ich Sie zu einer Tasse Kaffee ein."

„Klingt gut", erwiderte sie und folgte ihm durch den niedrigen Eingang der Höhle nach draußen.

„Ich habe mich gestern ein wenig über Shimada kundig gemacht", berichtete Canyon, als sie in Jems Küche saßen und er sich um das Kaffeewasser kümmerte. Sie blickte sich um. Die Fensterscheiben waren staubig, in der Spüle stand schmutziges Geschirr und die Zimmerpflanzen auf dem Fensterbrett ließen ihre Blätter hängen. Was den Haushalt betraf, schien sich Ranee Bobiwashs Begabung in Grenzen zu halten. Zumindest hatte sie kaum Interesse daran, Jem Soonias auf diese Weise unter die Arme zu greifen. Canyon hätte den Pflanzen gerne Wasser gegeben, aber das konnte Soonias leicht als Eingriff in seine Privatsphäre sehen, also ließ sie es bleiben.

„Das haben Sie für mich getan?", fragte er, ein wenig verwundert.

„Ja. Sie haben eine Vermutung geäußert und ich habe sie ernst genommen."

Eine Weile lauschten sie schweigend auf das Gurgeln der Kaffeemaschine, bis das Wasser durchgelaufen war. Jem goss Kaffee in zwei Keramikbecher und reichte ihr einen.

„Milch und Zucker?", fragte er.

„Ja, beides bitte."

Er stellte eine Pappschachtel mit Würfelzucker auf den Tisch mit den angetrockneten Kaffeerändern. Dann durchforschte er das Innere seines Kühlschrankes. „Das mit der Milch war nicht ernst gemeint", sagte er. „Edgar hat alles ausgetrunken."

„Es ist schon okay", Canyon winkte ab und warf vier Stück Würfelzucker in ihre Tasse. Der Kaffee war schwarz wie die Nacht. Ohne Umschweife kam sie zur Sache. „Sie haben Recht, Jem. Wenn Shimada die Bäume nicht fällen darf, entgeht der Firma ein Geschäft in Millionenhöhe. Könnte schon sein, dass sie zu derart abwegigen Mitteln greifen, um Ihre Organisation unter Druck zu setzen. Wie hieß die doch gleich?"

„*KEE-WE*", sagte er.

„Ja, genau. Jedenfalls sind Shimadas Manager als gnadenlose Geschäftsleute bekannt. Sie haben sogar erreicht, dass Leroy Galahan aus dem Universitätsdienst entlassen wurde."

„Galahan", fragte Jem bestürzt. „Der saß doch als Abgeordneter im Parlament und hat unsere Sache unterstützt."

„Ja", Canyon nickte. „Nach Ablauf seines Mandats ist er an die Universität von Thunder Bay zurückgekehrt und hat sich weiterhin engagiert gegen das Kahlschlagunternehmen Shimada eingesetzt. Auf Einladung von japanischen Umweltschützern ist er im Frühjahr nach Japan gereist, um in Tokio einen Vortrag über die Auswirkungen der japanischen Zellstoffindustrie in Kanada zu halten. Shimadas Manager setzten ihn derart unter Druck, dass er seinen Vortrag zwar abänderte, aber vermutlich nicht hinreichend genug. Nach seiner Rückkehr bewirkten sie seine Entlassung aus dem Universitätsdienst, indem sie der Universität drohten, als Sponsoren zurückzutreten, wenn sie Galahan weiterhin beschäftigen sollte."

„Das ist ja verrückt. Wie haben Sie das so schnell herausgefunden?", fragte Jem verblüfft. Walter Katz, der Anwalt mit dem er zusammenarbeitete, hätte ihn darüber informieren müssen.

Canyon zuckte beiläufig die Achseln. „Ich kenne jemanden, der so ziemlich alles herausfinden kann. Galahan hat sich einen Anwalt genommen und zurzeit läuft eine Klage gegen Shimada", sagte sie. „Er will, dass die Uni die Entlassung rückgängig macht." Sie pustete in ihre Kaffeetasse und trank einen Schluck.

„Dann steht die Firma ziemlich unter Druck." Jem blickte nachdenklich. „Ihre Papiererzeugnisse werden von beinahe fünfzig Firmen boykottiert. Vor allem der Einzelhandel und die Fastfood-Industrie machen Shimada zu schaffen."

„Und das funktioniert?"

„Ja, natürlich. Kaufen Sie bei *Pizza King*, Miss Toshiro?

„Manchmal lassen wir uns in der Mittagspause eine Pizza ins Büro kommen", antwortete sie wahrheitsgemäß.

„Wenn Sie uns wirklich helfen wollen, dann hören Sie auf damit."

„Aber was hat eine Pizza mit dem Kahlschlag der Wälder zu tun?", fragte Canyon. Der Kaffee war gut, nicht so schwach, wie sie ihn sonst meist vorgesetzt bekam.

„*Pizza King* kauft seine Verpackung und die Servietten bei Shimada", erklärte er ihr. „Die Leute hören auf, Pizza zu kaufen und *Pizza King* hört auf, seine Papierprodukte von den Japsen, äh ... den Japanern zu kaufen. Auch Donuts von *Country Style* werden in Pappschachteln von Shimada verkauft."

„Und was wollen Sie mit dem Boykott erreichen?"

„Die Shimada Paper Company hat ihr Versprechen gebrochen, nicht mit der Abholzung am Jellicoe Lake zu beginnen, bis eine vertragliche Lösung über das Land zwischen uns Dog Lake Cree und der Regierung erreicht ist. Die Provinzregierung von Ontario hat die Abholzungsgenehmigung widerrechtlich an den Papierkonzern verkauft. Shimada ist gegen den Boykott vor Gericht gezogen und nun steht das Urteil aus. Deshalb muss ich in Ottawa sprechen."

„Aber was haben Einzelhandel und Fastfood-Industrie mit den Rechten der Ureinwohner zu schaffen?", fragte

114

Canyon. „Was bringt kapitalistische Unternehmen dazu, Indianer zu unterstützen?"

„Japanische Firmen sind berüchtigt für ihre brutalen, zerstörerischen Erntemethoden und ihre fehlende Rücksicht auf die Rechte der lokalen Bevölkerung", antwortete Jem. „In ihrer Profitgier werfen sie alle ökologischen Bedenken über den Haufen. Aber Sie haben Recht, tatsächlich liegt es den meisten Leuten fern, sich für die Belange der Ureinwohner einzusetzen. Dass heilige Stätten einer Minderheit in Mitleidenschaft gezogen werden, stört sie reichlich wenig, denn den meisten Menschen ist kaum noch etwas heilig. In diesem Fall geht es allerdings um die Luft, die wir alle atmen. Es geht um Artenvielfalt und einen gesunden Wald. Sich dafür einzusetzen, liegt im Trend. Heutzutage bringt es Umsatz, sich mit dem Banner des Umweltschutzes zu schmücken."

Er trank einen Schluck von seinem Kaffee und sagte: „Shimada hat Forstexperten mit Untersuchungen beauftragt. Vom Unternehmen bezahlte Leute, die versuchen, Kahlschläge mit Waldbränden in einen Topf zu werfen. Aber bei einem Waldbrand sterben nicht alle Bäume. Es bleiben grüne Inseln, von denen neues Leben ausgeht. Bei einem Kahlschlag wird der gesamte Wald vernichtet. Haben Sie mal die Maschinen gesehen, die bei Kahlschlägen eingesetzt werden?", fragte er.

„Nur in der Zeitung", gab sie zu.

„Sie sollten sich das mal ansehen", meinte Jem. „Eine moderne Holzerntemaschine macht aus hundert Jahre alten Schwarzfichten in fünfzehn Sekunden Nutzholz von vier Metern Länge. Früher war das Bäumefällen Knochenarbeit, aber so ein Harvester ersetzt fünfzehn Holzfäller. Er fällt, entrindet und zersägt 800 Bäume am Tag. Das sind Roboter der Waldvernichtung. Wo sie eingesetzt werden, bleibt eine Fels- und Schlammwüste zurück. Als Lebensraum für Menschen und Tiere ist das Gebiet auf lange Zeit verloren. In ein paar Jahren werden die alten Wälder nur noch Erinnerung sein."

„Das klingt furchtbar", sagte sie. „Und ich weiß, wie wichtig das ausstehende Gerichtsurteil für Ihr Volk und für uns alle ist. Aber Sie müssen jetzt vor allem anderen zuerst an Stevie denken."

„Natürlich." Jem beugte sich über den Tisch. „Ich denke den ganzen Tag an nichts anderes als an meinen Sohn."

In der Nacht war er voller Panik aufgewacht, hatte sich in der Dunkelheit preisgegeben und verwundbar gefühlt. Ihm war der Gedanke gekommen, dass die Dinge vielleicht ganz anders lagen, als er bisher angenommen hatte.

„Sie sagten, der Gerichtstermin ist schon in einer Woche?"

„Ja, nächsten Dienstag."

„Wenn Shimada tatsächlich etwas mit Stevies Verschwinden zu tun hat, müssten sie sich noch vor dem Gerichtstermin melden. Sonst ergibt das alles keinen Sinn."

Jem schüttelte den Kopf: „Ich glaube, mir ist letzte Nacht etwas klar geworden."

Canyon horchte auf. „Was ist Ihnen klar geworden, Jem?"

„Wenn ich Stevie wiederfinden will, dann darf ich nicht in der Welt der Weißen nach ihm suchen und auch nicht auf die Art der Weißen. Ich glaube, sein Verschwinden hat etwas mit unserer Vergangenheit zu tun. Und mit mir. Mit meiner Einstellung zu den alten Traditionen. Vielleicht habe ich zu wenig Wert auf die alten Geschichten gelegt und ihn deshalb verloren. Ich glaube, er hat in einer anderen Welt gelebt als ich."

Weil der ungläubige Ausdruck auf ihrem Gesicht nicht verschwinden wollte, blickte sie in ihren leeren Becher.

„Sie finden das idiotisch, nicht wahr?" Eindringlich musterte er sie, Schatten von Groll in den Augen.

„Nein, nur ...“

„Nur *was*?“

„Ich dachte, darüber wären wir uns einig. Sie sind doch Lehrer, Jem. Sie waren auf dem College. Ich hätte schwören können, dass Sie nicht an solche Dinge glauben.“

„Es kommt gar nicht so sehr darauf an, ob man daran glaubt oder nicht. Wenn man die Geisterwelt erst hereinlässt, kommt sie auch. Heute Nacht habe ich von Stevie geträumt. Es war wirres Zeug. Von Hexen und dem *Weetigo*, von einem riesigen Bären und meinem Sohn, der nach mir rief. Vielleicht waren es bloß seine Steine und Wurzeln, die lebendig geworden sind. Ich habe in seinem Bett geschlafen. Ich wollte ihm nahe sein, seinen Geruch um mich haben. Und ich spürte tatsächlich seine Nähe. Er sagte: Öffne deine Augen für meine Welt, Dad.“

Canyon schüttelte abwehrend den Kopf. „Wenn Sie versuchen wollen, Stevie mit Hilfe von spirituellem Hokuspokus zu finden“, sagte sie mit einiger Bestimmtheit, „dann erwarten Sie keine Hilfe von mir. *Ich* glaube nicht an solche Dinge. Tut mir Leid.“

„Woran glauben Sie denn überhaupt?“, fuhr er sie unvermittelt an.

Canyon zuckte erschrocken zusammen.

„An *nichts* glauben Sie, Canyon Toshiro. *Nada*, nothing. Wie wollen Sie mir helfen, wenn Sie nicht einmal sich selbst helfen können?“

Canyon krümmte sich unter seinen Worten. Jedes einzelne ein Hieb gegen ihre Mauer, die zu bröckeln begonnen hatte. Tränen schossen ihr in die Augen und sie versuchte es zu verbergen. Als sie ihre Stimme wieder unter Kontrolle hatte, sagte sie: „Wahrscheinlich haben Sie Recht und ich kann Ihnen tatsächlich nicht helfen. Auf jeden Fall glaube ich nicht daran, dass irgendwelche Geister mir Antworten ins Ohr flüstern.“

Sie stand auf und ging zur Tür. „Vielen Dank für den Kaffee, Mr Soonias."

Canyon verließ seine Küche, sein Haus. Jem versuchte nicht, sie zurückzuhalten.

Sollte er sich so in ihr getäuscht haben? Ihre Verletzlichkeit war auf einmal in einem Strom starrer Überzeugungen versunken und würde vielleicht nie wieder auftauchen. Beinahe fühlte er Bedauern, denn gerade hatte er begonnen, die zierliche Frau mit den dunklen Mandelaugen zu respektieren und auf ihr Gespür zu vertrauen. Ihr merkwürdiges Wesen war eine ungewisse, neue Erfahrung für ihn. Stevies Verschwinden war ihr nicht gleichgültig. Sie hatte sich über Shimada kundig gemacht und war in ihrer freien Zeit noch einmal zu Stevies Höhle gefahren, um dort vielleicht etwas über ihn herauszufinden. Canyon Toshiro tat nicht nur ihren Job, ihr Sorge ging weit über den beruflichen Einsatz hinaus.

Aber wenn er nun darüber nachdachte, dann konnte Canyon gar kein Gespür für die Welt eines indianischen Jungen entwickeln, weil sie mit ihrer eigenen Welt nichts gemein hatte. Vielleicht hatte sie schwarzes Haar und schräge Augen, aber ihre Welt war die der Weißen, auch wenn sie asiatische Wurzeln hatte.

Vergangenheit war etwas, das jeder Mensch wie ein unsichtbares Schleppnetz mit sich herumtrug. Canyons Vergangenheit war die Hoffnung europäischer und japanischer Einwanderer, mit der sie in dieses Land gekommen waren. Ihre japanischen Großeltern und ihr Vater hatten Vorurteile und Diskriminierung noch am eigenen Leib erfahren, aber sie hatte davon nichts mehr zu spüren bekommen. Japanische Einwanderer in der dritten Generation waren angesehene Mitglieder der kanadischen Gesellschaft, wäh-

rend Indianer und Metis immer noch als Außenseiter betrachtet wurden. Was konnte jemand wie Canyon Toshiro
schon von den uralten Hoffnungen der indianischen Ureinwohner wissen?

9. Kapitel

Sechs Tage, seit Stevie verschwunden war. Jems Leben geriet immer mehr aus den Fugen und er versuchte an Ritualen festzuhalten, die ihm Sicherheit geben sollten. Nachdem sie sich am Morgen noch einmal geliebt hatten, war Ranee am späten Vormittag in ihr Haus nach Nipigon gefahren, weil sie einen Käufer für eines ihrer Bilder erwartete. Einen weißen Unternehmer mit einer dicken Geldbörse.

Jem hatte bei seinen Eltern etwas gegessen und nun saßen sie zusammen in der Wohnküche von Jakob und Elsie Soonias und tranken Kaffee. Natürlich wurde kaum über etwas anderes geredet als über Stevies Verschwinden.

George Tomagatik, Stammesoberhaupt der Dog Lake Cree und Jakob Soonias' ältester Freund, kam wenig später zu einem Besuch vorbei. Die beiden Männer waren im gleichen Jahr und am gleichen Tag geboren. Beide waren mit Bannock, dem flachen Indianerbrot, Kaninchenfleisch und Tee groß geworden. Ein ganzes Leben verband sie. Eine mehr als sechzig Jahre während Freundschaft, die Höhen und Tiefen erlebt hatte und immer noch funktionierte.

Tomagatik, hager und kräftig, aber gebeugt vom Alter, war gesundheitlich nicht mehr so fit wie Jems Vater. Nach einem Herzinfarkt hatte er zwei Bypassoperationen hinter sich und war vorsichtig geworden, was körperliche Herausforderungen betraf. Bis vor fünf Jahren waren die beiden noch zusammen jagen gegangen. Doch nun hielt Tomagatik sich zurück und widmete sich vorrangig seinem Amt als Stammesoberhaupt und dem Kampf gegen den drohenden Kahlschlag am Jellicoe Lake. Jem, der daran dachte, dass er einst in Tommy Tahanee einen ebenso guten Freund gehabt hatte, wie sein Vater in George Tomagatik, wurde noch niedergeschlagener.

„Hast du schon irgendetwas von Stevie gehört?", wollte der alte Häuptling mit dem kurzen grauen Haarschopf wissen. „Gibt es eine Spur?"

Jem schüttelte den Kopf. „Nein, nichts. *Nada*. Es ist, als wäre er vom Erdboden verschwunden."

„Dieser Polizist, der wie ein Urmensch aussieht, ist auch bei mir gewesen", sagte Tomagatik.

Jem nickte. „Inspektor Harding. Er hat einige von Stevies Klassenkameraden und ein paar Leute im Dorf befragt."

„Er wollte von mir wissen, ob du Feinde hast, Jem."

Jem blickte überrascht auf. „Und was hast du ihm erzählt?"

„Ich habe ihm gesagt, dass du bei allen sehr beliebt bist und ich mir nicht vorstellen kann, dass du Feinde hast. Aber du hast welche, Jem Soonias. Shimada will mit aller Macht verhindern, dass der Boykott gegen die Firma weitergeführt wird. Ich habe heute wieder einen Brief von den Anwälten dieser...", er zögerte kurz, „dieser Verbrecher bekommen. Sie behaupten, dass es niemals eine Abmachung zwischen unserem Stamm und ihnen gegeben hätte, in dem es um eine Aussparung des Jellicoe Gebietes geht. Sie hätten eine Einschlagsgenehmigung von der Regierung und die sei nun mal rechtmäßig."

„Diese verdammten Lügner", sagte Jem resigniert.

Aber Tomagatik war noch nicht fertig. „Und weißt du was", sagte er, „mein ältester Enkel hatte seit Jahresbeginn einen Job in einer von Paul Conleys Papiermühlen in Thunder Bay. Er ist letzte Woche ohne Begründung entlassen worden. Ich bin sicher, da steckt Shimada dahinter.

Diese Leute sind skrupellos, du solltest dich vor ihnen in Acht nehmen."

„Was soll ich denn tun?", fragte Jem den alten Mann. „Soll ich klein beigeben und dich mit Walter Katz allein nach Ottawa fahren lassen?"

George Tomagatik schüttelte den Kopf. „Darüber habe ich lange nachgedacht. Aber du weißt, wie wichtig es ist, dass du vor dem Obersten Gerichtshof erscheinst. Du musst sprechen, Jem. Sie sollen wissen, mit wem sie es zu tun bekommen, wenn ich als Stammesoberhaupt zurückgetreten bin."

Jem schluckte bei Tomagatiks Worten, aber der fuhr unbeirrt fort: „Ich bin ein alter Mann, dem man nur noch aus Respekt vor seinen weißen Haaren zuhören wird. Aber du bist jemand, der unsere Zukunft vertritt und der härtere Worte findet für das, was mit uns geschieht. Wir brauchen dich in Ottawa, Jem Soonias. Aber solltest du deinen Sohn dadurch in Gefahr bringen, dann lass Walter und mich allein kämpfen. Ich bin alt und nicht so leicht unter Druck zu setzen."

Elsie Soonias hatte das Gespräch zwischen ihrem Sohn und dem Häuptling verfolgt und bisher respektvoll geschwiegen, aber nun hielt sie es nicht länger aus. „Die Japaner haben Stevie nicht", sagte sie resolut. „Die Hexe steckt hinter dem Ganzen. Sie will Jem mürbe machen, ich weiß nur noch nicht wofür. Aber ich werde es herausbekommen. Als Schwiegertochter will ich sie jedenfalls nicht haben."

Peinlich berührt verdrehte Jem die Augen. „Ma, fang nicht schon wieder damit an. Ranee ist keine Hexe, verdammt noch mal. Das ist eine fixe Idee von dir."

„Dann ist sie eben ein *Weetigo*. Auf jeden Fall ist sie verrückt und ein Herz aus Eis hat sie auch."

Tomagatik hob beschwörend die Hand. „Schon gut, hört

auf damit. Ich glaube auch nicht, dass Ranee hinter Stevies Verschwinden steckt. Allerdings sind mir da einige Gerüchte zu Ohren gekommen."

„Was für Gerüchte?" Jem horchte auf.

Tomagatik warf Jakob einen fragenden Blick zu und der nickte. „Hast du schon mal was von den Abtrünnigen gehört, die sich in den Wäldern aufhalten sollen?"

Jem lachte kopfschüttelnd. „Wer hat nicht von ihnen gehört, George? Dass es sie gibt, ist eine Legende, genauso wie die vom *Weetigo*, dem Waldgänger, der Menschen frisst."

Der alte Häuptling blickte wieder zu Jakob Soonias und diesmal schüttelte Jems Vater unmerklich den Kopf. „Ich dachte ja nur, dass das vielleicht eine Spur wäre, der du nachgehen könntest."

„Ich renne keinen Gerüchten nach, George, tut mir Leid. Ich will Stevie finden. Ich will wissen, was mit ihm passiert ist, ob er noch lebt."

„Ich weiß. Und du wirst ihn auch finden, da bin ich mir sicher. Dass er nicht mehr leben könnte, daran darfst du nicht einmal denken." Tomagatik räusperte sich verlegen, denn er wusste natürlich, dass der Tod kein Fremder war im Reservat und dass er nicht nur Alte und Kranke holte.

„Was ist eigentlich mit dieser jungen Frau, der Asiatin, die schon zweimal in deinem Haus gewesen ist?", fragte er.

Jem blickte Tomagatik an. Es wurde also sehr genau beobachtet, was er tat und wer wie oft sein Haus betrat. „Canyon Toshiro. Sie ist vom Jugendamt in Thunder Bay. Aber das weißt du doch längst alles, George."

„Toshiro? Ist das ein japanischer Name?"

„Ja."

„Und, kannst du ihr vertrauen? Ich meine, schließlich ist Shimada auch ..."

Jem zog die Stirn in Falten und schüttelte ungläubig den Kopf. „Du denkst, sie steckt mit Shimada unter einer Decke? Nur weil sie einen japanischen Namen hat?" Jem sah seine Mutter an und begriff, dass niemand im Dorf etwas davon wusste, was Grace Winishut über Canyon Toshiro gesagt hatte. Dass sie diejenige war, die Jem bei seiner Suche helfen konnte. Keiner wusste davon, weil niemand im Dorf es gutheißen würde. Canyon Toshiro war eine Fremde und kein Dorfbewohner würde ihr das Herz öffnen, solange sie nicht zu einer offiziellen Willkommens-Zeremonie eingeladen worden war.

Eine Willkommens-Zeremonie wurde abgehalten, wenn ein Cree einen Nichtindianer oder den Vertreter eines anderen Stammes dazu einlud, in seine Kultur einzutreten. Solch eine Einladung wurde nur ausgesprochen, wenn man sich sicher war, dass der Fremde vertrauenswürdig war und diese Ehre auch tatsächlich verdient hatte.

„Sie ist Halbjapanerin, sehr viel mehr weiß ich auch nicht von ihr", sagte er ruhig. „Aber mit Shimada hat sie ganz sicher nichts zu tun. Im Gegenteil, sie hat mir sogar geholfen, einiges über den Papierkonzern herauszufinden."

„Dann ist es ja gut." Tomagatik nickte. „Ich habe ja nur gefragt, weil die Leute reden im Dorf."

Jem stöhnte. „Was reden sie denn?"

Der Blick des alten Mannes wurde verlegen. „Dass die Japaner dich einwickeln wollen. Mit Hilfe einer Frau."

Das war verrückt. Jem konnte es nicht glauben. Canyon Toshiro war wütend davongefahren und seine eigenen Leute, für die er kämpfte, misstrauten ihm plötzlich. Er wusste nicht, was er dazu sagen sollte. Wer blieb ihm jetzt noch, an den er sich wenden konnte?

Der präparierte Gänsekopf mit den zugenähten Augen schwang vor seinem Gesicht hin und her. Hypnotisierend wie ein Pendel. Zedernrauch hüllte ihn ein und ließ seine

Augen tränen, sodass er alles nur noch verschwommen sah. Schweißperlen rannen über seine Stirn, brannten in seinen Augen und tropften ihm vom Kinn. Sein Kopf wurde schwer wie Blei und schien ihm jeden Moment von den Schultern fallen zu wollen.

„Stell dich nicht so an!", hörte er Grace Winishuts raue Stimme. „Gib dir mehr Mühe!"

Jem Soonias gab sich Mühe: Eine Frau mit hüftlangen schwarzen Haaren tanzte vor seinen Augen. Die bunte Verzierung auf ihrem Elchlederkleid bildete ständig wechselnde Muster. Ranee Bobiwash lächelte süß, ihre Brüste schwangen und sie lockte ihn in der alten Sprache: *„Astum!* Komm! *Gis-sken-ten-tan-te. Astum!* Ich weiß den Weg. Komm!"

Er wollte ihr folgen, konnte sich aber keinen Schritt von der Stelle bewegen.

„Bald wirst du wieder mit Stevie zusammen sein", flüsterte Ranee beschwörend. „Er wartet auf dich. Komm!"

Noch einmal wandte er seine ganze Kraft auf, um zu ihr zu gelangen, aber dann sah er Canyon Toshiro in ihrem kurzen Rock und mit barbarischen Gummistiefeln an den Füßen. Sie stand da, fuchtelte wild mit ihren von Moskitos zerstochenen Armen und sagte: „Alles Aberglauben und Hokuspokus. Ich dachte, Sie wären anders, Jem. Tut mir Leid. Tut mir Leid."

Die tanzende Ranee wurde zu einem verzerrten Wirbel aus buntem Staub und verschwand. Jem streckte die Arme nach ihr aus und schickte einen verzweifelten, wütenden Schrei hinter ihr her. Canyon stand immer noch da, jetzt stumm und mit traurigen dunklen Augen. Ihm tat es auch Leid.

„Verfluchter Mist!", schimpfte er und schob den Gänsekopf unwirsch beiseite. „Es funktioniert nicht. Ich kann das nicht." Zornig presste er die Fäuste gegen seine Schläfen.

Die alte Grace wackelte mit dem Kopf und legte den Holzstab, auf dem der Gänsekopf steckte, behutsam zur Seite. „Was hast du gesehen?", fragte sie ihren abendlichen Gast, auf dessen Erscheinen sie seit Tagen gewartet hatte.

„Jedenfalls nicht Stevie", sagte Jem ärgerlich. Er fühlte sich auf den Arm genommen. Grace Winishut hatte ihm mit diesem vertrockneten Gänsekopf vor der Nase herumgefuchtelt und ihm scharfen Rauch in die Augen geblasen, damit er etwas sah, das ihm weiterhelfen sollte. Doch er hatte keinen Zugang zu derartigem Zauber, sein aufgeklärter Verstand trennte ihn von der Welt der Geister.

Gesehen hatte er trotzdem etwas. Allerdings würde ihm das, was er gesehen hatte, kaum weiterhelfen. Er konnte es Grace nicht einmal erzählen. Sie würde ihn auslachen und er fürchtete sich vor ihrem Spott.

„Du solltest aufhören, mit Ranee Bobiwash zu schlafen", sagte sie streng. „Es schwächt deine inneren Kräfte."

Jem wurde rot und Wut kroch in ihm hoch. „Verdammt", schimpfte er und sprang auf. „Jetzt reicht es, Grace. Meine Mutter hat dir gesagt, dass sie Ranee nicht leiden kann und du gießt prompt Öl ins Feuer. Und ich bin auch noch so dumm und komme her, weil ich dachte, du könntest mir helfen, meinen Sohn wiederzufinden."

„Ich helfe dir."

„Du unkst und machst mir Vorschriften über mein Liebesleben."

„*Liebesleben*?" Sie lachte in sich hinein. „Liebst du Ranee Bobiwash?"

„Herrgottnochmal, Grace!", schimpfte er laut. „Ja, vermutlich liebe ich sie." Seit Ranees Rückkehr im Winter war er seinem Verlangen ausgeliefert wie noch nie in seinem Leben. Vielleicht war das Liebe, vielleicht auch nicht. Im Augenblick fehlten ihm Antworten auf viele Fragen.

„Vermutlich, vermutlich!", äffte die Alte ihn nach. „Ist

das etwa eine Antwort? Du verwechselst Akrobatik mit Liebe, Jem. Ranee ist gut im Bett, das hat sie von ihrer Großmutter, na und? Sie ist schön, na und? Eine Schönheit, die Männerhirne wirr macht und jähe Begierde in ihnen weckt, nichts weiter. Denkst du, du bist der Einzige? Für Ranee bedeutet ihre Schönheit Macht. Sie hat Macht über dich, Jem Soonias. Weißt du, was man von ihr sagt?"

Mit flackerndem Blick beugte er sein Gesicht nahe an das der alten Frau heran. „Dasselbe wie von dir, Grace. Dass sie eine Hexe ist."

Grace ließ sich von den Gebaren des jungen Mannes nicht beeindrucken. Sie war alt und wusste eine Menge. Dinge, von denen Jem Soonias nicht die geringste Ahnung hatte. Nicht alle Pfade in die Geisterwelt waren Fluchtwege aus dem Leben. Grace stand mit beiden Beinen auf dem Boden der Realität, auch wenn sie sich gewissen Stimmen nicht verschloss. Natürlich war es keine Asphaltstraße, auf der sie ging. Der Weg war holprig und voller tiefer Löcher, wie die Straßen im Reservat. Sie musste schon ein bisschen aufpassen, wo sie hintrat, würde aber am Ende ans Ziel gelangen. Im Gegensatz zu Jem Soonias, der im Augenblick tobte und herumtrampelte wie eine wildgewordene Elchmutter, der man ihr Junges genommen hatte. Dabei drehte er sich doch nur im Kreis.

Manchmal fiel es Grace schwer, die jungen Leute aus dem Reservat zu verstehen. Sie hatten sich einem anderen Leben zugewandt, das wenig mit den Traditionen ihres Volkes zu tun hatte. Die Kinder sahen den lieben langen Tag Videos an oder guckten MTV, während ihre Mütter hofften, dass der staatliche Fürsorgescheck bis zum Ende des Monats reichen würde.

Die älteren Jugendlichen machten mit ihren verrrosteten Autos die Gegend unsicher, nahmen Drogen und trieben sich in den Bars der Weißen herum, wo sie die Tänze der Weißen tanzten, während ihre eigenen, traditionellen Tänze in Vergessenheit gerieten. So wie ihre Muttersprache und vieles andere, das einst das Leben ihrer Eltern und Großeltern ausgemacht hatte.

Manche von ihnen wussten nicht einmal mehr, wie man eine richtige Holzfalle baut oder Schneeschuhe bespannt. Es war gefährlich, wenn die jungen Menschen vor Gier nach allem Neuen ihre Vergangenheit vergaßen und nicht merkten, wie dadurch mit ihrer Hilfe die alte Welt langsam zugrunde gerichtet wurde.

Jem Soonias gehörte nicht zu ihnen. Er war ein vernünftiger junger Mann, der nur das Beste für sein Volk wollte. Er trank nicht, kümmerte sich um seinen Sohn und seine alten Eltern. Er lehrte die Kinder, sich in der neuen Welt zurechtzufinden und leugnete die Traditionen nicht. Aber lebte er sie auch? War er tatsächlich offen für etwas, das man nicht mit dem Verstand erklären konnte? Gerade eben hatte er Dinge gehört und gesehen, mit denen er nicht gerechnet hatte. Und nun kämpfte er dagegen an. Seine Unschlüssigkeit hinderte ihn daran, zum Kern der Dinge vorzudringen. Und dabei hatte er sowieso schon eine Menge Zeit vergeudet, weil er so lange gebraucht hatte, bis er zu ihr gekommen war.

Grace Winishut war keine von jenen alten Frauen, die ständig jammerten, auf die alten Zeiten schworen und den jungen Leuten gute Ratschläge erteilten. Sie sah die alten Bräuche im Licht neuer Situationen. Und sie hielt es für wichtig, die Verbindung zur nächsten Generation nicht abbrechen zu lassen. Einige der Alten im Dorf waren so enttäuscht, dass sie sich von den Jungen abwandten. Das war ein Fehler. Es war die Aufgabe der Älteren, den Jüngeren zuzuhören, mit ihnen über ihre Sorgen zu sprechen. Es war ihre Aufgabe, der Verbitterung standzuhalten.

Grace hatte ein Herz für junge Menschen und war bereit,

ihnen einige Verirrungen nachzusehen. Sie hielt ihre Augen und Ohren immer offen. Und wenn jemand zu ihr kam und sie um Rat oder Hilfe bat, dann versuchte sie zu helfen, soweit das in ihrer Macht stand.

Jem Soonias war zu ihr gekommen. Etwas spät zwar, aber er war gekommen. Völlig verzweifelt. Doch jetzt stand er da, war wütend und wusste nicht, was er anfangen sollte mit all den verwirrenden Dingen, die er während der Zeremonie gesehen hatte. Er war kein Ungläubiger, hatte jedoch keine Verwendung für Botschaften aus der Geisterwelt, weil sein Verstand sich ihnen verschloss.

„Wie du ja weißt, kam Ranees Mutter Kayla bei einem Feuer ums Leben", sagte Grace mit versöhnlicher Stimme. „Ihre Hütte brannte nieder, während sie stockblau drinnen ihren Rausch ausschlief. Als sie aufwachte, war es längst zu spät. Sie hätte in den Flammen getanzt, erzählt man sich. Ranee hat alles mit ansehen müssen. Ich war nicht im Dorf, als es passierte. Aber du müsstest dich daran erinnern können. Du warst doch schon damals wie ein Schatten hinter ihr her."

„Zu der Zeit war ich auf einem Internat in Kenora", sagte Jem und versuchte sich nicht anmerken zu lassen, wie gut er sich erinnerte. „Als ich in den Ferien nach Hause kam, war Ranee nicht mehr da."

„Wusstest du, dass Esquoio ihre Großmutter war."

Jem nickte unwillig. „Ja. Meine Mutter hat mir von ihr erzählt. Es war die Alte, von der niemand weiß, was aus ihr geworden ist?"

„Ja. Esquoio, die Hexe. Sie brachte Übel über das Dorf, weil sie geheime Pflanzen und alte Rituale dazu benutzte, um Menschen zu schaden, die ihr nicht wohlgesonnen waren. Wenn sie einen Mann haben wollte, der verheiratet war, dann verhexte sie seine Frau durch schlechte Medizin. Die Ehefrau wurde krank oder verfiel dem Wahnsinn und Esquoio schnappte sich den Mann. Kranke, die ihr von

Nutzen waren, heilte sie. Wen sie nicht mochte, ließ sie sterben. Auf diese Weise säte sie Zwietracht und Misstrauen unter den Leuten von Dog Lake. Damit brachte sie das ganze Dorf gegen sich auf und eines Abends fassten die Ältesten einen Beschluss: Esquoio musste gehen.

Nach der alten Tradition hätte sie den Tod verdient. Immerhin, mit ihren Fähigkeiten hätte sie noch größeres Unglück über das Dorf bringen können. Aber die Zeiten, in denen wir unsere Belange noch selbst regeln konnten, waren vorbei. Weiße Polizisten wären gekommen, hätten Fragen gestellt und die Sache hätte dem Dorf nichts als Ärger gebracht. Irgendjemand von uns hätte vielleicht ins Gefängnis gehen müssen und dieser Preis war uns zu hoch. Also wollte man Esquoio fortschaffen. Doch in der Nacht davor verschwand sie und niemand hat sie je wieder gesehen."

„Was wurde aus Ranee, nachdem ihre Mutter tot war?", fragte er. „Wo ging sie hin?" Er erinnerte sich noch sehr gut daran, wie er in den Ferien nach Hause gekommen war und sie nicht mehr vorgefunden hatte. Sein junger, hungriger Körper hatte sie glühend vermisst. Man erzählte sich damals, sie wäre verschwunden wie ihre Großmutter.

„Hat sie dir das nicht erzählt?" Grace sah Jem herausfordernd an. „Redet ihr überhaupt manchmal?"

Jem war zu erschöpft, um noch wütend zu sein. „Sie spricht nicht gerne über ihre Vergangenheit", sagte er.

„Ranee kam zu weißen Pflegeeltern", erzählte ihm Grace. „Aber irgendwann erschienen die mit polizeilicher Verstärkung in Dog Lake, weil das Mädchen verschwunden war und sie den Verdacht hatten, dass sie in ihr altes Dorf zurückgekehrt sein könnte."

„Aber sie war nicht da."

„Nein. Sie tauchte erst vor einem halben Jahr wieder auf. Diesmal, um dir endgültig den Kopf zu verdrehen, Jem Soonias."

„Und was hat das alles mit Stevie zu tun?", fragte Jem ungeduldig. Schließlich war er hier, weil er etwas über seinen Sohn herausfinden wollte, und nicht, um alte Geschichten über Ranee zu hören. Sie interessierten ihn natürlich, aber …

… Überrascht zuckte Jem zusammen, als er hinter einem Vorhang das dunkle Augenpaar eines Kindes entdeckte. Er sprang auf. „Stevie?"

Der Vorhang wackelte, von dem Kind war nichts mehr zu sehen. „Das ist nur Meta, meine Enkeltochter", sagte Grace. „Komm her, mein Kind", lockte sie sanft und zog die Kleine aus ihrem Versteck hervor. Das Mädchen, es war vielleicht sechs oder sieben, schmiegte sich an die speckige Schürze ihrer Großmutter. Sie trug ein blaues Baumwollkleid und hatte glänzendes, schulterlanges Haar. Mit ihren großen Augen sah sie Jem ängstlich an.

Jem hatte sofort das Gefühl, dass die Kleine kein gewöhnliches Kind war. Irgendetwas stimmte mit ihr nicht. Und was noch beunruhigender war: Ihr Anblick rief so etwas wie Schuldgefühle in ihm hervor.

„Fürchte dich nicht!", sagte Grace. „Das ist Stevies Vater. Er ist hier, weil er seinen Jungen wiederfinden will. Er vermisst ihn, so wie du ihn auch vermisst."

Jem brauchte eine Weile, bis er die Situation verdaut hatte. „Seit wann hast du eine Enkelin, Grace? Ich kenne sie gar nicht", stellte er erstaunt fest. „Wie alt ist die Kleine? Geht sie nicht zur Schule? Und wie kommst du darauf, dass sie Stevie vermissen könnte?"

Die alte Indianerin schüttelte den Kopf. So viele Fragen auf einmal. „Meine Tochter Lucy brachte sie mir vor ungefähr sechs Wochen hierher. Meta ist nicht wie andere Kinder. Sie kann nicht zur Schule gehen. Meta war einige Zeit bei Bekannten meiner Tochter, aber Lucy wollte nicht, dass sie dort bleibt. Die Leute waren nicht gut zu ihr."

„Und deine Tochter kann sich nicht selbst um das Mädchen kümmern?"

„Nein." Es war ein hartes Nein. Eins das sagte, dass Grace Winishut keine Lust hatte, es zu erklären.

„Was ist mit Metas Vater?"

„Er sitzt im Gefängnis."

Ein Fall fürs Jugendamt also, dachte Jem. Canyon Toshiro würde die Sache weitermelden, sobald sie von Meta erfuhr. In den Augen der Beamten aus der Stadt würde die windschiefe Hütte der alten Grace als Zuhause für ein siebenjähriges Mädchen nicht standhalten. Hier sah es aus wie in einer Hexenhöhle und vermutlich war es auch eine.

Jem musste nachdenken. Er setzte sich wieder und sah das Mädchen aufmerksam an. Ihre Augen blickten intelligent, aber seltsam entrückt. Er spürte, dass dieses Kind zutiefst von anderen verschieden war. „Wieso glaubst du, dass sie nicht zur Schule gehen kann?", fragte er Grace.

„Meta lebt in ihrer eigenen Welt. Am liebsten spielt sie ganz für sich allein. Sie redet nur wenig und manchmal überhaupt nicht. Es hat eine Weile gedauert, bis sie mir vertraut hat."

„Hat dir deine Tochter nicht gesagt, warum sie so ist? Es muss doch eine Erklärung geben."

Grace schnaufte ärgerlich. Sie hatte die Nase voll von Fragen. „Jem Soonias", sagte sie, mit in die Hüften gestemmten Fäusten, „meine Tochter ist schwere Alkoholikerin. Vielleicht ist Meta deshalb so geworden. Vielleicht hört man auf zu sprechen, wenn man die eigene Mutter in ihrem Erbrochenem am Boden liegen sieht und wirres Zeug reden hört. Aber was macht das schon, dass Meta anders ist. Ich komme jedenfalls wunderbar mit ihr aus."

„Du musst deiner Tochter helfen, Grace."

„Das tue ich, Jem. Ich kümmere mich um meine kleine Enkeltochter, während Lucy eine Entziehungskur macht."

Soonias nickte. Er fand es in Ordnung, dass Meta bei ihrer Großmutter lebte. Die Kleine war sauber und satt und schien der alten Frau zu vertrauen. Vielleicht würde Lucy es schaffen und konnte das Mädchen irgendwann wieder zu sich nehmen. Schließlich fiel ihm ein, was Grace noch gesagt hatte.

„Kennst du Stevie, Meta?", wandte er sich an die Kleine.

Sie starrte ihn nur an, drückte sich noch stärker an den Körper ihrer Großmutter. Die alte Indianerin antwortete für sie: „Meta kennt Stevie sehr gut. Die beiden waren oft zusammen. Sie haben hier in meinem Haus gespielt. Manchmal auch hinter dem Haus."

So beschäftigt war er die ganze Zeit gewesen, dass er das Mädchen noch nie bemerkt hatte, obwohl sie seit über einem Monat im Dorf lebte. Jem kniete vor dem Kind nieder und fasste es an den Schultern. „Meta!", bedrängte er die Kleine, „du weißt wo Stevie ist. Du musst es mir sagen!" In ihrer Nähe spürte er die Gegenwart seines Sohnes, wie er sie seit seinem Verschwinden nicht mehr wahrgenommen hatte. Sein Gesicht zuckte vor Aufregung. Der Körper des Mädchens versteifte sich.

Grace riss sie von ihm fort und sagte: „Geh in dein Zimmer, Kleines!"

Wie ein Schatten huschte Meta davon.

„Warum schickst du sie weg, Grace?" Jem blickte verzweifelt. „Sie weiß, wo Stevie ist, sie weiß es."

„Das ist schon möglich", brummte die Alte. „Aber auf diese Weise wirst du es nicht aus ihr herausbekommen. Steh bloß auf, Jem, es ist beschämend, wie du hier vor mir kniest." Er hockte sich auf einen Stuhl und vergrub das Gesicht in den Händen. Grace tätschelte seine Schulter.

„Glaubst du, ich hätte nicht versucht etwas aus ihr herauszubekommen? Zumindest denke ich, dass Stevie nicht tot ist."

„Grace!" Jem umklammerte das dürre Handgelenk der alten Frau.

„Sie wird nicht reden, wenn sie nicht will. Ich glaube, Stevie hat ihr das Versprechen abgenommen, nicht zu verraten, was sie weiß. Du musst Geduld haben, Jem." Sie schüttelte seine Hand ab.

Er sah sie an. „Du hast gesagt, die Frau vom Jugendamt kann mir helfen. Aber sie weiß nichts über Japaner, obwohl ihr Vater einer ist. Heute fuhr sie beleidigt davon, weil ich ihr was von *Manitus* und Hexen erzählt habe. Sie glaubt nicht an übernatürliche Wesen", sagte er vorwurfsvoll. „Sie glaubt an gar nichts."

„Jeder glaubt an irgendwas, Jem Soonias, sogar du." Grace wackelte mit dem Kopf. „Ich habe auch nicht behauptet, dass sie was über Japaner weiß. Kein Mensch besteht nur aus seinem Namen oder seiner Hautfarbe. In ihrem Herzen ist sie eine von uns, Jem, auch wenn sie es noch nicht weiß. Und sie kennt sich mit Kindern aus. Auch mit Kindern wie Meta. Sie weiß über eine Menge Dinge Bescheid, die Kindern in dieser Welt widerfahren können. Sie kann in ihre Seelen blicken, weil sie selbst einmal so ein Kind war. Und außerdem ..."

„Was?"

„Sie mag dich."

Jem lachte ungläubig. „Ich fürchte, da liegst du völlig falsch, Grace. Diese Frau hat nichts übrig für Indianer, überhaupt nichts. Für sie bin ich nichts weiter als einer von den unzähligen bedauernswerten Ureinwohnern, die den Herausforderungen des modernen Lebens nicht gewachsen sind. Und nun reden die Leute im Dorf auch noch, weil sie glauben, Miss Toshiro hätte was mit Shimada zu tun und soll mich einwickeln."

„Kümmere dich nicht um das, was die Leute reden. Und fall nicht drauf rein, was diese Frau zur Schau trägt, Jem. In Wirklichkeit ist sie einsam und wünscht sich nichts sehnlicher, als ihrer Einsamkeit zu entkommen."

„Wer wünscht sich das nicht", erwiderte er mitleidlos.

„Du brauchst sie und sie braucht dich", sagte Grace. „Sie könnte mit Meta reden, vielleicht bekommt sie etwas aus ihr heraus."

Jem sprang auf und machte seinem Ärger mit wütenden Flüchen Luft. „Du hast von nichts eine Ahnung, Grace Winishut. Canyon Toshiro ist vom Jugendamt in Thunder Bay und vertritt das Gesetz. Wenn sie erst von Meta erfährt, wird sie sofort ihre Behörde einschalten und die werden dir das Mädchen wegnehmen. Unzählige Male ist es so und nicht anders gewesen."

„Niemand wird mir Meta wegnehmen", sagte Grace gelassen. „Und du solltest dich mal fragen, was aus deiner Menschenkenntnis geworden ist, Jem Soonias. Versuch mit deiner Seele zu sehen, vielleicht klappt es dann besser."

„Grace, ich weiß ..."

„Gar nichts weißt du", unterbrach sie ihn unwirsch. „Deine Seele weiß etwas, aber du nicht."

Jem verließ fluchtartig die verräucherte Hütte von Grace Winishut. Er lief schnellen Schrittes durchs Dorf, ohne die neugierigen Blicke zu bemerken, die auf ihn gerichtet waren. Wieder zurück in seinem Haus, verbarg er sich im Zimmer seines Sohnes. Das war alles zuviel für ihn. Grace, die weiterhin darauf bestand, dass Canyon Toshiro ihm helfen konnte, obwohl seine Bemühungen, sie um Hilfe zu bitten, bisher zu nichts geführt hatten. Dass Stevie in Grace Winishuts Haus ein- und ausgegangen war und mit einem kleinen Mädchen gespielt hatte, das nicht einmal sprach. Stevie hatte keine Angst vor der alten Grace gehabt, wie die meisten anderen Kinder im Dorf.

„Du bist sein Vater, du kennst ihn am besten", hatte Jakob gesagt. Nun musste Jem zugeben, dass er seinen Sohn überhaupt nicht kannte. Und ein Vater, der so wenig über sein eigenes Kind wusste, war ein miserabler Vater.

Zusammengekauert hockte er in der Dunkelheit und dachte darüber nach, wie es dazu kommen konnte, dass sie einander fremd geworden waren. Und obwohl er es sich nur widerstrebend eingestand, wurde Jem klar, dass alles angefangen hatte, als Ranee Bobiwash nach so vielen Jahren wieder aufgetaucht war.

Schon damals, als sie noch Kinder waren, hatte das außergewöhnlich hübsche Mädchen die Phantasie der pubertären Knaben aus dem Dorf in wilde Ekstase versetzt. Man erzählte sich, die dreizehnjährige Ranee würde manchmal um Mitternacht nackt auf dem See tanzen, eingehüllt in eine Wolke aus geisterhaftem Gelächter. Doch nie waren die Burschen dazu gekommen, das Schauspiel mit eigenen Augen zu verfolgen, weil gespenstischer Nebel oder ein Knacken in den Zweigen sie jedes Mal vor der Zeit ins Dorf zurückeilen ließ. Die Furcht vor dem *Weetigo* war größer als ihre Neugier.

Aber Jem erinnerte sich noch gut daran, wie er einmal, auf der Suche nach Holz für seine Schnitzereien, Ranee mit einem größeren Jungen aus dem Dorf entdeckt hatte, ohne, dass die beiden ihn bemerkten. Das Mädchen hatte auf dem Schoß des Jungen gesessen und ihre wilden Bewegungen hatten seiner Kehle Töne entrissen, die wie Schmerz klangen. Ihnen beim Liebesspiel zuzusehen, hatte Jem endgültig um den Schlaf gebracht. Bis er ihr in den darauffolgenden Sommerferien selbst in die Falle ging und er diese Töne aus seiner eigenen Kehle hörte. Damals hatte er kaum begriffen, was mit ihm passierte. Er war neugierig, hungrig und voller Ungeduld gewesen. Was die Leute redeten, interessierte ihn nicht. Erst seine Rückkehr ins Internat hatte den wilden Begegnungen auf dem feuchten Waldboden, im Wasser des Sees und im kühlen Ufersand ein Ende bereitet. Als Jem in den Weihnachtsferien wieder nach Dog Lake kam, war Ranee verschwunden. Ihre sonnenwarme Haut, die langen muskulösen Beine, die ihn wie Fangeisen umklammert hatten und ihre schönen Brüste hatte er nie vergessen können.

Während seiner Collegezeit in Kenora hatte Jem andere Mädchen gehabt, aber keine war wie Ranee gewesen. Keine hatte in ihm dieses Fieber auslösen können und deshalb war sie ihm auch nie aus dem Sinn gegangen. Bis er Mary auf einem Powwow begegnete. Mit ihrem fröhlich sanften Wesen, der offenen, natürlichen Art, in der sie miteinander geschlafen hatten, hatte sie sämtliche Erinnerungen an Ranee in ihm ausgelöscht. Für Jem hatte es nur noch Mary gegeben. Er war davon überzeugt gewesen, dass sie ein langes gemeinsames Leben vor sich hatten und dass seine Liebe zu ihr niemals enden würde. Und genauso war es gewesen. Bis zu ihrem Tod und noch lange Jahre danach. Seine Seele hatte sich nur schwer von ihrer trennen können.

Aber als Ranee nach so vielen Jahren wieder auftauchte, schien es, als hätte sie ihn gesucht und er nur auf sie gewartet. Noch in der Nacht nach ihrer Ankunft in Dog Lake wurde aus ihnen ein Paar. Sie fielen übereinander her, ohne dass Zeit gewesen wäre für tiefere Gefühle oder Worte der Zuneigung. In einem Taumel der Besessenheit umschlangen sie einander wie Ertrinkende und nicht wie Liebende.

Ranees Wissen über die geheimen Wünsche der Männer schien unerschöpflich zu sein. Doch sie hatte etwas in ihrem Wesen, an dem andere keinen Anteil haben konnten, auch er nicht. Etwas Ausweichendes, Bedrohliches ging von ihr aus. Diese Tatsache reizte ihn nur noch mehr. Ranee Bobiwash war wie eine Droge, von der Jem sehr schnell süchtig wurde. Und mit seiner Sucht, die ihn nachlässig den Dingen gegenüber machte, die wirklich wichtig waren, hatte auch die Entfremdung von Stevie begonnen.

Nun regten sich erste Zweifel in ihm. Immer öfter hatte er das Gefühl, klarer denken zu können, wenn Ranee nicht in seiner Nähe war. Grace hatte möglicherweise Recht und er sollte sich von Ranee Bobiwash fernhalten, wenn er seinen Sohn wiederfinden wollte. Aber wie sollte er das bewerkstelligen, wo sie doch jeden Tag bei ihm auftauchte und ihn mit ihrem lebendigen, unersättlichen Leib umgarnte? In ihren Armen konnte er vergessen, auch wenn es nur für einen kurzen, trügerischen Augenblick war. Jem dachte daran, was Grace gesagt hatte. *„Denkst du etwa, du bist der Einzige?"*

Plötzlich war er von wütender Eifersucht erfüllt, einem Gefühl, als ob er eine sich windende Schlange im Magen hätte.

10. Kapitel

Hektisch steuerte Canyon ihren Ford durch den abendlichen Verkehr von Thunder Bay. Ihre innere Erregung übertrug sich auf ihre Fahrweise und sie wusste, wie gefährlich das war. Schon einmal hatte sie in solch einer Situation einen Auffahrunfall verursacht. Krampfhaft versuchte sie sich zu konzentrieren.

Der Fall einer Siebenjährigen, die am späten Nachmittag mit schwersten Verletzungen im Unterleib ins Thunder Bay Regional Hospital eingeliefert worden war, zerrte an ihren Nerven. Sie hatte die Kleine nach der Operation auf der Intensivstation liegen sehen. Mit welcher Brutalität musste dieser Mann vorgegangen sein, um seine kleine Tochter so zu verletzen. Ein zierliches Kind mit beinahe durchscheinender Haut und rotblonden Locken. Wie konnte ein Mensch, sich seiner Stärke bewusst, so ein zartes Wesen einfach rücksichtslos zerstören? Woher nahm er das Recht dazu?

Wie tief das jedes Mal ging: die geschundenen Kinder im Krankenhaus, die verzweifelten Eltern, oder vielleicht die schuldigen Eltern. Schuldig konnte man auch durch Wegsehen werden. Es gab Menschen, die konnten oder wollten das einfach nicht begreifen.

Der Vater des Mädchens war verhaftet worden und nun sollten Canyon und Sarah herausfinden, inwieweit die Mutter von der Misshandlung gewusst hatte und ob das Jugendamt es verantworten konnte, das Kind in ihre Obhut zurückzugeben. Meist wurden Kinder Opfer ihrer nächsten Verwandten. Angehörige, die vielleicht eine Ahnung hatten, schwiegen aus Angst, dass man mit dem Finger auf sie zeigen könnte. Wenn das bei Lindys Mutter der Fall war, würde man ihr für eine Weile das Sorgerecht entziehen und die Kleine zu ihrer eigenen Sicherheit bei Pflegeeltern unterbringen.

Im Krankenhaus hatte Canyon nicht geweint. Der Drang, nach draußen zu rennen und ihre Wut und Trauer laut herauszuschreien, war groß gewesen. Aber in den vergangenen Monaten hatte sie gelernt, sich vor den Augen anderer zu beherrschen. Immer wieder sagte sie sich, dass sie das alles nicht zu tief dringen lassen durfte. Es war ihr Beruf. Sie musste sich konzentrieren, abwägen und das Richtige tun. Es war ihre Aufgabe zu helfen und Schlimmeres zu verhindern.

Sie war schwimmen gewesen, wie jeden Mittwoch, und danach hatte sie im Supermarkt eingekauft, als Robert Lees Anruf sie auf dem Handy erreichte. Canyon versprach ihm, sofort ins Krankenhaus zu fahren. Sie hätte Sarah anrufen und sie bitten können, sie zu begleiten. Aber Canyon wusste, dass Sarah Gäste hatte und wollte ihr den Abend nicht verderben. So war sie allein ins Krankenhaus zu diesem Mädchen gefahren. Sie musste schließlich lernen, mit solchen Dingen auch ohne Sarahs Hilfe fertig zu werden.

Jetzt, wo Canyon durch die beleuchteten Straßen von Thunder Bay fuhr, liefen die Tränen unaufhörlich über ihre Wangen. Warme Ströme, die den eigenen Schmerz an die Oberfläche schwemmten und gleichzeitig linderten. Es war schon spät, der Tag mal wieder viel zu lang gewesen. Die gelben Ampelkästen mit ihren Leuchtsignalen verschwammen vor ihren Augen und sie hatte Mühe, den Wagen sicher zu lenken. Sie sehnte sich nach der Geborgenheit ihrer eigenen vier Wände und gleichzeitig fürchtete sie sich davor, mit dem Bild des blassen siebenjährigen Mädchens auf der Intensivstation allein zu sein.

Canyon parkte ihren Wagen unter der Straßenlaterne vor ihrem Haus und hob eine schwere Tüte mit Lebensmitteln aus dem Kofferraum. Langsam stieg sie die Stufen hinauf und war schon kurz vor ihrer Wohnungstür, als das Licht ausging. Im dunklen Treppenhaus kauerte eine Gestalt vor ihrer Tür und sie erstarrte vor Schreck, hätte beinahe alles fallen lassen, was sie auf dem Arm trug. Ein ersticktes Schluchzen kam aus ihrer Kehle.

Die Gestalt neben ihr wuchs zu voller Größe. „Ich bin's doch nur", hörte sie Jem Soonias' besorgte Stimme. Das Eingekaufte wurde ihr abgenommen und sie schloss mit fahrigen Bewegungen die Tür auf. Jem brachte die Lebensmittel in die Küche. Dann tastete er nach dem Lichtschalter im Flur.

Als es hell wurde, drehte Canyon ihr Gesicht zur Seite.

„Hey", sagte er, erschrocken über ihre Tränen. Er berührte sie.

Schluchzend fand sie sich in seinen Armen wieder. Spürte die Wärme eines anderen Menschen. In Sicherheit, dachte sie, wenigstens für einen Moment. Ihr Körper an seinem, ohne das erwartete, das traurige Gefühl von Taubheit.

„Schon gut", flüsterte Jem, „schon gut. Was ist passiert?"

Canyon erzählte ihm von dem missbrauchten Mädchen, was sie eigentlich gar nicht durfte. „Die Kleine wäre beinahe gestorben, wenn ihre Mutter sie nicht rechtzeitig gefunden und ins Krankenhaus gebracht hätte. Ihr eigener Vater hat sie so schwer verletzt, dass sie nie Kinder bekommen wird. Er hat ihren Leib zerstoßen, sie innerlich zerrissen."

Jem schwieg. Behutsam massierte er Canyons schmalen Rücken, konnte jeden einzelnen Wirbel spüren. Wie klein und zerbrechlich sie war. Er bewunderte ihren Mut, ihr Durchhaltevermögen.

„Manchmal hasse ich Männer, weil sie fähig sind, so etwas zu tun. Weil sie einen Teil ihres Körpers als Waffe verwenden können, wenn es ihnen in den Sinn kommt."

Aus ihrer Stimme sprang so viel Verachtung und tiefe Qual, dass er sich auf einmal unwohl fühlte in seiner Haut als Mann, von Natur aus mit diesem Etwas versehen, das sie *Waffe* genannt hatte. Eine Bezeichnung, die ihm nie in den Sinn gekommen wäre und die er absurd fand.

„Menschen, die so etwas tun, sind krank", sagte er. „Du solltest nicht unüberlegt über Männer reden, nur weil unsere Anatomie anders ist als eure. Frauen haben Mitgefühl und Verletzlichkeit nicht für sich allein gepachtet auf dieser Welt."

Canyon sah ihn verwundert an. Sie hatte nicht erwartet, ihn so reden zu hören. „Natürlich nicht", erwiderte sie, „so habe ich das auch nicht gemeint." Mit dem Handrücken wischte sie ihre Tränen aus dem Gesicht und sagte: „Ich bin so froh, dass du da bist, Jem Soonias."

Er nahm ihr den leidenschaftlichen Ausbruch nicht übel. Ihr Tag musste furchtbar gewesen sein. Noch halb in seinem Arm, beruhigte sich Canyon wieder, worüber er im Stillen lächeln musste. Schließlich war er auch nur ein Mann, und dass es so war, spürte er nun sehr deutlich. Er rückte ein Stück von ihr ab, denn sie durfte nichts davon mitbekommen, das wäre unverzeihlich gewesen.

Nach einer Weile löste sie sich von ihm und verschwand im Bad. Er setzte sich ins Wohnzimmer auf die Couch und wartete auf sie. Als Canyon zurückkam, hatte sie sich umgezogen. Jeans und eine orangefarbene Hemdbluse. Das Haar fiel ihr offen auf die Schultern und eine dunkle Strähne verdeckte ihre Stirn. Sie setzte sich ihm gegenüber und sah ihn aufmerksam an.

142

„Ist alles in Ordnung?", fragte sie. „Gibt es etwas Neues von Stevie?" Er war nicht ohne Grund gekommen, da machte sie sich nichts vor.

„Vielleicht gibt es eine Spur", sagte Jem und erzählte Canyon von dem kleinen Mädchen, das mit Stevie gespielt hatte und vielleicht wusste, wohin er gebracht worden war. „Aber Meta hat vor irgendetwas Angst und sie spricht nicht", schloss er seinen Bericht.

„Warum erzählst du mir erst jetzt davon?", fragte sie ihn. „Das muss dir doch auf der Seele gebrannt haben."

„Du warst so durcheinander und so verzweifelt über diese schreckliche Geschichte, die du heute erlebt hast. Das musstest du erst loswerden." Er sah sie eindringlich an. „Du bist eine seltsame Frau, Canyon Toshiro. Niemand hat dich gezwungen, dir einen derartigen Job auszusuchen. Warum tust du dir das an?"

„Weil ich diesen Kindern helfen will", sagte sie. „Irgendjemand muss es doch tun."

„Natürlich. Aber du bist innerlich zu sehr beteiligt. Du leidest mit diesen Kindern, als wärst du eines von ihnen. Das ist nicht gut. Wenn du die Grenze nicht mehr erkennst, wird dich das irgendwann zerstören."

Erschrocken darüber, wie nahe er der Wahrheit gekommen war, sagte sie hastig: „Ich komme schon zurecht. Es trifft mich nur immer wieder so unvorbereitet, obwohl es eigentlich meine Aufgabe ist, darauf vorbereitet zu sein."

„Man ist nie vorbereitet", sagte Jem und sie wusste, was er meinte. Nach einer Weile fragte er: „Wirst du dir Meta ansehen?"

Canyon lehnte sich zurück. „Woher, sagtest du, kommt dieses Mädchen?"

„Sie ist die Enkelin der alten Grace, der Kräuterfrau aus unserem Dorf, von der ich dir erzählt habe. Ihre Mutter hat sie gebracht, weil sie sich nicht selbst um das Kind kümmern kann. Sie macht gerade eine Entziehungskur."

„Was ist mit dem Vater?"

„Ihr Vater sitzt im Gefängnis."

„Geht das Mädchen zur Schule?"

„Es sind Ferien, Canyon, hast du das schon wieder vergessen? Hey", sagte er. „Ich versuche dich um etwas zu bitten und du redest mit mir, als würde ich bei einem Verhör sitzen." Dass er der alten Grace mit denselben Fragen gekommen war, hatte er längst verdrängt.

„Tut mir Leid", sagte sie erschöpft. „Manchmal kann ich das einfach nicht abschalten."

„Schaust du sie dir an, Canyon?", wiederholte er seine Frage.

„Sobald ich kann. Morgen muss ich mich um die Mutter der kleinen Lindy kümmern. Wenn sie von der Sache gewusst hat, dann kann das Kind nicht zu ihr zurück. Der Vater sitzt zwar für die nächsten Jahre im Gefängnis, aber sie kann sich neue Kerle suchen, die Lindy dann vielleicht wieder missbrauchen."

„Was wird aus der Kleinen, wenn sie nicht bei ihrer Mutter bleiben kann?", fragte Jem.

„Sie kommt in ein staatliches Heim und von dort zu Pflegeeltern."

Jem schob sich aus den weichen Polstern der Couch nach vorn, bis er auf der Kante saß. Er stützte die Ellenbogen auf die Oberschenkel und verschränkte die Finger vor seinem Kinn. „An meiner Schule gab es mal einen ähnlichen Fall", sagte er nachdenklich. „Ein kleiner Junge, so alt wie Stevie. Mir fiel auf, dass er immer stiller wurde und ich versuchte, etwas aus ihm herauszubekommen. Es war schwierig, aber schließlich redete er mit mir. Dabei stellte sich heraus, dass sein Vater ihn seit Wochen zu perversen Spielchen missbraucht hatte." Er hob den Kopf und sah Canyon eindringlich an. „Niemand machte sich die Mühe herauszufinden, ob die Mutter davon gewusst hat oder nicht. Man brachte den Jungen in ein Heim, weit weg vom Reservat. Die Pflegefamilie, zu der er dann kam, waren Indianer, so wie es das Gesetz verlangt. Aber sie waren streng katholisch und sehr engstirnig in ihren Ansichten. Mit dem schwer gestörten Jungen waren sie völlig überfordert und brachten ihn nach ein paar Wochen zurück ins Heim. Dort hängte er sich auf, bevor man ihn bei einer anderen Familie unterbringen konnte."

Canyon wandte den Blick ab und sagte: „Solche Dinge passieren eben, Jem. Auch Pflegeeltern sind nicht perfekt. Sie sind Menschen und machen Fehler."

„Ich will damit nur sagen, dass das Leben bei Pflegeeltern für ein Kind auch eine Art Gefängnis bedeuten kann. Wenn ihm nicht die Möglichkeit gegeben wird, Zugehörigkeit zu empfinden und ihm jegliche Selbstbestimmung verwehrt wird. Es gibt Leute, die bieten sich nur des Geldes wegen als Pflegeeltern an."

„Du hast natürlich Recht", sagte sie, „so etwas kommt vor. Aber manchmal können wir ein Kind nicht bei seinen leiblichen Eltern lassen, weil sie eine Gefahr für sein Leben bedeuten. Es gibt Menschen, die keine Verantwortung kennen, Jem. Menschen, denen es nichts ausmacht, zu zerstören, was sie eigentlich schützen sollten."

Er nickte nur.

Sie redeten noch eine Weile über Meta und Canyon versprach, nach Dog Lake zu kommen, um sich die Kleine anzusehen. Es war spät geworden, als sie aufstand und eine Decke und ein Kopfkissen aus ihrem Schlafzimmer holte.

„Wenn du heute Nacht nicht mehr zurückfahren möchtest, kannst du hier auf der Couch schlafen", sagte sie. „Ich gehe jetzt ins Bett. Morgen muss ich ausgeruht sein, um klar denken zu können. Ich muss genau aufpassen, was Lindys Mutter sagt, wie sie auf meine Fragen reagiert. Mir darf nichts entgehen, ich würde mir sonst ein Leben lang Vorwürfe machen."

Er musterte sie eindringlich. „Das hast du bei mir auch getan, am Tag, als Stevie verschwand: Genau aufgepasst, was ich sage und wie ich auf deine Fragen reagiere."

„Ja", sagte sie. „Und du konntest mir nicht in die Augen sehen."

„Du warst eine Fremde, Canyon."

„Bin ich eine andere geworden?"

„Nein." Jem nahm ihr das Bettzeug ab. „Ich vertraue dir, das ist alles."

Ihr fiel auf, wie muskulös seine Schultern und Arme waren. Er sah nicht aus wie einer, der ihr weh tun würde, aber sie konnte die Furcht nicht loswerden, dass sie sich täuschte. Gern wäre sie in Jems Armen eingeschlafen. Jetzt, wo sie wusste, dass sie die Taubheit besiegen konnte, wenn sie es wollte. Doch würde er verstehen, dass sie sich nur danach sehnte und etwas anderes noch nicht möglich war? Canyon fürchtete, Jem könnte mehr fordern, als sie zu geben bereit war. Sie hatte Angst. Vielleicht würde ihr Wunsch immer nur ein Gedanke bleiben.

„Gute Nacht, Jem."

„Gute Nacht", brummelte er. Sie schloss die Tür hinter sich. Er wartete eine Weile, dann ging er ins Badezimmer, wo sie ein Handtuch für ihn bereitgelegt hatte. Wieder im Wohnzimmer, zog er sich bis auf die Unterwäsche aus und nachdem er die Balkontür wieder geöffnet hatte, machte er es sich auf der Couch bequem. Sie war zu kurz für ihn, aber nach einer Weile fand er eine Stellung, in der er schlafen konnte.

Eine ganze Zeit nachdem er das Licht gelöscht hatte, kehrte sie noch einmal zurück. Er war schon im Halbschlaf gewesen, doch nun war er wieder hellwach. Canyon saß neben seinem Bett, auf der Lehne eines Sessels. Er konnte ihren frischen Duft nach Lilienseife riechen.

„Jem?", fragte sie. „Schläfst du schon?"

„Nein."

„Ich weiß, was du jetzt durchmachen musst und es tut mir Leid."

Er versuchte zu erkennen, was sie anhatte, sah aber nur die Umrisse ihres zarten Körpers. Ein Anblick, der ihn erregte. Jem schluckte. „Es ist ja nicht deine Schuld", stellte er entgegenkommend fest.

Leise sagte sie: „Manchmal denke ich, wir sind alle irgendwie schuldig."

„Vielleicht", antwortete er in die Dunkelheit. „Irgendwann fängt man an, Schuld auf sich zu laden. Manchmal ohne, dass man es merkt. Du tust Dinge und bist davon überzeugt, aus irgendeinem Grund eine Berechtigung dafür zu haben. Aber oft hat man die nicht. In einem bestimmten Alter erreichen wir die Schwelle der Verantwortung und dann zählt nicht mehr, was uns getan wurde. Von da an hängt alles von uns selbst ab. Wir müssen unsere Entscheidung treffen."

„Wann fängt es an, kannst du mir das sagen?"

Er spürte die Trauer, die in ihrer Stimme schwang, und wusste nicht, woher sie rührte. Dabei dachte er an die wulstige helle Narbe an ihrem Handgelenk. „Ich weiß es nicht", sagte er. „Irgendwann, wenn wir erwachsen werden, die Zusammenhänge erkennen und Schlussfolgerungen ziehen können."

Ein Luftzug bewegte die Vorhänge vor der offenen Balkontür und er hörte Stimmen, die von der Straße zu ihnen heraufdrangen.

„Hast du niemals gedacht, dass dein Sohn schuld ist am Tod der Frau, die du geliebt hast? Hast du nie Groll gegen ihn verspürt, weil sie ihr Leben für seines gab?"

Jem hätte gekränkt sein können, aber das war er nicht. Er hatte sich diese Frage selbst oft genug gestellt. „Nein", antwortete er leise. „Diesen Gedanken habe ich niemals zugelassen. Außerdem hatte ich schon einen Schuldigen: mich selbst."

Jem spürte noch Canyons Hand an seiner Wange, bevor sie sich erhob und ihn in der Dunkelheit allein zurückließ. Er hätte versuchen können, sie zu halten, hätte ihre Einsamkeit ausnutzen können. Aber etwas hielt ihn davor zurück.

Es war zu früh.

In dieser Nacht dachte Jem an all jene, die er geliebt und verloren hatte. Menschen, die Schuldgefühle in ihm hinterlassen hatten. So wie Simon, sein kleiner Bruder. Der schon so lange tot war. Den er vermisste. Der in der weißen Welt des Unglaubens in Schwierigkeiten geraten und untergegangen war.

Mary. Sie hatte sich insgeheim gewünscht, er würde sie heiraten, noch bevor ihr erstes gemeinsames Kind geboren wurde. Im Nachhinein hatte er sich wieder und wieder gefragt, warum er es nicht getan hatte, was für plausible Gründe es gegeben hatte, es nicht zu tun.

Eine Antwort hatte er nie gefunden. Es gab keine Gründe. Er war zu stolz gewesen, sich dem drängenden Wunsch ihrer Eltern augenblicklich zu fügen. Das war alles. Und er hatte bitter dafür büßen müssen. Mit dem Trauschein in der Hand wäre ihm der Kampf um Stevie erspart geblieben. Vielleicht hätte das Jugendamt jemanden vorbeigeschickt, um sich davon zu überzeugen, dass er seiner Aufgabe als Vater auch gerecht wurde. Aber mehr wäre nicht passiert.

Und es gab noch jemanden, den er manchmal vermisste.

Jemand, der genau wie Stevie von einem Moment auf den anderen aus seinem Leben verschwunden war. Tommy Tahanee. Er und Tommy waren schon Freunde gewesen, als sie noch Windeln getragen hatten. Als Kinder blieben sie unzertrennlich und als junge Burschen teilten sie alles, sogar ihre Leidenschaft für Ranee Bobiwash.

Und dabei waren sie von ihrem Wesen her so verschieden, wie zwei Menschen nur sein konnten. Jem, der Ruhige, der Denker. Und Tommy, der Geschickte, der Schnelle, der Starke. Jem ging fort, um zu studieren. Tommy blieb und trieb sich herum. Die Sommer verbrachten sie gemeinsam. Fischten und schwammen um die Wette. Saßen zusammen auf dem Steg an ihrem Lieblingsplatz und diskutierten bis tief in die Nacht. Sie lachten, dass sich die Hölzer des Steges unter ihren bebenden Körpern bogen. Das war ein herrliches Gefühl von Glück gewesen.

Ihre Freundschaft war allerdings später auf eine harte Probe gestellt worden, als Jem merkte, dass Tommy auch ein Auge auf Mary geworfen hatte. Mary war nicht Ranee. Mary war etwas Besonderes und er liebte sie so sehr, dass er Angst hatte Schaden zu nehmen, wenn sie einen anderen Mann auch nur anlächelte.

Aber Mary war zu allen Menschen freundlich, damit musste er leben. Und dann starb sie. So schnell, dass sie keine Zeit gehabt hatte, über den Tod nachzudenken.

Tommy stand neben Jem an Marys Grab und weinte, während er selbst keine Tränen hatte. Wenig später heiratete Tahanee Louise Talbot, zog mit ihr in ein Haus in Nipigon und bekam hintereinander drei Kinder mit ihr. Er und Jem sahen sich nicht mehr so oft. Tommy arbeitete für eine Speditionsfirma, er war viel unterwegs. Und eines Tages war er dann plötzlich verschwunden. Wie vom Erdboden verschluckt. Hatte seinen Truck in den Betrieb zurückgebracht, der Schlüssel steckte im Zündschloss und von

149

Tommy gab es keine Spur. Man suchte nicht lange nach ihm. Er hatte nichts verbrochen, war nur einer von denen, die ihrer Frau die Alimente für die Kinder schuldig blieben.

Erst als Jem begriff, dass er seinen Freund nicht wiedersehen würde, war er sich des Verlustes klar geworden. Er hatte um Tommy getrauert wie um einen Toten. Weil er nach einigen Monaten fest annahm, dass sein Freund tot war, denn sonst hätte er sich bei ihm gemeldet, wie er es immer getan hatte. Das war jetzt genau vier Jahre her. Louise hatte Nipigon vor einem Jahr mit ihren Kindern verlassen und war in irgendeine Stadt im Osten gezogen. Man erzählte sich, dass sie wieder geheiratet hätte.

Jem zog seine Knie an den Körper heran und verharrte in dieser zusammengekauerten Stellung. Simon war getötet worden, Mary gestorben. Tommy war plötzlich verschwunden und nun Stevie. Warum konnte er diejenigen, die er liebte, nicht beschützen? Es musste aufhören. Er musste seinen Sohn finden, sonst würde er verrückt werden.

Am nächsten Morgen hatte Canyon die Wohnung schon verlassen und war zur Arbeit gefahren, als Jem aufwachte und sich einen kurzen Moment lang fragte, wo er überhaupt war. Er hatte lange nicht einschlafen können, hatte immer noch den leichten Druck ihrer Hand an seiner Wange gespürt. Die nächtlichen Geräusche der Stadt waren ungewohnt für ihn und er hatte die Stille von Dog Lake vermisst. Und dann, im Dahindämmern, waren Bilder von einem Kreislauf aus Liebe und Verlust in einem wüsten Durcheinander durch seinen Kopf gewirbelt. Erst gegen morgen hatte er ein wenig Schlaf finden können.

Jetzt fühlte er sich wie gerädert. Das Sofa war zwar nicht unbequem, aber auf Dauer doch viel zu kurz für ihn gewesen. In seinem Nacken knackte es. Er streckte sich und warf vom Balkon aus einen Blick auf den Superior, wo der Sleeping Giant langsam aus dem Dunst über der Wasseroberfläche tauchte. *Nanna Bijou*, der versteinerte Geist des Tiefen Wassers. Siouxkrieger hatten einen Ojibwa gefoltert und ihm so das Geheimnis der Silbermine entlockt. Weiße Männer hatten die Sioux später betrunken gemacht und auf diese Weise von der Mine erfahren. Deshalb war *Nanna Bijou* zu Stein geworden.

Jem fühlte sich, als wäre er selbst aus Stein. Zurückgelassen von allen, die er liebte. Verunsichert, ob er auf dem richtigen Weg war, wenn er ihren Schatten folgte. Gab es überhaupt einen Weg Stevie wiederzufinden? Vielleicht hatte er ihn für immer verloren. Eilig drängte er diesen Gedanken fort. Nein, das hätte er gespürt. Stevie lebte und er würde ihn finden, auch wenn er nicht die geringste Ahnung hatte, wie und wo er nach ihm suchen sollte.

Die Kaffeemaschine gluckerte vor sich hin. Jem goss sich eine Tasse ein und schaltete sie ab. Er aß, was Canyon nach einem hastigen Frühstück auf ihrem Teller liegen gelassen hatte. Dann hinterließ er ihr eine Nachricht auf dem Tisch: *Danke für alles. Ich warte auf dich! Jem.*

Er öffnete die Tür zu ihrem Schlafzimmer, das sie auch als Arbeitszimmer nutzte. Auf dem Schreibtisch stand ein Computer mit einem Flachbildschirm, aufgeschlagene Bücher und Papiere lagen daneben. An den Türpfosten gelehnt warf er einen Blick auf Canyons Bett und die Mulde, die ihr Körper hinterlassen hatte. Grace Winishut hatte Recht: Canyon Toshiro mochte ihn. Nun wusste er es. Doch das würde alles nur noch komplizierter machen.

Jem verließ die Wohnung, die Stadt und fuhr zurück ins Reservat. Während der Fahrt dachte er nach, ohne auch nur einen einzigen klaren Gedanken fassen zu können. Der Straßenbautrupp war immer noch dabei, Schlaglöcher zu flicken und er musste zweimal zehn Minuten warten. Als er Dog Lake erreichte, war er todmüde und keinen Schritt weiter. Ranee Bobiwash war da gewesen und hatte sein Haus wütend und in der üblichen Unordnung verlassen.

So machte er sich daran abzuwaschen, den Boden zu fegen und die Zimmer aufzuräumen.

11. Kapitel

Die völlig in Tränen aufgelöste junge Frau knüllte nervös ein Taschentuch zwischen den Fingern. Sie war sehr hellhäutig und ihre Wangen vom vielen Weinen mit rötlichen Flecken übersät. Lockiges rotes Haar umrahmte ihr blasses Gesicht und ließ es noch schmaler wirken. Unsicherheit spiegelte sich in ihrem Blick.

Die beiden Frauen saßen in der einfach eingerichteten, aber blitzblanken Küche eines kleinen Holzhauses in der Malcolm Avenue und Canyon stellte ihre Fragen. Sie glaubte Mrs Keller. Von den sexuellen Übergriffen ihres Mannes auf die kleine Tochter hatte sie nichts gewusst. Aber war es nicht schon ein Vergehen, nichts gewusst zu haben? Konnte eine Mutter tatsächlich so blind sein, dass sie nicht merkte, wenn ihr Kind gedemütigt und missbraucht wurde? Wenn es furchtbare Angst hatte, dass alles entdeckt wurde und man ihm dafür die Schuld zuschieben könnte?

„Sicher", schluchzte Ruby Keller. „Wenn ich jetzt darüber nachdenke, dann fiel mir schon auf, dass Lindy sich manchmal seltsam benahm. Sie war schreckhaft und ungeheuer launisch geworden. Aber ich wusste nicht, woher diese Veränderung rührte. Der Gedanke war einfach zu absurd, dass ..." Sie stockte, trocknete die geröteten Augen mit ihrem Taschentuch.

„Hat Lindy nie versucht, mit Ihnen darüber zu reden, Mrs Keller?", fragte Canyon, die Frau gegenüber fest im Blick.

Ruby Keller zog unglücklich den Kopf ein. „Nein, nie. Aber sie weinte immer, wenn ich am Abend fort musste.

Ich arbeite in einer Bar, wissen Sie. Wir brauchen das Geld, um das Haus abzuzahlen. Ich dachte, Lindy hätte vielleicht Angst vor dem Alleinsein, aber mein Mann war ja da. Dieses Schwein!" Ein neuerlicher Weinkrampf schüttelte sie.

„Werden Sie gegen Ihren Mann aussagen, Mrs Keller?"

Die junge Frau schnaubte in ihr vollkommen durchnässtes Taschentuch. „Natürlich, was denken Sie denn? Der Kerl gehört hinter Gitter, damit er nie wieder einem kleinen Mädchen so etwas antut. Ich wünschte, er würde Zeit seines Lebens im Gefängnis schmoren. Verdient hätte er es", sagte sie angewidert. „Lindy ist seine Tochter. Ich kann nicht begreifen, wie er das tun konnte."

Darauf habe ich auch keine Antwort, dachte Canyon. In den Hirnen solcher Männer stimmte irgendetwas mit der Chemie nicht. Es trieb sie, ungeheuerliche Dinge zu tun, während ihre Selbstkontrolle versagte.

Canyon war erleichtert, als sie spürte, dass Ruby Kellers Wut echt war. „Und was wird aus Ihnen, wenn Lindy aus dem Krankenhaus zurück ist?", erkundigte sie sich teilnahmsvoll.

Die lichtlosen Augen der jungen Frau schienen plötzlich Farbe zu bekommen. Das helle Blau war ein wunderbarer Kontrast zu ihrer ungewöhnlichen Haarfarbe. „Ich war heute bei ihr und sie hat mich erkannt. ‚Mama', hat sie gesagt, ‚ich hab dich lieb'." Ruby Kellers Stimme klang entschlossen, als sie sagte: „Die Scheidung habe ich schon eingereicht. Meinen Job habe ich auch gekündigt. Ich gehe mit Lindy zurück zu meinen Eltern. Sie haben ein schönes großes Haus in der Nähe von Vancouver. Es steht direkt am Meer. Lindy gefällt es dort, sie freut sich darauf."

Vancouver, dachte Canyon, und versuchte, die Erinnerung nicht zu dicht herankommen zu lassen. Auch dort gab es Männer wie Marc Keller. Es gab sie überall und sie hatten viele Gesichter. Man konnte nicht weglaufen vor ihnen, denn wo man auch hinkam, warteten sie schon. Manchmal schwer zu erkennen, hinter einer freundlichen, unauffälligen Fassade. Darauf aus, sich ein neues, wehrloses Opfer zu suchen.

Meist waren es Männer, die Angst vor Frauen hatten und sich selbst als minderwertig empfanden. In ihrer beschränkten Empfindungsfähigkeit vergriffen sie sich an Kindern, die sie als schwache Opfer wahrnahmen.

Canyon hoffte aus tiefster Seele, dass die kleine Lindy nie wieder Angst vor einem Mann haben musste. Sie dachte an ihren eigenen Stiefvater und dass er schon lange wieder auf freiem Fuß war. Er hatte nur zwei Jahre bekommen. Zu wenig für die Monate ihres Martyriums. Canyon hatte ihm gewünscht, dass er doppelt und dreifach zahlen müsse, für das, was er ihr angetan hatte. Kinderschänder waren unter Mitgefangenen verhasst wie die Pest und bekamen das meist auch am eigenen Leib zu spüren. Canyon hatte kein Mitleid empfunden, als man ihren Stiefvater nach der Verurteilung aus dem Gerichtssaal geführt hatte.

Er hatte seine Strafe längst abgesessen, während sie ihr Gefängnis immer noch mit sich herumtrug. Vielleicht war er inzwischen sogar neu verheiratet und es gab wieder ein kleines Mädchen, das nicht sicher sein konnte vor ihm. Canyon wusste nicht, wo er jetzt lebte und hoffte inständig, dass er nicht herausgefunden hatte, wo sie lebte.

Manchmal holte sie die Angst vor ihm ein. Dann sah sie ihn plötzlich auf der anderen Straßenseite, im Restaurant in einer dunklen Ecke oder im Supermarkt an der Kasse. Aber das waren alles bloß Hirngespinste, Spiegelungen ihrer Angst. Einer Angst, die ihre Leben nach all den Jahren immer noch beherrschte.

Canyons Mutter Maureen war eine kluge, aber vollkommen unselbständige Frau gewesen. Nervös und hilflos und ohne Mann an ihrer Seite nicht in der Lage, plötzlich auftauchende Schwierigkeiten zu meistern. Ruby Keller war nicht schwach wie Maureen Toshiro.

Canyon erhob sich und reichte der schmächtigen Frau mit einem aufmunternden Lächeln die Hand. „Was Sie mir eben gesagt haben, Mrs Keller, wird genau so in meinem Abschlussbericht stehen. Ich hoffe, dass Sie Lindy sehr bald aus dem Krankenhaus holen können und wünsche Ihnen beiden viel Glück."

„Danke!", sagte die Frau und lächelte mit verweinten Augen.

„Auf Wiedersehen, Mrs Keller", sagte Canyon. „Und rufen Sie mich doch noch einmal in meinem Büro an. Dann gebe ich Ihnen die Nummer einer guten Therapeutin in Vancouver. Lindy wird professionelle Hilfe brauchen."

„Ja, natürlich. Ich werde mich bei Ihnen melden."

Zufrieden verließ Canyon das Haus. Um Lindy musste sie sich keine Sorgen mehr machen. Denn ihre Mutter, einmal bitter aus ihrer Gutgläubigkeit gerissen, würde von nun an jeden Mann, der Interesse an ihr zeigte, einer harten Prüfung unterziehen.

In den letzten beiden Tagen war die Temperatur in der Mittagszeit bis auf 30°C gestiegen und geregnet hatte es schon lange nicht mehr. Auf dem Dorfplatz von Dog Lake war der dunkle Schlamm zu einer betonartigen braunen Masse erstarrt. Canyon steuerte ihren Ford auf das gelbe Haus von Jem Soonias zu. Es war früher Nachmittag und das Dorf von einer trägen Müdigkeit befallen. Kaum jemand war zu sehen. Sogar die Hunde hoben nur kurz die Köpfe und blieben gähnend im Schatten liegen.

Canyon parkte neben Jems Jeep Cherokee. Auf der anderen Seite stand noch ein weiterer Wagen: Ranee Bobiwashs verbeulter Zweisitzer. Sie überlegte, ob sie umkehren sollte und die ganze Sache abblasen. Doch dann sagte sie sich, dass sie nicht wegen Jem Soonias gekommen war, sondern wegen des Mädchens, von dem er ihr erzählt hatte.

Sie holte ihre Reisetasche aus dem Kofferraum, schlug die Klappe zu und stieg die Holzstufen hinauf. Als sie ihre Tasche neben sich stellte, um zu klopfen, öffnete sich die Tür wie von Geisterhand.

Ein kühler Luftzug wehte um ihren Körper. Lange schwarze Haare flatterten ihr entgegen. Sie stand vor Ranee Bobiwash. „Guten Tag", stotterte Canyon. „Ist Mr Soonias zu Hause?"

Die Indianerin schirmte ihre Augen gegen die Sonne ab und musterte sie mit Argwohn. Dann warf sie einen kurzen Blick auf die Tasche zu Canyons Füßen und fragte: „Wo soll's denn hingehen, Miss?"

Canyon Toshiro betrachtete die Frau, zu der sie aufschauen musste, weil sie einen Kopf größer war als sie. Ranee sah jung aus und doch alt. In diesem Augenblick kam sie Canyon wie eine Riesin vor, stark und unverwundbar. Ranees grüne Augen schienen von einem uralten Licht durchdrungen, das Canyon frösteln ließ. Diese Frau war schön, sehr lebendig und klug. Und sie teilte mit Jem Soonias das Bett.

Canyon hatte sich schon beim ersten Mal unbehaglich gefühlt in Ranees Nähe, und diesmal war es wieder so. „Ich bin schon da", antwortete sie trotzig, nachdem sie all ihren Mut zusammengenommen hatte.

Ranee trat drei Schritte vor, wobei ihre Hüften wie die einer Tänzerin schwangen. Die Fliegengittertür schlug hinter ihr zu. Sie sah die Hauswand hinauf und sagte: „Das MOTEL-Schild muss abgefallen sein. Genauso wie Ihre Dienstmarke."

Während Canyon noch um Worte rang, die sie erwidern konnte, erschien Jem in der Tür. Er war barfuß und trug nur seine verwaschenen Jeans. Verwirrt stellte sie fest, dass sein Körper vom selben Braun war wie sein Gesicht und seine Hände.

„Hallo", sagte sie und versuchte locker zu klingen. Als wäre ihr Besuch ein ganz alltäglicher. *Ich warte auf dich*, stand auf diesem Zettel, den er auf ihrem Küchentisch zurückgelassen hatte. Sie hatte ihn beim Wort genommen. Nun sieh zu, wie du das deiner Liebsten erklärst, dachte sie beklommen.

„Canyon!", sagte er überrascht. Dann sah er ihre Tasche und Ranees verhärtetes Gesicht. Ihren eisigen Blick. Wortlos griff er nach der Tasche und zog Canyon ins Haus. „Ich hätte nicht gedacht, dass du gleich heute kommst."

„Ich bummele Überstunden ab", sagte sie. „Das war sowieso dran."

Canyon versuchte, Zeichen von Verlegenheit an ihm zu entdecken. Sie fragte sich, ob er eben erst mit Ranee geschlafen hatte. Immerhin, Sex erwies sich manchmal als durchaus brauchbarer Trost, wenn man anderweitig keinen finden konnte.

Jem stellte die Tasche vor Stevies Zimmer ab und schob Canyon in die Küche. Ranee folgte ihnen mit schlangengrünem Blick, wie ein wachsames Tier. Canyon sah den tiefen Hass in den Augen der Indianerin und ihr Unbehagen wuchs. Nervös sagte sie: „Ich dachte, wenn ich mit der Kleinen reden soll, dann ..."

Jems Gesicht hielt sie davon ab weiterzusprechen. Ranee stand in der Tür und augenscheinlich sollte sie nichts von Meta wissen. Die Indianerin war ebenfalls barfuß und trug ein dunkelgrünes Kleid, dessen Saum in ungleichmäßigen Zipfeln endete. Ihre braunen Zehen spreizten sich auf dem Bretterfußboden. Um ihren Hals trug sie ein Lederband, an dessen Ende ein Amulett aus mattem, elfenbeinfarbenen Material hing. Canyon vermutete Horn. Es hatte die Form eines aufgerichteten Bären und winzige schwarze Zeichen waren darin eingraviert.

Ranees körperliche Präsenz schien den ganzen Raum zu füllen. Unter ihrem herausfordernden Blick begann Canyons Mut zu schrumpfen. Was will ich eigentlich hier?, fragte sie sich. Jem Soonias trösten, oder mich von ihm trösten lassen? Ersteres hatte offensichtlich schon eine andere übernommen, die darin mit Sicherheit mehr Erfahrung hatte als sie. Canyon mochte Jem und wünschte sich, ihn besser kennen zu lernen. Sie sehnte sich danach zu erfahren, wie er war, wenn er liebte. Aber dann wurde ihr klar, dass sie es sich vorstellen konnte, so oft sie wollte. Es würde niemals wahr sein.

„Möchtest du was trinken?", wandte sich Jem an Canyon. „Einen Eistee vielleicht?" Inzwischen hatte er sich ein schwarzes T-Shirt übergezogen, das über einem der Küchenstühle gelegen hatte.

„Ja, gern", sagte sie und setzte sich. Jetzt, nachdem sie mit ihm nicht über Meta reden konnte, fiel ihr überhaupt nichts ein, was sie hätte sagen können. Sie nahm die Dose, die er aus dem Kühlschrank holte und ihr geöffnet reichte, und versuchte, das kribbelige Gefühl in ihrem Magen zu analysieren, das sie so unruhig machte. Eifersucht. War sie tatsächlich eifersüchtig? Dazu hatte sie kein Recht.

„Vielleicht hat sie auch Hunger", sagte Ranee bissig. „Du musst sie fragen, Jem. Bestimmt legt sie Wert auf gutes Essen. Sushi vielleicht. Oder hast du vergessen einzukaufen? Was bist du für ein miserabler Gastgeber." Sie stieß Luft durch die Zähne und schüttelte den Kopf, ein boshaftes Funkeln im Blick.

Jem sah kurz auf. Canyon merkte, dass Ranees Verhalten ihm unangenehm war und ihn wütend machte. Aber er blieb ruhig.

„Ich habe tatsächlich nichts mehr im Haus", sagte er

verlegen. „Ich werde nach Nipigon fahren und was holen für heute Abend."

„Ich habe ein paar Lebensmittel mitgebracht", sagte Canyon und sprang auf. „Alles frisch aus dem Supermarkt. Das Zeug muss aus dem Wagen raus, bevor es anfängt in der Hitze zu backen." Den Wagenschlüssel hatte sie noch in der Hand.

„Ich helfe dir." Jem folgte ihr nach draußen und als sie den den Kofferraum öffnete, sagte er leise: „Besser, Ranee weiß nichts von Meta."

„Aber warum nicht?"

„Ich kanns nicht erklären, aber es ist besser so."

„Weshalb bin ich hier, Jem?"

„Weil du wusstest, dass mein Kühlschrank leer ist." Er hob die Kühlbox aus dem Kofferraum. „Ich hoffe allerdings, es ist kein Sushi?" Jem lächelte offen, vollkommen ohne Arg. Sie ließ sein Lächeln unerwidert.

„Ich will meinen Sohn wiederfinden", sagte er schließlich, „und du kannst mir dabei helfen, Canyon Toshiro. Ich bin froh, dass du gekommen bist."

Als sie beladen mit Lebensmitteln die Treppe zum Haus hinaufstiegen, kam ihnen Ranee entgegen. Sie bewegte ihren langen Körper mit erstaunlicher Eleganz und Behändigkeit. „Ich fahre jetzt", sagte sie mit hoch erhobenem Kinn. „Wann sehen wir uns, Jem?"

„Ich rufe dich an." Er lief an ihr vorbei.

„Auf Wiedersehen, Miss Jugendamt!", sagte Ranee laut. „Und viel Spaß bei der Party." Sie beugte sich an Canyons Ohr und flüsterte: „Mit ein paar läppischen Lebensmittelpaketen wirst du ihn nicht rumkriegen, Schlitzauge. Mit Speck fängt man vielleicht Mäuse, aber für einen wie Jem Soonias wirst du dir etwas anderes einfallen lassen müssen." Leichtfüßig ging sie zu ihrem Wagen und Canyon blickte ihr nach.

Als Ranee sich noch einmal kurz umwandte, sah Canyon das boshafte Gelächter in ihren grünen Augen. Es fehlte nicht viel und sie hätte die Fassung verloren. Sie atmete tief durch und folgte Jem Soonias ins Haus. Auf was hatte sie sich da bloß eingelassen? Einfach mit Gepäck und Lebensmitteln vor der Tür dieses Mannes aufzutauchen, in der Hoffnung, dass er darüber erfreut sein würde. War sie jetzt völlig verrückt geworden? Was war bloß los mit ihr? Allein das Gefühl, ihn vielleicht lieben zu können, rechtfertigte ihr Handeln nicht.

Beklommen trat Canyon in die Küche. Durch das hochgeschobene Fenster sah sie Ranee Bobiwash in ihrem silbernen Zweisitzer davonfahren. Ein Besen stünde dir weit besser, dachte sie im Stillen. Sie war froh, Ranee los zu sein. Dass die Indianerin gegangen war, sie selbst aber in Jem Soonias' Küche stand, kam ihr wie ein kleiner Sieg vor.

Jem stieß erleichtert Luft durch die Zähne. „Na endlich!"

„Sie ist meinetwegen fort. Ich dachte, jetzt bist du verärgert."

„Bin ich nicht", sagte er. „Ich bin froh, dass sie weg ist. Wenn sie den Mund aufmacht, dreht sich alles nur um sie und sie merkt es nicht einmal."

„Ranee ist sehr schön", sagte Canyon. „Und sie weiß es."

Jem zuckte die Achseln. „Wie dumm von ihr, sich so lächerlich zu benehmen."

„Diese Frau hasst mich, Jem", sagte Canyon. „Und mir wäre wohler, wenn ich wüsste *warum*."

„Kannst du dir das nicht denken?", fragte er.

Canyon errötete. „Wenn sie nichts von Meta weiß, wie hast du ihr dann meine Anwesenheit erlärt?"

„Gar nicht." Jem sah sie an, mit einem merkwürdigen Ausdruck in den Augen. Dann ging er zum offenen Fenster, stützte sich auf das Holz und sah hinaus. Sein langes Haar glitt ihm über die Schultern und hing tief herab. „Seit Stevie verschwunden ist, war sie jeden Tag hier. Zuerst empfand ich es als tröstlich, aber jetzt fängt sie an mir auf die Nerven zu gehen. Ich kann nichts tun, Canyon. Nur warten."

„Mag Stevie Ranee?"

Er drehte sich um. „Ja, er hat sie gern. Wieso fragst du?"

„Und sie, mag sie deinen Sohn?"

„Natürlich, was dachtest du denn? Sie macht sich genauso Sorgen wie ich. Ranee hat sich manchmal um Stevie gekümmert, wenn er krank war und ich arbeiten musste. Sie hat sich viel Zeit für ihn genommen."

„Ich verstehe", sagte Canyon und versuchte sich ein Bild zu machen von Ranees Wesen, das sich hinter einer Maske zu verbergen schien. Ihr eigener Eindruck unterschied sich vollkommen von dem, was Jem ihr über diese Frau erzählte. War es das, was er gemeint hatte, als er von verschiedenen Wirklichkeiten sprach? Sein Kummer war von Tag zu Tag größer geworden. Langsam verlor er die Hoffnung. Wie schwer musste es ihm fallen, Haltung zu bewahren.

„Wann bringst du mich zu Meta?", wollte sie wissen.

„Heute Abend. Warten wir noch, bis es dunkel wird", sagte er im Flüsterton. Und obwohl die warme Nachmittagssonne den Raum golden erleuchtete, rann Canyon ein kalter Schauer über den Rücken.

Sie war damit beschäftigt, einen Nudelauflauf vorzubereiten und Jem fragte sie nach dem Mädchen im Krankenhaus.

„Ich war heute Vormittag noch einmal dort", sagte sie. „Lindy geht es besser, sie darf bald zu ihrer Mutter nach Hause. Die beiden werden wegziehen aus Thunder Bay."

Er nickte. „Es ist eine traurige Stadt. Ich glaube, sie werden sie nicht vermissen."

Canyon antwortete daraufhin nicht und als Jem merkte, was er gesagt hatte, entschuldigte er sich.

„Schon gut", sagte sie. „Manchmal fällt es mir selber schwer, etwas Positives an Thunder Bay zu sehen. Aber ich lebe nun mal dort und meine Arbeit, die ist mir wichtig."

„Ich weiß", sagte Jem. Und nach einer Pause fragte er: „Gibt es eigentlich noch eine Akte über mich und meinen Sohn?"

„Ja, die gibt es."

„Die Frage, ob du sie gelesen hast, erübrigt sich wahrscheinlich."

Canyon versuchte ein Lächeln. „Darin steht nur Gutes über dich."

„Ist das wahr?"

„Ja. Nicht die kleinste Beanstandung vom Jugendamt. Was hast du denn gedacht?"

Er zog die Mundwinkel nach unten und zuckte die Achseln.

„Das muss eine schwere Zeit für dich gewesen sein, als Stevies Mutter starb", sagte Canyon und schob den Auflauf in die Röhre.

„War das eine Frage?"

„Wie du willst", erwiderte sie.

Jem stand auf und begann umherzulaufen. „Es war die Hölle und ich erinnere mich daran, als ob es gestern gewesen wäre", sagte er und erzählte Canyon von den ersten Wochen nach Marys Tod. „Das Jugendamt saß mir im Nacken, ich musste arbeiten, um meinen Anwalt zu bezahlen und zu Hause wartete mein Sohn, ein hungriger Winzling mit einer kräftigen Lunge. An Durchschlafen war nicht zu denken. Zuerst schlief er in seinem Bettchen neben meinem. Später teilten wir uns ein Bett. Es war tröstlich, in der Nacht diesen kleinen warmen Körper an der Seite zu haben und seinen Schlafgeräuschen zu lauschen."

Canyon schluckte. Wie sehr sie sich danach sehnte, eine Familie zu haben, Kinder. Aber war das überhaupt möglich für jemanden wie sie? *In einer Wüste gedeiht nichts.* Diesen Spruch hatte sie mal irgendwo gelesen. Seit sie hier war, bei ihm, hatte Jem sie noch nicht ein einziges Mal berührt.

„Hast du manchmal daran gedacht aufzugeben?", fragte sie ihn.

Er nickte müde. „Ziemlich oft sogar. Aber Stevie hat mich davor bewahrt, vor Kummer verrückt zu werden und irgendeine Dummheit zu begehen. Wenn ich zweifelte, brauchte ich ihn bloß ansehen und mein Leben hatte wieder einen Sinn." Jem blieb stehen, die Hände in den Hintertaschen seiner Jeans vergraben. „Ich war einsam und wollte es so. Irgendwann wurde aus dem Ausnahmezustand Alltag. Ich war nicht mehr so unbeholfen wie am Anfang und mit Unterstützung meiner Eltern funktionierte alles ganz gut."

„Für deine Mutter war das sicher auch nicht so leicht mit einem Säugling", sagte Canyon.

„Für Ma war es selbstverständlich, sich um Stevie zu kümmern. Er erinnerte sie in vielem an Simon, meinen Bruder. Auf diese Weise kam er zu ihr zurück."

„Du hast einen Bruder? Das wusste ich ja gar nicht."

Jem setzte sich an den Tisch und bedachte sie mit einem nachsichtigen Blick. „Es gibt so einiges, was du nicht weißt, Canyon Toshiro. Simon war drei Jahre jünger als ich. Er war klug und sehr in sich gekehrt. Ein Junge, der lieber allein war, als mit den anderen zu spielen. Als er fünfzehn wurde, schmiss er die Schule und verschwand. Lange wussten meine Eltern nicht, wo er war, bis er ihnen Monate später eine Karte aus Winnipeg schickte.

Wir hörten erst wieder von ihm, als die Polizei ihn mit Drogen erwischt hatte. Sie brachten ihn nach Dog Lake, aber ein paar Tage später war er wieder verschwunden. In den Semesterferien bin ich nach Winnipeg gefahren, um ihn zu suchen. Es war nicht leicht, aber ich habe ihn gefunden, meinen kleinen Bruder." Jem schwieg eine Weile und Canyon sah die Geschichte vom Tod in seinen Augen. „Er war noch nicht einmal achtzehn", fuhr er fort, „und schon vollkommen kaputt von dem Leben, das er auf der Straße führte. Beinahe hätte ich ihn nicht erkannt, so heruntergekommen und verlebt, wie er aussah.

Ich flehte ihn an, mit mir nach Hause zu kommen; versprach ihm, mich um ihn zu kümmern. Aber er schüttelte nur den Kopf und lachte. Er hatte sich entschieden, auf diese Weise zu leben. Ihn berührte innerlich nichts mehr und ich konnte ihm nicht helfen."

Jem erhob sich und ging zum Kühlschrank, um sich eine Dose Eistee zu holen. „Ich habe Simon nicht lebend wiedergesehen. Ein paar Tage nach seinem achtzehnten Geburtstag wurde er von einem Polizisten auf offener Straße erschossen. Die Streife hatte einen Dieb verfolgt und Simon war ihnen in die Quere gekommen. Als sie ihn aufforderten, stehen zu bleiben, lief er davon. Er hatte Dope in der Tasche."

„Und sie haben ihn einfach erschossen?", fragte Canyon.

„Ein Constable überwältigte Simon und es kam zu einem Gerangel, bei dem der Polizist seine Waffe zog. Er behauptete später, der Schuss hätte sich gelöst, als Simon ihm die Waffe wegnehmen wollte. Mein kleiner Bruder ist auf offener Straße verblutet, obwohl das Krankenhaus nur drei Kilometer entfernt war."

„Das ist eine furchtbare Geschichte", sagte Canyon leise.

„Es ist nur eine von vielen", erwiderte Jem. „Jeder Indianer kann dir solche Geschichten erzählen. Das ist unser Leben."

„Warum?", fragte sie.

Einen Augenblick lang herrschte unbehagliches Schweigen. Dann sagte Jem: „Simon hatte einen Lieblingsspruch, den er an die Wand seines Zimmers geschrieben hatte, als er noch zu Hause lebte. Er ging so:

> *We want to be Indian*
> *We want to be red*
> *We want to be free*
> *Or we want to be dead.*

Und genau das hat er gelebt, konsequent bis zum Schluss."

„Warum?", fragte sie noch einmal. „Gibt es keinen anderen Weg?"

„Meine Mutter sagt, die Weißen sind schuld, dass wir in diesem Schlamassel stecken."

„Und was sagst du?"

„Vielleicht hat sie Recht. Aber wir können nicht erwarten, dass die Weißen uns dort auch wieder rausholen. Dafür müssen wir selber sorgen. Sie können sich nämlich selbst nicht verzeihen, was sie mit uns gemacht haben und möchten nicht daran erinnnert werden. Deshalb hören sie nie wirklich zu, wenn wir etwas zu sagen haben."

„Und was denkst du, wie ihr die Dinge ändern könnt?"

„Wir können sie nicht von heute auf morgen ändern. Aber wir können ihrem Verlauf eine andere Richtung geben. Die alte Sprache wieder lehren, zum Beispiel. Die Weißen steckten uns in Internate, fernab von unseren Heimatdörfern, und verboten uns, unsere Muttersprache zu sprechen. Auf diese Weise wollten sie unseren Kindern den Indianer austreiben.

Nun können die meisten von uns kein Cree mehr. Aber die Sprache ist die Verbindung zu unserer alten Kultur. Die *Manitus* verstehen nun mal kein Englisch." Er lächelte. „Natürlich ist das nur eines von vielen Problemen. Wir müssen aufhören zu trinken und Drogen zu nehmen, um einen klaren Kopf zu bewahren. Aber das scheinen einige von uns nicht zu begreifen. Wer keine Arbeit hat, und auch auf traditionelle Weise kein Geld verdienen kann, der landet aus Scham über den Verlust seiner Würde schnell beim Alkohol und nicht selten im Grab. Das muss aufhören. Doch dazu brauchen wir endlich einen Hoffnungsschimmer."

„Den Sieg über die Shimada Paper Company", sagte Canyon.

„Zum Beispiel", erwiderte Jem. „Das wäre ein guter Anfang."

Der Auflauf war fertig und als Canyon die Backröhre öffnete, erfüllte ein köstlicher Duft den Raum. Sie aßen und danach wusch Canyon ab, goß die Blumen und begann, die Küche aufzuräumen.

Jem nahm sie am Arm. „Hör auf damit", sagte er. „Ich will nicht, dass du das tust."

„Warum nicht?"

Er sah sie an. „Wir sollten jetzt gehen. Grace wartet sicher schon auf uns."

12. Kapitel

In der Dämmerung brachte Jem Canyon zum Haus von
Grace Winishut. Es war das älteste Haus im Dorf, wobei die
neueren ihrer Meinung nach alle gleich aussahen. Etwas
windschief stand es da, gebaut aus dicken Balken, die vom
Alter fast schwarz waren. An der Vorderwand der Hütte
war Feuerholz gestapelt, das im Winter als zusätzliche Iso-
lierung diente. Auf einer Leine, die zwischen zwei Pappel-
stämmen gespannt war, hingen bunte T-Shirts und Kleider
eines kleinen Mädchens.

Die alte Frau wartete schon auf die beiden. „Kommt rein",
sagte sie. „Ich habe Meta auf euren Besuch vorbereitet."

Canyon sah sich kurz um in der kleinen Wohnküche mit
der niedrigen Decke. Auf dem Kohleherd stand ein Topf,
aus dem es köstlich nach Kaninchensuppe duftete. Canyon
lief das Wasser im Mund zusammen, obwohl sie satt war.

Überall hingen Kräuterbündel von der Decke, was den
Raum mit den kleinen Fenstern noch dunkler wirken ließ.
Doch das Zimmer war blitzsauber, das sah sie sogar im
Schein der nackten 60-Watt-Birne. Die Einrichtung wirkte
einfach und verwohnt, abgesehen von einem sehr alten
Schrank aus Kirschholz, der mit wunderschönen Intarsien
verziert war.

„Mein Mann hat ihn mir zum vierzigsten Geburtstag ge-
schenkt", sagte Grace, die Canyons Blicke verfolgt hatte.
„Deshalb hat Henry seinen Platz jetzt auch da oben."

Canyon sah die schlichte schwarze Urne, die auf dem
Schrank im Schatten der niedrigen Decke stand. Sie schluckte nervös.

„So kann ich immer mit ihm reden", sagte Grace achselzuckend. Sie schob Jem und Canyon auf die Bank neben dem sauber gefegten Kamin. „Ich werde Meta jetzt holen."

Kurz darauf kehrte Grace mit dem verschüchterten Mädchen zurück. Ein rundes dunkles Gesicht mit großen schwarzen Augen. In ihrem scheuen Blick ein unterschwelliges Misstrauen gegenüber den beiden Fremden. Canyon kannte diesen Blick und wusste, woher das Misstrauen rührte. Meta hatte vermutlich dasselbe durchmachen müssen wie sie. Um nicht daran zu zerbrechen, hatte sie sich in ihre eigene Welt zurückgezogen. Im Reich der Magie war ihre Seele unberührbar.

Die Hände der Kleinen umklammerten einen Gegenstand, den Canyon als Wurzel identifizierte. „Hallo Meta!", sagte sie leise und lächelte das Mädchen an. „Was hast du denn da? Ist das für mich?"

Die Augen der Kleinen wurden immer größer, als sie Canyon das Stück Holz feierlich überreichte. Die junge Frau drehte und wendete die Wurzel, bis sie die Gestalt deutlich erkannte. „Oh, ein richtiger Bär."

Das Mädchen nickte zustimmend. In ihren Augen spiegelte sich Verwunderung, als hätte sie nicht erwartet, dass eine Fremde in dieser Wurzel mehr erkennen würde als ein Stück Holz.

„Ein Bär?", fragte Canyon. „Was willst du mir damit sagen?"

Meta sah Jem verstohlen an. Ihre kleinen braunen Hände kneteten den Saum ihres Kleides.

„War es ein Bär, der Stevie mitgenommen hat?", fragte Canyon und beugte sich der Kleinen entgegen.

„Das ist idiotisch!", polterte Jem dazwischen. Seine Geduld war zu Ende. Die Verzweiflung übermannte ihn und er hatte sich nicht mehr unter Kontrolle. Die Kleine zuckte erschrocken zurück und klammerte sich an ihrer Großmut-

169

ter fest. Mit angsterfüllten Augen sah sie Jem an. Canyon ahnte, dass sie sich nun wieder verschließen würde, konnte es aber nicht verhindern.

Jem schüttelte unglücklich den Kopf. „Das wollte ich nicht", sagte er. „Es tut mir Leid." Noch nie in seinem Leben war es vorgekommen, dass ein Kind Angst vor ihm hatte. Er hatte Stevie nie geschlagen oder angeschrien, hatte nie seine Wut über sein eigenes Unvermögen an ihm ausgelassen, auf welche Art auch immer. Er war Lehrer geworden, weil er Kinder mochte, weil er sie respektierte. Was war bloß in ihn gefahren, dass er so unbeherrscht reagierte? Was war aus seinen Reserven an Selbstkontrolle geworden?

„Ein Bär hat Stevie mitgenommen, Meta?", wiederholte Canyon geduldig ihre Frage.

Aber das Mädchen reagierte nicht mehr. Sie hatte sich wieder in sich selbst zurückgezogen. Dichte lange Wimpern verdeckten ihren Blick, doch Canyon konnte sehen, dass sie Jem immer noch voller Argwohn beobachtete. Meta hatte Angst vor Stevies Vater. Vielleicht weil er nun schon zum zweiten Mal ihr gegenüber die Beherrschung verloren hatte. Vielleicht auch einfach nur deshalb, weil er ein Mann war.

„Sie wird nicht mehr reden", sagte Grace seufzend und streichelte ihrer Enkeltochter über den Kopf. „Jem hat sie erschreckt." Sie verzog missbilligend das Gesicht.

„Darf ich morgen wiederkommen, Meta?", fragte Canyon unbeirrt.

Meta hob ihre Lider ein Stück. Ein kaum wahrnehmbares Zeichen des Vertrauens.

„Wenn es dir lieber ist, dann komme ich allein."

Jem holte tief Luft, um etwas einzuwenden, aber Grace warf ihm einen so einschüchternden Blick zu, dass er es sich anders überlegte. Meta nickte unmerklich, dann kroch

170

sie unter den Armen ihrer Großmutter hindurch und huschte davon.

Fast gleichzeitig wandten beide Frauen ihr Gesicht Jem zu und sahen ihn vorwurfsvoll an. Verteidigend hob er die Hände. „Ich habe schon verstanden", sagte er zerknirscht. „Ich wollte das nicht. Sie weiß etwas, aber ..."

„Sie hat Angst", unterbrach ihn Canyon. „Sie fürchtet sich vor dir."

„Aber ich habe ihr nichts getan. Bis vor vier Tagen wusste ich nicht einmal etwas von ihrer Existenz."

„Und dennoch", meinte Canyon nachdenklich. „Wer weiß, was Stevie ihr erzählt hat."

„Was soll er ihr erzählt haben?", brauste Jem auf. „Dass ich ein Ungeheuer bin und ihn schlage? Warum sollte er das Mädchen belügen? Stevie und ich, wir sind ein gutes Team, jeder hier weiß das! Ich *liebe* meinen Sohn und ich vermisse ihn, verdammt noch mal. Würde ich sonst diesen ganzen Zirkus hier mitmachen?"

„Reg dich nicht so auf!", brummte Grace kopfschüttelnd. „Hat ja keiner behauptet, dass du deinen Jungen haust. Aber sie hat Recht. Meta hat Angst vor dir. Sie hat Angst vor Männern und ich weiß nicht warum."

„Ich will niemanden beschuldigen", sagte Canyon, „aber könnte es sein, dass sie ..., dass ihr Vater sie ...?"

„Ich glaube nicht", sagte Grace. „Er ist kein guter Vater, aber auch keiner, der sich an kleinen Mädchen vergreift. Soviel ich weiß, sitzt er seit ein paar Monaten wegen irgendeiner dummen Sache im Gefängnis und kann sich deshalb nicht um seine Tochter kümmern.

Es könnte aber sein, dass bei den Bekannten meiner Tochter etwas vorgefallen ist. Sie hatte das Mädchen dort zur Obhut gegeben, wollte Meta dann aber nicht mehr dort lassen."

„Das würde einiges erklären", sagte Canyon matt. Sie

konnte sich noch sehr gut erinnern, wie lange es gedauert hatte, bis sie in Männern wieder vollwertige Menschen und keine Ungeheuer mehr gesehen hatte.

„Wirst du etwas aus ihr herausbekommen können?", fragte Jem.

Sie zuckte die Achseln. „Ich werde es versuchen. Morgen komme ich wieder", sagte Canyon zu der Indianerin. „Und ich komme allein."

Grace Winishut nickte zustimmend.

„Tut mir Leid, dass ich es vermasselt habe", sagte Jem zerknirscht. Er saß in Marys Schaukelstuhl vor dem kalten Kamin und strich Edgar, dem Waschbären, mit gleichmäßigen Bewegungen durch das Fell. Das Tier hatte bald genug von den derben Streicheleinheiten, sprang von Jems Schoß und zog beleidigt davon.

Canyon ließ ihren Blick durch den Raum schweifen, den sie bis dahin noch nicht betreten hatte. Er war nicht groß und machte einen gemütlichen Eindruck. Selbstgebaute Regale, vollgestopft mit Büchern, bedeckten zwei Wände. Ein großes Fenster mit Blick auf den dahinter liegenden Wald nahm eine andere Wand ein. Es gab einen Fernseher mit Videorekorder. Das Zimmer hatte einen großen, aus Flusssteinen gemauerten Kamin. Aber es war ein großformatiges Bild von Ranee, das die Atmosphäre des Raumes bestimmte. Der Hintergrund des Gemäldes war von einem dunklen, lebendigen Grün. Durch kräftige, von Rot dominierte Farben deutlich abgegrenzt, eine schlanke, hochgewachsene Gestalt im Vordergrund. Sie streckte einen Arm von sich, eine herrische und doch mysteriöse Geste. Die verschiedenen Rot-Töne der Figur verliehen ihr Energie und Intensität. Ihre herrische Haltung erinnerte Canyon an Ranee Bobiwash.

„Faszinierend, nicht wahr?", sagte Jem mit leicht zynischem Unterton. „Es heißt: *Schamanin des Waldes.*"

„Ist *sie* das?", fragte Canyon.

„Ja. So sieht sie sich gern."

Canyon löste ihren Blick von der *Schamanin des Waldes* und überlegte, wo sie sich setzten konnte. Es gab zwei Sessel und eine breite Couch, auf der man es sich bequem machen konnte. Davor, auf dem blanken Dielenboden, ein großes Bärenfell, das schon etwas räudig aussah, aber immer noch Eindruck machte.

Sie setzte sich in einen der Sessel. Drehte und wendete die Wurzel in den Händen, die Meta ihr gegeben hatte. Ein Bär, hatte das Mädchen ihr sagen wollen.

Völlig ausgeschlossen, meinte Jem dazu.

Acht Tage waren nun schon vergangen, seit Stevie verschwunden war. Der Schmerz des Verlustes, der Jem Soonias umgab, wirkte beängstigend auf manche Menschen. Einige mieden ihn. Doch Ranee umschwirrte Jem wie eine Motte das Licht. Canyon fragte sich, ob die Indianerin ihm Halt gab oder ob auch sie von seinen Kräften zehrte. Sie nahm an, dass es in Jems Beziehung zu Ranee Bobiwash mehr um Besessenheit als um Liebe ging, und ahnte seine Weigerung, sich das einzugestehen.

Das Verschwinden seines Sohnes hatte ihm die eigene Einsamkeit vor Augen geführt. Ohne Stevie musste sich Jem wie amputiert fühlen. Es war etwas Beängstigendes, Dinge plötzlich allein tun zu müssen, die man immer zusammen getan hatte.

„Ich kann nicht mehr", sagte er, und setzte sich auf die Couch. „Zuerst erschien mir das Ganze wie ein Alptraum. Ich dachte, ich müsste jeden Moment aufwachen und Stevie würde zur Tür hereinkommen. Aber die Tage vergehen und er kommt nicht zurück. Ich lebe weiter. Ich esse, trinke, schlafe ... Und dabei kann es sein, dass mein Sohn vielleicht schon tot ist, oder er leidet und hat Angst. Wenn er tot ist, dann ..." Er sah Canyon an, sein Mund ein schmaler Strich. „Ohne Stevie wird dieser Ort nie wieder ein richtiges Zuhause sein."

„Jem", versuchte sie ihn zu beruhigen. „Stevie lebt. Ich bin davon überzeugt, dass es ihm gut geht, sonst würde Meta ihr Schweigen brechen. Es scheint, als hätte sie durch deinen Sohn einen Zugang zu dieser Welt gefunden. Sie wird nicht zulassen, dass ihm etwas passiert."

Er schüttelte den Kopf. „Sie ist nur ein kleines Mädchen, Canyon. Gefangen in ihrer eigenen Welt, von der wir keine Ahnung haben, wie sie aussieht. Ich kann nicht glauben, dass sie etwas über Stevies Verbleib wissen soll."

„Ich schon", erwiderte Canyon, „ich spüre es. Aber das Mädchen ist völlig verstört. Ich brauche Zeit."

„Die haben wir nicht", erwiderte er erregt. „Ich habe sie nicht. Die Ungewissheit macht mich ganz krank. Wenn Stevies Mutter wüsste, was passiert ist, würde sie mir das nie verzeihen."

Canyon sah ihn schräg von der Seite an. Nach der enormen psychischen Belastung der letzten Tage war es kein Wunder, dass seine Nerven bloßlagen. „Du hast sie sehr geliebt?", fragte sie behutsam.

Darauf blieb es lange still.

„Und du hast nie wieder eine Frau so sehr geliebt wie sie", stellte sie fest.

Für eine Weile versank Jem in düsteres Schweigen und Canyon nahm an, dass sie keine Antwort bekommen würde. Doch dann redete er auf einmal. „Wir kannten uns zu kurz, als dass mein Bild von ihr hätte Kratzer bekommen können. Ich war davon überzeugt, Mary nach vielen gemeinsamen Jahren immer noch genauso lieben zu können wie ganz am Anfang. Sie war mein Leben." Ein wehmütiger Unterton schlich in seine Stimme. „Aber in der

Nacht, in der Stevie geboren wurde, starb sie. Und plötzlich war nichts mehr wie vorher."

„Du hattest einen Sohn."

„Ja. Stevie verlieh meinem Dasein eine andere Dimension. Tag für Tag stand ich vor einer Schulklasse, hatte aber keine Erfahrung darin, was es bedeutet, Vater zu sein. Ich habe einfach versucht das Richtige zu tun und gehofft, dass mein Sohn die Liebe darin erkennen würde." Er sah auf und blickte sie an. „An dem Tag, als Stevie verschwunden ist, da hast du mich gefragt, ob ich ein guter Vater bin."

„Jem, ich ..."

„Schon gut. Ich habe in den letzten Tagen viel darüber nachgedacht. Ich weiß nicht, ob ich ein guter Vater bin. Aber ich habe es versucht. Ich habe versucht, meinen Sohn auf dieselbe respektvolle Art zu erziehen, wie meine Eltern das mit mir getan haben. Weißt du, ein Cree-Vater sagt nicht zu seinem Sohn: ‚Geh und hacke mir etwas Holz!' Er geht hinaus und tut es selbst. Unsere Kinder lernen, indem sie beobachten und nachahmen, nicht durch Zwang oder irgendwelche Strafen."

„Du bist ein guter Vater", sagte sie.

Jem senkte den Kopf. „In den letzten Wochen ist Stevie stiller geworden. Ich habe es bemerkt, war aber zu sehr mit anderen Dingen beschäftigt, als dass ich eingehend genug darauf reagiert hätte", bekannte er.

Es ist immer dasselbe, dachte Canyon. Die Kinder quälten sich, ihr Wesen veränderte sich, aber niemand hielt es für notwendig herauszufinden warum. Auch ihre eigene Mutter hatte nichts bemerkt. Froh darüber, nach dem Tod ihres Mannes wieder jemanden gefunden zu haben, der für sie da war, spürte sie nicht, wie ihre zwölfjährige Tochter sich veränderte und sich immer mehr in sich selbst zurückzog. Wie schreckhaft das Mädchen geworden war, und dass sie nicht mehr sang, so wie sie es oft und gerne getan hatte, als ihr Vater noch lebte. Maureen Toshiro schob es darauf, dass Canyon ihren Vater sehr vermisste, den sie so innig geliebt hatte. Maureen redete sich ein, ihre Tochter würde trauern. Das tat sie auch. Canyon trauerte um das, was sie verloren hatte. Ihre Kindheit, ihr Vertrauen, ihr Lachen und die Fähigkeit, vorbehaltlos zu lieben.

„Aber wieso nicht?", fragte sie. „Du hättest ihn doch bloß fragen brauchen, was ihn bedrückt."

Jem schüttelte den Kopf. „Nein. So läuft das bei uns nicht. Du kannst nicht einfach fragen: He, was ist los mit dir, wo drückt der Schuh? Und dann kommt die Antwort: Zu wenig Taschengeld! Schlechte Noten in der Schule, ein älterer Schüler, der dir das Leben zur Hölle macht. Wir Indianer hüten unser Leid, wusstest du das nicht? Wir fallen nicht mit der Tür ins Haus, wie ihr Weißen das tut." Er seufzte. „Ich hätte mit Stevie Angeln fahren müssen, stundenlang neben ihm sitzen, über alles mögliche reden und hoffen, dass er irgendwann damit rausrückt, was ihn bedrückt, damit ich es in Ordnung bringen kann. Aber das Schuljahr ging zu Ende und ich hatte viel um die Ohren. Zeugnisse mussten geschrieben werden und Beurteilungen. Die Vorbereitungen für das Abschlussfest liefen auf Hochtouren. Ich hatte keine Zeit Angeln zu fahren. Ich gebe zu, ich hatte wenig Zeit für Stevie in den letzten Wochen."

Und nun waren da die Schuldgefühle, die ihn auffraßen.

„An dem Tag, an dem er verschwand, wolltest du doch mit ihm ins Kino", sagte sie versöhnlich.

„Ja. Es sind Ferien", erwiderte Jem. „Ich habe Zeit. Jetzt habe ich alle Zeit der Welt, doch Stevie ist nicht da. Er scheint sich in Luft aufgelöst zu haben. Vielleicht soll ich für irgendetwas bestraft werden. Ich weiß nur noch nicht, was es ist. Es passiert ganz schnell, dass man sich in den Augen anderer schuldig macht. Du machst deine Arbeit, bist freundlich und denkst, deine Nachbarn mögen dich.

Dabei hockt irgendwo einer und beobachtet dich mit finsterem Blick, weil du irgendetwas getan hast, das ihm nicht gefällt. Ich habe keinen blassen Schimmer, wessen ich mich schuldig gemacht haben könnte. Aber irgendjemand hasst mich so sehr, dass er mir meinen Sohn weggenommen hat."

„Es hat keinen Sinn, sich Vorwürfe zu machen", sagte Canyon. „Ich glaube nicht, dass du Schuld trägst an Stevies Verschwinden. Ich glaube, es hängt damit zusammen, dass er ein ganz besonderer Mensch ist. Vielleicht hast du Recht und er hat in einer anderen Welt gelebt als du."

„Ja. Vielleicht hat er versucht, mir diese Welt zu zeigen, mich an ihr teilhaben zu lassen, und ich habe es nicht wahrgenommen. Ich habe ihn nicht so wahrgenommen, wie er es sich vielleicht gewünscht hat." Er schwang sich nach vorn, stand auf und begann herumzulaufen. „Da fällt mir ein, dass er mich in letzter Zeit immer mal wieder gefragt hat, ob ich mit ihm jagen gehen würde. Das war merkwürdig, denn was die Jagd betraf, war Stevie wie mein kleiner Bruder Simon. Er mochte das Töten nicht. Die Tiere taten ihm Leid. Ich erinnere mich noch an den Tag, an dem Stevie an der *Zeremonie der ersten Schritte* teilnahm. Wenn ein Junge oder ein Mädchen aus unserem Dorf laufen gelernt hat", erklärte Jem, „wird das Kind von seinen Eltern mit einem Werkzeug ausgerüstet, das seine spätere Bestimmung symbolisiert, die von ihm als Mitglied der Gesellschaft erwartet wird. Die Jungen bekommen ein Spielzeuggewehr, die Mädchen eine Axt.

Die Eltern führen ihre Kinder aus dem Zeremonienzelt heraus, sie umrunden einen geschmückten Baum und dabei ahmen sie die Tätigkeit der Jagd oder des Holzsammelns nach. Wieder zurück im Zelt übergeben sie ihre symbolische Beute den Großeltern. Zum Dank an das Kind, dass es für ein Mahl oder Feuerholz gesorgt hat, beendet ein

Fest die Zeremonie." Jem hörte auf herumzulaufen und sah Canyon an. „Stevie war damals drei Jahre alt. Er kam und brachte mir das Spielzeuggewehr, das ich für ihn geschnitzt hatte, und wollte es gegen eine Axt tauschen."

„Und, hast du es getan?"

Jem schüttelte den Kopf. „Nein. Die anderen hätten ihn ausgelacht. Männer jagen, Frauen sammeln Holz. Ich habe es ihm erklärt und er hat es akzeptiert. Einen Tag später sah ich einen Jungen aus dem Dorf mit Stevies Gewehr herumrennen."

Canyon lächelte.

„Was ich sagen will, ist, dass ich nicht weiß, warum Stevie seine Meinung plötzlich änderte. Ich dachte, vielleicht wird er jetzt erwachsen und will hinter den anderen Jungen nicht zurückstehen, die mit ihren Vätern auf die Jagd gehen. Aber wenn ich nun darüber nachdenke, dann kommt es mir so vor, als wäre er dabei gewesen, sich auf etwas vorzubereiten. Wenn ich nur wüsste was. Wenn ich nur wüsste, was in seinem Kopf herumgegangen ist."

„Vielleicht hoffte er, dass er auf diese Weise deine ungeteilte Aufmerksamkeit gewinnen kann", sagte Canyon.

„Ja, vielleicht hast du Recht."

Canyon erhob sich nun ebenfalls. „Gehen wir schlafen, Jem. Es hat keinen Sinn sich den Kopf über Dinge zu zerbrechen, die wir nicht mehr ändern können. Ich möchte, dass wir morgen noch mal raus zu Stevies Höhle fahren. Ich glaube, dass wir irgendetwas übersehen haben. Irgendeinen Hinweis. Ich weiß jetzt einiges mehr als noch vor fünf Tagen und vielleicht sehe ich diesmal etwas, das mir beim letzten Mal nicht aufgefallen ist."

Jem wusste, das war das Zeichen für ihn, sie allein zu lassen. Obwohl er gerne noch in ihrer Nähe geblieben wäre, erhob er sich augenblicklich und scheuchte Edgar aus dem Zimmer, der schon wieder bettelnd um seine Füße schlich.

„Ich bringe dir was zum Zudecken."

Er verließ den Raum und es dauerte eine Weile, bis er mit einer Decke und einem Kopfkissen zurückkehrte. Beides war frisch bezogen.

„Danke", sagte sie. „Wenn du nichts dagegen hast, würde ich gerne in Stevies Zimmer schlafen."

Einen Augenblick sah er sie verwundert an, sagte dann aber: „Wie du willst."

Jem trug das Bettzeug in Stevies Zimmer und sie folgte ihm. „Brauchst du noch etwas?"

„Nein", antwortete sie. „Ich habe alles."

Jem ließ sie allein.

13. Kapitel

Irgendwo, ganz weit weg, klingelte ein Telefon. Im selben Augenblick hielt ein Wagen vor dem Haus. Canyon sah blinzelnd auf ihre Armbanduhr: acht Uhr morgens. Es war Samstag. Wer konnte das sein, zu dieser Zeit? War Ranee Bobiwash zurückgekommen, um zu kontrollieren, dass Jem Soonias allein in seinem Bett schlief?

Sie glitt unter der Decke hervor, stand auf und warf einen Blick aus dem fliegenvergitterten Fenster. Es war ein grauer Wagen mit dem Zeichen der Stammespolizei. Constable Miles Kirby stieg aus und sah die Stufen zum Eingang hinauf. Er bewegte sich wie ein alter Mann. Durch das offene Fenster konnte Canyon sein Stöhnen hören.

Mein Gott, dachte sie. Stevie. Sie haben ihn gefunden.

Das Gesicht des Polizisten glich einer Gewitterwolke. Das bedeutete nichts Gutes. Sie schlüpfte in ihre Kleider und huschte ins Bad.

Als es an der Eingangstür klopfte und sie hörte, wie Jem über den Gang eilte, hatte sie ihre Katzenwäsche bereits beendet. Konnte es sein, dass der sportliche indianische Constable so lange für die wenigen Stufen gebraucht hatte? War er gekrochen, weil er immer noch Zeit brauchte, sich die richtigen Worte zurechtzulegen, obwohl er nichts anderes tat, seit er nach Inspektor Hardings Anruf sein Haus in Nipigon verlassen hatte?

Jem stand im Eingang gegen den Türpfosten gelehnt, als Canyon in den Flur hinaustrat. Sekundenlang schien er kurz davor, in sich zusammenzusinken. Aus seiner Kehle kam ein rauer Ton der Verweigerung. Aber dann stützte er sich ab und sagte: „Ich komme sofort, Miles. Gib mir fünf Minuten."

Er wandte sich um und Canyon erschrak vor seinem Gesicht. Aus ihm war alle Farbe gewichen. Unsagbares Entsetzen spiegelte sich in seinen Augen. Und Ungläubigkeit. Er öffnete die trockenen Lippen, konnte aber kein Wort herausbringen.

„Was ist los?", fragte sie. „Warum ist Miles gekommen?"

Jem war immer noch unfähig zu sprechen. Er schluckte und sagte schließlich: „In Timmins haben sie einen Jungen gefunden, auf den Stevies Beschreibung passt. Sie werden mich hinfliegen, damit ich ihn identifizieren kann."

„*Identifizieren?*", stieß sie hervor. Unwillkürlich krampfte sich ihr Magen zusammen.

„Sie haben ihn tot aus dem Mattagami River gefischt." Er wandte sich ab, damit sie nicht sehen konnte, wie sich sein Gesicht verzerrte, als die quälenden Szenen in seinem Kopf zu Bildern wurden.

„Ich komme mit", sagte Canyon.

Er widersprach ihr nicht.

Es war ein klarer Tag, sonnig und warm wie die Tage zuvor. Miles Kirby hatte den Auftrag, sie im Wagen der Stammespolizei nach Terrace Bay zu bringen, wo auf dem kleinen Flughafen eine Cessna auf sie wartete. Der Constable war so schockiert von der Nachricht, dass er während der ganzen Fahrt kein Wort herausbrachte. Kirby war selbst Vater dreier Kinder, hatte zu Hause zwei halbwüchsige Jungen und ein Mädchen in Stevies Alter. Immer wieder musste er darüber nachdenken, wie es wohl um ihn stehen würde, wenn eines seiner Kinder plötzlich verschwunden wäre. Seine Familie war das Kostbarste in seinem Leben.

Jem Soonias dauerte ihn zutiefst. Er kannte Stevies Vater

gut, weil seine Kinder bei ihm Unterricht hatten und oft davon erzählten. Soonias war bei den Schülern sehr beliebt. Er war ein Lehrer, der seine Schüler zu selbständigem Denken anregte. Streng, aber gerecht und immer voller guter Ideen, sodass sein Unterricht niemals langweilig wurde. Soonias mochte Kinder und ihr Wohlergehen lag ihm am Herzen. Wenn jemand mit Problemen zu ihm kam, hatte er stets ein offenes Ohr.

Kirbys Söhne hatten ihrem Vater auch von den Workshops erzählt, die Ranee Bobiwash an der Schule abhielt. Der Constable hatte herausgehört, dass die meisten Kinder nicht gern zu diesen Kunststunden gingen, weil sie sich vor Ranee fürchteten. Sie war eine hervorragende Künstlerin, aber sie mochte Kinder nicht und konnte das nur schwer verbergen. Ihre seltsame Art verwirrte die Jungen und Mädchen, sodass sie nach solchen Nachmittagen mit Ranee ganz verstört nach Hause kamen. Ein paar der älteren Burschen schwärmten ganz offensichtlich für ihre körperlichen Reize, was nicht weiter verwunderlich war. Auch Miles hielt Ranee Bobiwash für eine schöne Frau.

So hatte er sich weiter keine Gedanken darüber gemacht. Es kam immer mal wieder vor, dass die Schüler einen ihrer Lehrer nicht mochten. Doch seit Stevie verschwunden war, bewegten sich Miles Kirbys Gedankengänge in vollkommen neuen Bahnen.

Inspektor Harding wartete neben der Propellermaschine. Dass Soonias in Canyon Toshiros Begleitung erschien, wunderte ihn, aber er verkniff sich eine Bemerkung. Es war Samstag, und obwohl er wusste, dass sie manchmal auch am Wochenende arbeitete, wenn der Fall dringend war, konnte er sich leicht zusammenreimen, dass sie nicht dienstlich hier war.

„Eine Joggerin hat die Leiche heute Morgen gegen 6 Uhr gefunden", sagte er zu Jem. „Der Junge lag im Wasser, deshalb konnte der Gerichtsmediziner den Todeszeitpunkt noch nicht bestimmen. Genaueres wissen wir erst nach der Obduktion."

Obwohl sie wusste, wie unsensibel Harding sein konnte, verwünschte Canyon den Inspektor für seine ungehobelte Art, die er niemals abzulegen schien, nicht einmal in einer solchen Situation. Er war unrasiert und wirkte schlecht gelaunt, was vermutlich daran lag, dass Wochenende war und er lieber angeln gefahren wäre, als einen Vater zur Identifizierung seines Sohnes ins Leichenschauhaus zu begleiten.

Als sie in die Maschine stiegen, hatte Miles Kirby seine Sprache wiedergefunden und sagte: „Er muss es ja nicht sein, Jem. Bloß weil es ein Indianerjunge ist, muss es ja nicht Stevie sein. Timmins ist fast 700 km weit weg von Dog Lake. Wie soll er dort hingekommen sein?" Er half Canyon ins Flugzeug und als Jem nicht antwortete, schloss er die Tür von außen.

Der Pilot, ebenfalls ein Beamter der Polizei, startete die Maschine und brachte sie zur Startbahn. Es ging schnell nach oben. Sie flogen über den mit kleinen Inseln getupften Long Lake und folgten eine lange Zeit den Gleisen der Eisenbahn. Später gab es keine Orte mehr. Nur hier und da ein unbefestigter Weg, der durch die dunklen Wälder führte, dem Refugium der Wildtiere und ihren Verfolgern, den Jägern. Doch kurze Zeit später zeigten sich hässliche Löcher im dunklen Teppich des Waldes: Schneisen der Zerstörung; Kahlschlaggebiete. Gigantische Holzmaschinen rissen Wunden in bis dahin unberührte Wälder.

Harding, der neben dem Piloten saß, sah ebenfalls aus dem Fenster, sagte aber nichts. Und wenn, hätte der Lärm des einmotorigen Propellerflugzeuges seine Worte nicht bis zu Jems oder Canyons Ohren dringen lassen.

Auch Jem Soonias hatte die Kahlschlaggebiete entdeckt, aber seine Wut über den Anblick der Zerstörung drang nicht durch diesen Knoten aus Angst, der seine Gedanken beherrschte. Sein Blick blieb an der jungen Frau hängen, die dicht neben ihm saß. Er sah die Anspannung um ihre hohen Wangenknochen, die dunklen Schatten unter den Augen. Hatte sie auch nicht schlafen können? Warum tat sie das alles für ihn? *Miss Jugendamt*, wie Ranee sie verächtlich genannt hatte. Wie oft war sie wohl schon zu misshandelten Kindern geführt worden? Und wie oft zu einem toten Kind?

Es bedeutete ihm viel, Canyon an seiner Seite zu wissen. Er war froh, dass es jemanden gab, der mit ihm fühlte. Jemanden, der ahnte, was jetzt in ihm vorging. Er brauchte seine Angst nicht verstecken, wenigstens das blieb ihm erspart.

Jem fragte sich, ob Canyon in diesem Augenblick dasselbe dachte wie er? Dass sein Sohn nicht tot war. Dass Stevie nicht kalt und aufgeschwemmt in der Leichenhalle des Hospitals lag. Es musste einfach so sein, dass Harding sich geirrt hatte. Stevie war warm und lebendig und wartete darauf, dass sein Vater ihn fand – wo immer er auch war.

Soonias seufzte tief. Er zwang sich, an etwas anderes zu denken. Er wollte die Zeit festhalten, in der er es noch nicht mit Gewissheit wusste. Gleichzeitig versuchte er sich darauf einzustellen, dass die Dinge einen anderen Verlauf nehmen würden, als er es sich erhofft hatte.

Nach einem zweistündigen Flug landete die Cessna auf dem Flughafen von Timmins. Ein Polizeiwagen stand bereit und brachte den Inspektor, Jem und Canyon in die Stadt.

„Tut mir sehr Leid", sagte Harding, als sie im Wagen saßen. „Jeans, rotes T-Shirt mit Aufdruck, Turnschuhe. Passt genau auf die Beschreibung, die Sie mir von Stevies Kleidung gegeben haben, Mr Soonias. Viel mehr weiß ich auch noch nicht. Nur, dass er schon zwei oder drei Tage im Wasser gelegen haben muss."

Jem schluckte und Canyon berührte ihn am Arm. Eine Geste, die ihm sagen sollte: Lass dich von Harding nicht fertig machen.

Es war, als hätte der Inspektor Jem davon berichtet, dass man soeben seinen als gestohlen gemeldeten Wagen aus dem Fluss gefischt hatte. Eine bedauerliche Angelegenheit, aber nicht zu ändern. Die Versicherung würde den Schaden schließlich regulieren.

Canyon ärgerte sich über den Inspektor, wusste aber, dass es unklug sein würde, Harding auf seine unsensible Art hinzuweisen.

Jem starrte aus dem Fenster des Polizeiwagens. Wie geht es jetzt weiter?, war die große Frage, die er sich immer wieder stellte. Kann es ohne Stevie überhaupt weitergehen? War ohne ihn nicht alles sinnlos geworden?

Der Tod eines geliebten Menschen bedeutete den Verlust eines Stückes der eigenen Vergangenheit. Der Tod eines Kindes aber bedeutete den Verlust der Zukunft.

Wie sollte er Jahr für Jahr weiter Kinder unterrichten und zusehen, wie sie heranwuchsen, während sein eigener Sohn nicht mehr lernen und nicht älter werden durfte? War Stevie nicht alles, wofür es sich zu leben lohnte?

Sein Sohn war im April geboren, dem Monat der Gänse. Er hatte ihn im Arm gehalten und zugesehen, wie Stevies winzige Finger sich um seinen Daumen schlossen und ihn festhielten. Diesen Tag würde er nie vergessen, nie. Es war ein Tag des größten Glücks und eines tiefen Leids gewesen. Manchmal gab es Dinge, die unversehens zu Tatsachen wurden, deren grausame Realität einem aber erst nach Tagen und Wochen ins Bewusstsein sickerte. Dinge, die keiner mehr aufhalten konnte und die nicht rückgängig zu machen waren. Damals war es so gewesen und nun sollte es wieder so sein. Mit all seiner verbliebenen Kraft stemmte Jem Soonias sich gegen das, was kommen würde.

Der Streifenwagen hielt vor dem Timmins Distrikt Hospital. Der große moderne Gebäudekomplex lag am Ufer des Gillies Lake. Die weiße Fassade der Blöcke strahlte im Sonnenlicht, etwas, das Jem überhaupt nicht wahrnahm. Sein Blick war nach innen gerichtet, darauf, wie viel er aushalten konnte, ohne vor dem weißen Polizisten und Canyon zusammenzubrechen.

„Warten Sie hier!", sagte Harding zum Fahrer. Jem und Canyon folgten dem Inspektor in das Gebäude. Sie liefen durch einen langen Gang mit mehreren Schwungtüren. Ein Fahrstuhl brachte sie nach unten ins Kellergeschoss. Vor ihnen erstreckte sich ein stiller Korridor, in dem es nach Chemikalien roch. Unter ihren dünnen Sommersachen bekam Canyon eine Gänsehaut.

Ein Angestellter im weißen Kittel führte sie in einen weißen Raum mit weißer Deckenbeleuchtung. Canyon begann sofort durch den Mund zu atmen, denn sie kannte den sterilen Geruch in den kalten Hallen des Todes. Jem war unvorbereitet eingetreten. Er machte einen heftigen Atemzug und bereute es sofort. Die Luft war angefüllt mit einem widerwärtigen Geruch und Soonias kämpfte gegen den Brechreiz, den er in ihm auslöste. Ihm wurde kalt, eine Kälte, die bis in die Knochen zu kriechen begann. In der Wand hinter ihnen waren metallene Schubladen eingelassen. Vor ihnen standen mehrere Stahltische auf Rollen. Ein grauhaariger Mann im grünen Kittel sortierte klirrend chromglänzende Instrumente. Werkzeuge, war wohl das bessere Wort. Messerscheren, Knochensägen, Bohrer und Kellen. Canyon konzentrierte sich auf das Muster der grellbunten Krawatte des Inspektors.

Harding sah Jem an. Sie standen vor dem Tisch, auf dem ein schmaler Körper lag, zugedeckt mit einem weißen Tuch. Canyon kannte diesen Blick, die stumme Sprache der Beamten, wenn die Dinge unangenehm wurden. Er sagte: Sei bereit für das Unerträgliche, auch wenn es dir das Herz aus der Brust reißt. So ist das Leben nun mal. Der Blick sagte aber auch: Nimm dich in Acht, denn der wahre Schlag hat dich noch gar nicht getroffen.

Der Angestellte der Gerichtsmedizin würde das Tuch anheben und die Welt auf immer eine andere sein für Jem Soonias. War es nicht besser, mit der Chance einer Lüge zu leben, ging es Canyon durch den Kopf, wenn die Wahrheit nur grausame Leere übrig lässt?

„Sind Sie bereit, Mr Soonias?", fragte Harding ungeduldig. Canyon warf dem Inspektor einen prüfenden Blick zu. Vielleicht wird man so, dachte sie, wenn man zu lange zu viel Furchtbares gesehen hat. In diesem Moment schwor sie sich, ihren Job beim Jugendamt aufzugeben, wenn sie spüren sollte, dass ihr das Mitgefühl abhanden kam.

Sie sah Jem an. Er nickte mit versteinertem Gesicht. Bereit?, fragte er sich selbst. Bereit, der Tatsache ins Auge zu sehen, dass dieser leblose Körper unter dem weißen Tuch dein Sohn Stevie ist. Marys Sohn und alles, was dir von ihr geblieben ist. Nein, wollte er schreien, denn er war nicht bereit, das zu akzeptieren. Es konnte nicht sein, dass der agile braune Körper seines Sohnes nur noch eine leere, vergängliche Hülle war.

Harding erwartete von ihm, dass er Haltung bewahrte. Doch zum Teufel mit Haltung, wenn du in der Hölle sitzt. Du solltest nicht hier sein, schoss es ihm durch den Kopf, das ist alles nur ein furchtbarer Alptraum. Ein Stöhnen kam aus seiner Kehle. „Nein!", wollte er rufen, aber der Angestellte im grünen Kittel hatte das Tuch bereits vom Gesicht des Jungen gezogen.

Canyon presste eine Hand auf ihren Mund. Der Tod auf dem Antlitz eines Kindes erschütterte sie jedes Mal bis ins Mark. Fragend sah sie Jem an. War es Stevie? Gehörte dieses verquollene, verfärbte Gesicht mit den farblosen Lippen demselben Jungen, den sie von einem Foto aus seinem Zimmer her kannte? Stevie Soonias war ein hübsches Kind mit feinen Gesichtszügen. Die des Jungen vor ihr waren vom Tod entstellt. Seine Seele hatte sich bereits auf die Reise gemacht.

Canyon sah Jem in die Augen. Es war ihr unmöglich, aus seinem Gesicht etwas herauszulesen. Es glich einer bleichen Maske. Sie sah ihn weinen, ohne dass er sich dessen bewusst war.

„Jem", flüsterte sie. „Ist es Stevie?"

„Er ist es nicht!", sagte er, nachdem er seine Fassung wiedergewonnen hatte. In seiner Stimme Erleichterung, aber auch Groll.

„Sind Sie sicher?", fragte der Inspektor irritiert und Canyon registrierte ein fast unmerkliches Aufflackern von Enttäuschung in seinem Blick. Erst jetzt, als das, was er erwartet hatte, nicht zutraf, zeigte er eine Gefühlsregung.

„Denken Sie, dass ich mein eigenes Kind nicht erkenne?", fragte Jem. Er hörte ein Rauschen in seinen Ohren und es dauerte einen Augenblick, bis er feststellte, dass es seine eigene Wut war, die er hörte. Endlich kam wieder Leben in seinen Körper. „Wer auch immer dieser arme Junge sein mag, mein Sohn Stevie ist es nicht."

„Nun ja", meinte Harding entschuldigend. „Er lag lange im Wasser."

Jem nahm das Tuch und zog es ein Stück weiter herab. Harding wollte ihn daran hindern, aber der Mann im grünen Kittel schüttelte den Kopf und so ließ der Inspektor Jem gewähren.

Soonias fasste nach dem Haar des Toten und sagte: „Stevies Haar ist lang, viel länger als das dieses Jungen." Seine Hand glitt hinauf, legte sich auf die verfärbte Wange des toten Kindes und drehte den Kopf behutsam zur Seite.

Als ob er ihn streichelt, dachte Canyon. Vielleicht war es die letzte Zärtlichkeit, die das Kind empfangen würde, auch wenn es sie nicht mehr spürte. Zum Schluss blieb nur der kalte Stahl des Skalpells. Sie bewunderte Jem Soonias, weil er keine Berührungsängste zeigte. Jetzt, wo er mit Sicherheit wusste, dass dieser Junge nicht Stevie war, verhielt er sich, als wäre der Tod etwas vollkommen Normales, etwas, das seinen Schrecken verloren hatte.

„Und Stevie hat eine fingernagelgroße Narbe rechts unter dem Kinn. Ich hatte das zu Protokoll gegeben. Hier ist nichts. Genügt Ihnen das?" Er nahm seine Hände zurück.

Harding nickte und zog das Tuch wieder über den Kopf des fremden Jungen. „Danke, dass Sie hergekommen sind, Mr Soonias. Der Wagen wird Sie zurück zum Flughafen bringen. Wir melden uns bei Ihnen, wenn wir etwas Neues erfahren. Und entschuldigen Sie, wenn wir Ihnen Unannehmlichkeiten bereitet haben."

„*Unannehmlichkeiten*?", wiederholte Jem mit gepresster Stimme und sah den Inspektor schräg von der Seite an. „Ich dachte, mein Sohn ist tot, verdammt." Er verließ fluchtartig den Raum und Canyon wollte ihm nachgehen.

Harding hielt sie am Arm fest. „Was machen Sie überhaupt hier, Miss Toshiro? Gehört das auch zu Ihrem Aufgabenbereich?"

„Ich war zufällig anwesend, als Constable Kirby kam, um Mr Soonias abzuholen. Er bat mich, ihn zu begleiten", antwortete sie mit wachsendem Zorn.

„Heute ist Samstag und es muss ziemlich zeitig gewesen sein", sagte Harding grinsend. „Haben Sie nachts Händchen gehalten?"

Canyon machte sich los. Ihr Arm war taub geworden.

„Passen Sie lieber auf, dass Sie das nächste Mal nicht wieder irgendwelche nicht vorhandenen Narben übersehen, Harding." Sie griff nach einer Plastiktüte mit Kleidungsstücken. „Sind das die Sachen des Jungen?"

Der Inspektor nickte zerstreut.

Canyon hielt ihm die Tüte dicht unter die Nase, sodass er erschrocken zurückwich. „Das T-Shirt ist violett und nicht rot, Harding", sagte sie. „Sind Sie vielleicht farbenblind?"

Sie ließ ihn stehen. Jem wartete am Ende des Ganges auf sie. Er hatte es eilig, aus dem Gebäude herauszukommen. Der widerwärtige Geruch nach verdorbener Luft und der Anblick des toten Jungen sollten ihn nicht so schnell verlassen.

Auf der Fahrt zum Timminser Flughafen sagte er: „Es war nicht Stevie, aber er hätte es sein können. Was müssen die Eltern des Jungen jetzt durchmachen!"

„Vermutlich haben sie nicht einmal gemerkt, dass er nicht mehr da ist", sagte Canyon.

Jem sah sie stirnrunzelnd an.

„Wenn irgendjemand ihn als vermisst gemeldet hätte, dann wäre die Polizei nicht auf die Idee gekommen, dich aus dem kilometerweit entfernten Dog Lake Reservat zu holen, um einen Jungen zu identifizieren, dessen wahrscheinliches Alter das Einzige war, was ihn mit Stevie in Verbindung brachte."

„Du hast etwas vergessen", sagte Jem. „Er ist Indianer. Für die meisten Weißen sehen wir alle gleich aus."

Canyon war froh, dass Harding nicht mit ihnen zurückflog und Jem empfand dasselbe. Constable Miles Kirby hatte in der Cafeteria des Flughafens von Terrace Bay auf die Rückkehr der beiden gewartet. Als sie aus der Maschine stiegen, strahlte er sie an. Harding hatte ihn bereits informiert, dass sich der schreckliche Verdacht nicht bestätigt hatte.

„Du wirst deinen Sohn wiederfinden, Jem", sagte er und klopfte Soonias erleichtert auf die Schulter. Jem sagte nichts. Der Schock steckte ihm tief in den Knochen. Da war immer noch dieser verdorbene Geruch, der an seinen Kleidern zu haften und selbst in seinem Atem zu sein schien. Und durch seinen Kopf schwirrte das Gesicht des toten Jungen, der nicht Stevie gewesen war, der ihm aber bewusst gemacht hatte, dass er damit rechnen musste, seinen Sohn irgendwann auf ähnliche Art wiederzubekommen.

Constable Kirby brachte sie in seinem Streifenwagen zurück ins Reservat. Der Highway 17 führte direkt am Ufer des Lake Superior entlang. Und jetzt sah Canyon, was ihr am Morgen nicht aufgefallen war, weil sie keinen Blick dafür gehabt hatte: Gebirgige Halbinseln und ausladende, tiefblaue Buchten zu ihrer Linken. Bis hierher war sie noch nie gekommen und hatte nicht gewusst, wie wunderschön diese Gegend war. Der Himmel war immer noch klar und die endlose Wasserfläche des Sees glitzerte in der Sonne. Auf den Felsen der Halbinsel entdeckte sie hunderte von Vögeln, die dort ihre Nistplätze hatten.

Canyon nahm sich vor, hierher zurückzukommen, wenn die Sache erst vorbei war. Es wurde Zeit, dass sie die Gegend kennen lernte, dass sie sich hinauswagte, hinaus aus ihrer selbstgewählten Verbannung. Seit sie in Stevies Höhle gesessen hatte, ahnte sie, dass die Natur Heilung bedeuten konnte. Sie musste nur ihre Angst vor allem Unbekannten überwinden.

Constable Kirby überholte einen Transporter, der Baumstämme geladen hatte. Das brachte ihn auf etwas, das er in der Zeitung gelesen hatte, während er in der Cafeteria auf Jem und Canyon wartete.

„Tut mir Leid, Jem, aber es gibt schlechte Neuigkeiten

über Shimada", sagte er. „Die Japaner haben eine einstweilige Verfügung erwirkt, die den Boykott ihrer Produkte vorläufig verbietet."

„Woher weißt du das?", fragte Soonias, abrupt aus seinen Gedanken über den Tod gerissen.

„Es steht heute in allen Zeitungen. Bis zum Prozess ist nun auch jegliche Berichterstattung über die gerichtliche Vorgehensweise des Papierkonzerns untersagt. Sie berufen sich dabei auf den Schutz ihrer wirtschaftlichen Interessen", berichtete Kirby. „Aber der absolute Hammer ist, dass sie nun auch noch auf Schadenersatz klagen. Der Boykott hätte ihnen nachweislich Verluste von 14 Millionen kanadischen Dollar eingebracht."

„Damit werden sie nicht durchkommen", sagte Jem.
„Damit dürfen sie nicht durchkommen." Dann war alles umsonst, dachte er. Was Kirby da erzählte, war ein schwerer Rückschlag im Kampf gegen den Kahlschlag am Jellicoe Lake. Alles lief schief, einfach alles. Im Augenblick hatte er das Gefühl, als würden die Dinge vollkommen aus dem Ruder laufen. Sein Leben war ein einziges Durcheinander und ihm war, als würde nie wieder Normalität einkehren. In ihm war eine tiefe Dunkelheit, wie im Inneren von Stevies Höhle. Er konnte nicht sehen, wo seine Gefühle abgeblieben waren, er wusste nicht einmal, ob sein Herz wirklich noch schlug.

„Du wirst doch vor Gericht für uns sprechen?", fragte Kirby. „Wir setzen große Hoffnungen auf dich."

„Da habe ich was ganz anderes gehört."

„Was denn?", fragte Kirby. Er schien sichtlich verwundert.

„Die Leute im Dorf glauben, Canyon wäre von Shimada auf mich angesetzt worden, damit ich vor Gericht nicht aussage."

Canyon glaubte ihren Ohren nicht zu trauen, aber Kirby

lachte kopfschüttelnd. „Das ist mal wieder typisch für Dog Lake. Ein Dorf voller Waschweiber. Du gibst doch nichts auf diesen Klatsch?"

„Dass die Leute so denken, ermutigt mich nicht unbedingt", sagte Jem. „Und möglicherweise hat Shimada meinen Sohn entführen lassen. Der Boykott hat dem Konzern einen ziemlichen Imageverlust eingebracht und wie du sagst, auch einen dicken finanziellen Verlust. Ich kann mir gut vorstellen, dass sie in den Chefetagen des Konzerns sehr wütend auf uns sind. Kann sein, ich gefährde Stevies Leben, wenn ich vor Gericht spreche."

„Ich habe auch schon darüber nachgedacht, ob Shimada vielleicht etwas mit Stevies Verschwinden zu tun haben könnte", sagte Kirby. „Aber ehrlich gesagt, glaube ich das nicht. Die haben es nicht nötig, einen Indianerjungen zu entführen, Jem. Sie haben ganz andere Möglichkeiten."

„Aber wer hat Stevie dann?", fragte Jem. „*Wo*, verdammt noch mal, ist mein Sohn?"

„Ich weiß es nicht", sagte Miles Kirby. „Aber wir finden ihn, das verspreche ich dir." Er hatte da gewisse Dinge gehört und seine eigenen Vermutungen angestellt. Vermutungen, mit denen er nicht mehr allein dastand, seit er mit Jakob Soonias und George Tomagatik gesprochen hatte. Aber noch war es zu früh, um Jem in seine Gedanken einzuweihen und außerdem war der Zeitpunkt denkbar schlecht. Jem war erregt und durcheinander und würde nicht in der Verfassung sein, sich eine merkwürdige Theorie anzuhören, die auf einem Gerücht basierte.

Als sie vor seinem Haus ausgestiegen waren, beugte Jem sich noch einmal zu Miles in den Wagen und sagte: „Stevies Fahrrad war nagelneu. Ein rotes BMX-Rad mit auffälligen Reflektoren. Er hat es erst zu seinem Geburtstag bekommen. Vielleicht hältst du mal die Augen offen, wenn du unterwegs bist."

„Na klar, mach ich", sagte Miles. „Schon seit zehn Tagen sperre ich meine Augen derart weit auf, dass ich sie nicht mal mehr nachts zubekomme."

Jem nickte. „Und sag erst mir Bescheid, bevor du Harding anrufst."

„Okay, Jem. Ich habe verstanden." Miles Kirby war ein gewissenhafter Polizist. Er kannte die Regeln, wusste aber auch um den kleinen Spielraum, der ihm als *Special Constable* blieb, wenn es sich um Angelegenheiten handelte, die im Reservat passierten. Hier gelangte der Einfallsreichtum der weißen Kollegen meist ziemlich schnell an seine Grenzen, weil ihnen das nötige Hintergrundwissen und ein gewisses Maß an spiritueller Phantasie fehlten. Mit Waldgeistern und Dämonen kannten sich die Weißen nicht aus, was zur Folge hatte, dass sie unangebracht reagierten und damit bei den Einheimischen auf eine Mauer des Schweigens stießen.

Das hatte die kanadische Polizei dazu bewegt, vor einigen Jahren mit der Ausbildung von *Special Constables* zu beginnen. Polizisten indianischer Abstammung, die später in Indianerreservaten eingesetzt wurden. Seitdem klappte die Zusammenarbeit weitaus besser und die Aufklärungsrate von Verbrechen, in die Ureinwohner verwickelt waren, stieg.

Doch als Kirby diesmal mit seinen Vermutungen zu Harding gegangen war, hatte dieser ihn ausgelacht. Harding gab nichts auf Gerüchte, die in einem Indianerdorf umgingen und schon gar nicht, wenn es sich dabei um Hexenglauben und sagenhafte Legenden handelte. Die Geschichte vom *Weetigo* fand er amüsant, aber kaum beunruhigend.

Jem klopfte auf das Dach des Streifenwagens. Auspuffgase hüllten ihn ein. Miles drehte mit blinkenden Signallichtern eine Runde auf dem Dorfplatz, gefolgt von einer Horde schreiender Kinder, dann verließ er hupend die Siedlung Dog Lake.

Wenn irgendwo in der Umgebung ein Kind mit einem neuen roten BMX-Rad herumfuhr, dann würde er es finden. Und er würde auch weiterhin ein offenes Ohr für Gerüchte haben.

14. Kapitel

Nachdem Jem hinter ihr das Haus betreten hatte, verriegelte er die Tür und lehnte sich rücklings dagegen. Canyon hatte das Geräusch des Schnappers gehört und ihr Unterbewusstsein meldete sich mit dem Hinweis, dass er sonst nie seine Tür verriegelt hatte. Sie drehte sich um und versuchte im Dämmerlicht des Flures sein Gesicht zu erkennen. Jems verwunderter Blick, die Unerbittlichkeit darin, ließ sie leise aufstöhnen.

Jem löste sich von der Tür und kam auf sie zu. Canyon schüttelte abwehrend den Kopf, als könne sie ihn damit aufhalten, aber das nahm er überhaupt nicht wahr. An der Hand zog er sie hinter sich her in einen Raum, den sie noch nicht kannte. Sein Zimmer. Das helle Tageslicht gedämpft durch blaukarierte Vorhänge. Ein Holztisch mit einem Computer, ein Schrank, zwei Stühle, ein Doppelbett mit zerwühltem Laken. An der Wand ein Tierschädel mit scharlachroten Punkten und Streifen. Leere Augenhöhlen.

Ihre Hand, die er immer noch hielt, wurde taub.

Jem fühlte sich, als müsse er ersticken an diesem unterdrückten Schrei, der wie ein Dämon in seinem Inneren tobte. Er zog Canyon an sich, beugte sich zu ihr herab und küsste sie mit einer Heftigkeit, die jenseits von Liebe und Begehren lag. Der Schmerz hatte ihn übermannt und auf irgendeine Weise musste er ihm Ausdruck verleihen. In diesem Augenblick war ihm gleichgültig, dass sie jemand war, der Träume hatte, Ängste und mit Sicherheit auch Geheimnisse. Ihre Vergangenheit interessierte ihn genauso wenig wie ihre Zukunft. Er vergaß die Wunden in ihrem Inneren und die Narbe an ihrem Handgelenk. Mit ihr schlafen, mehr wollte er nicht. Auf der Stelle dieses unerträgliche Pochen loswerden.

Canyon bewegte die Lippen, um etwas zu sagen, aber er legte seine Finger fest auf ihren Mund. Eine Geste, die keinen Widerspruch duldete. Sonnenstrahlen fielen durch Spalten zwischen den Vorhängen, Lichtbrücken, in denen brennende Staubkörner tanzten. Jems Hände griffen nach ihren Brüsten. Ungeduldig zerrte er an den Knöpfen ihrer Bluse. Canyon half ihm, obwohl sie wusste, dass es nicht das sein würde, wonach sie sich sehnte. Sie würde keine Erfüllung finden. Nicht so.

Unentwegt starrte sie auf den bemalten Tierschädel an der Wand über dem Bett. Die scharlachroten Punkte begannen um die leeren Augenhöhlen zu tanzen. Die Streifen wurden zu sich windenden Schlangen. Jems Hände waren überall auf ihrem Körper, kämpften gegen ihre Kleidung. Gewebe knackte, Nähte rissen, ein Knopf kullerte zu Boden. Derartiges war ihr noch nie passiert und sie wusste nicht, wie sie die Verzweiflung dieses Mannes auffangen konnte, ohne dass er ihr neue Wunden zufügte.

Jem stand neben dem Bett, von ihr abgewandt und entledigte sich seiner Kleider. Es ging so schnell, dass sie kaum Zeit hatte, ihn anzusehen. Langgliedrig und knochig war er. Jem drehte sich zu ihr um und sie registrierte die durchgehend glatte Bräune seiner Haut, die wandernden Muskelstränge darunter. Sah sein offensichtliches Verlangen. Das alles kam ihr unwirklich vor, als wäre die halbnackte Frau in diesem fremden Bett nicht sie, sondern eine andere.

Ein Frösteln überzog ihre Haut und sie verschränkte die Arme vor ihrer Brust.

Jem kam zu ihr und drückte sie mit seinem Körper auf das Bett zurück. Canyon roch Ranee Bobiwashs Duft zwischen den Laken, spürte, wie er ihre Lungen füllte. Sie wollte sich wehren, aber überall wo Jem sie berührte, wurde sie fühllos und die Taubheit breitete sich in ihrem ganzen Körper aus. Sinnlos, ihn aufhalten zu wollen. Dafür war es längst zu spät. Mit ganzer Wucht bekam sie die Energie seines verdrängten Schmerzes zu spüren. Sah seine Augen, nah und dunkel. Hörte sein Schluchzen, als er sich in sie hineinzwängte und seine Hüften gegen ihre presste. Er bewegte sich wütend und unglücklich in ihr. Doch auch wenn sie nicht mehr spürte als seine heftigen Bewegungen, fing ihr Körper seinen Schmerz auf. Sie war ihm das, was er jetzt am meisten brauchte: Jemand, vor dem er zugeben konnte, dass er wahnsinnige Angst hatte.

Als Jem inne hielt und in ihre Augen sah, wusste er, dass sie ihn durchschaut hatte. Er zitterte vor Anspannung, etwas schoss sengend heiß seine Kehle herauf. Und er schrie.

Eine zornige Frauenstimme holte Jem Soonias aus dem nebelartigen Dämmerzustand der Erschöpfung zurück in die Wirklichkeit. Er hatte nicht geschlafen, war nur wie betäubt gewesen. Jem spürte, wie er sich anstrengte und in diesem Schwebezustand nach etwas suchte; wie er es verstehen wollte. Doch es gelang ihm nicht. Die Bilder kamen zu schnell und er fühlte sich nicht imstande zu unterscheiden, was Halbtraum war und was Wirklichkeit.

Jem wusste nur eins: Er hatte Mary im Arm gehalten, sie geliebt. Es war lange her, dass er sich auf diese Weise nach ihr gesehnt hatte.

Soonias rieb sich das Gesicht mit beiden Händen. Mary war tot. Sie war schon so lange tot, dass die Trauer um sie in seinem Inneren hart wie Stein geworden war.

Jemand rief seinen Namen. Er wandte den Kopf. Canyon lag neben ihm und sah ihn an. Wie lange sie wohl schon so lag? Mit diesem seltsamen Blick, der auf ihn gerichtet war.

Nicht anklagend, nur voller Fragen. Erneut ahnte er, dass sie ihn mochte. Mehr, als ihm lieb war. Was er getan hatte, wie er es getan hatte, musste sie tief verletzt haben. Die Scham, die er plötzlich empfand, schnürte ihm die Kehle zu und er wandte sich ab.

Wieder hörte er das Klopfen und die laute Frauenstimme. Eilig glitt er aus dem Bett und klaubte seine Sachen zusammen. Auf dem Weg durch den Flur bis zur Haustür zog er sich an. Als er den Riegel zurückzog, flog die Tür auf und Ranee stürzte ihm entgegen. Sie stieß wilde Verwünschungen auf Cree aus, ihr Gesicht war gerötet vor Ärger und ihre Nasenflügel bebten. Aber plötzlich hielt sie inne. Ihre feine Nase hatte einen Geruch an ihm wahrgenommen, der ihr vertraut war.

„Was willst du Ranee?", fragte Jem. Er strich sich das Haar über die Schulter.

Mit einem Aufschrei und erhobenen Fäusten stürzte sie sich auf ihn. „Du hast sie gevögelt, die kleine Hure aus der Stadt", schrie sie. „Das wird dir noch Leid tun, Jem." Sie schlug wild auf ihn ein und es war Kraft in ihren sehnigen Armen. Er hob seine Hände schützend vors Gesicht.

„Du gehörst mir, Jem Soonias. Unsere Schutzgeister sind ein Paar, wir gehören zusammen. Du kannst dich nicht gegen die Geister stellen. Diese Frau ist ein Niemand, Jem. Dass sie Schlitzaugen hat, ändert nichts an der Tatsache, dass sie keine von *uns* ist."

Er hatte Ranees Handgelenke zu packen bekommen und weil sie ihn nicht mehr schlagen konnte, trat sie nach ihm. Ihr wutverzerrtes Gesicht hatte jegliche Anmut verloren und zum ersten Mal sah er den Wahnsinn in ihren grünen Augen. Was über ihre Lippen kam, erschreckte ihn und weckte ihn endgültig auf. Ranee Bobiwashs Liebe war Besessenheit. Ihm wurde klar, dass sie ein Problem hatte.

Grob stieß er sie von sich und zischte: „*Ka-ma-che*, halt

den Mund, Ranee! Du machst dich lächerlich."

Ein Blick in seine Augen ließ Ranee Bobiwash innehalten. Sie war zu weit gegangen. Die Spanne seiner Beherrschung war überschritten. Er war wütend auf sie, sehr wütend. Schlimmer noch: Jem Soonias begann sie zu durchschauen. Also versuchte sie es auf andere Weise. „Jem", gurrte sie sanft, „sie ist nur irgendein Mädchen. Sie liebt dich nicht, sie findet es nur aufregend, mit einem wie dir das Bett zu teilen. Mit einem *Wilden*, Jem, das ist alles, was sie in dir sieht."

„*Kee-we*, geh nach Hause!", sagte er.

„Jem!"

„Verschwinde, okay? Geh nach Hause, du machst sonst alles kaputt."

Durch die offene Haustür fiel ein tanzender Strahl Nachmittagssonne und traf Ranees Gesicht. Die Haut spannte über ihren hohen Wangenknochen. Ihre changierenden Augen sprühten Funken des Zorns. Sie war eine stolze Frau, eine Cree-Indianerin. Niemand, den man so einfach zurückweisen durfte. Ohne noch etwas zu sagen, machte sie kehrt, stieg in ihren Wagen und fuhr mit dem silbernen Datsun davon. Ein paar Leute im Dorf hatten die Szene beobachtet und wandten sich kopfschüttelnd ab. Jem schlug wütend mit der Faust gegen die Wand. Als er sich umdrehte, stand Canyon am Ende des Ganges.

Verdammt, dachte er, ich muss meinen Sohn finden, muss ihn bald finden, sonst drehe ich noch durch. Ranees Eifersuchtsszene, die ihn sonst vielleicht erheitert hätte, war ihm jetzt zuwider. Zum ersten Mal in seinem Leben stand er zwischen zwei Frauen, und die Entscheidung, die er fällen musste, überforderte seine Kräfte. Jem wurde übel. Er hatte das Gefühl, dass ihm alles entglitt.

Langsam ging er auf Canyon zu und blieb dicht vor ihr stehen. „Ich habe es nicht gewusst", sagte er.

Sie zuckte zusammen. „Was hast du nicht gewusst?"

„Dass ich dir etwas bedeute." Er sah an ihr vorbei und erkannte sein eigenes Unvermögen. Wieso konnte er nicht anerkennen, dass auch er etwas für sie empfand?

„Wie hast du es herausgefunden?"

„Ich habe dir wehgetan und du hast nicht versucht, mich aufzuhalten."

Canyon, die nur Slip und Unterhemd trug, rieb sich die nackten Oberarme. „Was hätte ich tun sollen?", fragte sie. „Meine Kräfte an deinen messen?"

„Du hättest *nein* sagen können."

„Erste Hilfe verweigert man nicht, Jem. Hast du das nicht gewusst?"

Was sie sagte, machte ihn verlegen. Das quälende Gefühl von Scham wurde immer stärker. „Ich wollte dir nicht weh tun, ich ..."

„Ich weiß", unterbrach sie ihn und sah ihm dabei fest in die Augen. „Du hast mir nicht weh getan. Das konntest du gar nicht." Dass sie mit Jem Soonias ungeschützten Sex gehabt hatte, verdrängte sie in diesem Augenblick.

Als Jem daraufhin nichts mehr sagte, fragte Canyon: „Soll ich gehen? Dann kannst du ihr nachfahren."

„Nein", erwiderte er. „Du musst heute Abend mit Meta sprechen."

Canyon hatte nur die Hälfte von Ranee Bobiwashs Beschimpfungen verstanden, aber das genügte, um sich zu fragen, ob sie wirklich das Richtige tat. Die Indianerin hatte Recht. Dass sich Canyon Toshiros Physiognomie kaum von der der Bewohner des Dorfes unterschied, dass ihr Haar ebenso schwarz war wie das der Indianer, konnte nicht darüber hinwegtäuschen, dass sie hier eine Fremde war und die Leute ihr aus dem Weg gingen.

Seit ihrem Gespräch mit Sarah Wilson hatte sie des öfteren über das Viertelchen Indianerblut nachgedacht, das in ihren Adern floss. Ihre Mutter hatte über den indianischen Teil ihrer Herkunft nicht gerne gesprochen. Sie war eine sehr hellhäutige Meti mit einem französischen Namen gewesen, die den indianischen Traditionen vollkommen abgeschworen hatte. Sie hatte sich für ihr indianisches Erbe geschämt.

Für Canyon war der kulturelle Hintergrund ihrer Familie nie von Bedeutung gewesen. Als sie in das Alter kam, in dem ihr Interesse dafür hätte erwachen können, war ihre Welt von einem Schmerz beherrscht, der alles andere überdeckte. Später hatte sie die Tatsache verdrängt, dass die Ursachen für die Probleme, die ihre Mutter mit ihrem Selbstwertgefühl gehabt hatte, auch im Leugnen der eigenen Herkunft begründet waren.

Nach dem Gespräch mit Sarah vor ein paar Tagen, hatte sie den Karton mit den Familiengeheimnissen aus dem hintersten Winkel ihres Kleiderschranks hervorgeholt und darin nach der Geburtsurkunde ihrer Mutter gesucht. Dabei waren ihr Briefe in die Hände gefallen. Briefe, die ihre Mutter an sie geschrieben hatte, als sie schon in Thunder Bay lebte, und die nie abgeschickt worden waren. Vielleicht standen Entschuldigungen darin. Vielleicht auch Anklagen.

Canyon hatte sie nicht lesen können. Noch nicht. Aber die Geburtsurkunde hatte sie gefunden. *Nagokee* war der Mädchenname ihrer Großmutter, die ein Jahr nach Canyons Geburt gestorben war. Sie war eine Cree aus Moose Factory gewesen, einem Reservat, das oben im Norden lag. Seit Canyon es wusste, fühlte sie sich den Menschen von Dog Lake auf seltsame Art verbunden, obwohl sie kaum etwas über sie wusste. Nicht mal den Namen ihres Gottes, wie ihr in diesem Augenblick bewusst wurde.

In erster Linie war es natürlich kein Gott, der Canyon

Kopfzerbrechen bereitete, sondern Ranee Bobiwash. Die Indianerin war eine anerkannte und vielbeachtete Künstlerin. Ihre großformatigen Bilder hingen in berühmten Galerien des Landes: in Winnipeg, Toronto und Ottawa, sowie im Zentrum für Indianerkunst in Thunder Bay. Canyon war dort gewesen, in der Thunder Bay Indian Art Gallery, die die größte Kollektion moderner indianischer Kunst Kanadas beherbergte. Sie hatte mehrere Gemälde von Ranee gefunden, die Teil der ständigen Sammlung waren. Beeindruckende Mischungen aus Fantasie und Wirklichkeit. Betörende Darstellungen alten sowie modernen indianischen Lebens in aufwühlenden Farben. Pulsende Schreie in Zinnoberrot.

Die Leiterin der Galerie hatte ihr versichert, dass Bilder von Ranee Bobiwash reißend Absatz fanden, obwohl sie sehr teuer waren. Demzufolge war Ranee keine mittellose Frau, aber offensichtlich eine, der Geld nichts bedeutete. Würde sie sonst mit einem alten, verbeulten Zweisitzer herumfahren?

Ranee Bobiwash war schön, sie besaß Intuition und war außergewöhnlich begabt. Und sie konnte sich mit Jem Soonias in einer Sprache verständigen, die Canyon an wilde Zauberformeln denken ließ.

Was hatte sie noch gleich gesagt? „Unsere Schutzgeister gehören zusammen, Jem, und wir auch." Was für Schutzgeister? Canyon wünschte, die Geister würden endlich zur Ruhe kommen.

Jem Soonias hantierte in der Küche. Er bereitete ein einfaches Abendessen für sich und seinen Gast. Geredet hatten sie nur das Nötigste. Jedes Mal, wenn er es wagte Canyon anzusehen, hatte sie sich von ihm abgewandt. Deshalb erschrak er, als sie ihn plötzlich fragte: „Was hat es eigentlich mit diesen Schutzgeistern auf sich, von denen Ranee gesprochen hat?"

Die ganze Zeit über hatte Jem sich gefragt, wie viel Canyon von Ranees Beschimpfungen mitbekommen hatte. Jetzt wusste er es. Sie hatte genug gehört. Trotzdem war sie noch hier. Sein Respekt vor ihr wuchs.

Er hantierte weiter, während er ihre Frage beantwortete. „Schutzgeister haben in unserem Volk eine ähnliche Bedeutung wie bei euch die Sternzeichen. Ich bin ein im *Mege-soo*, ein im März Geborener. Mein Schutzgeist ist ...", er zögerte einen Moment, „... ist der des Adlers. Ranees Schutzgeist ist der des Bären. Die Alten sagen, Adler und Bär passen gut zusammen, sie sind beide stark, unabhängig und respektieren einander. Ich halte nicht viel von solchen Dingen. Jedenfalls bringt es nichts, sein Leben danach zu richten. Die Schutzgeister meiner Eltern harmonieren nicht und die beiden sind ein Ehepaar, denen das Zusammenleben auch nach fast vierzig Jahren noch gelingt."

„Ich frage ja nur", sagte sie, „weil ich das Gefühl hatte, dass es Ranee damit sehr ernst war."

„Ja, du hast Recht. Sie lebt mit den unsichtbaren Wesen, als wären sie ihre Familie. Ranee war auf dem College und hat später in Ottawa Kunst studiert. Auf den ersten Blick wirkt sie wie eine moderne Frau, aber da geistern eine Menge alter Ängste in ihrem aufgeklärten Kopf herum. In Wirklichkeit ist sie tief in den Traditionen unseres Volkes verwurzelt. Man merkt es an ihren Bildern. Sie hat nicht umsonst so großen Erfolg. Sie malt Dinge, die man nicht sehen kann. Besonders den Weißen gefällt das; irgendwelchen reichen New-Age-Leuten, die dann auch das nötige Geld haben, um ihre teuren Bilder zu kaufen."

„Ranees Bilder sind großartig", sagte Canyon. „Aber sie machen mir auch Angst."

„Ja, so geht es vielen."

„Und was ist mit dir?"

Er zuckte die Achseln. Ihm ging es genauso, aber er sah keinen Anlass, das vor Canyon zuzugeben.

„Hat sie dir nie gesagt, was du ihr bedeutest, Jem?"

Soonias verspürte nicht die geringste Lust, ihr diese Frage zu beantworten. Schließlich tat er es doch, aber sein Ton wurde merklich zurückhaltender. „Über persönliche Dinge haben wir kaum gesprochen. Ranee ist nicht wie andere Frauen, die ständig reden müssen. Sie hat da ein paar Visionen, wie wir Ureinwohner unser Leben unabhängig von der Welt der Weißen gestalten könnten. Das ist ihr liebstes Thema, darüber kann sie sich stundenlang auslassen. Ansonsten ist sie sehr verschlossen."

„Ich weiß nicht", sagte Canyon nachdenklich, „aber irgendwie finde ich ihr Verhalten merkwürdig. Vielleicht hat sie doch etwas mit Stevies Verschwinden zu tun. Vielleicht liegt des Rätsels Lösung genau vor unserer Nase."

„Das sind doch alles bloß wilde Vermutungen." Jem schüttelte resigniert den Kopf. „Du redest schon wie meine Mutter. Sie behauptet, Ranee wäre eine Hexe."

„Eine *Hexe*?"

„Ja. Wie ihre Großmutter Esquoio. Die Alte sollte damals aus dem Dorf verbannt werden, weil sie ihre Macht zu ihren eigenen Gunsten ausgenutzt hat. Das ist kein Märchen, sondern eine Tatsache. Und vom *Weetigo* hast du bestimmt schon gehört? Vor ihm fürchten sich Kinder, Erwachsene und Alte. Er haust da draußen in den Wäldern und hat ein Herz aus Eis. Ihm zu begegnen, bringt Unglück, denn wer ihm über den Weg läuft, dessen Herz wird ebenfalls zu Eis."

„Glaubst *du* das auch?"

Jem zuckte die Achseln. „Vielleicht bin ich dem *Weetigo* längst begegnet und habe es nur nicht gemerkt, weil ich ihn nicht erkannt habe", antwortete er. „Vielleicht habe ich einen Eisklumpen in meiner Brust und tue deshalb Dinge, die ich nicht tun sollte."

Er sah sie an und sie senkte abrupt den Kopf. „Wir Cree glauben, dass die Wohnung der Seele das Herz ist", sagte Jem. „Da die Seele auch die uns innewohnende Kraft der Intelligenz und Einsicht ist, lässt der Mangel an beidem einige Vermutungen zu. Ich muss herausfinden, warum diese Dinge geschehen, warum die *Manitus* mir zürnen."

Canyon tat so, als hätte sie das nicht gehört. „Leben Ranees Eltern noch?", fragte sie.

„Nein. Ihre Mutter kam bei einem Feuer ums Leben und wer ihr Vater war, weiß niemand. Dass ihre Großmutter Esquoio eine richtige Hexe war, glaubte damals jeder hier in Dog Lake."

„Was ist aus ihr geworden?"

„Keine Ahnung. In der Nacht, in der sie fortgebracht werden sollte, weil sie dem Dorf mit ihrer schlechten Medizin schadete, verschwand sie. Manche sagen, sie sei schon lange tot. Andere wiederum behaupten, sie würde irgendwo da draußen in den Wäldern hausen. Ich halte das für ein Gerücht. Eine alte Frau könnte den Winter in der Wildnis alleine nicht überstehen. Nur die Phantasie der Menschen lässt unmögliche Dinge möglich werden. Ein paar von uns halten sich mit diesen Legenden am Leben."

„Was wurde aus Ranee, nachdem ihre Mutter gestorben war?"

„Grace hat erzählt, dass sie zu weißen Pflegeeltern kam, dort aber sehr bald ausgerissen ist", antwortete Jem. „Wo sie gelebt hat, bevor sie nach Ottawa ging, weiß niemand. Sie hat es nie erzählt."

„Dir auch nicht?"

„Ich habe sie nicht danach gefragt!" Er legte das Messer zur Seite, mit dem er eben noch kaltes Fleisch geschnitten hatte. „Bei uns ist es nicht üblich, den anderen mit Fragen zu bedrängen, bloß weil man neugierig ist. Wir empfinden das als unhöflich. Ich hätte natürlich gerne gewusst, wo Ranee nach dem Tod ihrer Mutter gelebt hat und warum sie es bei ihren Pflegeeltern nicht ausgehalten hat. Aber ich wollte geduldig sein, in der Hoffnung, dass sie es mir eines Tages von selbst erzählen würde."

Canyon senkte den Blick. „Es tut mir Leid", sagte sie. „Ich war sehr unhöflich. Ich habe dich vom ersten Tag an mit Fragen bedrängt."

Auf Jems Gesicht erschien ein nachsichtiges Lächeln. „Das war dein Job, oder?"

„Schon, aber ..."

„Aber *was*, Canyon?"

„Jetzt bin ich nicht mehr hier, weil es mein Job ist."

„Ich weiß. Aber du kannst auch nicht aufhören zu fragen."

„Ich kann nicht aufhören nachzudenken. Und in welche Richtung meine Gedanken auch gehen, überall sind Fragen."

Er setzte sich zu ihr an den Tisch und sagte: „Das ist normal, weil du das Problem auf eine dir gewohnte Art lösen willst. Aber du denkst ganz anders als wir. Wie hast du gleich noch mal unseren spirituellen Glauben genannt? Hokuspokus?" Er klang ernst, aber seine Augen verrieten, dass er innerlich lächelte.

„Ich glaube nicht an übernatürliche Wesen, Jem", sagte sie. „Schon gar nicht, dass Ranee eines ist. Sie kommt mir doch sehr menschlich vor in ihrem Zorn und ihrer Eifersucht. Aber dass ich manches nicht glaube oder nicht verstehe, ändert nichts daran, dass ich Stevie finden will."

„Und du denkst, bei Ranee Bobiwash zu suchen, ist der richtige Weg?"

„Vielleicht ja. Wir müssen einfach jede Möglichkeit in Betracht ziehen."

„Das hast du schon mal gesagt. Und eines scheinst du dabei vollkommen zu vergessen: Stevie mochte Ranee."

„Ich weiß", sagte Canyon nachdenklich. „Aber Sympathie ist eine starke Waffe, wenn man ein Kind beeinflussen will."

15. Kapitel

Meta saß auf einem Quilt auf dem Fußboden und spielte mit kleinen geschnitzten Holzfiguren. Die Figuren verständigten sich untereinander in einem für Canyon unverständlichen Kauderwelsch. Wahrscheinlich war es eine Mischung aus Cree und einer Sprache, die das Mädchen sich ausgedacht hatte.

Als Meta Canyon bemerkte, hörte sie auf zu spielen und beäugte die junge Frau. Canyon kauerte sich zu ihr auf den Boden: „Hallo Meta. Da bin ich wieder. Ich bin allein und wir können ungestört reden."

Sie holte die Wurzel hinter ihrem Rücken hervor, die das Mädchen ihr am vorangegangenen Abend gegeben hatte. „Ein Bär ist gekommen, Meta. War es das, was du mir sagen wolltest?"

Die Kleine sah fragend zu ihrer Großmutter auf. Grace nickte ihr aufmunternd zu.

„*Mus-kwa*", sagte Meta. Ihre Stimme war ungewöhnlich tief und rau für ein Mädchen in ihrem Alter.

„Das ist Cree", sagte Grace leise. „Es bedeutet Bär."

„Hat dieser Bär Stevie verletzt?"

Meta schüttelte den Kopf.

„Aber der Bär hat Stevie mitgenommen?", fragte Canyon ungläubig.

Das Mädchen nickte heftig, die Augen rund und groß.

„Und das war gleich hier, hinter dem Haus? So nah am Dorf?"

Meta senkte den Kopf. Dann schüttelte sie ihn verneinend.

„Nicht hier, Meta? Wo dann?"

Das Mädchen schwieg und gab auch kein Zeichen. Wahrscheinlich hatte Stevie sie gebeten zu schweigen. Meta hatte Angst um Stevie, aber sie wollte ihn auch nicht verraten. Canyon kam ein Gedanke. „Du bist mit Stevie draußen am See in seiner Höhle gewesen und du hast gesehen, wie ihn ein Bär mitgenommen hat."

Meta hob den Kopf. In ihren Augen spiegelte sich die Verwunderung darüber, dass Canyon ihr kleines Geheimnis so schnell herausgefunden hatte. Sie nickte, aber diesmal kam auch noch ein leises „Mona" über ihre Lippen.

Canyon sah Grace fragend an.

„Mona heißt: ja", sagte sie.

„Ist das möglich?", wollte Canyon wissen. „Kann es sein, dass Stevie Meta mit in den Wald genommen hat? Er hat sich eine Höhle gebaut, draußen am See."

„Das ist ziemlich weit weg", meinte Grace. „Aber an dem Tag, als Stevie verschwand, hat mich ein Neffe nach Nipigon gefahren. Ich war beim Zahnarzt." Sie lächelte schief. „Meta wollte mich auf keinen Fall begleiten und ich dachte, der Grund dafür wäre ihre Angst vor fremden Menschen. Ich war mindestens drei Stunden weg. Als ich wiederkam, spielte sie in ihrem Zimmer. Sie wirkte verstört, aber ich dachte, das würde damit zusammenhängen, dass sie so lange allein gewesen war." Die alte Indianerin zuckte die Achseln. „Ihre Schuhe waren schlammig, aber hinter meinem Haus ist es auch morastig und Meta spielt dort oft. Ich habe mir deshalb weiter keine Gedanken darum gemacht. Es ist also durchaus möglich, dass sie mit Stevie am See war und etwas gesehen hat. Sie hat kein eigenes Fahrrad, aber er kann sie auf dem Gepäckträger mitgenommen haben. Zurück ist sie vielleicht gelaufen. Meta ist klug und sehr flink."

„Aber wo ist Stevies Fahrrad geblieben?", wollte Canyon

von Meta wissen. „Hat der Bär das auch mitgenommen?"

Das Mädchen schüttelte den Kopf.

„Du weißt nicht, wo das Fahrrad geblieben ist?"

Meta starrte auf ihre Hände.

„Weißt du es nicht, oder kannst du es mir nicht sagen? Hast du Angst vor jemandem?"

Die Kleine nickte heftig. Tränen traten in ihre großen Augen. „Wer es auch ist", brummte Grace, „Meta fürchtet sich so sehr vor demjenigen, dass sie den Namen nicht nennen wird."

„Hat Stevie jemals den Namen Esquoio erwähnt."

Meta stand auf und rannte zu ihrer Großmutter. Sie versteckte ihr kleines Gesicht in den Falten von Grace Winishuts Schürze.

„Woher haben Sie diesen Namen?", fragte Grace mit gerunzelter Stirn.

„Ranee Bobiwash kam heute in Jems Haus und hat ihm meinetwegen eine Eifersuchtsszene gemacht. Sie redete von Schutzgeistern und solchen Dingen und ich habe Jem später ein wenig über sie ausgefragt. Er erzählte mir, dass eine gewisse Esquoio Ranees Großmutter war und die Leute glaubten, sie wäre eine Hexe. Manche seien der Überzeugung, dass auch Ranee eine Hexe ist."

„Zumindest hat sie Jem Soonias verhext", schimpfte Grace. „Sein Sohn ist seit zehn Tagen verschwunden und er weiß immer noch nicht, was er tun soll."

„Wissen Sie es, Grace? Können Sie mir sagen, ob Jem seinen Sohn wiederfinden wird? Lebend?"

Die Alte brummelte unwirsch vor sich hin. Obwohl sie dazu in der Lage war, weigerte sie sich, die Zukunft vorauszusagen. Wenn jedoch jemand zu ihr kam, der etwas verloren hatte, konnte sie ihm zeigen, wo er suchen musste. Aber derjenige würde sie um eine Zeremonie bitten müssen.

„Mochte Stevie Ranee?", fragte Canyon die Indianerin. „Sie reden, als ob der Junge tot wäre."

„Er ist nicht tot, aber er ist auch nicht hier. Ich will nur wissen, ob es ihm gefiel, dass sein Vater mit Ranee Bobiwash zusammen war."

„*Ee-sqweow*", sagte Meta. Canyon war überrascht über die Klarheit ihrer Stimme. Sie griff nach der Hand des Mädchens und Meta überließ sie ihr.

„Was ist mit dieser Esquoio, Meta? Hat Ranee Stevie von ihr erzählt?"

„*Ee-sqweow*", wiederholte die Kleine.

Grace schüttelte den Kopf. „Sie spricht nicht von Esquoio. *Ee-sqweow* ist Cree und heißt einfach nur: alte Frau."

„Aber ..." Canyon runzelte verwundert die Stirn.

„Ja", sagte Grace. „Esquoio heißt: alte Frau."

„*Mus-kwa*", sagte Meta aus dem Dunkel des Raumes.

„Immer wieder der Bär." Grace wackelte nachdenklich mit dem Kopf. „Der Schutzgeist von Ranee. Er war auch der ihrer Mutter und ihrer Großmutter."

„Ihrer Mutter hat er nicht helfen können", sagte Canyon provozierend.

„Ranees Mutter hat niemand helfen können. Die meiste Zeit war sie stockblau."

„Fahrrad", sagte Meta.

Canyon sah sie überrascht an. „Wer hat das Fahrrad, Meta?"

Die Kleine antwortete nicht und verschwand im Dunkel hinter der Tür. Canyon erhob sich. „Ein Bär hat Stevie mitgenommen und ein Geist sein Fahrrad. Wenn ich Jem davon erzähle, wird er mich für völlig übergeschnappt halten und meine Versuche, aus Meta etwas herauszubekommen, als Zeitverschwendung ansehen."

„Möglicherweise ist sein Urteilsvermögen zur Zeit et-

212

was eingeschränkt", brummte Grace. „Aber immerhin ist er schon zweimal den weiten Weg in die Stadt gefahren, um Sie um Hilfe zu bitten."

„Ja", erwiderte Canyon. „Aber nur, weil Sie ihm gesagt haben, dass ich ihm helfen könnte. Warum haben Sie das getan, Grace?"

Die alte Indianerin hob die Schultern und ließ sie wieder fallen. „Die meisten Leute haben keine Verwendung für Zeichen aus der Geisterwelt", antwortete sie. „Ich gehöre nicht dazu. Scheinbar gibt es eine Menge Dinge in unserem Leben, die ohne Sinn geschehen. Aber in Wahrheit steckt natürlich immer etwas dahinter. Man muss sich nur die Mühe machen, es herauszufinden." Grace wandte sich Canyon zu und sah ihr offen ins Gesicht. „Als Sie am Tag von Stevies Verschwinden mit Jem hier im Dorf auftauchten, da umgab Sie eine Unsicherheit, die ich förmlich bis hierher riechen konnte. Natürlich haben Sie versucht, Ihre Nervosität zu verbergen. Nicht sonderlich geschickt, aber ich fürchte, Jem Soonias ist darauf reingefallen. Er mochte Sie nicht."

„Er hasste mich", sagte Canyon. „Aber das beantwortet meine Frage nicht. Wieso dachten Sie, dass ich Jem helfen könnte?"

„Ich spürte von Anfang an, dass Meta etwas weiß", erwiderte Grace. „Aber nur jemand, der das Gleiche durchgemacht hatte wie sie, konnte Zugang zu ihrer Gedankenwelt finden."

„Wie meinen Sie das?" Canyon fühlte sich plötzlich unwohl in ihrer Haut.

Grace legte ihr eine schwere Hand auf die Schulter. „Keine Angst, Schätzchen. Auch ich betrachte das Vergessen als einen wesentlichen Teil des Überlebens", sagte sie. „Wir wollen nicht erinnert werden an das, was uns verwundet hat. Wir ziehen fort und ändern uns, aber es gelingt nicht. So tragen wir die Erinnerung für immer mit uns herum, leben mit unseren Wunden weiter. Man kann die Vergangenheit nicht einfach wegsperren. Holen Sie ans Licht, Canyon, was Sie quält. Sonst werden Sie es niemals los."

Canyon schluckte. Sie war es nicht gewohnt, von anderen durchschaut zu werden. Hatte sie doch jahrelang geübt, eine Maske zu tragen. Tränen schossen ihr in die Augen, ohne, dass sie sie zurückhalten konnte.

„Gehen Sie jetzt und kommen Sie morgen wieder", sagte Grace besänftigend. „Meta mag Sie und vertraut Ihnen. Sie wird reden und vielleicht kann Sie Ihnen sagen, wo Stevie ist."

Wieder in seinem Zimmer zu sein, bedrückte Canyon, nach dem, was am Nachmittag hier geschehen war. Jem schien es nicht zu merken. Sie saß auf einem der beiden Stühle und er hockte auf seinem Bett. Sie sah, dass er es frisch bezogen hatte. Der Computer lief und die weißen Lichtpunkte des Bildschirmschoners jagten wie kleine Pfeile auf sie zu. Canyon wandte den Blick ab. Während sie immer noch über Grace Winishuts Worte nachdachte, bedrängte Jem sie mit einem Schweigen, das voller Fragen war.

„Das Mädchen sagt nicht viel", begann Canyon schließlich. „Und auf manche Fragen gibt sie überhaupt keine Antwort. Meta behauptet, Stevie wäre draußen am See von einem Bären geholt worden. Und jemand hat sein Fahrrad mitgenommen. Ein Geist wahrscheinlich."

„Die Kleine war mit ihm draußen am See?", sagte Jem überrascht. „Das sieht Stevie aber gar nicht ähnlich. Außer mir durfte niemand von seinem Versteck wissen."

Canyon musterte ihn eindringlich. „Auch Ranee nicht?"

„Das weiß ich nicht", gab er zu. „Ich habe ihr von der Höhle erzählt."

„Grace sagt, er könnte Meta auf dem Gepäckträger mitgenommen haben. Vielleicht ist sie ihm auch heimlich gefolgt. Der Weg ist zwar weit, aber es wäre möglich. Sie hat
einen Bären gesehen und jemanden, der Stevies Fahrrad genommen hat ..."

„Ranee Bobiwash?", fragte er. Canyon antwortete nicht.
Auf diese Frage hatte sie keine Antwort.

„Das denkst du doch, oder? Glaubst du wirklich, sie hat
etwas damit zu tun?"

„Meta hat noch etwas gesagt."

„Sie hat richtig gesprochen?"

„Ja, sie sagte einzelne Worte. Fahrrad, *Ee-sqweow* und
Mus-kwa. Fahrrad, alte Frau und Bär. Warum hast du mir
nicht gesagt, dass Esquoio einfach nur *alte Frau* heißt?"

Jem ging zu ihr und hockte sich vor dem Stuhl nieder, auf
dem sie völlig verkrampft saß. „Esquoio ist der Name von
Ranees Großmutter. Aber es heißt auch *alte Frau*. Das eine
schließt das andere nicht aus."

„Was steckt dahinter, Jem?"

„Dahinter?"

„War Esquoio eine Hexe?"

Er lächelte. „Vorhin hast du gesagt, du glaubst nicht an
solche Dinge."

„Ich habe meine Meinung nicht geändert, Jem. Ich glaube
nicht an solche Dinge. Aber Ranee Bobiwash tut es. Grace
tut es und Stevie vermutlich auch. Also müssen wir versuchen herauszubekommen, was in ihren Köpfen vor sich
geht. Wie das mit dir ist, darüber bin ich mir noch nicht im
Klaren. Du bist hier im Reservat aufgewachsen. Du weißt,
wohin die dunklen Pfade führen, die in den Köpfen deiner
Leute sind. Du weißt, wie sie denken. Ich bin sicher, dass
Ranee etwas mit Stevies Verschwinden zu tun hat."

Jem schüttelte resigniert den Kopf. „Das sind doch alles
bloß wilde Vermutungen."

Aber Canyon ließ sich nicht beirren. „Ich glaube, er war ihr im Weg."

„Im Weg?" Er zog die Stirn in Falten. „Wohin sollte dieser Weg denn deiner Meinung nach führen?"

„Zum Friedensrichter, Jem. Sie will, dass du sie heiratest. Und erzähl mir nicht, dass du davon noch nichts gemerkt hast."

„Wir haben einmal darüber gesprochen", gab er zu und erhob sich. Seine Gelenke knackten. „Aber dazu hätte sie Stevie nicht verschwinden lassen müssen."

„Hast du sie schon mal gefragt, ob sie weiß, wo Stevie ist?"

„Nein, verdammt nochmal. Warum sollte ich sie beleidigen?"

„Liebst du sie?"

„Mein Gott, Canyon", er machte eine verzweifelte Geste. „Ich weiß es nicht. Ich mag sie. Wir kennen uns, seit wir Kinder waren und sie hat mich schon immer fasziniert. Ich begehrte sie, wie alle anderen Jungen im Dorf auch."

„Warst du damals schon mit ihr zusammen?", fragte sie, obwohl sie die Antwort bereits wusste.

„Ja", antwortete er wahrheitsgemäß, „aber nur kurz. Ich war neugierig und unerfahren und glaube nicht, dass ich sie sonderlich beeindruckt habe. Sie verschwand nach dem Brand, bei dem ihre Mutter starb. Vor einem halben Jahr tauchte sie wieder in Dog Lake auf und seitdem sind wir zusammen. Ich war davon überzeugt, dass ich sie lieben würde, doch in den letzten Tagen ist mir klar geworden, dass ich nur sehr wenig über sie weiß. Weniger noch, als ich über dich weiß ..."

Er griff nach ihrer Hand, aber Canyon stand auf und entzog sich ihm. „Ich gehe jetzt schlafen", sagte sie. „Das war ein schlimmer Tag."

Jem bemerkte ihr Widerstreben, etwas Verletzendes zu sagen und war ihr dankbar dafür. Aber er wollte nicht, dass sie ging. Jem Soonias brauchte jemanden, mit dem er die Einsamkeit seiner Schlaflosigkeit teilen konnte. Seine kräftigen Hände umschlossen ihre Handgelenke wie Eisenklammern. „Lass mich nicht allein, Canyon, bitte!"

Canyon schüttelte den Kopf. Ihre Arme, die Hände wurden auf der Stelle taub.

„Warum nicht?", fragte er.

„Weil ich schlafen will, Jem, und nicht mit dir kämpfen." Die Mattigkeit, die sie bis in ihre Knochen spürte, war keine gewöhnliche Erschöpfung. Allein zu sein, würde ihr gut tun.

Jem überlegte, was er darauf antworten sollte. „Ich war wie von Sinnen, Canyon. Der Junge im Leichenschauhaus, die furchtbare Zeit davor, in der ich glaubte, dass es mein Sohn ist. Das war einfach zuviel. Was heute Nachmittag passiert ist, wird sich nicht wiederholen."

In ihrem Kopf war immer noch der Schrei, den er ausgestoßen hatte, als er gekommen war. Ein Schrei, laut genug, um Tote zu wecken. Ihre Kehle fühlte sich rau an, als sie sagte: „Ich glaube dir sogar. Und all das hat auch nichts mit dir zu tun. Ich bin schuld."

„*Schuld*? Was redest du da?" Er drückte sie sanft auf den Stuhl zurück und setzte sich ihr gegenüber. „Irgendetwas stimmt mit dir nicht, Canyon Toshiro. Wir haben miteinander geschlafen und es geschah nicht gegen deinen Willen. Oder täusche ich mich da?"

Sie schüttelte den Kopf.

„Und doch fühle ich mich schuldig."

Canyon brachte kein Wort hervor.

„Es tut mir Leid, wenn ich alte Wunden aufgerissen habe", sagte Jem. „Aber wie kann ich wissen, ob ich verbotenes Land betrete, wenn du mir die Grenzen nicht nennst."

Sie sah ihn an und dachte an die Worte der alten Grace. *Lass ans Licht, was dich quält, sonst wirst du es niemals loswerden.* Jem Soonias war schon oft nahe dran gewesen, ihr gut gehütetes Geheimnis zu entdecken, aber nun wusste sie, dass er niemals fragen würde. Er würde warten, bis sie es ihm von selbst erzählte.

Canyon saß da und versuchte sich gegen das Schweigen zu wehren, das in ihr war. Sie hörte auf das Ticken des Weckers, das ihr unerträglich laut vorkam.

Jem wartete, ohne sie zu drängen.

Vielleicht ist es an der Zeit, über die eigenen Irrtümer nachzudenken und mein Leben neu zu orden, dachte Canyon. Vielleicht kann ich das Muster aus eigener Kraft ändern und zu einem Gleichgewicht finden.

16. Kapitel

„Es ist lange her", begann sie schließlich, „dass ich zum ersten Mal gezwungen war, *nein* zu sagen. Ich war zwölf Jahre alt und mein Stiefvater hörte es nicht. Also fing ich an zu bitten. Aber auch das hörte er nicht. Nachdem es geschehen war, wurde die Welt ein anderer Ort für mich. Ich hörte auf, Kind zu sein."

Wie erstarrt saß Jem auf seinem Stuhl und wagte kaum zu atmen. Ein bestürzter Ausdruck des Verstehens erschien auf seinem Gesicht. Mit einem Mal war es sehr einfach, sich alles zusammenzureimen. Die alte Grace hatte sofort erkannt, welche Bürde Canyon mit sich herumtrug. *Weil sie selbst einmal so ein Kind war*, hatte sie gesagt. Und er war so blind gewesen, hatte nur seinen eigenen Kummer gesehen.

Ihm kam in den Sinn, dass er nicht mal eine Ahnung hatte, wie alt Canyon war. Sie musste mindestens siebenundzwanzig sein, aber in diesem Augenblick konnte sie ebenso gut zwölf sein. Ein kleines Mädchen, zusammengesunken, blass und verstört.

„Nachdem mein Vater bei diesem Autounfall gestorben war", fuhr Canyon fort und ihre leise Stimme kämpfte gegen die Tränen, „hatte meine Mutter es eilig damit, jemanden zu finden, der ihn ersetzte. Ich habe meinen Vater sehr geliebt und mochte den Mann nicht, der schon wenige Wochen nach seinem Tod in unser Haus zog. Aber meiner Mutter schien er gut zu tun. Sie lachte wieder und schenkte mir mehr Aufmerksamkeit. Als die beiden heirateten, hielt ich es für eine Notwendigkeit. Aber dann begann er, mir

Komplimente zu machen und mich anzufassen. Ich konnte es ihr nicht sagen, weil ich nicht wollte, dass sie wieder unglücklich wurde.

Ein halbes Jahr nach der Hochzeit wurde bei meiner Mutter eine Eileiterschwangerschaft festgestellt und sie musste ins Krankenhaus. Ich blieb mit meinem Stiefvater allein und gleich in der ersten Nacht kam er in mein Zimmer. Er würde sich so einsam fühlen in seinem Bett, ohne meine Mutter. Und es wäre doch nur natürlich, dass ich während ihrer Abwesenheit ihre Rolle übernehmen würde." Canyon machte ein Pause und rang nach Luft, weil die Erinnerung sie mit unerwarteter Heftigkeit einholte. „Ich kann mich nur an den brennenden Schmerz erinnern und an das ungeheure Gewicht seines Körpers. An seinen Bieratem, sein kratzendes Kinn und dass mein ganzer Körper taub wurde unter ihm. Ich konnte mich nicht mehr fühlen."

Canyon brachte das alles sehr sachlich vor, aber Jem hörte das unterdrückte Zittern in ihrer Stimme und hätte sie am liebsten in die Arme genommen. Doch er war dazu nicht in der Lage, konnte sich nicht rühren. Ihm war bewusst geworden, was er getan hatte.

„Ich hätte dich nicht berühren dürfen", sagte er leise. „Nicht so. Ich hatte ja keine Ahnung ..." In diesem Augenblick empfand er eine weit tiefere Scham als noch am Nachmittag.

„Ich bin kein Kind mehr, Jem, und du hast nichts Unrechtes getan."

Er stöhnte. „Oh doch. Ich habe dich benutzt, wie er dich benutzt hat. Ich habe gespürt, dass du etwas empfindest für mich und genau das brauchte ich in diesem Moment."

„Ich brauchte es genauso wie du", sagte Canyon. „Ich wollte mit dir zusammen sein. Ich möchte eine ganz normale Frau sein."

„Das bist du."

„Nein, Jem. Ich sehne mich nach Zärtlichkeit und kann sie doch nicht ertragen. Wenn deine Hände meinen Körper berühren, wird er taub. Wie damals. Ich spüre nichts, ich kann mich nicht mehr fühlen. Ich kann dich nicht fühlen ...“ Sie senkte den Kopf. „Es tut mir Leid.“

„Nein, mir tut es verdammt noch mal Leid. Wieso habe ich es nicht gemerkt?“

„Weil ich gelernt habe, es zu verbergen.“

„Das ist keine Entschuldigung.“

„Ich will kein Mitleid, Jem“, sagte sie. „Aber manchmal löst sich mein Körper von mir. Dann bin ich hilflos.“

Er nahm ihre Hände in seine, dann fiel ihm ein, was sie gesagt hatte und er legte sie in ihren Schoß zurück. „Wie hat es aufgehört?“, fragte er. „*Wann* hat es aufgehört?“

„Als meine Mutter aus dem Krankenhaus kam, hörte es auf. Aber ein paar Monate später fuhr sie zu einem Lehrgang und alles begann von neuem. Eines Tages kam eine Sozialarbeiterin zu uns in die Schule und sprach vor der Klasse über sexuellen Missbrauch. Ich erfuhr, dass mein Stiefvater nicht das Recht hatte, diese Dinge mit mir zu tun. Und zum ersten Mal begriff ich, dass es nicht meine Schuld war. Ich nahm all meinen Mut zusammen und erzählte es meiner Mutter.“

„Und?“

„Sie glaubte mir nicht. Statt mir zu helfen, wurde sie wütend auf mich. Meine Mutter behauptete, ich hätte das alles nur erfunden, um mich wichtig zu machen. Ich würde ihr nicht gönnen, dass sie glücklich ist. Für sie war ihr Leben nur an der Seite dieses Mannes denkbar und dafür war sie bereit, sogar ihre Tochter zu opfern. Damals dachte ich daran, mir das Leben zu nehmen.“

„Du hast es versucht?“ Er streckte seine Hand nach ihrer aus und strich behutsam mit dem Daumen über die feine weiße Narbe an ihrem linken Handgelenk.

221

„Nicht wirklich. Ich war zu feige. Als endlich Blut hervorquoll, bekam ich es mit der Angst zu tun und rief die Sozialarbeiterin an, die den Vortrag in meiner Schule gehalten hatte. Ich hatte mir ihre Nummer aufgeschrieben, für alle Fälle. Sie kam sofort zu unserem Haus und rief einen Krankenwagen. Als mein Stiefvater am Nachmittag von der Arbeit kam, wartete die Polizei auf ihn. Die hasserfüllten Blicke meiner Mutter werde ich nie vergessen."

Jem versuchte, die Dinge nachzuvollziehen. Er konnte sich nicht erinnern, von seinen Eltern jemals anders als mit Respekt behandelt worden zu sein, auch als kleines Kind schon. Er konnte sich nicht vorstellen, wie es war, wenn man von den Menschen so schwer enttäuscht wurde, die man am meisten liebte und von denen man abhängig war.

„Ich war noch nicht mal vierzehn und hatte aufgehört zu glauben, dass Liebe zwischen Mann und Frau etwas Schönes sein könnte", sagte Canyon. „Mein Stiefvater kam für zwei Jahre ins Gefängnis und meine Mutter fing an zu trinken, weil sie allein nicht mit dem Leben zurecht kam. Sie brachte andere Männer ins Haus und die Sozialarbeiterin, die mir geholfen hatte, sorgte dafür, dass ich in einem Internat unterkam. Ich war eine Zeit lang in therapeutischer Behandlung. Damals versicherte mir meine Therapeutin, dass ich gute Chancen auf ein normales Leben hätte, weil ich schon zwölf war, als es zum ersten Mal passierte, und die Therapie begonnen worden war, bevor ich Gelegenheit gehabt hätte, die Geschehnisse zu verdrängen. Aber es war kein normales Leben, Jem."

Canyon hob den Kopf und sah die unausgesprochenen Fragen in seinen Augen. Etwas hatte sich verändert. Es war nicht mehr nur Neugier. Da war eine Wärme in seinem Blick, die ihr neuen Mut machte. Warum nicht, dachte sie. Warum nicht alles erzählen, wenn ich einmal dabei bin.

„Während des Studiums verliebte ich mich in einen jungen Mann, der mich ebenfalls mochte. Als er mir seine Zuneigung auf körperliche Art beweisen wollte, wurde ich am ganzen Körper taub und lag steif wie eine Tote in seinem Bett. Er bekam es mit der Angst zu tun und suchte sich eine andere. Für mich war das eine allumfassende Niederlage und ich schwor mir, mich nicht mehr zu verlieben."

Sie lächelte, aber er sah, dass es nur ein halbes Lächeln war. „Ich wollte immer leben, Jem, und dabei habe ich mich dem Leben verschlossen. Das weiß ich erst jetzt. Ich igelte mich ein und ging kaum noch aus dem Haus. Bis ich Gordon traf. Er war älter, erfahrener. Ich war ängstlich und verklemmt und eine Herausforderung für ihn."

„Hast du es ihm erzählt?"

„Nein", sagte sie. „Ich war glücklich und begann an dieses normale Leben zu glauben, das mir die Therapeutin versprochen hatte. Aber Gordon ...", sie holte tief Luft. „Wir haben vier Jahre zusammen gelebt."

Jem horchte auf. „Was ist passiert?", fragte er. Er erinnerte sich daran, was sie über den Mann, mit dem sie vier Jahre zusammen gewesen war, gesagt hatte: *Er hat mich nicht respektiert.*

„Es gab Momente, in denen er sich nicht im Griff hatte und zuschlug, wenn er wütend war", sagte Canyon. „Ich verzieh ihm. Die Angst, allein zu sein, war größer als die Angst vor seinen Gewaltausbrüchen. Ich hatte das Gefühl für die Würde meines eigenen Körpers verloren."

„Aber du hast ihn verlassen."

„Ja. Nachdem er mich in einem Anfall seines hemmungslosen Jähzorns vergewaltigt hatte."

Jem schluckte und klammerte sich an seinem Stuhl fest. In diesem Moment hätte er etwas zertrümmern können, so vollkommen war seine Wut. Aber das hätte Canyon nur erschreckt. Er wusste, dass Gewalt ein Zeichen von Schwäche war. „Du hättest mit mir reden müssen."

„Aber es ging hier doch nicht um mich", sagte sie, „sondern um deinen Sohn."

Er schüttelte den Kopf. „Das ist ein Irrtum, Canyon. Es ging von Anfang an auch um dich und mich. Wir haben es nur nicht wahrhaben wollen." Er fasste erneut nach ihrer Hand und sie spürte den leichten Druck seiner Finger.

„Jetzt weiß ich alles", sagte er. „Und bitte dich noch einmal, bei mir zu bleiben, wenn du das kannst." Er räusperte sich. „Sollte ich je wieder etwas tun, dass dich verletzt, dann kannst du mich an Harding ausliefern."

Plötzlich gab Canyon nach. „Schon gut", sagte sie, ein schiefes Lächeln auf den Lippen. „Ich lege mich neben dich."

Canyon erwachte nach einem tiefen und traumlosen Schlaf. Einen Moment lang überlegte sie, wo sie war. Sie lag in Jem Soonias' Bett, aber er war nicht neben ihr. Ein Sonnenstrahl bahnte sich den Weg durch einen Spalt in den Vorhängen. Sie warf einen Blick auf die Uhr neben dem Bett. Es war 10 Uhr morgens. Sie hatte schon seit Jahren nicht mehr so lange geschlafen.

Einen Augenblick blieb sie noch liegen, streckte sich und genoss das Gefühl ihrer neu gewonnenen Freiheit, zu der sie durch Reden gekommen war. Sie hatte gesprochen und so Zugang zu ihren eigenen Gedanken und Gefühlen gefunden. Später war sie in Jems Armen eingeschlafen, ohne fühllos zu werden. Sein Körper war ein sicherer Ort gewesen.

Die Erinnerung an das verwundete Kind in ihr hatte sie bis in die Träume hinein verfolgt, hatte sie wimmern und schluchzen lassen. Jem hatte sie mehrere Male wecken müssen. „Ich bin ja bei dir", hatte er gesagt und sie gehalten. „Niemand kann dir was tun."

Sie war frei. Alles, was sich immer falsch anfühlte seit der Vergewaltigung durch ihren Stiefvater, war endlich von ihr genommen. Sie erkannte sich selbst nicht mehr wieder.

Canyon schlüpfte aus dem Bett und öffnete die Vorhänge. Draußen vor dem Haus stand ein protziger Wagen, ein schwarzer BMW, nagelneu. Sie fragte sich, wer solch einen Schlitten fuhr und Jem Soonias an einem Sonntag um 10 Uhr morgens in seinem abgelegenen Reservat besuchte. Vielleicht gab es endlich ein Lebenszeichen von Stevie. Große Hoffnungen machte sie sich jedoch nicht. Jem hätte sie längst geweckt, wenn es Neuigkeiten gäbe.

Sie schlich ins Bad, und als sie Stimmen aus der Küche hörte, konnte sie nicht anders und musste lauschen. Jem Soonias unterhielt sich mit einem anderen Mann.

Der Fremde sagte: „Jem, Sie sind der Kopf von *KEE-WE*. Keiner kann die Zusammenhänge so gut darlegen, wie Sie es können."

„Sie können es", erwiderte Jem. „Dafür habe ich Sie angeheuert, Walter."

„Aber ich bin kein Indianer, verdammt noch mal. Ich bin bloß euer Anwalt. Wenn Sie bei dieser Gerichtsverhandlung nicht anwesend sind und Ihre Rede halten, haben wir kaum eine Chance. Denken Sie daran, dass Sie es nicht für sich selbst tun, sondern für Ihr Volk, Jem."

„Was ist mit George Tomagatik?", fragte Jem. „Er ist auf dem Laufenden und reden kann er auch."

„Tomagatik ist ein alter Mann", antwortete der andere. „Er wird vor dem Obersten Gerichtshof sprechen, aber Sie wissen auch, worauf seine Worte abzielen werden. Er denkt auf seine Weise und durchschaut nicht genug, was vor sich geht. George wird an die Vernunft von Shimadas Leuten appellieren. Er kann nicht begreifen, dass es den Japanern einzig und allein um schnellen Profit geht und ihnen die Zukunft seines Volkes und der Umwelt völlig egal ist. Tomagatik glaubt an Gerechtigkeit, Jem. Er ist ein guter Mann, um einen Streit zu schlichten und die Geschicke des Dorfes zu leiten. Aber ein Kämpfer für die zukünftigen Generationen ist er nicht. Dafür reicht seine Kraft nicht mehr. Sie wissen, wie krank er ist."

Canyon hörte Jem in der Küche auf und ab laufen. „Ihnen ist sicher nicht entgangen, dass mein Sohn verschwunden ist, Walter. Ich kann hier nicht weg. Jeden Moment kann die Polizei anrufen und dann muss ich hier sein."

„Ich weiß, dass die Situation vertrackt ist, Jem. Und ich hoffe natürlich, dass Ihr Sohn so schnell wie möglich gefunden wird. Aber im Augenblick können Sie nichts für ihn tun und es sind auch nur drei Tage, die Sie weg sein werden. Sie fliegen morgen nach Ottawa, halten am Dienstagmorgen Ihre Rede vor dem Obersten Gerichtshof und schon am nächsten Abend sind Sie wieder zu Hause. Setzen Sie jemanden aus Ihrer Verwandtschaft ans Telefon oder lassen Sie den Inspektor wissen, wo Sie zu erreichen sind. Sie haben doch ein Handy?"

Ja, er hatte ein Handy. Ranee hatte ihm eins gekauft, damit er für sie immer erreichbar war.

Plötzlich wurde es so still in der Küche, dass Canyon kaum noch wagte zu atmen. Nach einer Weile hörte sie Jem sagen: „Es gibt da etwas, das Sie noch nicht wissen, Walter." Er war stehen geblieben. „Es könnte sein, dass die Japaner meinen Sohn entführt haben, um mich einzuschüchtern."

„*Was*? Warum haben Sie mir nichts davon erzählt?"

„Weil es nur Vermutungen sind und ich keine Beweise habe. Aber wenn ich in Ottawa vor dem Obersten Gerichtshof spreche, dann bringe ich Stevie damit vielleicht in Gefahr."

„Haben Sie Drohbriefe oder Anrufe bekommen, die Ihre Vermutung bestätigen?", fragte der Anwalt.

„Nein. Ich sagte ihnen doch, dass ich keine Beweise habe. Aber wer außer Shimada sollte ein Interesse daran haben, meinen Sohn zu entführen?"

Es wurde wieder still, diesmal schien der andere Mann nachzudenken. „Ich weiß nicht, Jem. Die Manager von Shimada sind zwar knallhart in ihrem Geschäftsgebaren, aber ein Kind entführen, das passt nicht zu ihnen. Ich halte es für unwahrscheinlich, dass der Papierkonzern etwas mit dem Verschwinden Ihres Sohnes zu tun hat, und wäre an Ihrer Stelle vorsichtig, diesen Verdacht öffentlich zu äußern. Es könnte unserer Sache sehr schaden. Fliegen Sie nach Ottawa, Jem. Sollte Shimada für die Entführung Ihres Sohnes verantwortlich sein, wird sich jemand von denen bei Ihnen melden, *bevor* Sie vor Gericht sprechen können. Dann wissen Sie wenigstens, woran Sie sind."

„Wann?", fragte Jem.

„Dienstag um 9 Uhr ist die Verhandlung. Denken Sie daran, dass die Entscheidung des Obersten Gerichtshofes nicht nur die Zukunft Ihres Stammes beeinflussen wird. Wenn wir siegen, Jem, könnte das ein Zeichen sein, dass unsere kanadischen Wälder vielleicht noch eine Chance haben. Dass wir Menschen noch eine Chance haben."

Er lässt ihm keine Wahl, dachte Canyon. Sie fragte sich, wie Jem entscheiden würde. Der Gerichtstermin war schon übermorgen, aber bis dahin konnte noch viel geschehen.

„Also gut", hörte sie ihn nach einer Weile sagen. „Ich werde mit nach Ottawa kommen und dort sprechen. Sollte sich zuvor jemand von Shimada melden, blase ich die ganze Sache auf der Stelle ab."

„In Ordnung, Jem." Stuhlbeine scharrten über den Dielenboden. „Hier ist Ihr Ticket. Ich werde mich schon heute mit George Tomagatik auf den Weg nach Ottawa machen und Sie morgen dort am Flughafen abholen."

Canyon schlich ins Bad. Jem tat ihr Leid. Sein Leben war vollkommen durcheinandergeraten und er hatte nichts mehr, woran er sich festhalten konnte. Dieses erbärmliche Gefühl kannte sie nur zu gut. Vor einiger Zeit hatte sie begriffen, dass die Kraft eines Menschen einem Rhythmus unterlag. Es gab Momente, in denen war man stark und konnte anderen helfen. Und es gab Momente, in denen war man schwach und brauchte Hilfe von anderen. Offenbar brauchte Jem Soonias ihre Hilfe, auch wenn es ihm schwer fiel, sich das einzugestehen.

Als sie in die Küche trat, saß er vor einer Tasse Kaffee und brütete vor sich hin. „Wer war das?", fragte sie.

„Walter Katz, der Anwalt, der unseren Stamm in der Abholzungssache vertritt."

„Und was wollte er?"

„Ich soll morgen nach Ottawa fliegen, um vor Gericht für mein Volk zu sprechen. Das war so ausgemacht. Ich habe Katz alles über Stevies Verschwinden erzählt, aber er glaubt nicht, dass Shimada etwas damit zu tun hat. Er sagt, es wäre wichtig, dass ich vor dem Obersten Gerichtshof spreche."

Sein Blick bat sie um Verständnis. Und weil sie wusste, wie schwer er innerlich mit sich rang, wollte sie es ihm nicht noch schwerer machen. „Ich glaube, er hat Recht. Du hast gesagt, einige Leute in Dog Lake glauben, Shimada hätte mich geschickt, damit ich dich davon abhalte, in Ottawa zu sprechen. Wenn du nicht gehst, werden sie denken, sie hätten ins Schwarze getroffen mit ihrer Vermutung."

„Mein Sohn ist mir wichtiger als das, was die Leute von Dog Lake glauben", sagte er.

„Natürlich", erwiderte sie, obwohl sie wusste, dass es nicht so einfach war, wie er es sagte. „Aber auch wenn sie verunsichert sind, ich glaube, sie setzen große Hoffnungen in dich. Du darfst sie nicht enttäuschen."

„Wirst du hier sein, solange ich weg bin?"

„Glaubst du, dass das eine gute Idee ist?"

„Ich weiß nicht, ob es eine gute Idee ist, Canyon. Aber ich vertraue dir."

„Na gut", sagte sie. „Wenn du es möchtest. Ich kann in der ganzen nächsten Woche Urlaub nehmen."

„Ich bitte dich darum. Aber nun muss ich an der Rede arbeiten, die ich mir ausdacht habe. Ich habe nicht mehr viel Zeit."

„Na schön", sagte Canyon. „Dann fahre ich noch mal raus zu Stevies Höhle."

Er sah sie an. „Du gibst nicht auf, oder?"

„Nein", sagte sie. „Niemals."

17. Kapitel

Eine Weile saß Canyon in der Höhle, konnte aber auch diesmal nichts entdecken, das ihr weitergeholfen hätte. Ihre Intuition konnte nur dann arbeiten, wenn sie ein Kind aus Fleisch und Blut vor sich hatte und nicht nur die Vorstellung davon.

Sie verließ Stevies Bau, lief um den See herum und setzte sich auf einen Baumstamm. Canyon hatte sich mit den Kräutern eingerieben, die Jem ihr gezeigt hatte und die Moskitos, die wie eine lebendige Wolke über der funkelnden Wasseroberfläche schwebten, verschonten sie. Canyon schloss die Augen und streckte ihr Gesicht der Sonne entgegen.

Zum ersten Mal seit der Trennung von Gordon Shaefer spürte sie, dass Liebe wieder möglich war. Ihr Gefühl für Jem war warm und lebendig. Sie hatte keine Ahnung, worauf sie sich einließ, wusste nur, dass sie ihren Alptraum endlich hinter sich lassen wollte.

Vielleicht war ihre aufkeimende Liebe zu Jem Soonias eine Liebe, die nicht gelebt werden konnte. Doch darum zu kämpfen, war das Risiko wert. Wenn sie ihn wollte, musste sie einfach darauf vertrauen, dass auch er sie liebte.

Ranee Bobiwash blieb eine ernst zu nehmende Gegnerin. Aber wenn man erst einmal eine Entscheidung getroffen hatte, war alles andere ganz leicht.

Canyon saß lange am See und versuchte alles, was sie über Stevie, seinen Vater und über Ranee wusste, zu sortieren und die Puzzleteile dann zu einem vollkommen neuen Muster zu legen. Aber wie sie die Dinge auch drehte und wendete, nichts passte und es kamen keine neuen Erkenntnisse dabei heraus. Nur eines schien sicher zu sein: Das Mädchen hatte etwas gesehen. Doch Meta war nur mit größtem Feingefühl zum Reden zu bringen.

Als Canyon am Abend an Grace Winishuts Tür klopfte, sagte ihr die alte Indianerin, dass Meta nicht mehr bereit war, mit ihr zu reden. Irgendetwas hatte das Kind verschreckt und geängstigt.

„Kann ich sie sehen und selbst mit ihr sprechen?", fragte Canyon, die sich viel von dieser erneuten Befragung versprochen hatte und nun sehr enttäuscht war.

Grace stand in der Tür und versperrte ihr den Weg. „Meta will niemanden sehen. Auch Sie nicht. Es tut mir Leid für Sie."

Da wurde Canyon ärgerlich. „*Ich* brauche Ihnen nicht Leid tun, Grace. Es geht hier um den Jungen. Seinetwegen bin ich hier. Sagen Sie Meta, dass Stevie vielleicht in großer Gefahr ist und dass wir ihre Hilfe brauchen."

Grace Winishut war unerbittlich. „Kommen Sie morgen wieder, Miss Neunmalklug", sagte sie und schloss die Tür vor Canyons Nase.

Wütend eilte sie zurück in Jem Soonias' Haus. Merkte nicht, dass hinter unbeleuchteten Fenstern Blicke auf ihr ruhten. Den Cree war die Privatsphäre heilig, was nicht hieß, dass sie nicht neugierig waren. Jem Soonias war sehr beliebt in seinem Dorf. Er hatte den Jungen allein großgezogen, auch wenn es nicht wenige Frauen gegeben hatte, die gerne die Mutterrolle für Stevie übernommen hätten. Er trank nicht und hatte einen angesehenen Beruf. Den Kindern war er ein guter Lehrer und er hatte sich gegen den Kahlschlag am Jellicoe Lake stark gemacht – mit vollem Einsatz. Man munkelte schon seit einiger Zeit darüber, dass er eines Tages die Geschicke des Dorfes leiten würde, wenn George Tomagatik zu alt dafür war.

Aber dann war Ranee Bobiwash wieder im Dorf aufgetaucht und hatte Jem für sich in Anspruch genommen. Plötzlich war sie da, ging in seinem Haus ein und aus und tat gerade so, als wäre es nie anders gewesen. Doch die Alten von Dog Lake hatten nicht vergessen. Sie hatten nicht vergessen, wie Ranee sich in ihrer Jugend aufgeführt hatte und nicht, wie ihre Mutter Kayla gestorben war. Und Esquoio, Ranees Großmutter, hatten sie auch nicht vergessen.

Zwar folgten die Augen der Männer Ranee mit begehrlichen Blicken und des Nachts geisterte sie durch so manche Träume. Doch die Frauen waren auf der Hut. Die Alten warnten ihre Töchter und die gaben es an ihre Töchter weiter: Passt auf eure Männer auf! Ranee Bobiwash ist eine Hexe.

Jem hatte von all dem nichts mitbekommen. Seit diese Frau ihn in Besitz genommen hatte, bewegte er sich wie in einem Taumel. Niemand, nicht einmal seine Mutter hatte es geschafft, ihn vor Ranee zu warnen. Jeder in Dog Lake wusste, wie zwecklos es war, denn die Kräfte wirkten bereits. Nur er selbst konnte sich aus ihrer verhängnisvollen Umklammerung befreien.

Doch dann war Stevie verschwunden. Die meisten von ihnen hatten geahnt, dass eines Tages etwas passieren würde. Nur Jem schien immer noch nichts zu begreifen. Statt sich gleich an Grace Winishut zu wenden, hatte er die Polizei gerufen. Der weiße Inspektor, der trotz Anzug und Krawatte wie ein Urmensch aussah, war durch das Dorf gelaufen und hatte die Leute befragt. Doch erfahren hatte er nichts. Statt Antworten auf seine Fragen zu bekommen, war er auf Kopfschütteln und verschlossene Gesichter gestoßen. Er war ein Weißer und vertrat das Gesetz. Die Dorfbewohner würden ihm niemals ihre Geheimnisse anvertrauen.

Und nun war diese japanische Frau da, sie wohnte sogar in Jem Soonias' Haus. Die Shimada Paper Company gehörte auch den Japanern. Menschen von einem anderen Kontinent waren im Begriff, ihre Lebensgrundlage zu vernichten. Was wollte Canyon Toshiro in Dog Lake und was wollte sie von Jem Soonias und Grace Winishut?

Das waren die Fragen, die den Dorfbewohnern durch den Kopf gingen, während sie beobachteten, wie Canyon – von Grace abgewiesen – zurück zu Jem Soonias' Haus lief.

Jem stand in der Küche und wartete darauf, dass das Teewasser kochte. Er war überrascht, als Canyon schon nach so kurzer Zeit aus Grace Winishuts Hütte zurückkehrte. Da er den Ausdruck, der sich in ihrem Gesicht spiegelte, nicht zu deuten wusste, fragte er erschrocken: „Ist was passiert?"

Canyon hob die Schultern, breitete die Arme aus und ließ sie dann entmutigt gegen ihren Körper fallen. „Ich weiß es nicht. Meta will mich auf einmal nicht mehr sehen und nicht mit mir sprechen. Irgendetwas hat ihr Angst gemacht."

Sie setzte sich auf einen Stuhl, stützte die Ellenbogen auf den Tisch und vergrub ihr Gesicht in den Händen. So saß sie und grübelte. Jem wagte es nicht, sie zu stören. Er fühlte sich hilflos und schuldig zugleich. Verfluchte sich für etwas, das er Canyon nicht sagen konnte, weil er sich dafür schämte. Wie hatte er nur so elend schwach sein können?

Plötzlich sah Canyon auf und blickte ihm fest in die Augen. „Jem?", fragte sie, „war Ranee heute bei dir, während ich draußen im Wald war?"

Ihre Frage erwischte ihn kalt. Er suchte nach einer Antwort, war dabei sich herauszureden und merkte, dass Canyon es bereits wusste. „Ja", gab er nach einigem Zögern zu. „Sie war hier."

„Was wollte sie von dir?" Das klang eifersüchtig, aber darauf konnte Canyon jetzt keine Rücksicht nehmen. Ihr war da ein Gedanke gekommen.

„Nur wissen, ob es was Neues von Stevie gibt", antwortete er gereizt. Das war eine Lüge, aber er brachte es nicht fertig, ihr die Wahrheit zu sagen. Weil er Angst hatte, dass sie dann gehen und niemals wiederkommen würde.

„Du hättest es mir sagen müssen."

„Wieso? Was soll überhaupt diese Fragerei? Du glaubst doch nicht wirklich, dass Ranee etwas mit seinem Verschwinden zu tun hat? Warum sollte sie das tun: einen neunjährigen Jungen entführen?"

„Weil dieser neunjährige Junge dein Sohn ist, Jem." Canyon sprang auf und verließ die Küche.

Jem lief ihr hinterher. „Wo willst du hin?", rief er.

„Ich muss hier raus", fauchte sie. „Sonst ersticke ich."

Am liebsten hätte Canyon auf der Stelle ihre Sachen gepackt und wäre nach Thunder Bay gefahren. Aber sie hatte Jem versprochen zu bleiben, bis er aus Ottawa zurück war. Morgen würde er fliegen. Solange musste sie ertragen, dass er nicht aufrichtig war, aus welchem Grund auch immer. Sie mochte ihn und spürte, dass er im Begriff war, sich aus Ranee Bobiwashs Fängen zu lösen. Aber noch hatte diese Frau Macht über ihn. Wahrscheinlich hatten die beiden miteinander geschlafen, während sie in Stevies Höhle gehockt und über die Möglichkeit einer gemeinsamen Zukunft mit Jem Soonias nachgedacht hatte.

Canyon wanderte ziellos durch das Dorf. Es war schon dunkel, aber niemand saß mehr auf einer der Bänke, die vor den

Häusern standen. Denn auch wenn die Tage sonnig und heiß waren, in den Nächten war es noch unangenehm kühl und feuchte Nebelschwaden zogen von der Wasseroberfläche des Dog Lake herauf.

Canyon redete mit sich selbst. „So ein Idiot!", schimpfte sie und schlug nach Moskitos, die sich auf ihre nackten Arme stürzten. Plötzlich stand sie vor einer dunklen Gestalt, die von einer aromatischen Rauchwolke umgeben war, und fuhr erschrocken zusammen. Nachdem sich der Tabakqualm verflüchtigt hatte, konnte Canyon das Gesicht des Mannes erkennen.

„Entschuldigung", sagte sie, „aber Sie haben mich erschreckt."

„Das war nicht meine Absicht, Miss Toshiro", erwiderte Jakob Soonias und lächelte freundlich.

„Wer sind Sie und woher kennen Sie meinen Namen?", fragte sie überrascht.

Jakob lächelte. „Ich bin Jems Vater. Und wer Sie sind, das weiß inzwischen jeder hier in Dog Lake. Fremde fallen nun mal auf."

Canyon reichte ihm die Hand: „Gut, dass wir uns begegnen, Mr Soonias. Eigentlich hätte ich schon längst einmal mit Ihnen oder Ihrer Frau reden sollen, aber ich hatte immer das Gefühl, Jem will das nicht."

„Gehen wir ein Stück", schlug Jakob vor.

Sie liefen eine Weile schweigend nebeneinander her, bis er sie fragte: „Haben Sie da eben über meinen Sohn geschimpft?"

Canyon nickte beschämt.

„Ich weiß, es geht mich nichts an, aber nehmen Sie es ihm nicht übel, wenn er manchmal seltsame Dinge sagt oder tut. Stevies Verschwinden hat ihn vollkommen durcheinander gebracht. Er liebt den Jungen mehr als sein Leben."

„Ich weiß", sagte Canyon. Sie hatten das Ufer des Sees

erreicht, auf dessen glatter Oberfläche sich – getaucht in Nebelschwaden – der abnehmende Mond spiegelte. „Haben Sie vielleicht irgendetwas erfahren, Mr Soonias. Etwas, das uns weiterbringen könnte?", fragte sie den Indianer. Aus seiner Nase und seinem Mund quoll heller Rauch und für einen Augenblick musste sie an einen Geist denken. Aber der Tabakqualm vertrieb die Moskitos.

Jakob schwieg eine Weile, dann sagte er: „In den Augen anderer mag Stevie ein merkwürdiger Junge sein. Aber er ist mein einziger Enkelsohn und ich vermisse ihn."

„Natürlich", sagte sie. „Sogar ich vermisse ihn. Obwohl ich ihm noch gar nicht begegnet bin, habe ich das Gefühl, ihn gut zu kennen. Ich glaube, er ist etwas Besonderes."

„Ja", sagte Jakob. „Wie sein Vater."

Canyon räusperte sich verlegen. „Darf ich Sie etwas fragen, Mr Soonias? Ich meine, Jem hat mir erzählt, dass es in Ihrem Volk unhöflich ist, neugierig zu sein."

Jakob Soonias lachte leise. „Es liegt in der Natur des Menschen, neugierig zu sein. Auch wir Cree sind es. Wir sind bloß geduldiger als die Weißen. Wir beobachten und warten ab. Antworten auf unsere Fragen erhalten wir irgendwann ganz von selbst. Dann, wenn es soweit ist." Er zog an seiner Pfeife und nach einer Weile sagte er: „Aber fragen Sie nur, Miss Toshiro. Ich werde Sie deswegen nicht für unhöflich halten."

„Wie heißt der Gott, an den die Menschen hier glauben, Mr Soonias?"

„Wir nennen ihn *Kitche Manitu* und er ist kein Gott, sondern das höchste verborgene Wesen. Ein mitfühlender Geist, der allem Lebenden innewohnt" Er räusperte sich. „Allerdings gehen auch eine Menge Leute aus Dog Lake in die Kirche und beten zu eurem weißen Christengott."

„Ich habe keinen Gott", sagte Canyon. „Er ist mir irgendwann abhanden gekommen."

„Sie werden Ihre Gründe dafür haben." Jakob nickte verständnisvoll.

Canyon erwiderte nichts auf seine Bemerkung. Sie liefen schweigend ein Stück, dann sagte sie: „Dog Lake hat gar keine Kirche."

„Wir hatten mal eine, sie ist abgebrannt. Wer den Gottesdienst besuchen will, muss nach Nipigon fahren. Ich finde das ganz gut so."

„Haben Sie Ihrem Enkelsohn von Hexen und Waldgeistern erzählt, wenn er Geschichten von Ihnen hören wollte, Mr Soonias?"

„Ja, natürlich. Die meisten unserer alten Geschichten handeln von übernatürlichen Wesen. Ob *Wísaka*, *Wind Spirit*, *Weetigo* oder all die anderen. Dass einige von uns an einen weißen Christengott glauben, heißt nicht, dass unsere Wälder nicht voller Dämonen sind."

„Glaubt Stevie an die Existenz des *Weetigo*?"

„Natürlich. Die meisten unserer Kinder tun es. Ihre Eltern und Großeltern glauben schließlich auch an ihn. Manchmal kommt es vor, dass einer da draußen im Busch verrückt wird. Dann verwandelt er sich in einen Unhold mit einem Eisherzen. Aber er kann mit einer Dosis heißem Talg geheilt werden", fügte Jakob hinzu.

„Mr Soonias ..."

„Jakob", sagte er. „Nennen Sie mich Jakob."

„Also gut, Jakob. Sie glauben also an den *Weetigo*. Aber glauben Sie auch, dass Ranee Bobiwash eine Hexe ist?"

Canyon hatte in normaler Lautstärke gesprochen und Jakob sah sich um, ob sie vielleicht jemand gehört haben könnte.

„Die Leute im Dorf glauben das und meine Frau Elsie ist fest davon überzeugt", sagte er leise.

Ein großer Fisch durchbrach die Oberfläche des Sees und das glucksende Geräusch ließ Canyon zusammenzucken.

Nun flüsterte auch sie. „Was meinen Sie, Jakob. Könnte Ranee etwas mit Stevies Verschwinden zu tun haben?"

Soonias zog an seiner Pfeife und überlegte kurz. Schließlich sprach er: „Elsie sagt, Ranee hat den Jungen. Sie will Jem für sich; das Kind einer anderen Frau kann sie dabei nicht brauchen."

Canyons Herz begann schneller zu schlagen. Sie kannte sich nicht aus mit diesen Menschen, wusste nicht, was in ihren Köpfen vor sich ging. Sollte Ranee Bobiwash fähig sein, einen kleinen Jungen zu töten, nur damit sie ihren Vater für sich allein haben konnte? Ohne Stevie würde Jem nicht mehr derselbe sein. Er drohte jetzt schon den Halt zu verlieren und war ein leichtes Opfer für eine Hexe, die so verführerisch war wie Ranee Bobiwash.

Verdammt, hatte sie das wirklich gedacht? *Hexe*? Sie war hoffnungslos eifersüchtig. Dieses Gefühl musste sie zurückdrängen und einen klaren Kopf bewahren. Ihre Zuneigung, die sie für Jem empfand, durfte der Suche nach seinem Sohn nicht im Wege stehen.

„Wussten Sie, dass Stevie eine kleine Freundin hat?", fragte sie den alten Soonias.

Jakob nickte. „Grace hat meiner Frau von Meta erzählt."

„Aber Stevie hat nie von ihr gesprochen."

„Nein. Er hatte eine Menge Geheimnisse. Vielleicht zu viele für einen neunjährigen Jungen."

„Wissen Sie irgendetwas über Meta, ihre Mutter oder ihren Vater?"

„Na ja, nicht direkt. Aber meine Frau war in letzter Zeit oft bei Grace und wenn sie wiederkam, hat sie mir manchmal etwas erzählt."

„Was hat sie Ihnen denn erzählt?"

„Zum Beispiel, dass Grace Winishuts Tochter zuviel trank und aus diesem Grund nicht für die Kleine sorgen konnte. Aber jetzt macht sie eine Entziehungskur, deshalb ist Meta ja bei ihrer Großmutter. Metas Vater ist ein Dieb und sitzt mal wieder im Gefängnis. Die Kleine redet nicht und kaum jemand im Dorf hat sie überhaupt schon mal gesehen."

„Außer Stevie, er ist mit ihr befreundet."

„Davon wusste ich nichts, bevor Elsie es mir erzählt hat."

„Meta ist Stevie wahrscheinlich in den Wald gefolgt und hat gesehen, wie ihn jemand mitgenommen hat."

„Was? Wer hat ihn mitgenommen?" Jakob Soonias sah sie fragend an. Der anfänglich so ruhige Mann geriet plötzlich in Bewegung. Seine Hände arbeiteten. Canyon wusste, Jakob Soonias war jemand, der sofort handeln würde, wenn es um das Wohl seines Enkelsohnes ging.

„Ein Bär", behauptet sie.

Soonias schwieg betroffen. Er schien den Gedanken keineswegs so lächerlich zu finden wie sein Sohn.

„Jem hält es für ausgeschlossen, dass Stevie von einem Bären getötet wurde", sagte Canyon. „Er sagt, es hätte Spuren hinterlassen und man hätte zumindest das Fahrrad des Jungen dort finden müssen. Bären fahren bekanntlich nicht Fahrrad."

„Sie sagten, Meta hätte behauptet, der Bär hätte ihn *mitgenommen*. Es ist ein Unterschied, ob er ihn tötet oder mitnimmt. Wissen Sie, der Bär ist uns Menschen sehr ähnlich, ein Verwandter sozusagen. Bären können jedes Wort, jeden Gedanken eines Menschen verstehen. Deshalb jagen wir sie nicht. Wir Cree töten einen Bären nur in höchster Not. Zum Beispiel, wenn er uns töten will oder wenn wir kurz vor dem Verhungern sind. Eine Legende unseres Volkes sagt, dass wenn du einen Bären tötest, dich der Geist seiner Frau finden und deine Kinder stehlen wird. Aber die Bärin wird sie nicht töten, sondern zur Gesellschaft bei sich behalten, weil sie so allein ist."

Canyon schüttelte den Kopf. „Ich will Sie und Ihr Volk

nicht beleidigen oder verletzen, Mr Soonias", sagte sie. „Aber ich glaube, diese Geschichten von Kindern, die von Wölfen oder Bären aufgezogen wurden, gehören ins Reich der Märchen."

„Wir Cree sehen das anders, Miss Toshiro. Was Sie da sagen, beunruhigt mich sehr. Jem hat als Siebzehnjähriger einen Bären getötet. Es war eine Mutprobe vor seinem Freund Tommy Tahanee, nichts weiter. Außer Stolz gab es keinen anderen Grund, das Tier zu töten.

Ranee Bobiwashs Mutter lebte damals noch. Als Jem mit stolzgeschwellter Brust das Bärenfell im Dorf herumzeigte, drohte sie ihm damit, dass die Frau des Bären eines Tages seine Kinder holen würde."

Canyon blickte über den See. Du bist verrückt, dass du dir das überhaupt anhörst, dachte sie. Was geht hier vor? Wieso macht dir Angst, was der Mann da erzählt? Sie dachte an den mit roten Punkten und Streifen bemalten Schädel in Jems Zimmer und seine unheimliche Ausstrahlung. Das räudige Bärenfell vor dem Kamin.

„Ich werde darüber nachdenken", sagte sie. „Und vielen Dank, dass Sie meine Fragen beantwortet haben. Vielleicht hilft mir das, einiges aus einem anderen Blickwinkel zu sehen."

„Ich bin sicher, Stevie ist irgendwo da draußen in den Wäldern", sagte Jakob. „Und eine Bärin ist in seiner Nähe."

„Gute Nacht, Mr Soonias." Canyon hatte es plötzlich eilig nach Hause zu kommen.

18. Kapitel

Die Nacht verbrachte Canyon wieder in Stevies Bett und Jem, froh darüber, dass sie überhaupt zurückgekehrt war, akzeptierte ihre Entscheidung.

Am nächsten Morgen wurde sie zeitig wach. Sie lauschte dem Sologesang eines seltsamen Vogels und als er verstummte, hörte sie, wie Jem nebenan an seiner Rede feilte. Sie duschte und zog sich an. Dann ging sie in die Küche, goss sich einen Kaffee ein und bestrich einen Toast mit Heidelbeermarmelade.

Canyon blickte überrascht auf, als Jem im anthrazitfarbenen Anzug in der Küche erschien. Er hatte Schwierigkeiten mit seiner violett gemusterten Krawatte. Sie starrte ihn eine Weile an, bevor sie in Lachen ausbrach.

„Das ermutigt mich ungeheuer", sagte er trocken. „Was ist so verdammt lustig?"

Sie legte ihren angebissenen Toast aus der Hand, rieb sich die Finger an ihrer Jeans sauber und ging auf ihn zu.

„Gar nichts. Wirklich."

Canyon brauchte drei Handgriffe und der Knoten saß. Gordon war täglich in Anzug und Krawatte in seine Kanzlei gegangen. „Es ist nur ..."

„Was?"

„Ich muss mich erst daran gewöhnen."

Er seufzte. „In diesem Anzug komme ich mir vor wie ein Idiot. Als würde ich mich verkleiden. Aber ich wette, einige Leute im Gerichtssaal haben die Vorstellung, dass wir Indianer immer noch im Lendenschurz herumlaufen. Meine Hoffnung ist es, sie vom Gegenteil zu überzeugen."

„Das wirst du", erwiderte sie lächelnd. So schüchtern hatte sie ihn noch nie erlebt.

Verlegen reichte er ihr ein paar lose Blätter, die er in der Hand hielt. „Meine Rede", sagte er. „Es würde mir helfen, wenn du sie liest." Sie nahm die Blätter entgegen, setzte sich an den Küchentisch und fing an zu lesen. Jem Soonias Rede begann mit einem einfachen Satz: „Es gibt immer noch Menschen in unserem Land, die nicht begreifen können, dass es Gebiete in der Natur gibt, die man für immer sich selbst überlassen muss."

Ein guter Anfang, dachte sie und las weiter, während sie ab und zu von ihrem Kaffee nippte. Was Jem geschrieben hatte, war ein beeindruckendes Plädoyer für sein Land und sein Volk. Wie gerne wäre sie dabei, wenn er seine Rede in einem Saal voller Menschen vortrug. Sie war stolz auf ihn, wusste jedoch, dass ihr dieses Gefühl nicht zustand. Er war ein faszinierender Mann, aber sie saß nur deshalb in seiner Küche, weil er hoffte, mit ihrer Hilfe etwas aus einem verstörten kleinen Mädchen herauszubekommen. Dass er einmal mit ihr geschlafen hatte, bedeutete gar nichts. Es war passiert, als er von Schmerz überwältigt nicht mehr klar denken konnte. Liebe war es jedenfalls nicht gewesen. „Es wird nicht wieder vorkommen", hatte er zu ihr gesagt. Und war bei der nächsten Gelegenheit mit der Hexe ins Bett gegangen.

Canyon las gründlich, machte ein paar Anmerkungen und gab ihm seine Rede zurück. Sie war gut, und wenn die Dog Lake Cree den Prozess verlieren sollten, dann würde es nicht an Jem Soonias' Worten liegen.

Schließlich war es so weit. Er musste sich auf den Weg zum Flughafen machen. „Sobald ich da bin, werde ich dich anrufen. Falls etwas Wichtiges sein sollte, erreichst du mich auf dem Handy", sagte er.

Canyon nickte. „Viel Glück!"

Am Nachmittag landete Jems Flieger auf dem Ottawa International Airport. Er kam sich vor, als hätte er eine Zeitreise hinter sich gebracht und war in ferner Zukunft angekommen. Die Flughafengebäude waren hochmodern. Viel Glas, Stahl und Licht und zahllose Menschen. Mehr als er ertragen konnte.

Katz holte ihn mit seinem schwarzen BMW am Flughafen ab. Während des Fluges hatte Jem Zeit gehabt über vieles nachzudenken. Über seine Beziehung zu Ranee zum Beispiel, die sich von Anfang an auf das Körperliche reduzierte und in der er eine Menge anderer Dinge vermisste. Ranee Bobiwashs unabhängige Art hatte ihn fasziniert. Ihre Größe als Malerin. Sein Volk brauchte leidenschaftliche Persönlichkeiten wie sie. Menschen, die mit ihrem außergewöhnlichen Können und selbstsicheren Auftreten auf die prekäre Lage der Ureinwohner aufmerksam machen konnten.

Doch langsam kam ihm der Verdacht, dass sie ein von Dämonen gequälter Mensch war, der mit dem Pinsel seinem Inneren Ausdruck verlieh, um der Welt etwas zu beweisen.

Ranee war unfähig, Geborgenheit zu schenken. Vielleicht wäre diese Tatsache nicht so ins Gewicht gefallen, wenn es dabei nur um sie und ihn gegangen wäre. Doch da war auch noch Stevie und er brauchte eine Mutter. Jemanden, der ein offenes Ohr für seine Sorgen hatte, ihn in den Arm nahm, wenn er traurig war und sich auch um sein leibliches Wohl kümmerte. Von Geschichten und Träumen allein konnte man nicht leben.

Ranee war so frei wie ein Vogel. Er hatte sie wütend kennen gelernt und beleidigt. Euphorisch hatte er sie erlebt, aber niemals traurig oder verletzlich. Er kannte sie in ekstatischem Überschwang, hatte sie aber noch nie in der Stille glücklich gesehen. In ihren schönen grünen Augen gab es keinen Funken Güte. Das Problem war, dass er bisher nie über diese Dinge nachgedacht hatte. Ranee hatte ihn genommen wie er war, das war schon damals so gewesen. Sie hatte nie etwas von ihm verlangt. Ranee hatte sich einfach genommen, was sie brauchte.

Jem dachte darüber nach, wie oft er und Ranee sich geliebt hatten und dass es nichts daran geändert hatte, dass er sie im Grunde überhaupt nicht kannte. Er wusste nicht, wo sie überall gelebt hatte und mit was für Männern sie zusammen gewesen war. Es hatte ihn nicht interessiert. Sie war da gewesen und das hatte ihm genügt. Jedenfalls bis jetzt.

Und Canyon? Canyon Toshiro kannte er noch viel weniger. Aber er fühlte sich wohl in ihrer Nähe und hatte sie gern in seinem Haus. Sie strahlte etwas aus, nach dem er sich seit langem sehnte: Wärme und eine unaufdringliche Art von Sicherheit. Sie war nicht verrückt oder besessen und er mochte sie wirklich. Warum zum Teufel, hatte er ihr das nicht sagen können? Warum hatte er Ranees lockendem Leib noch einmal nachgegeben, obwohl er wusste, wie falsch es war? Auf einmal schien ihm sein Verhalten unbegreiflich.

Er musste es tun. Er würde mit beiden sprechen, sobald er zurück war.

Walter Katz hatte drei Zimmer im Marriott gebucht, einem kleineren Hotel am Ufer des Ottawa River. Es war preiswert und sauber und das Personal freundlich. Katz übernachtete immer hier, wenn er in der Hauptstadt zu tun hatte.

Jem rief Canyon an und sagte ihr, dass er gut angekommen war. Er dankte ihr, dass sie die Stellung für ihn hielt und sie wünschte ihm noch einmal Glück für den nächsten

Tag. Er hätte ihr gerne noch so vieles gesagt, aber Walter Katz wartete auf ihn und er mochte nicht am Telefon über Dinge sprechen, die ihm wichtig waren. Schon übermorgen würde er wieder zu Hause sein.

In einem mexikanischen Restaurant aß er mit George Tomagatik und dem Anwalt zu Abend. Katz hatte Jems Rede inzwischen gelesen und äußerte sich zufrieden und voller Zuversicht. Jem war skeptisch. Walters Euphorie schien ihm übertrieben und verfrüht.

Es war noch gar nicht lange her, dass der Stamm der Temagami, der nordöstlich des Huron Sees angesiedelt war, einen ähnlichen Prozess vor dem Obersten Gerichtshof von Kanada verloren hatten. Der Anwalt, Bruce Tagger, hatte grauenvoll versagt. Die Temagami hatten ihn aus seinen Anwaltspflichten entlassen, nachdem sich herausgestellt hatte, dass Tagger nicht einzugestehen vermochte, was selbst jeder juristische Laie wusste: dass Recht und Gerechtigkeit nicht dasselbe waren.

Jem beobachtete Katz beim Essen. Walter war stark kurzsichtig und trug deshalb eine Brille mit dicken Gläsern, was seiner herben Attraktivität jedoch keinen Abbruch tat. Er war dunkelhaarig und hatte ein markantes Gesicht. Einmal hatte er Jem erzählt, dass Helen, die Frau, die er liebte, keine Jüdin war und er sie aus diesem Grund seinen Eltern bisher vorenthalten hatte. Katz wusste, dass seine Eltern enttäuscht sein würden und das wollte er Helen ersparen.

„Was würden Sie tun?", hatte er Jem damals gefragt.

„Ich würde die Frau, die ich liebe, so schnell wie möglich heiraten", hatte er geantwortet. „Lassen Sie sie nicht warten, Walter."

Katz hatte Jems Rat beherzigt und nun stand der Hochzeitstermin für September fest. Überraschenderweise hatten die Eltern des jungen Anwalts die zukünftige Frau ihres

Sohnes sofort ins Herz geschlossen. Seitdem hegte Katz beinahe freundschaftliche Gefühle für Jem Soonias und umgekehrt war es genauso.

Seit Walter Katz die Dog Lake Cree vor Gericht vertrat, sah er sich ständigen Angriffen in der Presse ausgesetzt. Tony Hewitt, ein Abgeordneter der Regierung, hatte in einer Rede verlauten lassen, dass die Behauptung, man hätte das Land von den Ureinwohnern gestohlen, längst Geschichte sei. Hewitt hatte Katz vorgeworfen, dass die Juden das Land für ihren Staat Israel schließlich auch von den Arabern gestohlen hätten. Er solle erst einmal vor seiner eigenen Tür kehren, bevor er sich in Dinge einmischte, die entschieden eine Nummer zu groß für ihn waren. Walter Katz hatte die Vorwürfe mit erstaunlicher Fassung getragen und niemals daran gedacht, sein Mandat niederzulegen, wie Jem es zeitweise befürchtet hatte. Seither war Katz in Jem Soonias' Achtung gestiegen, denn er wurde ja nicht einmal bezahlt dafür, dass er sich so viel Ärger einhandelte.

Auf der Suche nach einem Rechtsbeistand hatte Jem sich damals als Vertreter seines Stammes an Andrew Chapaskee gewandt, einen indianischen Rechtsanwalt und Linguisten aus Kenora, der sich mit seinem Einsatz für die Rechte der amerikanischen Ureinwohner und seinem sozialen Engagement bis in die Staaten hinein einen Namen gemacht hatte. Statt eines Honorars nahm er von seinen eigenen Leuten nur ein symbolisches Entgelt. Aber Chapaskees Terminkalender war brechend voll gewesen und so hatte er Jem einen Kollegen empfohlen, einen Weißen jüdischer Herkunft, der auch hin und wieder unentgeltlich arbeitete. Katz war noch jung und sehr engagiert und Jem war sich sicher gewesen, dass Schatten von Ruhm und steiler Karriere in seinem Hinterkopf herumgeisterten. Er hatte Zweifel gehabt, dass Walter den Kampf durchstehen würde und war eines Besseren belehrt worden.

„Sie kämpfen wie ein Tiger um die Rechte eines kleinen, mittellosen Volkes", sagte Jem. „Warum tun Sie das, Walter?"

Katz blickte kurz von seinem Essen auf. Er war es nicht gewohnt, dass Soonias ihm persönliche Fragen stellte. Kauend erwiderte er: „Ich hatte an der Uni Vorlesungen bei Andrew Chapaskee. Er verstand es, seinen Studenten aufgrund ihres erwählten Berufes ein schlechtes Gewissen zu machen. Als wir dann alle voller Zweifel und wie die begossenen Pudel dasaßen, verriet er uns, wie man hin und wieder was gegen das schlechte Gewissen tun konnte." Er lachte verlegen. „Es gibt bestimmt nicht einen, der diese Vorlesungen besucht hat, der jetzt nicht wenigstens zweimal im Jahr einen mittellosen Mandanten umsonst vertritt."

„Und wie viele sind es bei Ihnen?"

Katz blickte auf seinen Teller. „Die Klage der Dog Lake Cree gegen die Shimada Paper Company ist mein erster großer Fall, für den ich kein Geld verlange."

„Das dachte ich mir." Jem lehnte sich zurück.

„Sei dankbar, dass wir ihn haben", sagte Tomagatik, der bis dahin geschwiegen hatte. Der alte Häuptling mochte den weißen Anwalt und wollte einen Tag vor dem Gerichtstermin keine Auseinandersetzung zwischen den beiden jüngeren Männern.

„Bin ich ja", erwiderte Jem. „Du hast schon wieder vergessen, dass ich es war, der ihn angeheuert hat."

Der Alte nickte. „Er ist ein guter Junge, Jem."

„Es läuft alles bestens, vertrauen Sie mir", sagte Katz. „Sie halten beide morgen Ihre Reden und ich liefere die juristischen Fakten."

Ich bin zu wenig vorbereitet, dachte Jem, von Zweifeln geplagt. Stevies Verschwinden hat mich vollkommen aus der Bahn geworfen. Ich muss immerzu an ihn denken, dabei hätte ich mir Katzs *juristische Fakten* ansehen müssen.

„Haben Sie eine Kopie der Papiere?", fragte er. „Ich würde sie mir gerne durchlesen."

„Na sicher. Ich habe die Unterlagen im Hotel."

Trotz seines Mittagsschläfchens war Tomagatik müde und Katz zahlte bald. Zusammen liefen sie die Uferpromenade entlang bis zu ihrem Hotel, jeder von ihnen in eigene Gedanken versunken. Jem dachte, dass er niemals in einer Stadt wie dieser leben könnte. In Dog Lake war er ein freier, ein glücklicher Mann, wenn er nur seinen Sohn wohlbehalten zurückbekommen würde.

Mit weit aufgerissenen Augen starrte Canyon auf die unglaubliche Szenerie. Ein Ungeheuer mit weißen Steinzähnen und einer Mähne aus Pferdehaar tanzte in wilden Bewegungen um sie herum und gab merkwürdige Tierlaute von sich. Im Kamin loderte ein Feuer, obwohl draußen noch sommerliche Temperaturen herrschten.

Schweiß stand Canyon auf Stirn und Nase. Er brannte auf ihrer Haut und sie hätte ihn fortgewischt, wären ihre Hände nicht hinter der Stuhllehne straff auf den Rücken gebunden gewesen. Mit Klebestreifen. Und genau so ein Klebestreifen hinderte sie daran, ihr psychologisch untermauertes Wissen an Ranee Bobiwashs bizarrem Verstand auszuprobieren. Sie konnte nur Knurren und Stöhnen und Wimmern.

Canyon hatte den Fehler gemacht, nach Nipigon zu fahren und zu Ranee Bobiwash zu gehen, um ihr zu sagen, was sie bei ihrem letzten Gespräch mit Grace Winishut herausgefunden hatte. Und damit nicht genug: Sie hatte außerdem aus ihren Vermutungen Tatsachen gemacht und damit ins Schwarze getroffen. Ranee war wie eine Furie auf sie losgegangen und hatte sie mit einem schweren Holz niedergeschlagen. Vermutlich mit einem von diesen Kultgegenständen, die zusammen mit anderen wunderlichen Dingen zuhauf in ihrem Haus herumlagen, an den Wänden hingen oder von der Decke baumelten.

Es war ein Geisterhaus. Ranee tanzte mit einer finsteren Holzmaske vor ihrem Gesicht wie eine Besessene und stieß nun unentwegt irgendwelche Flüche auf Cree aus. Sie gebärdete sich wie ein wildes Tier, das sein Revier verteidigt. Eine durchaus Furcht einflößende Vorstellung.

Sie will damit nur meine Geduld auf die Probe stellen, dachte Canyon. Mehr wird mir nicht passieren. Um ihre Nerven ein wenig zu schonen, schloss sie ihre Augen. Das Gefühl für die Zeit war ihr längst abhanden gekommen. Es war kurz nach fünf Uhr nachmittags gewesen, als sie Ranee endlich in ihrem Haus angetroffen hatte. Sie hatten ungefähr eine halbe Stunde geredet, bevor die Indianerin plötzlich durchgedreht und auf sie losgegangen war.

Wie viele Stunden hockte sie nun schon gefesselt auf diesem harten Holzstuhl? Sie hatte rasende Kopfschmerzen, die von einem zentralen Punkt ausgingen. Von einer Stelle knapp über dem rechten Auge, wo sie von dem Holz getroffen worden war. Eine merkwürdige Benommenheit ließ die Befürchtung zu, dass sie eine leichte Gehirnerschütterung hatte. Ihre Handgelenke brannten. Das Klebeband hatte sich zusammengerollt und, immer wenn sie daran gezerrt hatte, tiefe Spuren in ihrer Haut hinterlassen.

Plötzlich Trommeln und Falsettgesang. Canyon riskierte einen neugierigen Blick. Es lief Powwow-Musik von einer CD. Die Musikanlage stand direkt vor ihr und Ranee Bobiwashs Technik war auf dem neusten Stand. Die Kurven der Bässe leuchteten wie das Diagramm einer Herz-Lungen-Maschine. Die Indianerin war nicht zu sehen. Das Feuer flackerte im Kamin und auf Canyons Baumwollhemd zeichneten sich dunkle Schweißflecken ab. Das Atmen fiel ihr schwer.

War Ranee gegangen und hatte sie allein zurückgelassen? Canyon begann darüber nachzudenken, wie sie sich aus ihrer misslichen Lage befreien konnte. Doch plötzlich sprang die Indianerin wie eine Berglöwin hinter ihrem Rücken hervor und Canyon wäre beinahe mit ihrem Stuhl zur Seite gekippt, so erschrocken reagierte sie. Ranee kicherte in anfallsartiger Boshaftigkeit.

„Es gefällt mir, dass du Angst hast, mein Täubchen", sagte sie und zog die Maske vom Gesicht. „Ihr sollt alle Angst haben, denn dieses Land gehört uns. Wir werden nicht eher ruhen, bis ihr wieder verschwunden seid."

Canyon sah den kalten Triumph in Ranees Augen. Die Indianerin war vom Wunsch besessen, das Rad der Geschichte zurückzudrehen. Aber auch wenn sie sich jetzt in einer Phase gefährlichen Wahnsinns befand, wusste Canyon doch, dass Ranee Bobiwash eine intelligente Frau war. Irgendetwas führte sie im Schilde, das niemand ihr zutraute. Canyon musste mit ihr reden, das war ihre einzige Chance. Aber der Klebestreifen über dem Mund hinderte sie daran. Und Ranee machte keine Anstalten, ihn zu entfernen.

Sie thronte sich vor Canyon auf und schlug sie mit dem Handrücken ins Gesicht. „Ich will nicht hören, was du zu sagen hast, Schlitzauge", fauchte sie. „Dem Jungen geht es gut. Hast du wirklich gedacht, ich würde ihm etwas tun? Er ist ein Cree, einer von unserem Volk. Stevie ist etwas Besonderes. Und weil er das weiß, hat er seinen Vater verlassen. Jem ist so ahnungslos." Sie lachte mitleidig und ihre Augen bekamen etwas Berechnendes.

Canyon krümmte sich zusammen, aus Angst erneut geschlagen zu werden. Ihre linke Gesichtshälfte pochte, dort wo Ranees Fingerknochen auf ihr Jochbein getroffen war.

„Stevie bereitet sich schon seit einiger Zeit darauf vor, ein großer Schamane zu werden", fuhr Ranee unbeeindruckt fort. „Er ist der Auserwählte. Er wird sein Volk von den Eindringlingen befreien, die uns Krankheiten gebracht und unser Land weggenommen haben. Und er ist nicht allein. Wir sind viele. Wir leben wie in den alten Zeiten, nach den alten Regeln, den Gesetzen der Wildnis." Sie wirbelte einmal herum, dass Canyon die Spitzen ihrer langen Haare ins Gesicht rauschten. Sie stachen wie Nadeln.

Canyon schloss die Augen und wimmerte. Ihr ganzer Körper war ein Knoten aus Schmerz.

„Hast du gedacht, du könntest mir Jem wegnehmen, Schlitzauge? Jem Soonias ist der einzige passable Mann im Umkreis von hundert Kilometern. Er gehört *mir*. Er ist der Vater meiner ungeborenen Tochter, die im Januar zur Welt kommen wird." Sie lachte schallend, mit plötzlich leergewaschenem Blick, der Canyon Angst machte.

Wie eine richtige Hexe, dachte sie noch, dann brach alles in ihr zusammen und sie schluchzte hemmungslos. Durst, Schmerz und Erschöpfung überwältigten sie und ihre eigene Misere erschien ihr so jammervoll, dass sie für einen Augenblick vergaß, worum es hier eigentlich ging. Um Stevie, den eine Verrückte zum Schamanen auserkoren hatte. Um Jem und um dieses ungeborene Kind, das eine starke Waffe in Ranees Händen war.

Tränen strömten über ihr Gesicht und sie fühlte sich so hilflos wie vor fünfzehn Jahren, als sie die Wahrheit gesagt und ihre Mutter sie als Lügnerin bezeichnet hatte.

Nach einer Weile, sie beruhigte sich langsam wieder, wurde ihr bewusst, dass es plötzlich furchtbar still war. Der CD-Player schwieg und sie hörte auch Ranees nackte Füße nicht mehr auf dem Bretterboden. Canyon öffnete die Augen und sah sich um, jederzeit auf eine neuerliche Attacke von Ranee gefasst.

Aber auch wenn sie nicht jeden Winkel des Zimmers überschauen konnte, spürte sie doch keine Anwesenheit, keinen Atem eines lebendigen Wesens. Sie war allein in diesem unheimlichen Raum mit den Gespenstern toter Tiere. Nirgendwo eine Spur von Ranee. Das Feuer flackerte nur noch spärlich und wenig später war nichts als rote Glut übriggeblieben. Die Hitze ließ langsam nach, dafür schloss sich die Dunkelheit wie eine schwere Decke um Canyon. Obwohl sie total erschöpft war, konnte sie nicht schlafen. Schuld waren diese hämmernden Schmerzen im Kopf, der quälende Durst und die unbequeme Stellung, in der sich ihr Körper befand.

Irgendwann war die Glut zu Asche zerfallen. Canyon grübelte, was Ranee mit ihr vorhaben könnte. Würde die Indianerin versuchen, Stevie an einen Ort zu verschleppen, wo Jem ihn niemals finden konnte? Würde sie ihn von seinem Vater fernhalten, bis aus dem Jungen dieser große Schamane geworden war, von dem sie in ihrem Wahn gesprochen hatte? Und was würde dann aus *ihr* werden?

Ohne Flüssigkeit würde sie es drei, vielleicht vier Tage aushalten. Verdursten war ein grausamer, ein qualvoller Tod. Wenn Ranee sie tatsächlich hier zurückgelassen hatte, dann konnte ihr nur Jem noch helfen. Übermorgen würde er aus Ottawa zurückkommen und sich hoffentlich gleich auf die Suche nach ihr machen. Es sei denn, Ranee tischte ihm irgendein Märchen auf und er glaubte ihr.

Dunkle, grauenhafte Dinge drängten sich in Canyons Phantasie. Gesichtslose Ungeheuer aus Ungewissheit und Angst, die zu keiner brauchbaren Antwort führten. Sie konnte nichts tun als warten, in der Hoffnung, dass sie rechtzeitig gefunden wurde. Gefunden von jemandem, der es gut mit ihr meinte.

19. Kapitel

Jem war über Walter Katzs juristischen Fakten eingeschlafen und schrak auf, als sein Handy klingelte. Einen Augenblick lang wusste er nicht, wo er war, aber dann fiel es ihm wieder ein. Er tastete nach dem Schalter der Nachttischlampe und knipste sie an. Es war nach Mitternacht und er fragte sich, wer ihn zu so später Zeit noch sprechen wollte.

„Ja?", sagte er, aber niemand antwortete. „Walter, sind Sie das? Canyon?"

Nichts. Jemand musste sich verwählt haben. „Hallo?", rief Jem ärgerlich. Dann wurde der Ruf unterbrochen.

Er ging noch einmal auf die Toilette, dann räumte er die Papiere aus seinem Bett und versuchte wieder einzuschlafen. Doch zu viele Gedanken gingen ihm durch den Kopf, als dass er hätte Ruhe finden können. Seine letzte Begegnung mit Ranee machte ihm immer noch zu schaffen. Sie hatte ihn verführt und dabei noch einmal ihr ganzes Können angewandt. Als ob sie ihm zeigen wollte, was ihm entgehen würde, wenn er sie verließ. Sie war auf die Wünsche seines Körpers eingegangen wie eine Tänzerin, die jede Bewegung ihres Partners erahnt. Jem war erschrocken gewesen, wie mager sie war und hatte immer mehr das Gefühl gehabt, dass eine primitive Macht von ihr Besitz ergriffen hatte.

Seine Erleichterung, als sie gleich danach sein Haus wieder verlassen hatte, war unbeschreiblich gewesen. Was war nur an dieser Frau, dass sie ihn so beherrschte? Ihr Körper schien eine Art magische Anziehungskraft zu besitzen, derer er sich nicht erwehren konnte. Mit großer Sicherheit waren übernatürliche Kräfte im Spiel. Er musste sich das bloß eingestehen.

Als Jem sich plötzlich in einem wilden Traum wiederfand, wusste er, dass er eingeschlafen war. Doch beeinflussen konnte er den Traum nicht. Ein Gänsekopf schwang vor seinen Augen wie ein Pendel und gab schnatternde Töne von sich. Rauch kam aus dem Schnabel, der sich öffnete und schloss, obwohl der Kopf auf einem Stock und nicht auf dem lebendigen Körper einer Gans saß. Ein Bär stand plötzlich vor ihm, aufgerichtet und so riesig, dass Angst ihm die Glieder lähmte. Mit weit aufgerissenen Augen starrte er das große Tier an. Der Bär war so nah, dass Jem den fauligen Atem roch, der seinem Maul mit den gelben Zähnen entströmte.

Er wusste, dass sein letztes Stündlein geschlagen hatte. Schon erwartete er den tödlichen Prankenhieb, doch mit einem Mal löste sich die Starre in seinen Gliedern. Endlich konnte er sich wieder bewegen. Jem wich zurück und stolperte davon, stürzte, rappelte sich wieder auf und rannte, bis er ein höhnisches Lachen hinter sich hörte, ähnlich dem abgehackten Ruf eines Ziegenmelkers. Er drehte sich um und sah eine Frau im Pelz des Bären, die ihn auslachte, sich über seine Angst lustig machte.

Neben ihr stand Stevie und sah ihn mit seinen großen dunklen Augen traurig an. Die Enttäuschung im Blick seines Sohnes traf Jem ebenso heftig, als hätte der Bär zugeschlagen.

Schweißgebadet und mit trockener Kehle fuhr er aus dem Schlaf hoch. Sah auf die Leuchtziffern seiner Uhr. Es war vier Uhr morgens. Er ging ins Badezimmer und trank Wasser aus der Leitung. Es schmeckte merkwürdig chemisch. Danach konnte er lange nicht wieder einschlafen.

Während des Frühstücks am nächsten Morgen sprachen Jem, Walter Katz und Tomagatik alles noch einmal durch. Danach fuhren sie mit einem Taxi zum Obersten Gerichtshof, der auf einem Felsen hoch über dem Ottawa River seinen Platz hatte. Durch weite Rasenflächen von der belebten Wellington Street mit ihren glasverspiegelten Bankgebäuden getrennt, wirkte der imposante Bau mit seinem spitz überwölbtem Dach einschüchternd auf Jem und Tomagatik. Walter Katz hatte ihnen erzählt, dass Königin Elisabeth 1939 den Grundstein für das Gebäude gelegt hatte. Aber während des Zweiten Weltkrieges stagnierten die Bauarbeiten und so konnte der Oberste Gerichtshof erst 1946 das Gebäude beziehen, für das man an Kosten nicht gespart hatte. Marmor aus Italien und Frankreich vom Boden bis zur Decke.

Reiß dich zusammen, dachte Jem. Es ist nur ein Haus aus Stein und die drinnen auf den Richterstühlen sitzen, sind Menschen aus Fleisch und Blut.

Zwei große Bronzestatuen auf ihren marmornen Sockeln flankierten den Eingang des Gerichtsgebäudes. Die *Wahrheit* auf der Westseite und *Gerechtigkeit* im Osten. Tomagatik blieb vor der *Gerechtigkeit* stehen und Jem ahnte, was der alte Häuptling dachte. Schon andere Stammesälteste vor ihm hatten gehofft, in diesen Mauern Gerechtigkeit zu finden und sie war ihnen verwehrt worden.

Katz klopfte mit dem Zeigefinger auf seine Armbanduhr. Sie mussten weiter, nur noch zwanzig Minuten bis zu ihrem Gerichtstermin.

Sie gingen durch eine der riesigen Bronzetüren in die marmorne Eingangshalle, wo sie sofort von Reportern und Journalisten belagert wurden. Eine junge Frau stieß Walter Katz ein Mikrofon ins Gesicht. „Die Pappfabrik von Terrace Bay musste aufgrund des Boykotts gegen Shimada schließen", sagte sie. „Ist es das wirklich wert, den Lebensunterhalt von mehr als hundert Familien zu opfern, nur um ein paar Indianern ihre Landrechte zu geben?"

Katz sagte: „Shimada holzt Flächen ab, die hundert Mal so groß sind wie das umstrittene Gebiet am Jellicoe Lake. Der Konzern musste die Arbeiter der Pappfabrik nicht entlassen. Das ist alles bloß Taktik." Er schob das Mikrofon zur Seite. Sicherheitskräfte schirmten sie ab und leiteten sie zum Hauptgerichtssaal im ersten Stockwerk, der sich langsam mit Menschen füllte.

Sie wurden von Mitgliedern des *Forest Action Network* begrüßt, die zum Gerichtstermin gekommen waren, um ihre Unterstützung zu demonstrieren. Jem entdeckte mehrere Japaner in teuren Anzügen, vermutlich Manager aus den Chefetagen der Shimada Paper Company. Unter ihnen der Anwalt des Papierkonzerns, Haruki Okimara, mit dem Jem Soonias und George Tomagatik schon persönlich zu tun gehabt hatten. Er war ein aalglatter und mit allen Wassern gewaschener Jurist, der sich stets nur legaler Tricks bediente, um sein Gegenüber fertig zu machen.

Nachdem die sechs Richter unter Leitung von Robert Myers auf der Richterbank Platz genommen hatten, begann die Verhandlung. Zuerst kam Okimara zu Wort, der den Richtern in gewandten Worten darlegte, dass der Boykott eine unzulässige Form politischer Firmenschädigung sei, die sich auch noch auf Shimadas Tochterfirmen erstrecke. Er erklärte dem obersten Richter, es hätte nie eine Vereinbarung mit Häuptling Tomagatik über eine Ausnahme des Jellicoe Gebietes von der Abholzung bestanden.

Jem sah, wie Tomagatik immer mehr in sich zusammensackte. Die Wände des Gerichtssaales aus schwarzem Nussbaum schüchterten den alten Mann ebenso ein wie die Richter in ihren schwarzen Roben und Haruki Okimara in seinem teuren Anzug.

Der Kahlschlag sei eine legitime Ernteform, so Okimara,

zumal der Konzern das Gebiet hinterher wieder aufforsten würde. Und das brachte obendrein noch eine Menge Arbeitsplätze, auch für die Ureinwohner.

Jem hörte kopfschüttelnd zu und musste mächtig an sich halten, um nicht seiner Wut über diesen Unsinn lautstark Luft zu machen. Die Sache mit den Arbeitsplätzen, den verlorenen wie den ausstehenden, war nichts als publikumswirksame Taktik.

Als Okimara geendet hatte, erhob sich Tomagatik und Jem sah Respekt, aber auch Mitleid in den Augen der Richter. Der alte Mann sprach von den Wäldern als einem lebendigen Wesen, das atmete und sein Volk seit Anbeginn der Zeit nährte und schützte. „Für uns ist das Land Ernährer, Heiler und Inspiration. Es ist ein Wesen, das ständig vergeht und neu entsteht. In diesen Wandlungsprozess darf der Mensch nicht eingreifen, damit unseren Kindern und Enkelkindern die Lebensgrundlage nicht entzogen wird. Erst stirbt der Wald", sagte er, „dann jene, die von ihm leben."

Ein Richter gähnte und Jem fühlte, wie seine Wut immer größer wurde. Für die Männer auf der Richterbank war dies ein Prozess wie jeder andere. Sie waren gekommen, um eine Entscheidung zu fällen, das war ihr Job. Begriffen sie überhaupt, worum es ging? Nämlich um die Luft, die sie atmeten und nicht nur um ein kleines Indianervolk, das um seine Bäume bangte.

Dann war es soweit. Tomagatik hatte seine Rede beendet und der Richter übergab das Wort an Jem. Er stand auf, räusperte sich und begann zu sprechen: „Es gibt immer noch Menschen in unserem Land, die nicht begreifen können, dass es Gebiete in der Natur gibt, die man für immer sich selbst überlassen sollte. Dieser Gedanke mag für die meisten von Ihnen nur schwer nachvollziehbar sein, weil Sie wissen, unter welchen miserablen Lebensbedingungen der größte Teil von uns Ureinwohnern existieren muss. Das Land auszubeuten, das uns gehört, wäre ein Möglichkeit, diese Lebensbedingungen zu verbessern.

Doch dieses Land ist uns mehr wert als die Schätze, die darauf wachsen oder unter der Oberfläche verborgen liegen." Jem betrachtete die Gesichter der Männer, die ihm mit regungslosen Mienen zuhörten.

„Ich will Ihnen keine Geschichten von Mutter Erde erzählen", sagte er. „Das alles haben Sie schon hundert Mal gehört und doch nicht begriffen, also werden Sie es auch diesmal nicht begreifen. Ich möchte heute mit Ihnen über den *Aboriginal Title* sprechen. Auch ein Wort, das Sie schon hundert Mal gehört haben. Aber im Gegensatz zum Ausdruck *Mutter Erde*, wird der *Aboriginal Title* nach und nach als gültige Rechtsauffassung der Ureinwohner Kanadas in die Gesetzestexte des Landes Einzug halten, ob Sie das nun wollen oder nicht." Seine Stimme war schärfer geworden.

„Seit die Weißen unseren Boden betreten haben, versuchen sie, die Geschicke dieses Landes mit Gesetzen und Verträgen zu leiten und eine grundgültige Ordnung zu schaffen. Doch es hat schon vorher eine Ordnung gegeben, unsere Ordnung, die zwar nicht schriftlich, aber mündlich weitergegeben wurde und die ihre Gültigkeit hatte, bis die Weißen alles an sich rissen, auch den Boden unter unseren Füßen.

Der *Aboriginal Title* ist etwas, dass sich in Ihrer Sprache nur schwer beschreiben lässt, meine Herren. Da Sie am besten solche Worte wie Besitz oder Eigentum verstehen, will ich es Ihnen auf diese Weise erklären. Der *Aboriginal Title* ist ein juristisch geltend zu machendes Eigentumsrecht. Das hat dieser Gerichtshof vor nicht allzu langer Zeit in einem ähnlichen Fall anerkannt. Doch die Provinzregierung von Ontario stellt sich gegenüber diesem Gerichtsentscheid taub. Sie versucht mit allen Mitteln nachzuweisen, dass wir Cree vom Dog Lake keinen exklusiven Anspruch auf das Gebiet um den Jellicoe Lake haben, da auch benachbarte indianische Gemeinden das Territorium für ihre Zwecke nutzen.

Sie sehen in uns immer noch Wilde, die das Land auf ähnliche Weise wie Tiere bewohnen, die zwar ihr Territorium mit ihrem Urin markieren, sich aber zurückziehen, wenn ein stärkerer Gegner auftaucht.

Die Provinzregierung von Ontario hat der japanischen Papierfirma Shimada Paper Company Einschlaggenehmigungen im traditionellen Dog Lake Gebiet widerrechtlich verkauft. Wir haben niemals einen Vertrag unterzeichnet. Das Land gehört der Regierung nicht, also kann sie es auch nicht verkaufen. Ich hoffe, dieser Gedankengang ist Ihnen verständlich.

Ursprünglich war uns von der Regierung zugesagt worden, das Gebiet um den Jellicoe Lake von der Abholzung auszunehmen, bis es zu einer vertraglichen Einigung über das Land zwischen uns und der Provinzregierung gekommen ist. Es wurde wieder einmal eine Abmachung nicht eingehalten, so wie seit hunderten von Jahren Verträge gebrochen und Abmachungen mit uns Ureinwohnern nicht eingehalten werden.

Ohne dieses Land, das uns seit Generationen gehört, sind wir dem Verderben preisgegeben, weil wir unsere Lebensgrundlage verlieren. Was diese Leute dort drüben vorhaben", er wies in Richtung des Anwalts und der übrigen Vertreter von Shimada, „ist die planvolle Zerstörung der Dog Lake Cree mit allen ihnen zur Verfügung stehenden Mitteln. Wissen Sie, wie man so etwas nennt? Das ist Völkermord, meine Herren. Und glauben Sie nicht, ein paar Arbeitsplätze bei der Wiederaufforstung könnten daran etwas ändern. Sie pflanzen nur Bäume und kein Ökosystem.

Was da wächst, sind Zellstoffplantagen und kein Wald. Kein Tier kann darin leben und Sie wissen, was das für ein Volk bedeutet, dass sich seit Anbeginn der Zeit von der Jagd ernährt."

Jem blickte von einem zum anderen und sagte mit donnernder Stimme: „Sie wollen uns per richterlichem Beschluss vernichten, aber das wird Ihnen nicht gelingen. Wir sind viele und haben Unterstützer auf der ganzen Welt. Wenn Sie Ihr Urteil fällen, wird diese Welt auf Sie schauen. Wir kanadischen Ureinwohner fordern ein verbrieftes Recht auf Ressourcen, die in unserem Lebensraum vorkommen und die wir für eine gesunde und nachhaltige Lebensweise brauchen. Ich danke Ihnen."

Er ging in seine Bankreihe zurück und setzte sich neben George Tomagatik, der ihm anerkennend zunickte. Zustimmender Beifall ertönte aus den Reihen des Publikums, den Richter Myers mit ein paar Hammerschlägen abwürgte. Walter Katz erhob sich und begann, dem Obersten Gerichtshof die juristischen Fakten des Falles darzulegen. Dabei konnte er sich, was Wendigkeit und Ausdruckskraft betraf, durchaus mit Okimara, dem gewieften Anwalt des Papierkonzerns messen. Auch Katz widerlegte das Märchen von der Aufforstung und den Arbeitsplätzen, und das anhand von Zahlen und Fakten.

Jem war zufrieden. Er hatte mit Walter Katz eine gute Wahl getroffen. Sollte das Gericht gegen den Boykott entscheiden, wäre das ein schwerer Schlag, aber sie würden nicht aufgeben. Sie durften nicht aufgeben, denn das hieße, das Volk der Dog Lake Cree dem Schicksal zu überlassen.

Während die Richter in ihrem Konferenzraum zusammenkamen, um sich über das Urteil zu einigen, stürzte die Angst um seinen Sohn erneut mit voller Wucht über Jem herein. Bis zuletzt hatte er damit gerechnet, einen Anruf von Shimada zu bekommen, aber bis auf den schweigenden Anrufer in der Nacht war nichts passiert. Er begann zu zweifeln, dass der japanische Papierriese hinter Stevies Verschwinden steckte. Es war die plausibelste Antwort gewesen, aber nun gab es keine Antworten mehr, nur Fragen. Wo war sein Sohn? Warum meldete sich der Entführer nicht, um ihm seine Forderungen zu stellen? Und was gab es jetzt noch für Gründe, Stevie festzuhalten, nachdem er seine Rede vor dem Gerichtshof gehalten hatte?

Jem verspürte das drängende Bedürfnis, auf der Stelle nach Hause zu fliegen, weil er die Antworten auf seine Fragen dort vermutete. Aber sein Flieger ging erst am Nachmittag des nächsten Tages. Er würde das Urteil abwarten, mit Katz und Tomagatik zu Mittag essen und am Abend auf einem Empfang des *Forest Action Network* Fragen beantworten müssen. *FAN*-Aktivisten hatten den Kampf der Dog Lake Cree mit gewaltlosen, aber aufsehenerregenden Aktionen unterstützt und nun war er ihnen seine Anwesenheit an diesem Abend schuldig.

Eine unendliche Qual für ihn. Er fühlte sich ausgelaugt, leer. Und zum zweiten Mal seit Stevies Verschwinden versuchte er sich dem Gedanken zu stellen, dass sein Sohn tot war. Ich sollte nicht hier sein, war alles, was ihm im Augenblick dazu in den Sinn kam. Auf dem Marmorboden dieses Raumes zu stehen, in einem so riesigen Gebäude, das den Reichtum und die Macht der vorherrschenden Kultur demonstrierte, kam ihm auf einmal so absurd vor, dass er am liebsten davongestürzt wäre, ohne den Gerichtsentscheid abzuwarten.

Doch schon nach kurzer Zeit kehrten Richter Robert Myers und die übrigen fünf Männer in ihren schwarzen Roben auf ihre Plätze zurück, was Walter Katz als schlechtes Zeichen deutete. Hatte das Urteil der Richter schon festgestanden, bevor sie alle Argumente gehört hatten? Würde es wieder keine Gerechtigkeit geben für die Ureinwohner Kanadas?

Wenig später wurde das Urteil durch Myers verkündet. Die Richter hatten sich darauf geeinigt, den Boykott von Shimada-Papiererzeugnissen als Ausdruck der Meinungsfreiheit in Kanada zu werten und nicht, wie vom Anwalt des Unternehmens dargestellt, als eine unzulässige Form politischer Firmenschädigung. Myers beschrieb den Boykott als eine durchaus legitime Art, Subunternehmen wie Shimada in die Schranken zu weisen. Nach zehn Tagen Bedenkzeit für den Konzern dürfe der Boykott wieder beginnen.

Zuerst herrschte Schweigen im Gerichtssaal, dann begann ein Raunen und Murmeln, das anschwoll und schließlich in Begeisterungsausbrüchen auf Seiten der Cree-Unterstützer endete. Katz schüttelte Tomagatik überschwänglich die Hand und dem alten Mann stiegen Tränen in die Augen.

Jem nahm all das nur zur Hälfte wahr, in einem tauben Zustand von Unglauben, einer Freude, der er nicht Ausdruck verleihen konnte, weil die Angst um Stevie ihn lähmte und alles andere auf einmal unwichtig wurde.

Richter Myers bat um Ruhe im Gerichtssaal. Er war noch nicht am Ende mit seinen Ausführungen. Den Dog Lake Cree und *FAN*-Aktivisten wurde rechtskräftig untersagt, den Begriff *Völkermord* im Zusammenhang mit den Aktivitäten Shimadas und dem damit verbundenen Boykott zu verwenden.

In seinem Schlusswort sagte der Richter: „Seien wir doch ehrlich: Wir sind hier, weil wir bleiben wollen. Und wir atmen alle dieselbe Luft. Also müssen wir Lösungen für ein friedliches Miteinander finden."

Froh, das Gerichtsgebäude und die aufgeregt durcheinander redenden Menschen hinter sich lassen zu können, folgte Jem Tomagatik und dem Anwalt, der sie zu einem Mittagessen in einem teuren Restaurant im Regierungsviertel eingeladen hatte. Es tat ihm gut, sich zu bewegen, nach all der Zeit, die er sitzend verbracht hatte.

Walter Katz war bester Laune. Dieses aufsehenerregende Gerichtsurteil würde seiner Karriere mehr als dienlich sein. Gleich wird er abheben und fliegen, dachte Jem, so beschwingt war sein Gang, so offensichtlich seine Freude. Die weisen Worte eines alten Mannes gingen Jem durch den Kopf. *Siege, aber triumphiere nicht*, hatte er gesagt und nun verstand er den Sinn.

Tomagatik, der alte Häuptling, ließ sich von nichts so schnell aus der Ruhe bringen. Er freute sich, wusste aber auch, dass dieses Urteil zwar ein großer Sieg für Kanadas Ureinwohner war, im Kampf um das Überleben seines Volkes jedoch nur ein kleiner Schritt. Denn mit diesem Gerichtsurteil war zwar der Boykott wieder legalisiert worden, den Rechtstitel auf ihr Land konnten die Dog Lake Cree aber noch immer nicht geltend machen.

Sie kamen am großen Schaufenster einer Galerie vorbei, die unter anderem auch Werke einiger indianischer Künstler ausstellte. Dafür sind wir gut genug, dachte Jem, während er daran vorüberging. Plötzlich stutzte er und blieb stehen. Im Hintergrund hing ein großes Bild, dessen Stil er aufgrund der geisterhaften Perspektive sofort erkannte. Eine Indianerin mit stolzem Blick im Fell eines riesigen Bären. *Bärenmutter*, war der Titel des Bildes und niemand anderes als Ranee Bobiwash hatte es gemalt. Walter Katz kam zurück, als er merkte, dass Jem stehen geblieben war. Er betrachtete Ranees Bild und sagte: „Unglaublich, nicht wahr? Diese Ausdruckskraft der Farben, die merkwürdige Perspektive."

Die Galerie verlangte 1500 kanadische Dollar für dieses Bild. Das war ein stolzer Preis. Aber das war es nicht, was Jem wie gebannt auf das Gemälde starren ließ. Es war die Frau im Bärenpelz, die Frau aus seinem Traum. Die Schnauze des Bären bedeckte ihre Stirn, ein erhobener Arm wurde von einer Tatze verdeckt, und doch erkannte er Ranee. Kein Zweifel. Sein Handy klingelte und er trat ein paar Schritte von Katz weg, bevor er das Gespräch annahm. „Ja, wer ist da?", fragte er gereizt.

„Das wirst du noch bereuen", sagte eine Männerstimme mit fremdem Akzent, dann war das Gespräch unterbrochen.

„Hallo", schrie Jem in sein Handy. „Wer ist da, verdammt noch mal?"

„Was ist denn los?", fragte Katz. Auch der alte Häuptling war zurückgekommen und sah Jem fragend an.

„Ich muss sofort zurück nach Dog Lake", sagte er und sein Herz ging rasend schnell, während seine Gedanken sich beinahe überschlugen.

„Was?" Katz starrte ihn mit offenem Mund an.

„Ich muss sofort zurückfliegen, Walter. Ich fürchte, Shimadas Leute haben meinen Sohn doch und nun wird die Zeit knapp. Ich muss ihn finden."

„Wer hat Sie angerufen?", fragte der Anwalt.

„Ich weiß es nicht, aber er sprach mit Akzent und sagte: Das wirst du noch bereuen. Es kann nur jemand von Shimada gewesen sein."

Katz strecke seine Hand aus und sagte: „Geben Sie mal her!"

Jem reichte ihm das Handy und Katz drückte auf die Wiederwahltaste. Es klingelte, aber niemand meldete sich. „Kann gut sein, dass jemand sich verwählt hat."

„Das glaube ich nicht", erwiderte Jem. „Ich muss nach Dog Lake, bitte verstehen Sie das."

Diesmal versuchte Katz nicht, Jem zurückzuhalten. „Dort drüben ist das Restaurant. Ich werde versuchen, Ihren Flug umzubuchen."

Jem stand neben Katz, während der Anwalt versuchte, telefonisch ein Ticket für ihn zu bekommen. Aber es war aussichtslos. Der letzte Flieger von Ottawa nach Thunder Bay hob soeben von der Startbahn ab.

„Dann nehme ich mir einen Wagen", sagte Jem.

„Sind Sie vollkommen verrückt geworden?", erwiderte Katz bestürzt. „Sie brauchen siebzehn Stunden und mehr, um nach Dog Lake zu kommen. Und das nur, wenn Sie ohne Unterbrechung fahren. Wollen Sie sich umbringen, Jem? Tot nützen Sie niemandem etwas, auch Ihrem Sohn nicht."

Siebzehn Stunden, dachte Jem. Siebzehn Stunden, wenn ich mich an die Geschwindigkeitsbegrenzungen halte. Jetzt war es gleich 14 Uhr. In einer Stunde konnte er auf der Straße sein und Dog Lake gegen Morgen erreichen. Fest entschlossen griff er nach dem Telefonhörer, um eine Autovermietung anzurufen.

Doch Walter Katz unterbrach den Ruf. Er griff in die Tasche seines Jacketts und holte den Schlüssel seines BMW hervor, mit einem Gesicht, als wäre er ein Zauberer und hätte soeben ein Kaninchen aus dem Zylinder geholt. „Nehmen Sie meinen Wagen, Soonias. Dann passiert Ihnen wenigstens nichts, wenn Sie vor Erschöpfung in den Graben fahren."

Jem war ehrlich verblüfft. Er wollte etwas sagen, aber dann unterließ er es und nahm den Schlüssel. Katz übergab Jem die Wagenpapiere und sagte: „Sollten Sie angehalten werden, meine Handynummer haben Sie ja. Ich komme dann morgen zusammen mit Tomagatik mit dem Flieger."

Jem sah dem alten Mann ins Gesicht. Er wusste, dass Katz mit Tomagatik nur deshalb im Auto nach Ottawa gefahren war, weil der alte Häuptling das Fliegen nicht vertrug.

Tomagatik nickte Jem zu. „Das ist schon in Ordnung, mein Junge. Wahrscheinlich werde ich es überleben."

„Danke", sagte Jem. „Ich werde das Ticket an der Rezeption hinterlegen. Haben Sie vielen Dank, Walter. Sie sind ein guter Anwalt und jetzt erweisen Sie sich auch noch als Freund."

Katz klopfte Jem auf die Schulter. „Viel Glück, Jem."

„Das werde ich brauchen."

„Und fahren Sie nicht zu schnell."

„Keine Angst, ich bin ein guter Fahrer."

„Das will ich hoffen", murmelte Katz.

20. Kapitel

Viel Kaffee hatte Jem während der langen Fahrt wachgehalten. Nur einmal, gegen Mitternacht, war er auf einem Rastplatz eingenickt und als er aufwachte, weil jemand an die dunklen Scheiben des BMW klopfte, waren zwei Stunden vergangen.

Kurz vor 8 Uhr morgens erreichte er Dog Lake. Sein Haus war offen, aber Canyons Ford stand nicht da. Er ging hinein und rief nach ihr; suchte nach einem Hinweis, wo sie sein könnte, aber sie hatte ihm keine Nachricht hinterlassen. Im Badezimmer sah er, dass ihre Sachen noch da waren. Der inzwischen vertraute Duft ihrer Lilienseife erfüllte den kleinen Raum. Er stürzte in Stevies Zimmer und sah, dass auch ihre Tasche noch da war. Wohin konnte sie so früh am Morgen schon gegangen sein? War sie vielleicht noch einmal zu Stevies Höhle gefahren?

Jem zog sich um, stieg in seinen Jeep und fuhr in den Wald, fand aber keine Spur von Canyon. War sie nun auch verschwunden? Das war verrückt. Unmöglich. Jemand wollte ihn fertig machen. Todmüde schleppte er sich zu Grace Winishuts Hütte. Die alte Indianerin saß mit ihrer Enkeltochter Meta am gedeckten Tisch und frühstückte. Es duftete nach frischem Kaffee und Pancakes. Das Mädchen huschte davon, als es Jem sah. Ächzend ließ er sich auf einen der harten Holzstühle fallen.

„Du scheinst um fünfzig Jahre gealtert zu sein", sagte Grace ungerührt. „War es so anstrengend, vor dem weißen Richter zu reden?"

Jem schwieg. Ihm fielen beinahe die Augen zu.

„Wir hatten dich erst heute Abend zurückerwartet", redete Grace weiter. „Was ist los? Hattest du keine Lust, den Sieg mit unserem gut aussehenden weißen Anwalt zu feiern?"

Es hatte sich also sogar schon bis zur alten Grace herumgesprochen, dass sie vor Gericht einen Sieg errungen hatten. Und das, obwohl sie keinen Fernseher besaß, ja nicht einmal ein Radio.

„Ich bin mit dem Auto gekommen", sagte Jem.

„Von Ottawa?" Sie stellte einen Becher mit Kaffee vor ihm auf den Tisch. „Hat der weiße Mann nicht das Flugzeug erfunden, damit man solche Entfernungen in kürzester Zeit und ohne Qual überwinden kann?"

Jem hatte keinen Nerv für Grace Winishuts Spott. „Ich bin zurückgekommen, weil ich einen Anruf von Shimada erhalten habe. Es ist so, wie ich es die ganze Zeit vermutet hatte. Die Japaner haben Stevie entführt. Er ist in ihrer Gewalt, da bin ich mir sicher."

„Unsinn", sagte Grace.

„Was redest du da?" Er hob den Kopf, um sie anzusehen.

„Du drehst dich im Kreis, Jem Soonias."

Er war müde, todmüde, und eigentlich wollte er von Grace nur wissen, wo Canyon war, weil er sich auf einmal Sorgen um sie machte.

„Meta hat im Schlaf geredet, Jem. Sie hat geträumt. Esquoio hat Stevie. Ich habe es Canyon erzählt."

Jem erhob sich. Ärgerlich sah er Grace an. „Jetzt reicht es mit deinen Märchen, alte Frau. Ich habe genug. Keine Hexe hat meinen Sohn, er ist in der Gewalt von Shimadas Leuten. Sie wollten mir Angst machen, damit ich in Ottawa nicht rede. Und es ist ihnen gelungen. Ich habe Angst."

„Das sehe ich", antwortete Grace. „Aber wie ich hörte, hast du trotzdem für uns gesprochen."

„Der Anruf kam nach der Verhandlung."

„Findest du das nicht auch ein bisschen merkwürdig?"

„Wo ist Canyon?", fragte er ungeduldig.

Die Indianerin hob die Schultern. „Vorgestern Abend war sie hier, um noch einmal mit Meta zu reden. Aber die Kleine wollte nicht. Ich habe ihr gesagt, was meine Enkeltochter im Traum erzählt hat. Canyon schien es jedenfalls zu glauben. Sie ist gegangen und seitdem habe ich sie nicht mehr gesehen."

Jem nickte. Auf einmal sah er noch niedergeschlagener aus. Er schleppte sich in sein Haus zurück und wählte Canyons Nummer in Thunder Bay. Er hörte es klingeln, aber niemand hob ab. Vor Kraftlosigkeit fiel ihm der Hörer aus der Hand und er schlief im Sitzen ein.

So fand ihn Miles Kirby nur wenig später. Der Constable rüttelte Jem an der Schulter.

„He, Jem, wach auf!" Soonias kippte zur Seite und Kirby drückte ihn zurück auf den Stuhl. „Wach auf, verdammt noch mal. Ich habe Stevies Fahrrad gefunden."

Jem öffnete die Augen und blickte den Constable verständnislos an. Nur langsam drangen Miles Kirbys Worte bis zu seinem Verstand vor. „Du hast *was*?"

„Ich habe Stevies Fahrrad gefunden. Stell dir vor, mein eigener Sohn radelte damit herum. Ich musste ihn ausquetschen wie eine Zitrone. Er und ein paar andere Jungs haben es in einem Schuppen im Wald gefunden. Und stell dir mal vor, wem dieser Schuppen gehört?"

Jem war schlagartig wach, so wach jedenfalls, wie er nur sein konnte. „*Wem* gehört der Schuppen, Miles?"

„Er gehörte früher Ranee Bobiwashs Tante. Und jetzt gehört er Ranee."

Jem erhob sich wankend. „Fahren wir!"

Er plumpste auf den Beifahrersitz von Kirbys Streifenwagen und der Constable sagte: „Du siehst aus wie ein Geist, Jem Soonias. Der *Weetigo* ist eine Comicfigur dagegen.“

„Ich bin 15 Stunden Auto gefahren.“

„Hast du dir einen Zweitwagen geleistet?“, fragte Kirby, mit Anspielung auf den nagelneuen schwarzen BMW vor dem Haus.

„Er gehört Walter Katz.“

„Hast du unseren Anwalt beklaut?“ Kirby blickte erschrocken.

„Nein, er hat ihn mir geliehen. Nach unserem Sieg vor Gericht bekam ich einen Anruf von Shimada. ‚Das wird dir noch Leid tun‘, hat jemand gesagt. Sie haben Stevie, Miles.“

Kirby warf Jem einen ungläubigen Blick zu. „Das verstehe ich nicht. Wenn die Japaner deinen Sohn haben, was macht dann sein Fahrrad in Ranee Bobiwashs Schuppen? Du glaubst doch nicht, dass Ranee mit Shimada unter einer Decke steckt?“

„Das ist eher unwahrscheilich“, gab Jem zu.

„Hast du seit diesem Anruf mit deinem Handy telefoniert?“, fragte Kirby.

„Nein, ich glaube nicht.“

„Dann drück mal auf Rückruf.“

Jem stöhnte. „Das hat Katz schon getan.“

„Und?“

„Nichts.“

„Tu es nochmal.“

Jem holte sein Handy hervor, drückte auf die Rückruftaste und hielt es sich ans Ohr. „Du bist ein Scheißkerl, Paolo“, sagte eine aufgebrachte Frauenstimme mit fremdem Akzent. „Ich werde mich scheiden lassen.“

Jem drückte das Handy aus.

„Was ist?“, fragte Kirby.

„Katz hatte Recht. Jemand hat sich verwählt." Er schüttelte den Kopf. „Das ist doch nicht möglich."

„So etwas passiert ziemlich oft", sagte der Polizist. „Wenn du willst, kann ich den Besitzer des Handys ermitteln lassen."

„Nein", sagte Jem. „Ich glaube, das ist nicht nötig."

„Ich habe es gestern Abend schon versucht", sagte Kirby, als Jem gegen Ranees Tür hämmerte. „Sie ist nicht zu Hause."

„Ich muss aber da rein", beharrte Jem stur. „Ich mache mir Sorgen um Canyon."

Miles hob die Schultern. „Da wir Stevies Fahrrad in ihrem Schuppen gefunden haben, ist sie eine Verdächtige in einem Entführungsfall. Aber wenn ich ihr Haus durchsuchen will, brauche ich einen Durchsuchungsbefehl. Und den gibt es nicht, bevor ich nicht Harding verständigt habe und der wiederum ..."

Jem schüttelte ungeduldig den Kopf. „Ich sehe mal nach, vielleicht ist irgendwo ein Fenster offen."

Kirby nickte und sah sich um. Nipigon war ein kleiner Ort und Ranee Bobiwash lebte in einem Haus am Rand. Dahinter begann der Wald. Und Kirbys Streifenwagen gehörte genauso zum Ort wie der Polizist selbst. Mit etwas Glück wurden sie gar nicht beachtet.

„He!" hörte er Jem einen Augenblick später rufen. „Ich habe ein Fenster gefunden."

Das Küchenfenster war unverschlossen und Jem kletterte hinein. Kirby folgte ihm, nachdem er sich noch einmal versichert hatte, dass niemand sie beobachtete. Flüchtig sah Jem in die Räume des Hauses. Das Bad, Schlafzimmer, Atelier. Nur das Wohnzimmer war verschlossen. Er drückte mehrmals die Klinke, dachte, die Tür würde nur klemmen. Ranee schloss niemals ihr Wohnzimmer ab, höchstens mal das Atelier, wenn er das Bild, an dem sie gerade arbeitete, nicht sehen sollte, bevor es fertig war.

„Ranee?", rief er leise und legte sein Ohr an die Tür. Er hörte das Scharren von Stuhlbeinen und einen verzweifelten Laut. Es war ein ersticktes Wimmern. „Ranee?", rief er erregt. „Stevie, bist du das? Stevie!" Er lauschte erneut.

Der Constable war hinter ihn getreten und legte ihm eine Hand auf die Schulter. „Geh zur Seite!", sagte er. Jem trat zur Seite. Kirby machte einen Schritt zurück und trat dann mit kräftigem Schwung gegen das Schloss. Holz splitterte und die Tür sprang auf.

Jem riss Canyon mit einem Ruck den Klebestreifen vom Mund und der Constable befreite sie mit seinem Messer von ihren Fesseln. Mit einem Schluchzen sank sie in Jems Arme. Er presste sie an sich und konnte ihr Herz an seiner Brust schlagen hören. Jem nahm einen unangenehmen Geruch wahr und ahnte ihr Missgeschick, doch das war jetzt nebensächlich. Canyon lebte.

Während sie sich langsam beruhigte, versuchte Jem einen klaren Gedanken zu fassen. Aber der stundenlange Schlafentzug spielte seinem Hirn Streiche. In seinem Kopf verschwamm alles zu wirren Bildern.

Canyon schob ihre Hände vor seine Schultern und drückte ihn von sich. Sie sah ihm fest in die Augen und sagte: „Ranee hat deinen Sohn, Jem. Sie redete wirres Zeug. Dass er der Auserwählte sei und aus ihm einmal ein großer Schamane werden würde. Sie tat so, als ob alles mit Stevies Einverständnis geschehen wäre. Ich weiß nicht, wo sie ihn versteckt hält, aber ich glaube, es ist irgendwo da draußen in den Wäldern. Ranee sagte, sie wären viele. Leute, die noch so leben wie vor hundert Jahren. Nach den alten Sitten und

Bräuchen. Ich glaube, sie ist sehr krank und braucht dringend Hilfe. Aber ich bin mir sicher, dass es deinem Sohn gut geht."

Jem Soonias war unter der Flut ihrer Worte erstarrt. Während der ganzen Fahrt von Ottawa nach Dog Lake hatte er versucht sich auszumalen, wie es seinem Sohn in all den Tagen der Gefangenschaft ergangen sein mochte. Hatten die Japaner ihn gut behandelt? Oder war er gefesselt und geknebelt worden? Hatte er Hunger und Durst gelitten? Jem hatte darüber nachgedacht, wie sein zukünftiges Handeln aussehen sollte, wie er reagieren, wie er weiterleben und weiterkämpfen würde, falls Shimadas Leute Stevie etwas angetan hatten.

Aber nun erzählte ihm Canyon dieses Zeug von einem großen Schamanen, und dass Stevie freiwillig fortgegangen war. Er wollte es nicht glauben und gleichzeitig fühlte er sich schuldig. Die Last seiner Müdigkeit wog so schwer, dass er kurz davor war zusammenzubrechen. Mit hämmernden Sinnen versuchte er, in allem eine gewisse Logik zu finden. Doch da waren zu viele Gedanken, zu viele Bilder auf einmal, als dass er noch einen logischen Faden finden konnte.

Canyon tastete nach der Beule über ihrer Schläfe. Mit der Zunge fuhr sie durch ihren klebrigen Mund. „Ich sterbe vor Durst", sagte sie mit rauer Stimme. Constable Kirby brachte ihr ein Glas Wasser aus der Küche. Sie trank es gierig, leckte mit der Zunge über ihre aufgerissenen Lippen.

„Danke. Ich dachte, ich würde jeden Moment verdursten."

„Wie lange sitzen Sie schon hier?", fragte der Polizist.

„Seit vorgestern Abend. Es war gegen 17 Uhr, als ich Ranee endlich antraf. Ich hatte sie schon lange in Verdacht, aber Jem wollte ja nichts davon hören." Sie warf ihm einen flüchtigen Blick zu und er senkte den Kopf. „Aber dann erzählte mir Grace, dass Meta geträumt und im Traum gesprochen hatte", fuhr Canyon fort. „Sie sagte, Ranee hätte Stevie. Und Esquoio wäre auch dort. Als ich ein bisschen Druck auf Ranee ausübte, drehte sie durch und schlug mir mit einem harten Ding über den Schädel." Canyon tastete erneut nach ihrer Beule und verzog das Gesicht.

Kirby griff nach einer Keule aus dunklem poliertem Holz, die auf Ranees Schreibtisch lag. Ein geheimnisvolles Muster zierte den Griff. „Hiermit?", fragte er.

Sie nickte.

„Damit betäubt man Biber", meinte er lakonisch. „Vielleicht ist es besser, wenn wir Sie in ein Krankenhaus bringen."

Canyon winkte ab. „Das ist nicht nötig, mir geht es gut."

„Wirklich?", fragte Jem besorgt.

„Ja. Abgesehen davon, dass ich mir in die Hosen gemacht habe, bin ich in Ordnung." Sie sah ihn an und rang sich ein tapferes Lächeln ab, aber dann wurde sie schnell wieder ernst. „Ranee hat gesagt, Stevie hätte eines Tages die Macht, alle Eindringlinge aus dem Land zu treiben." Dass Ranee Bobiwash ein Kind von ihm erwartete, oder es zumindest behauptete, behielt sie vorerst für sich.

Kirby hatte die Vorhänge zurückgezogen und betrachtete kopfschüttelnd den Raum. Federn und Knochenfetische hingen von der Decke und den Wänden. Ein ausgestopfter Adler thronte auf dem obersten Brett eines Bücherregals. Auf dem Bretterboden lagen unzählige Federn, als hätte ein Vogel sich gemausert. Wenn er einen Schritt machte, erhoben sich die Flaumfedern vom Boden und begannen zu tanzen.

„Sie ist um mich herumgetanzt wie eine Irre", sagte Canyon. „Sie wollte mir Angst machen und es ist ihr gelungen. Ich dachte, sie würde mich töten." Sie schluckte. „Aber dann verschwand sie auf einmal und ließ mich hier zurück."

Jem stützte sich mit den Händen auf seinen Oberschenkeln ab und erhob sich. „Wo könnte sie hin sein? Hat sie irgendetwas gesagt?"

„Nein." Canyon schüttelte den Kopf. „Aber ich nehme an, dass sie dort ist, in diesem Lager. Dort, wo sie Stevie festhält." Sie stand nun auch auf und streckte sich. Ihre Gelenke knackten bedrohlich und jeder Knochen tat ihr weh. Doch wenigstens war ihre Hose wieder trocken.

„Was machst du überhaupt hier?", fragte sie Jem auf einmal verwundert. „Hast du deine Rede gehalten? Ich dachte, du kommst erst heute Abend zurück. Wie ist es gelaufen in Ottawa? Oder warst du gar nicht dort?" Sie musterte ihn mit einem merkwürdigen Ausdruck in den Augen.

„Natürlich war ich dort", sagte er. „Und es ist gut gelaufen für uns. Der Oberste Gerichtshof hat den Boykott zugelassen. Wir können weiterkämpfen."

„Das ist gut", sagte sie und lächelte froh. „Aber wieso bist du schon hier?"

„Ich hatte gestern Mittag nach dem Gerichtsentscheid einen Anruf. Jemand sagte: ‚Das wirst du noch bereuen.' Ich dachte, der Anruf käme von Shimada und deshalb bin ich sofort zurückgekommen. Es gab keinen Flug mehr nach Thunder Bay. Ich bin die ganze Nacht durch gefahren."

„Du bist von Ottawa mit dem Auto gekommen?", fragte sie entsetzt. Erst jetzt merkte sie, dass Jem wie ein Gespenst aussah. Er war aschgrau vor Müdigkeit und Erschöpfung. Die Wangen hohl und unter seinen Augen lagen dunkle Schatten. Sein Blick war trübe, das Weiß seiner Augen gerötet.

„Mit einem nagelneuen BMW ist das ein Kinderspiel." Miles Kirby grinste. „Der fährt so gut wie von alleine."

„BMW?", fragte Canyon erstaunt.

„Walter Katz hat mir seinen Wagen geliehen", antwortete Jem.

Der Constable machte sich daran, Ranees Räume zu durchsuchen, konnte aber nichts finden, was auf Stevies Aufenthaltsort hinwies. Da war nur eine Karte, auf der das Gebiet um den Jellicoe Lake rot eingekreist war. Es war genau das Land, um das es im Kampf gegen die Shimada Paper Company ging. Der Constable brachte ihm die Karte, aber Jem schüttelte müde den Kopf. „Diese rote Linie stammt von mir", sagte er.

Kirby zuckte die Achseln. „Hier ist nichts, verschwinden wir. Ich glaube nicht, dass Ranee zurückkommen wird. Ich fürchte, sie hätte Miss Toshiro eiskalt verdursten lassen."

Bei seinen Worten rann Canyon ein eisiger Schauer über den Rücken. Der Constable mochte Recht haben. Ranee Bobiwash hätte sie auf diesem Stuhl gefesselt verdursten lassen. Oder hatte sie damit gerechnet, dass Jem sie noch rechtzeitig finden würde?

Die Knie knickten ihr ein, als sie einen Schritt zur Tür machte und Jem fing sie auf. „Wir müssen unbedingt schlafen", sagte er. Und an Constable Kirby gewandt: „Kannst du uns nach Hause bringen, Miles?"

Miles Kirby brachte die beiden nach Dog Lake zurück. Canyon ging sofort ins Haus, entledigte sich ihrer stinkenden Kleider und stellte sich unter die Dusche. Als der Constable sich von Soonias verabschiedete, sagte er: „Ich kann Harding nicht verschweigen, was hier vorgefallen ist."

„Warum nicht?", fragte Jem.

„Weil es Nötigung und Freiheitsberaubung war, was Ranee mit Miss Toshiro gemacht hat. Ich bin Polizist, Jem."

„Ich weiß, Miles", erwiderte er. „Aber kannst du nicht noch ein wenig warten, bevor du Harding informierst?"

„Was hast du vor?"

Soonias sah Kirby zögernd an.

„Na komm schon, Jem, du kannst mir vertrauen. Ich bin zwar Polizist, aber in erster Linie bin ich ein Cree."

„Hast du schon mal von dem Gerücht gehört, dass zwischen Cheesman Gap und Jellicoe Lake ein Häufchen Leute noch ganz nach den alten Traditionen leben soll?"

Kirby nickte kurz.

„Und, was hältst du davon?"

Der Constable druckste herum.

„He, was ist los mit dir?"

„Ich wusste von diesem Gerücht und habe Harding nichts davon erzählt. Er hätte mir sowieso nicht geglaubt."

„Aber das ist nicht der einzige Grund, warum du es ihm nicht erzählt hast, oder?"

Kirby schüttelte den Kopf. „Sie schaden niemandem, Jem."

„Wie komme ich hin?"

„Am besten, du fragst deinen Vater."

„Danke, Miles. Und lass mir ein paar Tage Zeit. Ich muss erst mal schlafen, sonst sterbe ich."

„Ich werde Harding hinhalten. Aber mach keinen Unsinn und bring dich und Miss Toshiro nicht unnötig in Gefahr." Miles Kirby fuhr davon und der seitliche Auspuff seines Dienstwagens spie Jem eine bläuliche Dieselwolke ins Gesicht.

Jem schleppte sich zum Haus seiner Eltern und führte ein kurzes Gespräch mit seinem Vater. Dann sah man ihn zu Grace Winishut gehen. Sie öffnete ihre Tür und zog ihn herein. Als er eine knappe Stunde später zurückkam, lag Canyon in seinem Bett und schlief fest. Er rasierte sich, duschte und trank noch einen Schluck Wasser. Dann legte er sich neben sie und schlief auf der Stelle ein.

21. Kapitel

Es war sechs Uhr morgens, als der Wecker piepte. Jem stellte ihn aus. Zärtlich betrachtete er Canyon, die neben ihm lag und immer noch fest schlief. Seine Hand glitt die warme Haut ihres Armes entlang und er küsste sie auf die nackte Schulter, um sie zu wecken. Schlaftrunken drehte sie sich zu ihm um. Dabei verrutschte ihr dünnes Nachthemd und entblößte die braunen Höfe ihrer Brustwarzen.

„Ich hab was Scheußliches geträumt", murmelte sie.

„Wir reden später darüber", sagte er. „Mach dich fertig und pack ein paar Sachen zusammen. Wir werden zwei, drei Tage unterwegs sein."

„Wohin gehen wir?", fragte Canyon, auf einmal hellwach.

„Wir holen Stevie zurück."

„Kann ich darüber nachdenken?"

„Nein."

Sie schloss die Augen und rührte sich nicht. „Ich war noch nie da draußen, Jem. Ich habe Angst."

„Das musst du nicht. Ich bin ja bei dir. Aber lass mich nicht alleine gehen. Ich brauche dich."

Hatte er das wirklich gesagt?

„Hast du etwas zum Anziehen dabei, das für die Wildnis geeignet ist?", fragte Jem sachlich.

Sie überlegte kurz und nickte. Unter den Kleidungsstücken, die sie mitgenommen hatte, war eine brauchbare Jeans, langärmlige Hemden und eine regenfeste Jacke. Ihre Joggingschuhe hatte sie vorsichtshalber auch eingesteckt.

Jem glitt aus dem Bett und zog sich an. Sie beobachtete

ihn dabei mit einem zwiespältigen Gefühl aus Angst und Hoffnung. Wie würde er reagieren, wenn er erfuhr, dass Ranee Bobiwash ein Kind von ihm erwartete?

Er verließ den Raum und Canyon blieb noch so lange im Bett, bis er im Bad fertig war und sie ihn in der Küche hantieren hörte. Im Badezimmer erschrak sie vor ihrem eigenen Spiegelbild. Die Haut um ihren Mund war immer noch gerötet vom breiten Klebestreifen. Sie sah aus wie ein trauriger Clown.

Als Canyon aus dem Bad kam, zog der Duft von frischgebrühtem Kaffee durch den Flur. Die Küchentür stand offen. Sie setzte sich an den Tisch und sah Jem zu, wie er Pancakes in der Pfanne wendete. Vor ihr stand ein Glas mit süßem Ahornsirup.

Jem ließ einen Pancake auf ihren Teller gleiten. „Guten Appetit!" Er lächelte.

Canyon goss Sirup über den Pfannkuchen, rollte ihn zusammen und biss hinein. Beim Essen beobachtete sie Jem. Er wirkte verändert. Der Schlaf hatte ihm gut getan und die quälende Angst war von ihm gewichen, obwohl Stevies Verbleib immer noch im Dunkeln lag. Aber nun wusste er, was er tun würde. Endlich war er in der Lage zu handeln und das Warten hatte ein Ende.

„Wäre es nicht besser, wir hätten Unterstützung von der Polizei?", fragte sie skeptisch. „Wir wissen schließlich nicht, was uns da draußen erwartet. Ranee scheint mir ziemlich durchgedreht. Sie ist gefährlich, Jem."

„Ich weiß mit ihr umzugehen, jetzt, wo sie keine Macht mehr über mich hat. Außerdem würde Harding wahrscheinlich mit einer großen Mannschaft anrücken. Das könnte wirklich gefährlich werden für Stevie. Ich weiß nicht, was uns da draußen erwartet, Canyon. Aber ich will es auf meine Art herausfinden."

„Ich mag Harding auch nicht", gab sie zu. „Aber ich

weiß, dass er immer allen Spuren nachgeht. Er ist sehr gewissenhaft."

„Vielleicht ist er gewissenhaft. Vielleicht ist er in der Stadt sogar ein guter Polizist. Aber da draußen werden seine Fähigkeiten nicht ausreichen. Was wir vorhaben, erfordert Fingerspitzengefühl und mehr als Polizeiwissen. Es geht bei uns seit einigen Jahren das Gerücht um, dass draußen am Jellicoe Lake ein Stamm existiert, der noch so lebt wie unsere Vorfahren. Ich habe das lange für ein Märchen gehalten, obwohl immer mal wieder ein zurückkehrender Jäger behauptete, einen von diesen Leuten gesehen zu haben. Aber nach alldem, was du von Ranee erzählt hast, wurde mir klar, dass es sie tatsächlich gibt, diese Waldleute. Ich glaube, dass Stevie dort ist."

Während sie versuchte seine Worte zu verarbeiten, verschlang Jem im Stehen einen heißen Pfannkuchen.

„Und du willst losgehen und diese Leute finden?", fragte sie entgeistert. „Mit mir?"

„Hab keine Angst", versuchte er sie zu beruhigen. „Ich kenne mich dort aus. Mein Vater und ich, wir waren früher oft in der Gegend jagen."

„Aber selbst wenn wir diese Leute finden und Stevie bei ihnen ist, werden sie uns den Jungen nicht freiwillig überlassen", wandte sie ein. „Ranee hat große Pläne mit deinem Sohn. Sie sprach von ihm, als wäre er ein Heiliger."

„Ranee Bobiwashs Geist ist verwirrt, Canyon", sagte Jem und holte sein Jagdgewehr aus dem Wandschrank.

„Willst du sie deshalb erschießen?", schockiert starrte sie ihn an.

„Vertrau mir!", erwiderte er. „Und jetzt beeil dich." Er brachte ihr einen Schlafsack und einen ausgewaschenen grünen Rucksack, in dem sie ihre Kleidung verstauen konnte.

Noch ist es nicht zu spät, dachte sie, während sie in Stevies Zimmer ihre Sachen aus der Reisetasche holte. Lass es sein, Canyon, du bist nicht für derartige Abenteuer geschaffen. Aber ganz mechanisch packte sie den Schlafsack, zwei T-Shirts, einen warmen Pullover und die Regenjacke in den Rucksack und testete sein Gewicht.

Jem schaute zur Tür herein. „Bist du fertig?", fragte er.

Canyon nickte.

In Nipigon tankte Jem, dann fuhren sie den Highway 11 in Richtung Norden. Die aufsteigende Sonne färbte die Wolken erst orange und dann gelb. Als sie nach knapp 40 Kilometern auf eine unbefestigte Schotterstraße abbogen, verblassten die Farben ganz.

Es hatte lange nicht geregnet und Jems Jeep zog eine dicke Staubwolke hinter sich her. Der Wechsel in eine andere Welt fiel Canyon nicht sofort auf, so schnell vollzog er sich. Man bog einfach von der Hauptstraße ab und schon war man mitten in der Wildnis, fernab jeglicher Zivilisation. Im Winter waren diese Schotterstraßen nicht befahrbar. Im Sommer wurden sie nur von Waldarbeitern oder Jägern benutzt, die sich gut auskannten.

Wie schön alles ist, dachte Canyon, solange man es aus der Sicherheit des Autos heraus betrachten kann. Dicke gelbe Sumpfdotterblumen wuchsen am Rand des Waldes. Hohes Blaubeergestrüpp beugte sich über den Wegesrand. Hin und wieder taten sich links und rechts kleine Lichtungen mit schimmernden Seen auf. Die Oberfläche durchbrochen von kunstvollen, hügelartigen Gebilden aus Zweigen. Biberburgen. Dann wieder dunkler Wald. Die zerzausten Wipfel der Nadelbäume mischten sich mit dem frischen Grün von Birken und Pappeln.

Wollte er wirklich *da* mit ihr hineinlaufen?

Er wollte.

Nach einer knapp zweistündigen Fahrt, Jem war die meiste Zeit nicht schneller als 40 Stundenkilometer gefahren, überquerten sie einen kleinen Fluss und er hielt nach etwas Ausschau.

„Was suchst du?", fragte Canyon.

„Irgendwo hier muss es reingehen, ich weiß es genau." Und wenig später hatte er gefunden, wonach er suchte. Da war tatsächlich ein Abzweig, verdeckt von dichten Sträuchern, aber er war da. Jem bog nach links und fuhr ein paar Meter den engen Waldpfad entlang. Äste schlugen gegen die Windschutzscheibe und streiften die Seiten des Jeeps. Canyon fragte sich, wie weit das Auto das noch mitmachen würde und wie zum Teufel Jem den Wagen hier wenden wollte.

Aber dann erreichten sie eine kleine offene Lichtung, auf der er den Jeep abstellte. Sie stiegen aus und Jem holte ihre Rucksäcke und das Gewehr aus dem Kofferraum.

„Und was jetzt?", fragte Canyon und schlug nach einem Moskito. Sie hatte vergessen, ihre Antimückenlotion mitzunehmen.

„Jetzt müssen wir ein Stück laufen."

„Wohin?" Skeptisch sah sie ihn an. Mit der flachen Hand deutete er auf ein scheinbar undurchdringliches Dickicht in Richtung Osten. „Dort entlang!"

Er hob den Rucksack auf seinen Rücken und half ihr mit ihrem kleineren Rucksack. Dann schulterte er das Gewehr und lief los.

Canyon stolperte Jem hinterher. Das Gestrüpp hörte bald auf und vor ihnen lag ein Pfad, den sie mühelos gehen konnten. Einfallendes Sonnenlicht ließ Blätter und Halme in verschiedenen Grüntönen aufleuchten. Ringsum war der Wald lebendig vom Schwirren der Insekten hoch oben in den Blättern.

Es war alles so friedlich, wie es nur hätte sein können, und trotzdem fühlte sich Canyon bedroht. Die Natur war ihr zu nah auf den Leib gerückt. Jem hatte sie vor Zecken und Giftsumach gewarnt, einer Pflanze mit dreifingrigen Blättern, die schmerzende Verbrennungen auf der Haut hervorrufen konnte. Die Gefahren, die um sie herum lauerten, ängstigten sie. Aber sie schwieg. Um jetzt noch umzukehren, war es zu spät. Außerdem war der Gedanke verlockend, etwas zu sehen, das selbst Jem Soonias für ein Hirngespinst gehalten hatte.

Nach einer Stunde auf dem Pfad wog Canyons Gepäck deutlich schwerer als noch am Anfang. Ihre Waden schmerzten und Myriaden von Moskitos umschwirrten sie wie schwarze Wolken. Jem hatte ihr Kräuter zum Einreiben gegeben, aber die Moskitos verfolgten sie trotzdem. Als sie das erste Mal hinter Büschen verschwand, schlugen sie unbarmherzig zu. Canyon biss die Zähne zusammen und klagte nicht.

Jem ging nicht besonders schnell, aber er hatte längere Beine als sie. Hin und wieder blieb er stehen, um auf Canyon zu warten. „Kannst du noch?", fragte er.

„Ja, alles okay", erwiderte sie, obwohl es eine Lüge war.

Nach zwei weiteren Stunden bewegten sich ihre Beine nur noch mechanisch. Schweißbäche rannen über ihr Gesicht und zwischen ihren Brüsten herab. Jem hörte ihr Keuchen und merkte, dass sie an den Grenzen ihrer körperlichen Belastbarkeit angelangt war. Als sie das Ufer eines kleinen Flusses erreichten, sagte er: „Hier machen wir eine kleine Pause."

Canyon warf ihren Rucksack in den Ufersand. Mit schmerzlich verzogenem Gesicht quälte sie sich aus ihren Schuhen, krempelte die Hosenbeine nach oben und watete ein Stück ins Wasser, um ihre Füße zu kühlen. Sie fühlte sich elend. Moskitos hatten ihr inzwischen einen halben

Liter Blut abgezapft und im Gesicht hatte sie einen Sonnenbrand. Jedenfalls brannten nun auch Stirn und Wangen und nicht nur die Mundpartie.

Jem kniete am flachen Ufer nieder und wusch sein Gesicht. Dann trank er ausgiebig. Wie gut dieses Wasser schmeckt, dachte er und erinnerte sich an den chemischen Geschmack des Wassers, das in Ottawa aus der Leitung gekommen war. Ottawa. Die Gerichtsverhandlung. Ihm schien, als wären seither Wochen und nicht nur zwei Tage vergangen.

„Ich bin hungrig", sagte Canyon unvermittelt. Das war zwar nur eines ihrer Probleme, aber es ließ sich vielleicht am leichtesten beheben. Der Mensch musste schließlich essen. Sie setzte sich auf einen Stein und wartete.

Jem öffnete seinen Rucksack und reichte ihr eines der abgepackten Sandwichs, die er an der Tankstelle gekauft hatte. Gierig verschlang sie das im Rucksack warm gewordene Brot mit Salat, Truthahnfleisch und Majonäse.

„Was macht dich so sicher, dass wir auf dem richtigen Weg sind?", fragte sie kauend. „Wenn du nicht einmal weißt, ob dieses Lager überhaupt existiert, wie kannst du dann so geradewegs draufloslaufen?"

Jem sah die Zweifel in ihren Augen und spürte ihre Angst vor dem Ungewissen. Es war nicht nur die körperliche Erschöpfung, sie fürchtete sich vor dem, was sie am Ende ihrer Reise erwarten würde. Sie tat ihm Leid, aber er brauchte sie. Canyon war die andere Hälfte seiner Kraft. Sie war von Anfang an dabei gewesen, hatte einiges auf sich genommen, freiwillig und unfreiwillig, und nun wollte er, dass sie ihn in eine Welt begleitete, von der er selbst nicht glauben konnte, dass es sie gab. Canyon Toshiro würde seine Verbindung zur Wirklichkeit sein. Er setzte sich neben sie.

„Vertrau mir", sagte er. „Mein Instinkt ist sicher hier draußen. Und ich weiß auch, wo das Lager ist."

„Ich habe Angst, Jem."

„Das brauchst du nicht. Ranee kann uns nichts tun, selbst wenn sie sämtliche Geister des Waldes um Beistand ruft. Wenn jemand etwas Falsches tut, kommt es irgendwann auf ihn zurück. Ich glaube, sie verliert ihre Kraft."

Lass doch die Geister endlich zur Ruhe kommen, dachte Canyon. Ihnen kann man nicht trauen, genauso wenig wie Ranee Bobiwash. Sie wollte ihm sagen, was sie wusste. Wollte ihm sagen, dass Ranee gar keine Geister zu rufen brauchte, weil sie etwas viel Wirkungsvolleres hatte, das sie einsetzen konnte. Sie war die Mutter seines ungeborenen Kindes. Canyon war sicher, dass es eine Tochter werden würde, nach dem, was die alte Grace ihr erzählt hatte. Aber sie konnte es Jem nicht sagen.

„Was war das eigentlich für ein Traum, den du hattest?", fragte er unvermittelt.

Canyon überlegte einen Moment, ob es klug war, ihm von ihrem Traum zu erzählen, aber schließlich tat sie es doch. „Ranee hatte mich wieder in ihrer Gewalt", sagte sie. „Sie war vollkommen durchgedreht und drohte, mich zu töten. Mit einer Keule. Sie holte zum Schlag aus und ich sah schon mein letztes Stündlein gekommen. Doch plötzlich fiel sie auf den Boden, zuckte und wand sich wie in einem epileptischen Anfall. Sie schrie und stöhnte und auf einmal spreizte sie ihre Beine und gebar ein Kind."

Canyon beobachtete Jem, während sie ihren Traum erzählte und als sie die Geburt erwähnte, veränderte sich sein Gesichtsausdruck. Sie vermeinte Unbehagen in seinen Augen zu entdecken. „Überall war Blut. Das Kind war ein Mädchen und es hatte am ganzen Körper langes Haar, das bis auf den Boden reichte."

Jem verzog das Gesicht und wandte sich ab. Auf einmal wirkte er niedergeschlagen. „Und was dann?", fragte er leise.

„Dann warst du plötzlich da und Ranee überreichte dir feierlich dieses seltsame Wesen. Sie lachte und tanzte und ich wachte auf."

Jem drängte zum Aufbruch. Mit kurzen Unterbrechungen liefen sie bis in den Abend hinein. Dann war Canyon am Ende ihrer Kräfte. Sie ließ sich auf den Waldboden sinken und weigerte sich wieder aufzustehen. Achselzuckend lud Jem seinen Rucksack neben ihr ab und verschwand mit dem Gewehr im Dickicht. „Bin gleich wieder da", hörte sie ihn noch sagen.

„He, wo willst du hin?", rief sie und wollte ihm hinterher, aber das Gewicht ihres Rucksackes hielt sie am Boden fest. Sie blieb so liegen, den Rucksack im Rücken und lauschte auf die Stimmen des Waldes. *Hier* gab es ganz gewiss Bären und vermutlich auch Berglöwen. Sie brauchte nur warten, bis einer ihren Schweiß gerochen hatte und das war's dann.

Canyon zog ihre Arme aus den Trägern des Rucksackes und suchte nach der Wasserflasche. Trank, bis sie leer war. Mit dem Handrücken wischte sie sich den Schweiß aus dem Gesicht und fragte sich, welcher Teufel sie geritten hatte, Jem Soonias in den Busch zu folgen. Gerade sie, die einen so schlechten Orientierungssinn hatte, dass sie sich sogar in der Stadt verlaufen konnte. Bis vor zwei Wochen hatte sie die Wildnis um Thunder Bay nur von Bildern und aus Büchern gekannt. Sarah und Charles hatten einmal einen Survival Trip mitgemacht und danach fürchterliche Schauermärchen erzählt. Canyon hatte ihre Freundin eindeutig für verrückt erklärt, sich auf so etwas überhaupt einzulassen.

Aber nun saß sie hier, mit nichts weiter als ihrem Rucksack und von Jem Soonias keine Spur. Wie hatte er sie bloß allein lassen können, wo hier nicht nur wilde Tiere die Gegend unsicher machten, sondern auch noch eine ganze Horde Verrückter umherstrich, angeführt von Ranee Bobiwash, die ihr nach dem Leben trachtete.

Was, wenn Jem in ihre Hände geriet? Wenn Ranee ihn festhielt und sie vollkommen auf sich allein gestellt war. Bald würde die Nacht hereinbrechen und Tiere aus ihren Verstecken kommen, die sie bisher nur im Zoo gesehen hatte. Vielleicht hatten Ranees Leute sie schon entdeckt, verbargen sich irgendwo im Dickicht und weideten sich an ihrer Angst. Ihr Herz schlug so laut, dass sie das Gefühl hatte, man könne es meilenweit hören. Ein graues Eichhörnchen sprang in langen Sätzen über den Waldboden und floh schimpfend auf einen Baumstamm.

Canyon sah ihm nach. Ganz ruhig bleiben, dachte sie. Jem ist gerade mal seit fünf Minuten weg. Er wird wiederkommen. Er wird wiederkommen.

Plötzlich hallte ein Schuss durch das Dickicht. Canyon zuckte zusammen, lauschte. Im Busch bewegte sich etwas. Sie sprang auf und griff nach einem Ast, bereit, sich zu verteidigen. Zweige knackten, Jem tauchte zwischen den Blättern eines Strauches auf. In der Rechten trug er das Gewehr, in der Linken ein totes Kaninchen. Canyon starrte ihn entgeistert an. Dann wurde sie von Wut gepackt.

„Mach das nie wieder", fauchte sie ihn an. „Ich habe mich zu Tode erschreckt."

„Hey", er ging einen Schritt auf sie zu, aber sie wich zurück. „Ich war doch ganz in deiner Nähe."

„Ich habe nichts gehört, Jem. Ich wusste nicht, was du vorhast. Ich bin hier nicht zu Hause wie du. Die Wildnis ist mir fremd. Wenn du nicht wiedergekommen wärst, ich hätte nicht einmal den Weg zum Jeep zurückgefunden. Ich hatte furchtbare Angst, verdammt noch mal."

„Ja", sagte er, „schon gut. Ich verstehe. Das war dumm von mir. Komm", meinte er versöhnlich, „noch ein paar Schritte, dann sind wir an einem passablen Lagerplatz, wo wir die Nacht verbringen können. Für heute sind wir genug gelaufen und außerdem wird es bald dunkel."

Er nahm seinen Rucksack auf. Canyon tat es ihm nach und folgte ihm. Nach ein paar Schritten erreichten sie einen Platz, der offensichtlich schon von anderen als Lagerstätte benutzt worden war. Ein Felsvorsprung spendete Schatten und bot Schutz vor Regen. Nicht weit davon sprudelte eine kleine Quelle. Canyon ließ ihren Rucksack zu Boden gleiten und setzte sich mit dem Rücken gegen den warmen Fels.

„Ich bin gleich wieder da", sagte Jem, drehte sich aber nach einigen Schritten noch einmal um. „Will nur ein bisschen Holz zusammentragen."

Mit einem Arm voll Feuerholz kehrte er zurück. Jem ging einige Male, bis er den Holzvorrat als ausreichend befand. Dann machte er sich daran, dem Kaninchen das Fell über die Ohren zu ziehen.

Wortlos beobachtete Canyon ihn dabei. Sie dachte, dass dies nicht der Mann war, in den sie sich verliebt hatte. Der indianische Lehrer, der Englisch, Stammessprache und Amerikanische Geschichte an einer High School unterrichtete. Jem Soonias, der Sprecher von *KEE-WE*, der in Anzug und Krawatte Reden im Gerichtssaal hielt. Der verwaiste, von Schmerz erfüllte Vater, der Angst um seinen Sohn hatte.

Vor ihr hockte ein Fremder. Einer, der sich in der Wildnis von seinem *Instinkt* leiten ließ. Der unsichtbare Spuren sehen konnte und Tiere mit dem Gewehr tötete. Ihnen das Fell abzog und die blutig warmen Innereien mit seinen Händen herausholte. Dabei war er so geschickt, dass sie vor Bewunderung den Blick nicht abwenden konnte. Sie hatte geglaubt, ihn zu kennen, diesen Mann. In der vergangenen

Nacht war sie mehrere Male aus einem Alptraum aufgeschreckt und da hatte er neben ihr gelegen und geschlafen wie ein Stein. Sie hatte ihn berührt, ohne dass er es gemerkt hatte.

Doch nun hockte er mit blutigen Fingern vor ihr und Canyons Verdacht, dass er sich hier draußen mehr zu Hause fühlte als in Dog Lake, wurde zunehmend stärker. Was sollte sie nun anfangen mit dieser Tatsache und der Gewissheit, dass sie dabei war, sich haltlos zu verlieben.

Canyon schlang die Arme um ihre hochgezogenen Knie und sah zu, wie Jem aus dem Kaninchen ein köstliches Abendessen bereitete. Als das Fleisch gar war, verschlang sie gierig ihren Anteil, denn sie war hungrig wie ein Wolf im Winter.

„Also gut", sagte sie schließlich und leckte sich die Finger. „Du kennst dich hier aus als wäre es dein Zuhause. Du benimmst dich, wie man es vom Heldenindianer aus dem Film gewöhnt ist. Aber etwas hast du vergessen: Der Schuss, mit dem du das Kaninchen getötet hast, war meilenweit zu hören. Sie werden wissen wollen, wer hier herumschleicht."

Soonias nickte lächelnd. Er hatte nicht damit gerechnet, dass sie sich über solche Dinge Gedanken machen würde. „Du hast Recht", erwiderte er. „Aber ich hätte das Gewehr nicht benutzt und kein Feuer gemacht, wenn ich nicht sicher gewesen wäre, dass sie bereits wissen, dass wir kommen."

„Aber ..."

„Ich habe nicht vor, Stevie in einer Nacht- und Nebelaktion zu befreien", sagte Jem. „Es muss einen anderen Weg geben."

„Du willst ihnen offen gegenübertreten und Stevie zurückfordern?"

„Nach dem, was Ranee dir erzählt hat, glaube ich nicht,

dass sie ihn gefangen halten. Ich hoffe, dass er freiwillig mit uns kommt."

Canyon sah ihn fragend an, aber er hatte nicht vor, es ihr genauer zu erklären. Erst seit sie hier draußen waren, fernab von den Menschen, nahm das Bild dessen, was sie erwarten könnte, klare Formen an.

„Ich denke, es ist besser, wenn wir jetzt schlafen", sagte Jem. „Wir müssen ausgeruht sein, denn ein gutes Stück des Weges liegt noch vor uns."

Später, als die Dunkelheit zu einem Flechtwerk schwarzer Schatten geworden war, lagen sie im Schein des Feuers in ihre Schlafsäcke gerollt und lauschten auf die Stimmen des Waldes. Während für Jem die meisten Laute vertraut waren und ihn ruhig machten, hatten die fremdartigen Geräusche der Nacht für Canyon etwas Bedrohliches. Sie lag zwischen Jem und dem Feuer, das irgendwann, wenn sie eingeschlafen waren, ausgehen würde. Canyon zweifelte, dass sie überhaupt einschlafen würde. Sie war zwar noch nie inmitten der Wildnis gewesen, aber wie jeder Mensch in Kanada hatte sie genügend Geschichten über unliebsame Begegnungen zwischen Mensch und Tier gehört. Und nicht immer gingen sie glimpflich aus. Im vergangenen Jahr war in einem Nationalpark in Alberta eine Mutter vor den Augen ihrer drei Söhne von einem Cougar getötet worden.

Canyon seufzte tief.

„Was ist?", fragte Jem. „Kannst du nicht schlafen?"

„Gibt es hier Berglöwen?"

„Nein, ich glaube nicht", erwiderte er und sie erriet sein Lächeln in der Dunkelheit. „Du musst aufhören Angst zu haben und dich zu verkrampfen. Du hast das Recht hier zu sein, genauso wie all die anderen Geschöpfe da draußen. Einst waren wir Menschen ein Teil der Wildnis. Aber mit der Ankunft der Weißen hat sich alles verändert, auch unsere Beziehung zur Natur. Die meisten Menschen, die sich nicht mit ihr verbunden fühlen, haben Angst vor ihr und gleichzeitig versuchen sie, sie zu beherrschen."

„Ich habe das nie versucht."

„Nein, du nicht. Deshalb hast du auch nichts zu befürchten." Jem beugte sich herüber und küsste sie auf den Mund. „Schlaf jetzt. Wenn irgendein größeres Tier hier herumschleicht, werde ich es noch vor dir hören."

Instinkte, dachte sie, und schloss die Augen. Sie mühte sich um Schlaf und hoffte, noch vor Jem einzuschlafen. Aber irgendwann ging das Feuer aus und sie hörte ihn gleichmäßig atmen. Canyon versuchte nicht daran zu denken, was in der Dunkelheit außer Jem noch alles atmete. Schließlich siegte die Müdigkeit und sie schlief für ein paar Stunden.

22. Kapitel

Canyon erwachte im Bewusstsein tiefer Stille. Eine Stunde vor Sonnenaufgang rührte sich nichts im Wald. Die Nachttiere waren in ihren Verstecken verschwunden und die Tagaktiven schliefen noch. Diese absolute Stille war ihr noch unheimlicher als alle undefinierbaren Geräusche der vergangenen Nacht. Unwillkürlich rutschte sie näher an Jem heran.

„Wir leben noch", murmelte er leise.

„Wirklich?"

„Ja, ich bin mir ziemlich sicher. Schlaf einfach weiter, okay? Wir haben einen anstrengenden Tag vor uns."

„Ich kann nicht", seufzte sie. „So viele Dinge gehen mir durch den Kopf, Dinge, die mich nicht zur Ruhe kommen lassen. Du hast gesagt, Ranee wird uns nichts tun. Aber das ist nicht die Wahrheit, Jem. Sie ist irgendwo da draußen und wenn du mich nicht rechtzeitig gefunden hättest, wäre ich jetzt vielleicht tot. Sie hasst mich."

Jem schwieg eine Weile, dann sagte er: „Ich glaube nicht, dass sie dich töten wollte. Aber ich weiß auch nicht, was in ihrem Kopf vorgeht."

Ich weiß es, dachte Canyon. Ich weiß, dass Ranee dein Kind unter dem Herzen trägt und dass es nicht nur ein Traum ist. Sie wird um dich kämpfen, mit allen Mitteln, die ihr zu Verfügung stehen.

„Was wirst du tun, Jem, wenn Ranee dir Stevie nicht überlassen will? Du warst mit ihr zusammen. Ich weiß nicht, ob du sie geliebt hast, aber du warst mit ihr zusammen. Wirst du dich gegen sie stellen?"

Er atmete tief ein. „Auch wenn ich gewisse Vorstellungen habe, weiß ich nicht, was uns da draußen erwartet. Deshalb kann ich auch nicht voraussehen, wie ich mich verhalten werde. Du musst mir vertrauen, Canyon. Ich habe nicht das Verlangen, Ranee zu verletzen oder zu demütigen. Aber ich werde auch nicht zulassen, dass dir jemand wehtut. Das hat schon jemand ausgiebig getan und es wird nicht noch mal passieren."

Canyon verbarg das Gesicht unter ihrem Arm, damit er die Tränen nicht sehen konnte, die ihr in die Augen schossen. Doch er schob ihren Arm zur Seite und küsste sie. Jem öffnete erst den Reißverschluss an seinem Schlafsack, dann an ihrem, um sie ganz in seinen Armen aufnehmen zu können.

„Ich bin ein sehr ängstlicher Mensch, Jem. Ich habe Angst vor allem, ich ..."

„Das ist überhaupt nicht wahr." Er küsste sie wieder und wieder und seine Hände suchten unter dem T-Shirt nach ihrer bloßen Haut. Ihr Haar duftete nach Holzfeuer und Lilien. Jem war behutsam und sehr vorsichtig. Diesmal wollte er alles richtig machen.

Canyon spürte seine warme Hand auf ihren Brüsten, ihrem Bauch. Sie erkannte die Scheu, mit der er sich langsam zu ihrem Schoß vorantastete. Jede Berührung war eine Frage. Ist das in Ordnung so? Gefällt dir das? Darf ich weitermachen?

Sie half ihm, als er ihr Hemd und Slip vom Leib streifte und ihre stumme Antwort ermutigte ihn. Jem gab sich Mühe, ihr nicht wehzutun und doch spürte er, wie sie sich bei jeder seiner Bewegungen mehr verkrampfte. „Soll ich aufhören?", fragte er und zog sich zurück.

„Nein", sagte sie, „hör nicht auf. Gib mir nur ein wenig Zeit."

Nun war es Canyon, die ihn berührte, mit ihren sanften

kleinen Händen. Jem spürte, wie sie nach etwas suchte, das sie nach qualvoller Demütigung durch ihren Stiefvater verloren geglaubt hatte: der Freude am eigenen Körper. Er wollte, dass es ihr gut ging und hoffte, sie würde nicht wieder fühllos werden in seinen Armen, denn das bedeutete, dass etwas in ihr sich immer noch ängstigte und verschloss. Doch nach und nach merkte er an der Heftigkeit ihrer Bewegungen, an ihrem rasenden Puls, wie Canyon ihre Sinne, ihre Lust, wie sie ihren ganzen Körper zurückeroberte.

Sie zog ihn über sich, öffnete sich ihm und dem Schweigen des Waldes. Zum ersten Mal war es ihre eigene Entscheidung. Und während Canyon zunehmend vergaß, wo sie sich befand, war es Jem wohl bewusst. Er spürte die Kraft des Landes, als er sie auf dem nach Tannennadeln duftenden Boden liebte. Was für ein mächtiges Heilmittel diese Kraft doch war. Lächelnd küsste er Canyon auf die geschlossenen Lider. Sie spürte ihn mit einer ihr noch unbekannten Intensität und war doch ganz bei sich selbst – an einem sicheren Ort.

Nachdem die Sonne aufgegangen war, wuschen sie sich am Fluss, tranken Kaffee und aßen etwas. Dann machten sie sich auf den Weg. Canyon spürte das Gewicht ihres Gepäcks bis auf die Knochen, aber die andere, unsichtbare Last schien an Gewicht verloren zu haben. Sie fühlte sich leicht und frei. Was zwischen ihr und Jem passiert war, hatte nichts mit verdrängtem Schmerz zu tun gehabt. Es war Liebe gewesen. Canyon lächelte, wenn sie daran dachte.

Aber dann wanderten ihre Gedanken nach vorn und in ihre Freude schlich Unruhe. Jedes Mal, wenn sie einen Fuß aufsetzte, spürte sie, wie sie sich dem Unbekannten näherten. Jem schien immer schneller zu werden, aber sie hielt

Schritt. Sie lief und lief. Fragte sich, woher plötzlich die Kraft kam. Ihr Blick öffnete sich für das, was um sie herum passierte. Sonnenstrahlen, die durch das dunkle Grün der hohen Hemlocktannen fielen. Ein rotköpfiger grauer Specht hämmerte an einem abgestorbenen Stamm. Sie hörte das schrille Pfeifen der Chipmunks, die über sonnenwarme Steine huschten. Der Balsamduft der Zedern füllte ihre Lungen. Jeder Baum, jeder Stein und jeder Bach war eine Quelle der Kraft. Und auf einmal schien es, als liefe sie von allein.

Neugier trieb sie an. Sie wollte wissen, wer das war, der ihr ganzes Leben verändert hatte, und das in nur zwei Wochen. Sie wollte den Jungen kennen lernen, Stevie, der mit Ranee gegangen war, um ein Schamane zu werden. Und sie wollte endlich Klarheit über Jem Soonias' Gefühle. Wenn er erst die Wahrheit erfahren hatte, würde er seine Entscheidung treffen müssen. Canyon wusste, dass Jem fähig war, tief und aufrichtig zu lieben. Sie wusste aber auch, dass er kein Mann war, der sich vor der Verantwortung drücken würde.

Sie liefen drei Stunden, in denen kaum ein Wort zwischen ihnen fiel. Dann lichtete sich der Wald und leises Plätschern drang an Canyons Ohren. Ihre innere Unruhe wuchs und Jems Schritte wurden noch schneller. Schließlich standen sie am Ufer des Jellicoe Lake und sein Anblick trieb Canyon Tränen in die Augen. Die schwarze Oberfläche funkelte in der Sonne und in der Mitte des Sees war sie durchbrochen von kleinen Inseln, auf denen Fichten wuchsen. Das ferne Ufer war an einigen Abschnitten felsig, an anderen sandig, so wie die Stelle, an der sie standen. Hier war das Wasser teefarben und helle Felsbrocken ragten daraus empor.

„Es ist unglaublich schön hier", sagte Canyon. „Jetzt erst kann ich verstehen, was du meinst, wenn du sagst, dass es Orte gibt, die der Mensch nicht verändern darf."

„Ja", sagte er schlicht. „Das ganze Land ein Gebet, eine Quelle der Kraft." Dann holte er tief Luft und sagte: „Um zum Lager zu kommen, müssen wir über den See."

„Und wie wollen wir das anstellen?" Canyon sah ihn entgeistert an. „Ich bin keine besonders gute Schwimmerin."

Jem lachte kopfschüttelnd. „Keine Angst. Wir müssen nicht schwimmen. Irgendwo hier am Ufer hat mein Vater ein Boot versteckt."

„War er es, der dir den Weg wies?"

„Es ist besser, wenn du manche Dinge nicht weißt, damit du später nicht mit deinen Vorschriften in Konflikt gerätst", antwortete er daraufhin.

Canyon lächelte. „Meinst du nicht, dass es für solche Vorsichtsmaßnahmen ein wenig spät ist."

„Na gut", sagte er und strich ihr eine Haarsträhne aus der Stirn, die sich aus ihrem Gummiband gelöst hatte, „wenn du es unbedingt wissen willst: Grace hat mir den Weg gewiesen."

„Grace? Wie konnte sie ihn wissen?"

„Sie wusste ihn nicht, sie hat ihn für mich herausgefunden. Ich bin noch einmal bei ihr gewesen, gestern Nachmittag, als du schon geschlafen hast."

„Und *wie* hat Grace es herausgefunden?"

„Durch ein Schulterblattorakel." Mit einem geheimnisvollen Lächeln sah er sie an. Canyon wusste, dass die Erklärung wieder einmal ihren Verstand übersteigen würde, aber seit sie Jem kannte, hatte sie gelernt, bestimmte Dinge einfach hinzunehmen.

„*Ein Schulterblattorakel?*"

Er nickte. „Dazu wird das vom Fleisch gereinigte Schulterblatt eines Bibers in heiße Asche gelegt. Es bilden sich Risse und die werden wie eine Landkarte gelesen. Auf diese Weise kann man den Aufenthaltsort von Jagdwild, aber auch von verschwundenen Menschen finden."

„Na toll." Canyon stemmte ihre Hände in die Hüften. „Und warum hat Grace das Schulterblattorakel nicht gleich befragt, als Stevie verschwunden war? Das hätte uns eine Menge Aufregung erspart."

„Weil ich sie darum bitten musste", sagte er. „Und weil ich vor zwei Wochen noch nicht bereit war, sie darum zu bitten."

Es dauerte eine Weile, bis Jem das Aluminiumkanu fand, das gut getarnt unter Zweigen versteckt gelegen hatte. Zwei Paddel aus Erlenholz waren in seinem Inneren festgemacht. Canyon stieg zuerst ins Boot, dann reichte Jem ihr die Rucksäcke und das Gewehr und sprang selbst hinein.

„Dass ich keine besonders gute Schwimmerin bin", sagte sie, „war nur die halbe Wahrheit. Ich habe noch nie in meinem Leben ein Paddel in der Hand gehabt."

„Das hatte ich befürchtet", bemerkte er schmunzelnd. „Aber davon werden wir uns nicht aufhalten lassen." Er ließ Canyon im Bug niedersitzen und zeigte ihr, wie man das Paddel handhabt.

Doch bevor es losging, holte Jem ein Päckchen Tabak aus seinem Rucksack, sagte ein paar feierliche Worte auf Cree und streute Tabak in den See.

„Was machst du da?", fragte sie besorgt.

„Der Tabak ist eine Opfergabe für die Geister des Sees", antwortete er. „Und frage mich bitte nicht, ob ich an sie glaube. Diese Frage erübrigt sich langsam. Ich tue es, Canyon. Nicht mehr zu zweifeln, ist eine ungeheure Befreiung. Wenn wir die Geister nicht respektieren oder sie schlecht behandeln, wird unser Vorhaben mit Sicherheit fehlschlagen."

„Ich verstehe", sagte sie.

Dann ging es los. Mit kräftigen Bewegungen stieß er sein Paddel ins schwarze Wasser des Sees und glich Canyons zaghafte Paddelschläge durch einen Wechsel der Seiten aus, sodass sie auf geradem Wege vorwärts kamen.

Eine kühle Brise wehte über den See und zu Canyons großer Erleichterung hielt sie die Moskitos fern. Sie sah ein Seetaucherpärchen auf dem Wasser tanzen und hörte den Schrei der Wasservögel, der wie das Lachen von Geistern klang.

Ein Schauer rann über ihren Rücken.

Eine große Hilfe war sie Jem nicht, aber mit unerwarteter Zähigkeit hielt Canyon am Paddel fest und versuchte ihren Teil zum Vorwärtskommen beizutragen. Doch mitten auf dem See, wo das Wasser schwarz war wie die Nacht und zwei mit Fichten bewachsene Inseln daraus emporragten, verließen sie ihre Kräfte und sie musste sich einen Moment ausruhen.

Jem manövrierte das Kanu zwischen den Zwillingsinseln hindurch, wo sie ein Otterpärchen beobachteten, das am Ufer Panzerkrebse knackte und sie auf dem Rücken schwimmend verzehrte. Canyon lachte über die drolligen Tiere, die ihnen eine Vorführung ihrer Schwimmkünste zu geben schienen.

Jem erzählte Canyon, dass man früher Hexen und Zauberer auf diese Inseln verbannt hatte, wenn sie begannen, sich gegen das eigene Volk zu wenden und Unheil anzurichten.

„Aber wovon lebten sie hier?", fragte sie. „Die Inseln sind viel zu klein, um darauf zu leben."

„Von ihrer Magie, nehme ich an", antwortete er.

Als sie sich zu ihm umwandte, sah sie ihn lächeln.

Auch ohne Canyons Hilfe kamen sie zügig voran. In Jem Soonias' sehnigen Armen steckte genügend Kraft, um sie in einer weiteren knappen Stunde an das andere Ufer des Jellicoe Lake zu bringen. Dort verbargen sie das Kanu an einer sicheren Stelle und liefen so lange am Ufer des Sees entlang, bis Jem Spuren von menschlichen Aktivitäten entdeckte.

Schmale Rinnen im Sand, wo man Kanus auf das höhere Ufer gezogen hatte. Fischabfälle und Muschelschalen. Fußspuren im Sand deuteten darauf hin, dass das Lager, in dem Ranee Stevie festhielt, nicht weit sein konnte. Merkwürdige Tierlaute hallten durch das Geäst der Bäume und ließen die Vermutung zu, dass man ihre Ankunft registriert hatte.

Eine flackernde Erregung schnürte Canyon die Kehle zu. Ihre Reise war zu Ende und noch immer hatte sie keine Ahnung, was sie erwartete. Während sie den ausgetretenen Pfad durch lichten Mischwald gingen, hielt Canyon sich dicht bei Jem, in der Hoffnung, dass sein Körper auch weiterhin ein sicherer Ort für sie sein würde.

Nicht lange und sie endeckten die ersten Behausungen zwischen den Bäumen. Tipistangen, umspannt mit Segeltuch in Tarnfarben. Davor Feuerstellen und Gerüste aus Holzstangen, auf denen gespannte Häute trockneten. Fisch, der in der Sonne dörrte. Alles verdeckt durch riesige Tarnnetze, die vermutlich verhindern sollten, dass man das Lager aus der Luft zu leicht ausmachen konnte. Das Ganze wirkte wie eine Mischung aus Militärcamp und historischem Indianerlager.

Kaum dass man sie erblickt hatte, waren sie von kläffenden Hunden und einer Schar neugieriger, barfüßiger Kinder umringt. Die Gesichter wohlgenährt und strahlend. Jem suchte nach seinem Sohn, aber Stevie war nicht unter ihnen.

Frauen und Männer, einige von ihnen trugen traditionelle Lederkleidung, kamen von allen Seiten auf sie zu und sahen sie neugierig an. Canyon drängte sich an Jems Seite. Es war unglaublich. Als würden sie sich in einer anderen Welt befinden. Auch Jem staunte, aber er schien leichter akzeptieren zu können, was er sah.

Mit einem Mal öffnete sich die Menge wie von Zauberhand und vor ihnen stand Ranee Bobiwash. Es war eindeutig, dass sie genügend Zeit gehabt hatte, sich auf diesen Auftritt vorzubereiten. Sie trug ein fast weißgegerbtes Kleid aus Elchhaut mit bunten Blumenstickereien, das ihre braune Haut wunderbar zur Geltung brachte. Die Mokassins an ihren Füßen waren ebenfalls mit traditionellen Cree-Mustern bestickt. Ranees langes Haar glänzte im Licht der Sonne und sprühte blaue Funken. Ihr ganzes Erscheinen strahlte Würde aus. Die übrigen Waldbewohner betrachteten sie ehrfürchtig und voller Erwartung.

„Willkommen in unserem Dorf", begrüßte Ranee die Ankömmlinge ohne ein Lächeln. Dann deutete sie mit eisigem Blick auf Jems Jagdgewehr. „Bei uns ist es Sitte, dass Fremde, die unsere Gastfreundschaft in Anspruch nehmen, ihre Waffen abgeben, solange sie sich im Lager aufhalten."

Es war eindeutig, wer hier das Sagen hatte. Einen Häuptling schien es nicht zu geben. Jem wusste, dass er keine andere Wahl hatte. Wortlos übergab er Ranee sein Gewehr. Sie nahm es, und reichte es einem außergewöhnlich gut aussehenden jungen Mann weiter, der die ganze Zeit hinter ihr gestanden hatte und sie an Größe noch um einen halben Kopf überragte.

Dann machte sie eine einladendende Handbewegung und sagte: „Folgt mir!"

Die Waldbewohner bildeten Grüppchen und redeten aufgeregt durcheinander. Offensichtlich kam es nicht häufig vor, dass Fremden Zutritt ins Lager gewährt wurde. Jem war sicher, dass Ranee über jeden ihrer Schritte genau informiert gewesen war, so wie er es vermutet hatte.

Sie folgten Ranee in eines der Zelte am Waldrand. Es war schwarz und mit stilisierten Tieren und seltsamen Zeichen in roter Farbe bemalt. Zweifellos Kunstwerke, die von Ranees Hand stammten. Kaum waren sie im Inneren des Zeltes angelangt, packte Jem sie unsanft am Arm. „Wo ist mein Sohn?", zischte er in ihr Ohr. Ranee stieß einen leisen Laut des Schmerzes aus und im selben Augenblick verdunkelte sich der Eingang und der junge Hüne, dem sie Jems Gewehr überlassen hatte, stand im Zelt. Er funkelte Jem wütend an und der ließ Ranee augenblicklich los.

„Ist schon gut, *Was-coo*", sagte sie. „Ich komme allein zurecht."

Was-coo warf Jem einen Blick zu, der sagte, dass er das nächste Mal nicht so davonkommen würde. Dann verließ er das Zelt, ließ das Eingangsloch aber offen.

„Ist er dein Leibwächter?", fragte Jem, nicht ohne eine Spur von Spott in der Stimme. „*Was-coo*, die Wolke."

„Kyle Beaver", sagte Ranee ungerührt. „Vielleicht erinnerst du dich an ihn. Er ist der Sohn von Kathy und Samuel Beaver. Mit vierzehn hat er in Red Rock einen Wagen gestohlen und zu Schrott gefahren. Die Bewährungsauflagen hat er nicht eingehalten, also kam er in ein Jugendgefängnis. Dort wurde er von Wärtern vergewaltigt. Als er nach einem Jahr wieder rauskam, war er ein kaputter Mensch. Sie hätten fast seine Seele zerstört."

„Ich erinnere mich", sagte Jem. „Er soff und nahm Drogen. Dann verschwand er irgendwann ganz plötzlich und ist nie wieder gesehen worden. Seine Eltern denken, er ist tot."

„Es geht ihm gut, wie du siehst. Das Gift hat seinen Körper und seine Seele verlassen. Er ist ein hervorragender Jäger."

„Schon möglich", sagte Jem. „Aber sollten seine Mutter und sein Vater das nicht wissen? Er ist ihr einziger Sohn. Sie trauern immer noch, weil sie ihm kein Grab geben konnten."

„Was geht dich das an, Jem?"

„Ganz einfach. Ich weiß, wie sie fühlen."

„Sie wissen es."

Er nickte und musterte sie fragend. „Wo ist Stevie, Ranee?"

„Er ist nicht hier."

„Das sehe ich." Jem packte sie erneut am Arm. „Geht es ihm gut?"

„Ja", antwortete sie. „Es geht ihm gut." Sie wand sich aus seinem Griff.

„Wieso Ranee? Wieso hast du mir meinen Sohn weggenommen?"

„Ich habe ihn dir nicht weggenommen, Jem Soonias", erwiderte sie. „Er kam freiwillig mit mir."

„Aber wieso? Was tut er hier?"

„Sich vorbereiten."

„Auf was?"

„Auf seine Bestimmung, Jem."

„Ich verstehe das alles nicht."

„Weil du es nicht verstehen willst. Stevie weiß mehr als du. Weil er auch im Herzen einer von uns ist."

Jem wollte erneut auf Ranee losgehen, aber Canyon hielt ihn zurück. Lass dich von ihr nicht aus der Ruhe bringen, sagte ihr Händedruck.

„Was Sie mit Stevie gemacht haben, nennt sich Entführung Minderjähriger", sagte Canyon ruhig. „Was Sie mit mir gemacht haben, nennt sich Freiheitsberaubung und versuchter Totschlag. Ich hätte sterben können, wenn Jem nicht rechtzeitig aus Ottawa zurückgekommen wäre und mich gefunden hätte. Dafür gehen Sie ein paar Jahre ins Gefängnis, Ranee Bobiwash. Es sei denn, Sie bringen uns auf der Stelle zu dem Jungen."

Ranee weigerte sich, von Canyon Notiz zu nehmen. Sie warf Jem einen Blick zu, der voller Unmut fragte, was diese Frau hier wollte und dass sie sich verdammt nochmal raushalten sollte. Dann lachte sie böse und ihr Gesicht bekam einen hässlichen Zug. „Will sie mir drohen, die kleine Schlampe?" Ranee sah Jem fragend an. Ihre Augen waren jetzt schlangengrün.

Er schüttelte den Kopf. Schwieg.

Einen Augenblick belauerten sie einander wie Tiere, die abwägten, wer in einem Kampf der Stärkere sein würde. Canyon hielt den Atem an, hoffte, dass Jem die Ruhe bewahren würde, dass er sich als der Überlegenere erweisen würde, wie er es ihr versichert hatte.

„Also gut", sagte Jem endlich und es schien, als habe er seine innere Fassung wiedererlangt. „Ich kenne dich nicht, Ranee, aber du mich auch nicht. Wenn wir einander ansahen, haben wir immer nur uns selber gesehen. Doch nun, nachdem du dich entschlossen hast, dein wahres Ich zu zeigen, sollst du auch die Gelegenheit haben, mich kennen zu lernen. Bring mich zu Stevie, oder du bist die längste Zeit Königin in diesem kleinen Reich gewesen." Er sagte dies ernst und mit Nachdruck.

Ranee machte eine Bewegung der Angst. Sie warf Canyon einen gehetzten Blick zu und dann redete sie plötzlich in Cree auf Jem ein. Canyon hatte gewusst, dass ihre Rivalin diese Waffe irgendwann einsetzen würde. Die Sprache, die sie und Jem gemeinsam hatten. Und sie glaubte zu wissen, was Ranee ihm in schnellen, fremden Worten anvertraute. Das Herz wurde ihr schwer und sie senkte den Kopf.

Jem drehte sich zu ihr um und legte ihr eine Hand auf die Schulter. „Lass uns einen Augenblick allein, Canyon. Bitte!"

Nun war es also soweit. Canyon verließ das Zelt. Draußen, auf der kleinen Lichtung davor, blendete sie das grelle Licht der Sonne, sodass sie eine Hand vor Augen halten musste. Es war heiß und sie suchte nach einem Platz im Schatten.

Was sollte sie jetzt tun? Wohin konnte sie gehen? Eine Weile stand sie unschlüssig herum. Dann setzte sie sich ein paar Meter weiter auf einen umgekippten, rindenlosen Baumstamm, dessen Holz von Wind und Wetter silbern ausgebleicht war. Sie setzte sich so, dass sie immer den Zelteingang im Auge hatte. Ein paar Meter vom Zelt entfernt stand *Was-coo* mit vor der Brust verschränkten Armen und beobachtete ebenfalls den Eingang. Zwei lange, glänzende Zöpfe fielen ihm über die Schulter. Er trug Leggings und ein Hemd aus Elchleder, das mit Perlen und Fransen verziert war. Er sah aus wie ein Statist aus einem Indianerfilm, der auf die Anweisungen des Regisseurs wartete. Schießen, losrennen, töten oder tot umfallen. Aber so war es nicht. Dieser stolze junge Krieger wartete auf die Anweisungen einer Frau, die er offensichtlich vorbehaltlos verehrte. Einer Frau, die dringend therapeutische Hilfe brauchte. Ob er sich dessen bewusst war?

Nach einer Weile, die Canyon wie eine Ewigkeit vorgekommen war, trat Jem ins Freie und kam langsam auf sie zu. Sie konnte ihm nicht ansehen, worüber im Zelt geredet worden war. Er setzte sich neben sie und sprach eine ganze Zeit nicht.

„Wo ist dein Sohn?", fragte Canyon ihn schließlich.

„Ranee wird uns heute noch zu Stevie bringen", antwortete Jem. „Er ist bei Esquoio, ihrer Großmutter. Die alte Dame scheint tatsächlich noch zu leben. Ranee sagt, es ist ein Fußmarsch von ungefähr einer Stunde."

„Und warum lebt die alte Frau nicht hier, bei den anderen?"

„Weil sie die Schamanin ist und allein sein muss, um mit den *Manitus* zu kommunizieren."

„Und wenn Ranee lügt?"

„Warum sollte sie das tun?"

„Weil sie böse ist. Sie hat die Kraft, Menschen zu zerstören."

Jem schüttelte den Kopf. „Jemand, der leidenschaftlich an etwas glaubt und versucht, es mit allen ihm zur Verfügung stehenden Mitteln durchzusetzen, muss nicht gleichzeitig auch böse sein. Wir wissen nicht, warum Ranee so geworden ist, aber auf irgendeine Weise wird sie Verantwortung tragen müssen für das, was sie getan hat."

Canyon überlegte, ob es klug war, ihm die nächste Frage zu stellen. Aber schließlich tat sie es. „Und was wird aus uns, Jem?"

Doch Jem hatte sich schon erhoben und ihre geflüsterten Worte nicht gehört. „Komm!", sagte er, „Gehen wir mit ihr. Ich kann es kaum erwarten, meinen Sohn in die Arme zu schließen."

23. Kapitel

Zusammen mit Ranee und ihrem schweigsamen Leibwächter *Was-coo* brachen sie auf. Die Waldbewohner sahen ihnen zu und tuschelten, stellten Ranee aber keine Fragen. Das stand ihnen augenscheinlich nicht zu.

Wie groß war Ranees Macht über diese Leute?, fragte sich Canyon. Waren sie damit einverstanden, dass man einen neunjährigen Jungen gegen seinen Willen festhielt? Glaubten sie an das Märchen vom großen Schamanen, der sie von den weißen Eindringlingen befreien würde? Wären sie aus Loyalität gegenüber Ranee auch bereit, für sie zu töten?

Sie hatten nur ihre Wasserflaschen dabei und ohne Gepäck lief es sich bedeutend leichter. Die Tatsache der unangenehmen Gesellschaft wog allerdings sehr viel schwerer als ein Schlafsack und ein paar Kleidungsstücke. Ranee Bobiwash lief voran, gefolgt von Jem und Canyon, und den Schluss bildete Kyle mit seinem Gewehr, einer modernen Jagdwaffe.

Wenn sie uns hier erschießen und im Wald verscharren, dachte Canyon, wird niemand uns jemals finden. Vielleicht wusste Grace Winishut, wohin sie gegangen waren, doch das würde ihnen dann auch nicht mehr helfen. Niemand würde nachweisen können, dass sie hier gewesen waren.

Immerhin, Jem hatte gute Chancen dem zu entkommen. Ranee war versessen darauf, ihn zu besitzen. Wenn er sich nicht bockbeinig stellte und auf ihre Forderungen einging, ließ sie ihn sicher am Leben. Für sie selbst, die verhasste Rivalin, standen die Chancen weniger gut. Canyon ahnte, dass die Sache nicht so glimpflich ablaufen würde, wie Jem versucht hatte ihr weiszumachen. Ranee Bobiwash würde nicht kampflos aufgeben. Nach der schrecklichen Nacht im Haus der Indianerin war Canyon auf alles gefasst, ganz im Gegensatz zu Jem Soonias, der sich erstaunlich sicher fühlte und schon vergessen zu haben schien, wozu Ranee fähig war.

Auf ihrem Weg, der sie immer tiefer in die Wildnis hineinführte, kamen sie mehrere Male an großen Steinblöcken vorbei, in die seltsame Zeichen geritzt waren. Spiralen, kleine und große Sonnen und stark stilisierte Männer-, Frauen- und Tierfiguren. Vermutlich waren das die heiligen Stätten, von denen Jem erzählt hatte. Es handelte sich also um jenes Gebiet, für das Jem, Tomagatik, Walter Katz und die anderen Unterstützer als Vertreter der Dog Lake Cree kämpften. Hier sollte für die Shimada Paper Company der Wald gerodet werden. Ranee Bobiwash hatte das eigene Dorf fast der Vernichtung preisgegeben, weil sie Jem in dem Glauben gelassen hatte, dass Stevie von Shimadas Leuten entführt worden war. Aus diesem Grund hätte er beinahe nicht vor dem Obersten Gerichtshof in Ottawa gesprochen.

Ranee war nicht dumm und musste sich dessen durchaus bewusst gewesen sein. Es fiel Canyon schwer, die Gedankengänge dieser Frau nachzuvollziehen. War sie jemand, der sich leidenschaftlich für andere einsetzte, oder dachte sie bei allem, was sie tat, nur an sich selbst? Was bedeuteten ihr die Menschen im Waldlager, die sie bewunderten und auf sie hörten? Die Hoffnungen in sie und ihre Ideen setzten?

Plötzlich wurde Canyons Aufmerksamkeit auf seltsame Geräusche gelenkt. Einsame, dumpfe Trommelschläge und der entrückte, abgehackte Gesang einer alten Frau. Jem wandte sich zu Canyon um und warf ihr einen kurzen, bedeutungsvollen Blick zu. Es war so weit. Er konnte seine Erregung nicht verbergen. Am liebsten wäre er losgerannt, aber er musste hinter Ranee bleiben, sonst würde Kyle Beaver mit seinem Gewehr dafür sorgen, dass er respektvoll Abstand hielt.

Der Gesang wurde lauter, je näher sie kamen. Aber es war nicht nur das. Die Wildnis schien einzustimmen in dieses beschwörende Lied. Wind kam auf und die Äste schlugen im Takt. Schwarze Vögel flatterten aufgescheucht aus dem Dickicht des Waldes. Die Stimme der alten Frau schwoll an, durchdrang sengend Laub und Geäst, brannte sich in die Seelen der Herannahenden und brach plötzlich abrupt ab.

Ranee war auf eine kleine Lichtung getreten und stehen geblieben. Jem kam hinter ihrem Rücken hervor und blieb ebenfalls wie angewurzelt stehen. Canyon war dicht neben ihm.

Wolken fegten über den Himmel. In der Mitte der grünen Lichtung brannte ein mächtiges Feuer, dessen Flammen mal in die eine, mal in die andere Richtung schlugen. Funken stiebten. Eine uralte Frau mit vertrocknetem Gesicht und wehendem weißen Haar stand nah bei den Flammen und versenkte ihren Blick darin. Neben Esquoio der Junge. Auch er stierte ins Feuer. Stevie trug mit Perlen verzierte Lederkleidung und in seinem langen schwarzen Haar wehten weiße Federn. Jem war wie gelähmt von diesem seltsamen Anblick. Das Herz wurde ihm schwer, als er den entrückten Blick seines Sohnes sah. Stevies dunkle Augen, die in eine uralte Vergangenheit zurückzublicken schienen, eine Welt, zu der er den Zugang erst wieder finden musste.

Sollte er seinen Sohn jetzt, wo er ihn endlich wiedergefunden hatte, endgültig verloren haben? Verloren an eine Vergangenheit, die keine andere Zukunft in sich barg als die Welt der Träume. Sollte sich wiederholen, was mit Simon passiert war?

Sein kleiner Bruder war vor der Vergangenheit geflohen, Stevie suchte sie. Er war in die alten Zeiten zurückgekehrt und hatte sich deshalb von ihm entfernt. Würde er seinem Sohn die Hand reichen und ihn zurückholen können? Zurück in das Hier und Jetzt, das einzige Leben, das sie gemeinsam haben konnten?

Endlich wandte Esquoio den Kopf. Und im gleichen Moment drehte auch Stevie sich zu den Ankömmlingen um. Jem hielt den Atem an. Es war, als kehre sein Sohn von einer langen, einsamen Reise zurück und es dauerte eine Weile, bis Stevie wirklich sah, worauf sein Blick gerichtet war. Langsam ging er auf seinen Vater zu und Jem ließ sich vor ihm auf die Knie sinken.

„Ich dachte, du würdest nie mehr kommen, Dad", sagte der Junge leise. „Ich dachte, du hättest mich vergessen."

Jem schluckte, seine Kehle war trocken. „Stevie", stammelte er, „was hat sie dir bloß erzählt?" Er streckte beide Arme aus und riss seinen Sohn an sich. „Ich habe überall nach dir gesucht. Ich dachte, du wärst tot." Die Angst der vergangenen Tage kam noch einmal in ihm hoch und aus seiner Erleichterung wurde Wut auf Ranee, die ihm das angetan hatte.

Er presste seinen Sohn an sich, hörte sein Herz schlagen und atmete den Duft seines sonnenwarmen Haares. Stevie war am Leben und er war unversehrt. Dafür dankte er *Kitche Manitu*, dem mitfühlenden Geist allen Lebens. Aber die quälenden Stunden der letzten Tage und Nächte waren nicht vergessen.

Canyon liefen Tränen über die Wangen. Ihre Freude darüber, dass Stevie gesund und wohlbehalten war, überwog für einen Augenblick ihre Furcht vor dem, was noch kommen würde. Der Junge schmiegte sich an die Brust seines

Vaters und über seine Schulter hinweg warf er Canyon einen fragenden Blick zu. Sie lächelte, während Angst ihr die Kehle zuschnürte.

Jem stand auf und hob seinen Sohn hoch. „Ich werde dich nie mehr allein lassen, Stevie", sagte er. „*Kee-we-ta*, lass uns nach Hause gehen." Er ließ Stevie auf den Boden gleiten, als er merkte, dass es dem Jungen unangenehm war, wie ein Kind gehalten zu werden. Jem kam es so vor, als wäre sein Sohn in den vergangenen beiden Wochen gewachsen. Er hatte sich verändert, war reifer geworden. Und es gab etwas, das zwischen ihnen stand.

„Wer ist diese Frau?", fragte Stevie und nickte in Canyons Richtung.

„Sie heißt Canyon und hat mir geholfen, dich zu finden. Ohne sie hätte ich es nicht geschafft."

Stevie starrte Canyon mit zusammengekniffenen Augen an. „Ranee hat gesagt, du wirst kommen und mit ihr und mir hier draußen leben. Sie hat gesagt, wir werden eine Familie sein."

Jem wandte sich zu Ranee um, die zu ihrer Großmutter gegangen war und leise in Cree auf die alte Frau einredete. Er sah das siegessichere Lächeln auf ihrem Gesicht und fragte sich, was sie ihm verschwiegen hatte.

Canyon ahnte, was nun unweigerlich folgen würde. Ranee hatte ihm noch nichts gesagt, sie hatte den passenden Augenblick abgewartet, um ihrem Auftritt einen würdigen Rahmen zu verleihen. Jetzt wünschte sich Canyon, sie hätte Jem von seinem Kind in Ranees Leib erzählt, dann wäre er darauf vorbereitet gewesen.

„Ich habe nie gesagt, dass ich mit Ranee leben will, Stevie, und schon gar nicht hier draußen. Man kann die Zeit nicht zurückdrehen, auch wenn man es sich manchmal noch so sehr wünscht. Ich bin Lehrer, Stevie, und ich bin es gern. Das weißt du. Mein Zuhause ist Dog Lake, wo Granny

Elsie und Granpa Jakob leben, die dich sehr vermisst haben. Dort ist auch dein Zuhause, mein Sohn."

„Aber was wird dann aus meiner Schwester?", fragte Stevie mit großen Augen.

Canyon beobachtete Ranee, wie sie den Triumph genoss. Ihr wurde kalt, obwohl die späte Nachmittagssonne auf sie herabschien.

„Was für eine Schwester?", fragte Jem, sichtlich überrascht.

„Ich bin schwanger", sagte Ranee mit lächelnder Unerbittlichkeit und ging mit den stolzen Schritten einer Tänzerin auf ihn zu. „Hat sie dir das nicht gesagt?"

Er schwankte kurz, warf Canyon einen bestürzten Blick zu. Ihr Traum kam ihm in den Sinn. Sie hatte es gewusst. Ranee erwartete ein Kind. Sein Kind. Das veränderte alles. Er war verantwortlich für das Leben, das in ihrem Leib heranwuchs. Dieser Gedanke kreiste unaufhörlich in seinem Kopf.

Ranee redete weiter. „Ich werde nicht mehr nach Nipigon zurückkehren, um Kindern von Alkoholikern und Sozialhilfeempfängern das Malen beizubringen, wo sie doch nichts vom großen Geheimnis der Farben verstehen. Es ist vergebliche Liebesmüh.

Mein Platz und der unserer Tochter ist hier, genauso wie der von Stevie. Er ist der Erwählte, Jem. Esquoio hatte eine Vision. Aber für sie", Ranee wies mit ausgestrecktem Arm auf Canyon, „für solche wie sie ist hier kein Platz. Sie ist auch eine von denen, die auf gestohlenem Land leben und ihre verlorene Kultur durch eine fremde nähren. Sie soll verschwinden, wir wollen sie hier nicht."

Mutig hob Canyon den Kopf, um der Indianerin in die Augen zu sehen.

Jem war empört über Ranees Worte und gleichzeitig froh darüber, dass sie sie ausgesprochen hatte. Das Gesagte, ihr verachtungsvoller Blick, hatten ihm endgültig die Augen geöffnet. Einen Moment lang suchte er nach einer Antwort, brachte aber nur ein: „Du bist verrückt, Ranee", heraus. „Irgendetwas hat deinen Geist verwirrt", sagte er. „Ich werde mein Leben und das meines Sohnes nicht opfern. Deiner Idee nicht und auch diesem Kind nicht, das in deinem Leib wächst, falls du die Wahrheit sagen solltest."

Ranees Stirn lag vor Zorn in Falten, sie machte eine heftige Bewegung auf ihn zu, als wolle sie ihn schlagen, aber dann schwankte sie plötzlich und Kyle stützte sie. Mit einem angestrengten Lächeln auf den Lippen sagte sie: „Stevie fühlt sich bei uns sehr wohl, Jem. Er und Esquoio verstehen sich gut. Er hat für sie gesorgt, wenn ich unten im Dorf war. Du hast die Wahl, Jem Soonias. Du kannst eine Familie haben, deinen Sohn und eine Tochter dazu, oder du kannst mit Miss Jugendamt allein in die Zivilisation zurückkehren. Stevie wird nicht mit dir gehen."

Als das Wort Jugendamt fiel, zuckte Stevie zusammen und beäugte Canyon noch misstrauischer. Sie wusste, dass Ranee sich ihrer Sache sehr sicher war. Sie hatte sich gut auf diesen Tag vorbereitet.

„Lassen wir sie für eine Weile allein", sagte die Indianerin unerwartet, „damit sie eine Entscheidung treffen können." Und gestützt von Kyle verschwand sie hinter ihrer Großmutter in der zeltähnlichen schwarzen Behausung der alten Frau.

Jem ging erneut auf die Knie, um mit seinem Sohn auf Augenhöhe zu sein. „Du willst wirklich nicht mit uns zurückkommen, Stevie?", fragte er. „Du hast mir sehr gefehlt, mein Sohn. Ohne dich hat mir nichts mehr Freude gemacht. Ich war sehr allein."

Canyon bemerkte Stevies Blick, der fragend auf ihr ruhte. Der Junge war hin- und hergerissen von zwiespältigen Gefühlen und sie wollte jetzt nicht in seiner Haut stecken. Stevie liebte seinen Vater und sie spürte, dass sich der Junge am liebsten in Jems Arme geflüchtet hätte wie ein kleines Kind. Aber er musste Haltung bewahren, weil sie beobachtet wurden. Weil eine alte Frau behauptet hatte, er könne sein Volk von Alkohol und Drogen befreien und es zur alten Lebensweise zurückführen. Welch große Last musste auf seinen schmalen Schultern liegen.

„Ist sie wirklich vom Jugendamt?", fragte Stevie.

Jem zögerte kurz, dann sagte er: „Ja, das stimmt."

„Wird sie mich jetzt in ein Heim bringen, so wie sie das versucht haben, als Mama gestorben ist?"

„Nein, natürlich nicht. Du bist mein Sohn und wir sorgen füreinander. So, wie wir das all die Jahre getan haben."

„Warum ist sie dann hier, Dad?"

„Weil sie mir geholfen hat, dich zu finden. Weil wir uns gern haben."

Bei seinen Worten spürte Canyon, wie das Leben zu ihr zurückkehrte. Die wiedergefundene Zuversicht ließ sie erleichtert aufatmen.

„Ich dachte, du hast Ranee gern", sagte der Junge und Canyon hörte die Unsicherheit in seiner Stimme.

„Ich mochte sie, Stevie. Aber ich habe mich in ihr geirrt. Ranee hat eine große Dummheit begangen, indem sie dich ohne mein Wissen mit hierher nahm. Sie ist krank."

Canyon betrachtete Jem von der Seite. Hörte, wie er Stevie erneut bat, mit ihnen nach Hause zu kommen.

Der Junge ließ mutlos die Schultern hängen. „Ich weiß nicht, was ich tun soll, Dad. Es gefällt mir wirklich hier. Alle sind sehr freundlich zu mir und Esquoio, sie kann so viele Geschichten erzählen. Ich kann mit den Tieren reden, Dad. Das glaubst du mir doch, oder ...?"

„Natürlich Stevie. Dein Onkel Simon, der konnte das auch."

Stevie senkte den Kopf. „Ranee sagt, die Leute hier brauchen mich. Ich kann ihnen helfen. Aber du hast mir so entsetzlich gefehlt, Dad. Immer hat sie gesagt, du würdest bald nachkommen, wenn du alles geregelt hast. Aber du kamst nicht."

„Ranee hat gelogen, Stevie. Ich wollte nie hierher kommen. Sie will es. Vielleicht will sie es so sehr, dass sie nicht mehr unterscheiden kann, was wahr ist und was nicht. Ranee hat auch mich angelogen. Ich habe dich überall gesucht. Sie hat dich hierher gebracht und es mir nicht gesagt. Ich wusste nicht einmal, dass es dieses Lager überhaupt gibt. Ranee ist krank, Stevie, so krank, dass sie anderen gefährlich werden kann. Sie hat versucht, Canyon wehzutun. Und wenn du nicht machst, was sie von dir erwartet, wird sie auch dir wehtun."

Der Junge kämpfte mit den Tränen. „Aber wieso sagst du, dass du Ranee nicht liebst, wenn sie doch ein Kind von dir bekommt? Du hast mal gesagt, dass Kinder in Liebe entstehen. Ich verstehe das nicht, Dad."

Lass dir um Himmels willen etwas einfallen, was er verstehen kann, dachte Canyon. Sie rang die Hände.

Jem knetete den braunen Arm seines Sohnes: „Ich dachte, ich würde Ranee lieben, Stevie. Ich dachte, sie könnte dir eine Mutter sein. Stattdessen hatte sie mit dir etwas ganz anderes im Sinn. Sie hat dich benutzt, mein Junge."

Canyon atmete erleichtert auf. Jem hatte nicht versucht, Stevie mit irgendwelchen Ausflüchten zu verwirren. Jetzt stand der Junge vor den Trümmern seiner Hoffnung. Er tat ihr unendlich Leid.

Sie hockte sich ebenfalls auf die Knie und sagte: „Stevie, ich soll dich von jemandem grüßen, der dich sehr gern hat und zu Hause auf dich wartet. Du bist der einzige Freund, den sie hat und sie vermisst dich. Sie hat gesehen, dass Ranee dich mitgenommen hat."

„Meta", sagte Stevie und seine Augen leuchteten kurz auf. Dann wurde er wieder ernst. „Sie ist mir nachgelaufen, obwohl ich es ihr verboten hatte."

„Ja."

„Hat sie mich verraten?"

„Nein, hat sie nicht", erwiderte Canyon. „Aber sie hatte große Angst um dich. Sie hat erkannt, dass Ranee es nicht gut meint. Meta braucht dich, Stevie. Sie will das Lachen wieder lernen und du kannst ihr helfen."

„Du hast mit ihr geredet?", fragte er.

„Ja."

„Aber sie spricht mit niemandem, nur mit mir und Grace."

„Meta hat versucht uns zu helfen, ohne dich zu verraten", sagte Jem. „Und sie hat mit Canyon geredet."

Stevie schüttelte den Kopf. „Du hast selbst gesagt, die vom Jugendamt nehmen den Indianern ihre Kinder weg und stecken sie in Heime."

Großer Gott, dachte Canyon, was hatte er dem Jungen bloß erzählt. Mit einem verlegenen Seitenblick zu Canyon sagte Jem: „Es hat sich eine Menge geändert, seit ich um dich kämpfen musste. Canyon versucht Kindern zu helfen, die von ihren Eltern allein gelassen oder manchmal sogar missbraucht werden. Ich habe meine Meinung geändert, Stevie. Manchmal ist man so wütend über etwas, dass man davon blind wird, blind für die Wahrheit, blind für Veränderungen, die sich vollziehen. Wir können nicht mehr so leben wie vor hundert Jahren. Die Welt um uns herum verändert sich und wir verändern uns auch. Es geht darum, das zu bewahren, was gut und richtig ist. Aber für Ranee ist das gar nicht wichtig. Sie hat sich eine Traumwelt geschaffen, in der sie die Macht hat."

„Aber was ist mit den anderen, Dad? Es geht ihnen gut hier. Besser als dort, wo sie herkommen."

Jem umarmte seinen Sohn. „Ich weiß, Stevie, ich weiß. Ich verspreche dir, alles zu tun, damit das Lager ein Geheimnis bleibt."

„Du wirst nichts verraten?"

„Nicht, wenn es sich vermeiden lässt."

Canyon war kurz davor, die Geduld zu verlieren. Wie konnte Jem so ruhig sein und mit seinem neunjährigen Sohn über Dinge reden, die er kaum verstehen konnte. Unterdessen würde Ranee mit Kyle beraten, was zu tun war, wenn Jem und Stevie sich gegen sie entscheiden sollten. Konnte er nicht einfach seinen Sohn schnappen und mit ihm und ihr endlich von hier verschwinden?

Da legte Stevie die Arme um den Hals seines Vaters und sagte: „Dann bring mich nach Hause, Daddy. Ich bin so müde."

Im selben Augenblick traten Ranee, Esquoio und Kyle aus der Hütte. Nur wenig Zeit war vergangen und doch schien sich alles verändert zu haben. Das Feuer war niedergebrannt und der Ort hatte seine Unheimlichkeit verloren. Aus den Büschen stieg Insektengesumm und die Abendsonne färbte das grüne Licht der Blätter golden.

Mit zitternden Gliedern baute Ranee Bobiwash sich vor Jem auf und Canyon sah, dass es die Indianerin große Kraft kostete. „Nun?", fragte sie. „Hast du dich entschieden?"

Er nickte. „Ja, wir haben uns entschieden. Stevie wird mit Canyon und mir nach Dog Lake zurückkehren. Wir werden jetzt ins Lager zurückgehen und uns morgen bei Tagesanbruch auf den Weg nach Hause machen. Für das Kind, das du erwartest, will ich sorgen, wenn du mich lässt."

Ranee stand wie erstarrt. Esquoio, die alles gehört hatte, begann zu jammern und zu wehklagen und erst jetzt bemerkte Canyon, dass die alte Frau beinahe blind war. Ihre

Pupillen waren von einem mattweißen Schleier überzogen.

Kyles Miene war gleichbleibend wachsam, er zeigte keinerlei Regung. Canyon vermutete, dass der junge Indianer Ranee liebte oder zumindest begehrte. Wenn Jem und der Junge wieder verschwanden, stiegen seine Chancen, sie für sich zu gewinnen, enorm.

Ranee Bobiwashs Starre war so weit von einer gewöhnlichen Ruhe entfernt, dass Canyon sich unwillkürlich dichter an Jem drängte und er seinen Sohn fester um die Schultern fasste. Die Luft heulte vor Unausweichlichkeit. Canyon wartete darauf, dass die Geister des Waldes augenblicklich in Erscheinung treten würden, auf welche Weise auch immer. Aber nichts dergleichen geschah.

„Es tut mir Leid, Großmutter Esquoio", sagte Stevie leise. „Aber ich bin nur ein einfacher Junge, der gerne träumt und Tiere liebt. Ich möchte wieder bei meinem Vater sein."

Nach Stevies Worten entspannte sich Jem ein wenig. Er sagte: „Du solltest wieder malen, Ranee, das ist etwas, was du wirklich kannst. Aber du bist nicht fähig, Liebe zu geben, die nichts fordert. Du bist von nichts anderem erfüllt, als von deiner eigenen Stärke. Ich weiß, dass ich nicht mit dir leben kann. Du erstickst jeden, der an deiner Seite ist."

Canyons Blick streifte den von Kyle, aber der junge Mann wandte sich ab.

In Ranees Augen war kein Blick, sondern ein klagender Schrei. Es war totenstill. Kein Blatt bewegte sich, sogar der Wind war eingeschlafen. Die Vögel waren verstummt und auch das Summen der Insekten erstarb. Canyon spürte den Schlag ihres Herzens in ihren Schläfen. Beinahe hatte sie Mitleid mit dieser Frau, die unfähig war, die Gefühle anderer wahrzunehmen. Ranee Bobiwashs stummes *Warum* hing in der Luft, aber Jem war nicht gewillt, weitere Erklärungen abzugeben.

Ihre Stimme klang wund und flehend, als sie sagte: „Jem, in den Städten sind wir doch nur das überflüssige Volk. Aber hier ... Du findest mehr Erkenntnis in den Bäumen und Steinen als in deinen Büchern. Die Natur bewahrt Geheimnisse, die uns kein Gelehrter vermitteln kann. Wenn das angelernte, tote Wissen, das wir alle im Kopf haben, an Bedeutung verliert, wird der Weg frei für tiefere, ältere Erinnerungen. Wir werden Dinge erfahren, die wir nicht für möglich gehalten hätten."

Jem wurde klar, dass sie niemals anerkannt hatte, dass er Lehrer war und Indianerkindern beibrachte, sich in der Welt des 21. Jahrhunderts zurechtzufinden. „Die Vergangenheit hat eine große Anziehungskraft für jemanden, der in der wirklichen Welt keine Zukunft vor sich sieht", sagte er. „Das Schwere ist der neue Weg, den wir gehen müssen, Ranee. Es hat keinen Sinn, sich mit aller Macht dem Alten zuzuwenden. Wenn etwas stirbt, wird immer Samen für etwas Neues, etwas anderes gelegt. Was wir heute sind, sind wir geworden. In unserer Herkunft liegt die Richtung, die wir weitergehen müssen. Du bist auf dem falschen Weg, Ranee, glaub mir das."

Jem gab Canyon und Stevie ein Zeichen, dass sie losgehen sollten. Dann wandte er sich um und folgte ihnen. Ranee heulte auf wie ein verwundetes Tier und schwankte bedrohlich, als würde sie jeden Augenblick zusammenbrechen. Kyle reagierte sofort und stützte sie.

Mit zitternder Stimme sagte sie: „Das wird dir noch Leid tun, Jem Soonias."

Binnen einer Stunde begann es zu dämmern und am Himmel erschien eine schmale Mondsichel. Stevie kannte den Pfad gut, er war ihn schon mehrere Male zu jeder Tageszeit gegangen. Ungezwungen und sicher bewegte er sich voran, führte seinen Vater und Canyon durch den Busch.

Als sie bei den Felszeichnungen angelangt waren, blieb Stevie stehen und holte etwas Tabak hervor, den er den Geistern der Felsbilder opferte. „Die Geister mögen Tabak", erklärte er Canyon. „Vielleicht beschützen sie uns, wenn wir an sie denken."

Jem war stolz auf seinen Sohn, mit welcher Leichtigkeit er sie durch die dämmrige Wildnis führte. Er verstand, dass Stevie sehr viel tiefer mit den Wäldern und diesem anderen Leben verwurzelt war, als er es vermutet hatte. Er würde in Zukunft mehr Zeit darauf verwenden, mit Stevie loszuziehen, durch die Wälder zu streifen, zu fischen und die Gewohnheiten der Tiere zu beobachten. Sonst würde die Sehnsucht nach dieser Welt den Jungen unglücklich werden lassen und er ihn eines Tages für immer verlieren.

Canyon, die zwischen beiden lief, setzte tapfer einen Fuß vor den anderen. Dass ihre körperlichen Reserven immer noch nicht erschöpft waren, wunderte sie selbst. Ihre Waden schmerzten erbärmlich, von ihren Füßen ganz zu schweigen. Aber eine innere Kraft trieb sie voran. Vielleicht sind es die wichtigsten Erfahrungen, die wir am teuersten bezahlen müssen, dachte sie. In ihrem Leben war es bisher immer so gewesen. Wie dieser Marsch auch enden mochte, sie bereute nicht mehr, dazu aufgebrochen zu sein. Canyon Toshiro hatte beschlossen zu kämpfen. Sie wollte diesen Mann und konnte ihn nur dann haben, wenn es ihr gelang, Stevies Misstrauen zu besiegen.

Kurz bevor sie das Lager erreichten, blieb der Junge plötzlich stehen. Das Weiß seiner Augen schimmerte in der zunehmenden Dunkelheit. Jem und Canyon sahen ihn fragend an. Mit brüchiger Stimme sagte Stevie: „Ranee macht mir Angst, Dad. Ich glaube nicht, dass sie mich gehen lässt. Können wir nicht jetzt noch über den See paddeln und verschwinden?"

Jem wusste, dass Stevie Recht hatte. Ranee Bobiwash

würde ihn nicht so einfach gehen lassen. Aber er wusste auch, dass sein Sohn niemals in Sicherheit sein würde, wenn sie jetzt flohen. Der letzte große Kampf stand ihnen noch bevor. Doch zuerst mussten sie etwas essen und schlafen, um Ranee gestärkt gegenübertreten zu können.

„Nein, Stevie, wir werden ins Lager gehen und in einem der Zelte übernachten", sagte er. „Wir sind alle müde, hungrig und haben keine Kraft mehr. Außerdem soll es nicht so aussehen, als ob wir fliehen. Wir müssen Ranee klarmachen, dass wir uns nicht vor ihr fürchten. Wenn wir uns jetzt davonmachen und es vielleicht bis über den See schaffen, dann muss ich jederzeit darauf gefasst sein, dass sie dich wieder entführen lässt."

Stevie senkte den Kopf. „Ich wurde nicht entführt, Dad. Ich bin freiwillig mit Ranee gegangen. Sie war immer nett zu mir und ich habe ihr geglaubt."

Jem drückte Stevie spontan an sich. Wie sehr er seinen Sohn vermisst hatte. Wie gut es war, ihn im Arm zu halten und sich seiner Liebe sicher zu sein. „Gehen wir ins Lager und schlafen uns aus. Morgen früh machen wir uns dann auf den Weg zurück nach Hause. Ich bin sicher, Grandma Elsie hat Apfelkuchen für dich gebacken."

24. Kapitel

Die Wachen im Lager schienen auf ihr Kommen vorbereitet zu sein. Jem sprach einen leisen Gruß und bat um ein Nachtlager. Es gab ein Tipi für Gäste, zu dem man sie führte. Drinnen waren rund um eine Feuerstelle Felle auf dem Boden ausgebreitet, auf denen Decken lagen. Auch ihre Rucksäcke waren da. Demnach war man auf ihre Rückkehr vorbereitet gewesen.

Jem entzündete ein kleines Feuer, damit sie etwas sehen konnten. Dann packte er die Vorräte aus, die er noch in seinem Rucksack hatte und teilte jedem von ihnen ein Stück Brot, einen Apfel und etwas Wasser zu.

Canyon schrak zusammen, als sich die Klappe vor dem Eingang bewegte und ein dunkler Kopf im Eingangsloch erschien. Alle drei starrten sie auf den stummen Eindringling, der sich nicht höflich bemerkbar gemacht hatte, wie es nach altem Brauch üblich gewesen wäre.

„Tommy", sagte Jem ungläubig, nachdem er seine Sprache wiedergefunden hatte. Vor ihm stand sein tot geglaubter Freund Tommy Tahanee. Bekleidet mit Elchlederhosen und einem schwarzen T-Shirt. Sein langes Haar fiel ihm offen über die Schultern.

„*Ta-ne-tee-yan*, Jem. Ist alles in Ordnung mit euch?", fragte Tommy. Er sah besorgt aus. „Wo ist Ranee?"

„Mit Kyle bei Esquoio geblieben."

„*Ta-ne-kik*, was ist passiert?"

„Stevie hat sich entschieden, mit uns nach Hause zu kommen."

Ein ungläubiger Ausdruck erschien auf Tahanees Gesicht. „Ranee hat euch einfach so gehen lassen?"

„Sie wusste, dass wir nicht weit kommen würden. Ich denke, sie wird da sein, bevor wir auch nur einen Versuch machen, von hier fortzukommen."

„Ich bin sicher, sie ist schon da", sagte Tommy.

„Hat *sie* dich geschickt?" Jem musterte seinen Freund im spärlichen Licht des kleinen Feuers.

„Nein, Jem. Nicht Ranee, meine Frau Norma schickt mich." Er reichte Jem einen bestickten Stoffbeutel, aus dem es nach frischem Bannock duftete, flachen Teigfladen, die aus einer Mischung von Mehl, Backpulver, Schweinefett und Rosinen gebacken wurden. „Sie war der Meinung, dass ihr hungrig sein müsst. Daran hat Ranee gewiss nicht gedacht. Vielleicht ist es dir ja aufgefallen: Sie wird immer dünner, weil sie schon seit Tagen fastet."

Jem übergab Canyon den Beutel. Sie holte einen Behälter aus Birkenrinde daraus hervor, in dem sich gebratenes Fleisch befand, zwei Plastikflaschen mit Wasser und flache, noch warme Teigfladen. „Danke", sagte sie und begann Fleisch und Fladenbrot an Jem und Stevie zu verteilen, die sich hungrig darüber hermachten. Dann aß sie selbst.

„All die Jahre dachte ich, du wärst tot", sagte Jem zu Tommy und versuchte, nicht vorwurfsvoll zu klingen.

„Ich war hier, in den Wäldern."

„Du hast mir gefehlt, Tommy. Du hast mir, verdammt nochmal, gefehlt."

„Du mir auch, Jem. Aber ich durfte dich nicht wissen lassen, dass es mich noch gibt. Ich hatte mächtigen Mist gebaut und die Polizei war hinter mir her. Ich wette, sie haben dich gehörig ausgequetscht."

Jem schüttelte verwundert den Kopf. „Bei mir ist nie jemand gewesen."

„Niemand hat nach mir gefragt? Auch bei Louise und den Kindern nicht?"

„Nein. Was hast du getan, das so furchtbar war?"

Tommy druckste eine Weile herum, aber dann erzählte er seine Geschichte doch. „Ich habe jemanden überfahren, Jem. Es war auf einem Parkplatz zwischen Kenora und Hawk Lake und es war dunkel wie im Schoß meiner Mutter. Ich hatte mich zwei Stündchen aufs Ohr gelegt, einen Kaffee getrunken und wollte wieder auf die Straße, als ich merkte, dass ich über was drüber gefahren bin, dass dort eigentlich nicht liegen sollte. Ich bin ausgestiegen, weil ich dachte, es wäre ein Reh oder so was, denn ich hatte kurz zuvor einen Bären davonlaufen sehen. Aber es war kein Reh, Jem, es war ein Junge. Ein blonder Junge, höchstens zehn Jahre alt." Tommy verbarg das Gesicht in den Händen, als ihn die Erinnerung an diese furchtbare Nacht einholte. „Was macht ein zehnjähriger weißer Junge kurz vor Mitternacht auf einem gottverlassenen Parkplatz, Jem? Ich habe ihn nicht gesehen. Es war dunkel und ..."

„Der Junge war schon tot, als Sie ihn überfahren haben", unterbrach ihn Canyon leise.

Beide, Jem und Tommy, starrten sie verwundert an. Auch Stevie horchte auf.

„Woher, zum Teufel, wissen Sie das?", fragte Tommy. Er schluckte und sein Adamsapfel tanzte im Schein des Feuers.

„Ich bin Mitarbeiterin des Jugendamtes und habe eine Kollegin, die in Kenora gearbeitet hat, bevor sie nach Thunder Bay kam. Sie hat mir von diesem Jungen erzählt. Es war eine unglaubliche Geschichte. Er war überfahren und einfach liegen gelassen worden. Aber die Obduktion ergab, dass er einen Herzfehler hatte und daran gestorben war, noch bevor die Räder des Trucks ihn überrollten. Er kam von der Küste, war von zu Hause weggelaufen und suchte seinen Vater, der in Thunder Bay lebte. Ein Truckfahrer hat ihn mitgenommen und der Junge war ihm unterwegs unbemerkt weggestorben. Der Mann hatte Angst, dass man ihn verantwortlich machen würde und so hat er den Jungen in der Nacht auf eine Bank gesetzt und ist einfach weitergefahren. Später hat er sich dann bei der Polizei gemeldet und alles erzählt."

„Aber der Junge saß auf keiner Bank, sondern lag auf dem Asphalt", sagte Tommy, der soeben erfahren hatte, dass er jahrelang von einem Gespenst verfolgt worden war, das sich nun als riesengroßer Irrtum entpuppte.

„Der Bär", sagte Canyon. „Ein Schwarzbär hatte den toten Jungen von der Parkbank geholt und ist vermutlich von Ihrem Truck gestört worden."

Eine Weile war es still, nur die Äste im Feuer knackten. Die Flammen bewegten sich und warfen lebendige Schatten auf die Gesichter.

„Und ich habe all die Jahre geglaubt, für den Tod eines Menschen verantwortlich zu sein", sagte Tommy.

„Weglaufen ist selten eine Lösung", bemerkte Jem. „Deine Frau und deine Kinder haben sehr darunter gelitten, dass du verschollen warst. Sie dachten, du bist ihretwegen gegangen."

„Ja, ich weiß."

„Louise hat wieder geheiratet", bemerkte Jem.

Tommy nickte. „Ja. Ich auch."

„Wie hast du überhaupt von diesem Lager erfahren?", fragte Jem seinen Freund.

„Ich hatte immer mal wieder davon gehört, dass es diesen Trupp geben sollte", antwortete Tommy. „Nach der verhängnisvollen Nacht bin ich weitergefahren und habe meine Fracht abgeliefert. Dann habe ich den Truck zurückgebracht und mich davongemacht. Ich bin raus zum Jellicoe Lake gelaufen und habe einfach so lange nach ihnen gesucht, bis ich sie gefunden hatte." Er legte einen Scheit ins Feuer und fuhr fort. „Vor vier Jahren war es nur ein Häuflein von dreißig Leuten. Niemand hatte das Sagen, alles wurde gemeinschaftlich beschlossen. Inzwischen sind wir fast siebzig und ein Drittel davon sind Kinder. Trotzdem bleiben wir nie lange an einer Stelle. Das Umherziehen bewahrt uns davor, entdeckt zu werden."

„Und Ranee Bobiwash ist euer Stammesoberhaupt."

„Ja. Sie kam vor zwei Jahren zu uns. Erst nur sporadisch, dann immer öfter. Esquoio, ihre Großmutter, war eine der ersten hier draußen gewesen. Sie ist die Schamanin. Mit Hilfe der Alten gelangte Ranee immer mehr nach vorn, bis sie schließlich die Fäden in der Hand hielt."

„Was hat sie vor?"

„Sie will die Zeit zurückdrehen, Jem. Sie will beweisen, dass wir die Welt da draußen nicht brauchen. Wir sind früher allein zurechtgekommen und können es heute genauso gut."

Jem schüttelte den Kopf. „Du weißt, dass das nicht stimmt, Tommy. Shimada, ein japanischer Papierkonzern, will die ganze Gegend hier abholzen lassen. Was denkst du, was dann aus euch wird?"

„Wovon redest du da?"

„Hat Ranee euch das nicht erzählt? Lest ihr keine Zeitung, um zu erfahren, was in der wirklichen Welt los ist, während ihr hier draußen Pfadfinder spielt?"

Tommy zog beleidigt den Kopf ein. „Nein, keine Zeitung. Sie soll uns nicht berühren, die Welt da draußen, die du Wirklichkeit nennst. Fabriken, Straßen, Autos, das sind alles Schichten von Dreck auf dem Körper von Mutter Erde."

„Aber Ranee hat ein Auto", warf Canyon verblüfft ein. „Sie hat ein Haus mit Badewanne, fließendem Wasser und moderner Musikanlage. Sie wechselt zwischen den Welten wie es ihr beliebt."

„Nur so lange, bis sie den Jungen aus Esquoios Vision gefunden hatte." Tommy warf Stevie einen fragenden Blick zu und Jems Sohn, der die ganze Zeit beinahe atemlos gelauscht hatte, senkte den Kopf.

„Du glaubst, was sie euch erzählt?", fragte Jem.

„Es klang einleuchtend", erwiderte Tommy. „Aber auch mir kamen langsam Zweifel. Esquoio hatte ihre Vision zu der Zeit, als Ranees Stern bereits zu sinken begann. Die Leute litten unter ihrer Herrschsucht und murrten über ihre herablassende Art. Sie war eine Despotin. Als ein Kind schwer krank wurde und Ranee den Eltern verbot, einen Arzt aufzusuchen und sie stattdessen zu Esquoio schickte, setzten sie sich über das Verbot hinweg. Sie wurden von Ranee aus der Gemeinschaft ausgeschlossen. Das hat die meisten von uns gegen sie aufgebracht. Deshalb musste jemand her, der an ihrer statt die Dinge in die Hand nahm. Jemand, den sie nach ihren Wünschen formen konnte."

„Stevie", flüsterte Canyon.

„Ja", sagte Tommy. „So sieht es aus."

„Wusstest du, dass er mein Sohn ist?", fragte Jem.

„Zuerst nicht. Er war kaum im Lager, sondern immer draußen, bei der alten Hexe. Aber irgendwann sah ich ihn und da wusste ich es. Er sieht aus wie du, als du in seinem Alter warst. Dieselben fragenden Augen."

„Ich dachte, ich hätte ihn verloren, Tommy", sagte Jem. „Ich war im Leichenschauhaus, weil sie einen toten Jungen gefunden hatten, auf den Stevies Beschreibung passte. Ich wusste nicht, ob ich weiterleben würde, wenn er es tatsächlich gewesen wäre."

Jem war laut geworden und Stevies Augen wurden rund und groß, als er hörte, was sein Vater erzählte. Canyon merkte es und als sie einen Arm um seine Schultern legte, ließ er es zu.

„Es tut mir Leid, Jem", sagte Tommy, „aber davon habe ich nichts gewusst. Wir alle wussten nichts davon, außer

Kyle vielleicht, Ranees Leibwächter und Liebhaber."

Canyon verschluckte sich an einem Stück Bannock und hustete. Jem hatte es für einen Augenblick die Sprache verschlagen.

„Er ist ihr Liebhaber?", fragte er nach einer Weile des Nachdenkens. Wenn Ranee auch mit Kyle geschlafen hatte, dann war das Kind, das sie unter dem Herzen trug, vielleicht gar nicht von ihm. Statt wütend zu sein über ihren Betrug, fühlte er Erleichterung.

„Ja. Seit sie hier ist, sind sie zusammen. Wieso fragst du?"

„Ranee liegt nichts an euch, glaub mir das", sagte Jem ernüchtert. „Sie benutzt euch nur. Sie hat auch mich benutzt. Zuerst, um an Stevie heranzukommen und dann, indem sie mich in dem Glauben ließ, Shimada hätte Stevie entführen lassen. Dadurch hätte sie beinahe verhindert, dass ich vor dem Obersten Gerichtshof gegen die geplante Abholzung spreche. Möglicherweise wäre damit das Schicksal dieser Wälder besiegelt gewesen, ganz zu schweigen von eurem Lager."

„Aber dann wäre doch auch für sie alles zu Ende gewesen", sagte Tommy verwundert. „Das verstehe ich nicht."

„Ranee ist besessen", meldete sich Canyon zu Wort. „Sie glaubt, sie wäre allmächtig und niemand würde es wagen, sich ihr in den Weg zu stellen. Sie glaubt, sie hat die Macht der Geister auf ihrer Seite, so wie Esquoio, ihre Großmutter. Aber sie ist nur ein Mensch, der andere hervorragend manipulieren kann. Vielleicht versucht sie, sich auf diese Weise zu schützen, vor etwas, das ihr vor langer Zeit angetan wurde. Aber das ist keine Rechtfertigung für ihr haarsträubendes Treiben."

„Sie hat Recht", bekräftigte Jem Canyons Worte. „Ranee ist schwanger und behauptet, das Kind wäre von mir. Damit will sie mich hier festhalten."

„Und Kyle?", fragte Tommy verwundert.

Jem zuckte die Achseln. „Er war nur Mittel zum Zweck, wie wir alle. Was glaubst du, wird sie tun, Tommy, wenn wir morgen früh aufbrechen?"

„Sie wird versuchen, euch davon abzuhalten."

„Und wie?"

„Ich weiß es nicht, Jem. Ich weiß es wirklich nicht."

Als Stevie und Canyon längst schliefen, sprach Jem immer noch leise mit Tommy, dem wiedergefundenen Freund. Erst lange nach Mitternacht verließ Tahanee das Tipi und Jem legte sich neben seinen Sohn. Er hörte den gleichmäßigen Atem des Jungen und tastete nach seinem langen weichen Haar, das nach Holzfeuer duftete. Er hatte ihn wieder, nach all der Angst. Stevie lebte, war gesund und unversehrt. Und schon bald würde er mit ihm und Canyon nach Hause zurückkehren.

Als sie am nächsten Morgen mit gepackten Rucksäcken aus dem Zelt stiegen, war das ganze Waldlager auf den Beinen und versammelte sich in einem Kreis um Stevie, Canyon und Jem. Dunkle, fragende Gesichter starrten sie an, in denen Canyon Ärger und Unmut entdecken konnte.

Wie nicht anders erwartet, erschien Ranee Bobiwash auf der Bildfläche, gefolgt von Kyle. Sie hatte sich noch üppiger herausgeputzt als am Tag zuvor. Weißes Leder, bestickt mit bunten Blumen aus winzigen Glasperlen. Erlesener Ohrschmuck aus hauchdünnen Hornstäbchen. Um den Hals trug sie wie immer ihr Bärenamulett. Unverkennbar war sie die Königin in diesem Reich der Vergangenheit.

Doch Kleidung und Schmuck konnten nicht verbergen, dass sie mager geworden war. Sie fastete, um den Geistern nahe zu sein. Jem konnte sich des Gedankens nicht erwehren, dass es gefährlich war, während einer Schwangerschaft zu fasten. Auch wenn dieses Kind, das sie unter dem Herzen trug, genausogut von Kyle wie von ihm sein konnte, fühlte er etwas wie Verantwortung.

Als Ranee zu sprechen begann, verstummte das Gemurmel in der Menge. Sogar die Kinder starrten sie mit schwarzen Kulleraugen und offenen Mündern ehrfurchtsvoll an. „Wie ihr alle wisst, hatte Esquoio vor einiger Zeit eine Vision", sagte sie auf Cree. „Eine uralte Weissagung sollte sich erfüllen. Ein Junge aus unserer Mitte würde ein großer Schamane werden. Er würde uns führen und alle Eindringlinge aus dem Land vertreiben, damit es wieder unserem Volk allein gehört und wir hier in Frieden leben und jagen können. Esquoio hat in ihrer Vision diesen Jungen gesehen", sie zeigte auf Stevie. „Ich habe ihn gefunden und er war bereit, mit mir zu kommen und seine Aufgabe zu übernehmen. Aber jetzt kommt sein Vater mit dieser Frau daher", zornigen Blickes stieß sie mit ihrer Hand in Canyons Richtung, „und sie wollen ihn uns wieder wegnehmen. Wir dürfen das nicht zulassen. Weißer Rabe ist unsere einzige Hoffnung."

Jem hatte Canyon alles notdürftig übersetzt. Jetzt wartete er angespannt, was passieren würde. Er war wütend über den Unsinn, den Ranee von sich gegeben hatte. *Weißer Rabe!* Wie war sie bloß darauf gekommen, Stevie so zu nennen? Er hatte nichts gegen Visionen, aber dieses Land würde nie wieder den Indianern allein gehören. Selbst der Gedanke daran war absurd. Wie konnte eine kluge Frau wie Ranee so etwas glauben und es andere glauben machen?

Die Menge drängte sich ihnen entgegen und das Gemurmel wurde wieder laut. Stevie presste seine Schultern gegen die Hüften seines Vaters.

Jem hob die Hand. „Hört mir einen Augenblick zu, bevor

ihr eine Entscheidung trefft, die ihr später bereuen werdet", sagte er mit ruhiger Stimme. „Was ich euch zu sagen habe, betrifft nicht nur mich und meinen Sohn, es betrifft auch die weitere Existenz eurer Gemeinschaft."

Es wurde still. Selbst Ranee schien neugierig, was er zu sagen hatte.

„Ranee hat Recht. Ich bin hierher gekommen, um meinen Sohn zu holen. Ein Kind gehört zu seinen Eltern, findet ihr nicht? Es ist ein großes Glück für mich, meinem Sohn Wärme und Liebe geben zu können und für sein Wohl zu sorgen, bis er selbst dazu in der Lage ist. Jeder von euch, der selbst Kinder hat, wird verstehen, dass ich nicht bereit bin, diese Aufgabe anderen zu überlassen."

Mit Erleichterung vernahm Canyon zustimmendes Gemurmel.

„Aber ich bin auch hier, um euch zu warnen", fuhr Jem fort. „Diese Wälder, die ihr euch als Lebensraum ausgesucht habt, sind wunderschön und voller Schätze, die euer Überleben sichern. Aber euer Paradies ist in Gefahr. Shimada, ein japanischer Papierkonzern, hat von der Provinzregierung die Erlaubnis erhalten, die Wälder um den Jellicoe Lake abholzen zu lassen. Sie haben schon angefangen, Schneisen in den Wald zu schlagen.

Wir, die Dog Lake Cree, denen dieses Land gehört, haben vor dem Obersten Gerichtshof gegen diese Erlaubnis geklagt und vorerst Recht bekommenen. Aber Shimada wird weiterhin versuchen, eine Abholzungsgenehmigung zu erhalten. Wenn sie ihre Interessen durchsetzen, werden riesige Maschinen kommen, die Bäume fällen und die Erde aufreißen. Aus Jägerpfaden werden breite Straßen und neugierige Touristen werden in das Gebiet einfallen wie hungrige Ameisen, um euch anzustarren wie Museumsstücke. Diejenigen unter euch, die hier leben, weil sie mit dem Gesetz in Konflikt geraten sind, wandern ins Gefängnis. Ich weiß, dass einige von euch steckbrieflich gesucht werden."

Canyon zuckte zusammen. Warum sagt er das?, dachte sie mit Schrecken, als sie die Panik in einigen Gesichtern sah. Damit brachte Jem sie zusätzlich in Gefahr und sie verstand nicht, warum er das tat. Sie starrte auf das taunasse Gras hinunter, als könne sie dort Zuflucht finden.

Ein Raunen ging durch die Menge und einzelne Stimmen wurden laut. Stimmen, die Fragen stellten an Ranee, von der sie gewohnt waren, dass sie auf alles eine Antwort hatte.

„Er lügt", zischte sie laut. Zornige Röte überzog ihre eingefallenen Wangen.

„Lasst mich zu Ende reden", bat Jem, immer noch ruhig. „Dies ist auch mein Land. Ich möchte, dass es so bleibt wie es ist. Auch wenn ich es vorziehe, in meinem Dorf in einem Haus zu leben, mit einer Heizung und fließendem Wasser."

Ranee beobachtete Jem mit wachsender Unruhe. Unter schweren Lidern hervor sah sie ihn an, wie eine in der Sonne liegende Schlange ihre Beute.

„Seit mein Sohn hier ist, bei euch, habe ich verzweifelt nach ihm gesucht. Ich war in dem Glauben, Shimada hätte Stevie entführen lassen, damit ich vor dem Obersten Gerichtshof nicht aussage. Ich musste die Polizei einschalten und die ist allen Spuren nachgegangen, auch der, die hier raus an den Jellicoe Lake führt. Es ist nur eine Frage der Zeit, bis denen klar wird, dass euer Lager nicht nur ein Gerücht ist."

Das Raunen wurde lauter, der Unmut schwoll hörbar an.

„Obwohl Ranee mich in dem Glauben ließ, Leute von Shimada hätte den Jungen entführt, habe ich meine Rede vor dem Obersten Gerichtshof gehalten. Wir konnten einen ersten Sieg erringen, aber ich wusste immer noch nicht, wo mein Sohn war; ob er überhaupt noch lebte. Als ich nach Dog Lake zurückkehrte, war Canyon Toshiro, die mir bei der Suche nach Stevie geholfen hat, plötzlich verschwunden. Ich fand sie gebunden und geknebelt in Ranee Bobiwashs Haus. Sie hätte sterben können, wenn ich sie nicht rechtzeitig gefunden hätte. Ranee hat eiskalt den Tod eines Menschen in Kauf genommen, nur um ihr wahnwitziges Ziel zu verfolgen. Diese Frau ist krank und ihr habt euer Schicksal in ihre Hände gelegt."

Aus Ranees Augen traf ihn ein lauter Aufschrei. Wut und Scham färbten ihre Gesten und nahmen ihr die Anmut. „Das ist alles nicht wahr", fauchte sie und gestikulierte wild. Hilfesuchend sah sie sich nach Kyle um. Aber selbst der sah sie auf einmal ganz seltsam an, als hätte er schon immer die Vermutung gehabt, dass mit ihr etwas nicht stimmte.

„Glaubt ihm nicht, er lügt", schrie Ranee. „Er will nur seinen Sohn wiederhaben, um ihn in eine weiße Schule zu stecken, wo er all die Dinge lernen soll, die man für das Leben in einer weißen Welt braucht. Dann wird Weißer Rabe vergessen, wozu er bestimmt ist."

Jem holte tief Luft und wandte sich ein letztes Mal an die versammelte Menge. „Es ist alles gesagt und ich werde jetzt meine Familie nach Hause bringen. Versucht nicht, uns aufzuhalten. Packt stattdessen zusammen. Zieht euch tiefer in die Wälder zurück, bis die Wogen sich geglättet haben. Miles Kirby von der Stammespolizei weiß, dass wir hierher aufgebrochen sind. Wenn wir nicht spätestens morgen Abend in Dog Lake erscheinen, wird er die Mounties informieren und die werden euch gnadenlos auf den Fersen sein." Jem nahm Stevie an der Hand und schob Canyon auf die Mauer aus Leibern zu. „*Ma-cha*", sagte er. „Geh!"

„Aber warum sollten wir fliehen?", fragte einer aus der Menge. „Es ist unser Land, und hier zu leben können sie uns nicht verbieten."

„Das ist wahr", sagte Jem. „Aber einige von euch stehen auf der Fahndungsliste der Polizei. Wenigstens sie sollten packen und für eine Weile tiefer in die Wälder ziehen.

Wenn man sie nicht unter euch findet, vielleicht hat euer Waldlager dann eine Chance."

Jem lief weiter und die Männer und Frauen machten ihnen den Weg frei.

„Woher wissen wir, dass du uns nicht doch verraten wirst?", schrie einer.

„Weil ich ein Cree bin und euch mein Wort gegeben habe."

„Und was ist mit ihr?"

Argwöhnische Blicke trafen Canyon und ihre Beklommenheit wuchs. Noch einmal blieb Jem stehen. „Auch sie wird euch nicht verraten, dafür lege ich meine Hand ins Feuer", sagte er, wandte sich um und folgte Stevie und Canyon auf dem Pfad zum See.

„Halt sie auf!", brüllte Ranee Kyle an, aber der tat nichts dergleichen. Wie versteinert stand er und starrte den Weggehenden nach. Erst als sich Ranee wie eine Furie auf ihn stürzte, packte er sie an den Oberarmen und hielt sie auf Armeslänge von sich. In ihren Armen war nicht mehr viel Kraft, dem Körper fehlte die Energie. Plötzlich sah Kyle dunkle Ströme von Blut ihre nackten Waden herabrinnen und in ihre bestickten Mokassins laufen. Im selben Augenblick brach Ranee unter Krämpfen zusammen. Ihr Körper wand sich vor Schmerzen im Gras, das noch feucht war vom Tau. Schaum sammelte sich vor ihrem Mund und ihr ersticktes Schluchzen wurde zu einem kläglichen Wimmern.

Ranee hatte ihr Kind und ihre Seele verloren. Und wenn die Seele nicht bald zu ihr zurückkehrte, würde sie sterben.

Als Jem und Canyon sich noch einmal umwandten, sahen sie, wie Kyle Ranees schlaffen Körper vom Boden hob, um ihn in ihr Zelt zu tragen. Canyon sah die Bestürzung in Jems Gesicht, aber nach einem Augenblick des Zögerns setzte er seinen Weg fort.

Sie liefen schon eine ganze Weile am Ufer des Jellicoe Lake entlang, als sie auf einmal jemanden rufen hörten. Es war Tommy, der Jems Gewehr und einen Beutel schwenkte. Sie warteten, bis er sie eingeholt hatte. Fragend sah Jem seinen Freund an.

„Kyle gab es mir", sagte Tommy. „Er war der Meinung, dass du es wiederhaben solltest, um deine Familie zu beschützen auf dem Weg zurück in die Zivilisation." Er reichte Jem sein Jagdgewehr und der nahm es lächelnd entgegen.

„Das ist auch für euch." Er gab Jem den prall gefüllten Beutel. „Etwas Proviant für den Heimweg."

Jem nickte. „Sag deiner Frau, dass wir ihr danken."

„Das werde ich." Eine Weile herrschte Schweigen. Dann sagte Tommy: „Kann ich dich einen Augenblick allein sprechen, Jem?"

Canyon und Stevie liefen weiter. Und als sie außer Hörweite waren, sagte Tommy: „Ranee hat das Kind verloren, Jem. Wahrscheinlich hätte sie nicht fasten dürfen. Vielleicht war es auch die Aufregung."

Jem war bestürzt. „Sie muss in ein Krankenhaus."

„Das will sie nicht."

„Aber ..."

Tommy schüttelte den Kopf. „Es ist ihre Entscheidung, Jem. Die Blutung hat aufgehört. Norma kümmert sich um sie. Sie war Krankenschwester, bevor sie ins Lager kam."

„Nun gibt es nichts mehr, dass mich an sie bindet", sagte Jem nachdenklich.

„Bist du froh?", fragte Tommy.

„Ich bin erleichtert", gab Jem zu. „Auch wenn Kyle mit Ranee geschlafen hat. Der Gedanke, das Kind könnte doch von mir sein, hätte mich niemals losgelassen."

„Ja. Ich weiß." Tommy klopfte Jem auf die Schulter. „Was ich dir noch sagen wollte: Du hast gut gesprochen, Jem. Aus dir würde ein hervorragender Chief werden."

Jem drückte Tommy an sich. „*Wa-chee-ye, nidgee*",
sagte er. „Auf Wiedersehen mein Freund."

„*Meno-pane*", sagte Tommy Tahanee. „Viel Glück!"

25. Kapitel

Sie erreichten die Stelle, an der Jem und Canyon das Kanu versteckt hatten. Es war noch da. Mit Stevies Hilfe entfernten sie die Zweige, mit denen sie es getarnt hatten und schoben es über das Ufer zum Strand.

„*Kee-we-ta*, lasst uns nach Hause gehen", sagte Jem feierlich. Stevie lächelte.

Sie verstauten ihre Rucksäcke, den Proviant und das Gewehr im Kanu und Jem opferte den Geistern des Sees etwas Tabak. Dann schob er das Kanu ein Stück ins Wasser. Gerade so weit, dass Canyon und Stevie noch trockenen Fußes einsteigen konnten.

Im selben Augenblick hörte er ein dumpfes Grollen und ihm stockte der Atem. Ein Blick in Canyons schreckgeweitete Augen bestätigte seine Befürchtung. Er drehte sich langsam um und sah sich einer ausgewachsenen Schwarzbärin gegenüber, die mit hin- und herschleuderndem Kopf auf ihn zukam.

Zum Überlegen blieb nicht mehr viel Zeit. Das Tier schien sich durch ihre Anwesenheit gestört zu fühlen und wirkte überaus angriffslustig. Wahrscheinlich hatte es den Proviant gerochen. Der Duft der frischen Bannockfladen musste wie eine Einladung auf die Bärin gewirkt haben.

Jem machte zwei Schritte zurück und sprang ins Kanu. Canyon, immer noch zu Tode erschrocken, aber nicht gelähmt, hatte das Gewehr schon in der Hand. Er griff danach, lud und zielte.

„Nein Dad", schrie Stevie erschrocken auf. „Tu das nicht."

Jem zögerte und Stevie sagte mit bittender Stimme: „*Muskwa, kee-we-ta*. Lass uns nach Hause gehen, Mama Bär."

Die Bärin brummte übellaunig und schleuderte mit ihren Tatzen Ufersand und kleine Steine gegen das Kanu. Canyon hielt den Atem an.

„Sie hat den Proviant gerochen", sagte Stevie. Und ehe Canyon sich versah, hatte er den Stoffbeutel geschnappt und auf das Ufer geschleudert.

Die Bärin schnüffelte daran und schob den Beutel mit ihren Tatzen wütend hin und her. Für einen Moment war sie abgelenkt und Jem ließ das Gewehr sinken. Aber um das Kanu frei zu bekommen, würde er noch einmal ans Ufer steigen müssen und es ins Wasser schieben.

Plötzlich ließ die Bärin vom Proviantbeutel ab und schlug so heftig mit ihrer Pranke gegen den hinteren Teil des Kanus, dass es zu kippen drohte. Canyon schrie auf und klammerte sich fest. Die Bärin richtete sich auf ihren Hinterbeinen auf und brüllte, dass ihr der Speichel um das Maul flog.

Jem Soonias hob das Gewehr und schoss ohne zu zögern.

Mit einem beinahe menschlichen Klagelaut brach das Tier zusammen. Seine Gliedmaßen zuckten noch kurz, dann lag es still. Die Bärin war tot. Jem ließ das Gewehr sinken. Canyon atmete erleichtert auf, während Stevie unglücklich den Kopf hängen ließ.

„Sie wollte mich nicht gehen lassen", sagte er leise. Tränen liefen über seine Wangen.

Jem sprang zurück an Land, prüfte, ob das Tier auch wirklich tot war und schnitt der Bärin eine Tatze ab, die er auf den Boden des Kanus legte. Dann hob er den Beutel mit dem Proviant auf, der nass war vom Speichel der Bärin, und legte ihn ebenfalls ins Boot. Er schob das Kanu ins Wasser und schwang sich hinein. Mit schnellen Paddelschlägen verließen sie das Ufer.

Als Jem den bestürzten Blick seines Sohnes sah, der sich nicht vom Körper der toten Bärin lösen konnte, sagte er: „Mach dir keine Sorgen, Stevie. Die Leute aus dem Lager haben den Schuss gehört und werden die Bärin finden. Sie werden ihr die gebührenden Ehren zukommen lassen."

Während der restlichen Zeit, die sie für die Überquerung des Sees brauchten, fiel kein Wort. Da waren so viele Fragen, die nach einer Antwort verlangten, aber Jem wusste, dass Stevie nicht mit ihm sprechen würde. Das vorwurfsvolle Schweigen des Jungen bedrückte auch Canyon.

Jem dachte an Ranee, die das Kind verloren hatte. Wie verzweifelt musste sie jetzt sein, nachdem all ihre Hoffnungen zunichte gemacht worden waren. Er überlegte, ob es allein ihre Schuld war, oder ob sie in ihrer Jugend tatsächlich Ähnliches erleiden musste wie Canyon.

Aber was auch die Ursachen für ihren Schmerz, ihre Wut und ihre Gier waren, Jem war froh, nicht mehr mit ihr verbunden zu sein. Nicht durch sein Verlangen und auch nicht durch sein Blut.

Am anderen Ufer angekommen, verstauten Jem und Canyon das Kanu wieder an derselben Stelle, an der sie es vorgefunden hatten. Jem schnitt einen breiten Streifen aus der abgelösten Rinde einer Birke und wickelte die Bärentatze darin ein.

Canyon sah zu und sagte nichts. Für Fragen würde auch später noch Zeit sein.

Schweigend machten sie sich auf den Weg und liefen mehrere Stunden, bevor sie die erste Rast an einem Bachlauf einlegten. Canyon und Jem aßen etwas vom Proviant. Stevie saß ein ganzes Stück von ihnen entfernt auf einem

Stein und starrte in den Bach. Er saß ganz still und zwei Chipmunkkinder tummelten sich zu seinen Füßen.

„Dass du die Bärin erschossen hast, hat ihn tief verletzt", sagte Canyon. „Ich verstehe nicht, warum."

„Bald wirst du es verstehen", erwiderte Jem.

Als er nichts mehr sagte, fragte sie: „Wird Ranee dich jemals in Ruhe lassen?"

„Ja. Ich werde sie nicht wiedersehen."

„Was macht dich so sicher?"

„Ranee hat das Kind verloren", erwiderte Jem.

„Was?" Canyon presste erschrocken eine Hand auf ihren Mund.

„Tommy hat es mir erzählt. Es passierte, als sie zusammenbrach. Sie hat zu lange gefastet und ihre Wut war wie ein Krampf gewesen."

„Das ist ja furchtbar. Sie muss in ein Krankenhaus."

„Das wollte sie nicht. Tommys Frau kümmert sich um Ranee. Er sagt, sie war Krankenschwester."

„Aber ..."

„Niemand wird Ranee gegen ihren Willen in ein Krankenhaus bringen."

„Sie braucht dringend therapeutische Hilfe", sagte Canyon.

„Die Wildnis wird ihre Therapeutin sein." Jem schien über etwas nachzudenken und Canyon schwieg, um ihn nicht zu stören. Nach einiger Zeit fragte er: „Eines verstehe ich nicht. Neulich hast du gesagt, dass etwas in Ranees Vergangenheit dafür verantwortlich sein kann, dass sie so geworden ist. Was glaubst du?", er sah ihr in die Augen. „Könnte Ranee dasselbe wiederfahren sein wie dir?"

„Schon möglich", sagte Canyon. „Der Pflegevater vielleicht. Das ist natürlich nur eine Vermutung."

„Aber wie kann ein und dieselbe Sache so unterschiedliche Folgen haben?"

„Du meinst, warum mir Sex Angst machte und sie ihn als Waffe benutzt hat?"

„Ja", sagte er verlegen, sah sie aber immer noch an.

„Jeder Mensch unterscheidet sich vom anderen, Jem. Und jeder reagiert anders auf Verletzungen des Körpers und der Seele. Vielleicht hat Ranee gelernt, dass sie eine Menge erreichen kann, wenn sie ihren Körper einsetzt. Die Ursache dafür kann alles mögliche sein."

Jem nickte, sagte aber nichts.

„Es ist ein bitteres Gefühl, wenn man erkennt, dass man benutzt worden ist, nicht wahr?", fragte sie leise.

„Ja", sagte er.

Jem rief nach Stevie und sie setzten ihren Weg fort. Als aus Schatten Dunkelheit wurde, schlugen sie ihr Nachtlager auf. Nachdem sie etwas gegessen hatten, legten sie sich um das Feuer herum nieder. Canyon musste wieder an die Bärin denken und dass es in diesen Wäldern mit Sicherheit mehr davon gab. Jem hatte ihr erzählt, dass Bären die Begegnung mit Menschen meiden und sich normalerweise davonmachen, wenn sie Menschen riechen oder ihre Stimmen vernehmen. Aber diese Bärin hatte sie angegriffen, aus was für Gründen auch immer.

Stevie, der seit dem Zwischenfall mit der Schwarzbärin immer noch nicht mehr als „ja" oder „nein" gesagt hatte, lag in seinem Schlafsack und starrte in den Himmel, an dem sich die ersten Sterne zeigten.

„Was denkst du?", fragte Jem seinen Sohn.

Erst schien es, als wolle Stevie keine Antwort geben, aber dann sagte er: „Du hättest sie nicht töten dürfen, Dad. Ich kannte sie."

„Ich weiß."

„Du hast es gewusst und sie trotzdem getötet?" Die

Stimme des Jungen klang kläglich. Er kämpfte mit den Tränen.

„Ja, und es tut mir Leid. Aber ich konnte nicht anders."

Wieder war es eine Weile still. Bis Jem fragte: „Kennst du die Geschichte vom Jungen, der von einer Bärin adoptiert wurde?"

Stevie schniefte. „Nein."

„Mein Großvater hat sie mir erzählt", sagte Jem, „der Vater von Großmutter Elsie. Ich war damals sieben und ein Jahr später starb er. Die Geschichte fiel mir erst heute wieder ein, am Ufer des Sees, im Angesicht der Bärin."

Jem begann die Geschichte zu erzählen. „Die Alten sagen, dass einst eine Bärin einen Jungen adoptierte und mit in ihre Höhle nahm. Sie teilte mit ihm, was sie erjagte. Biber, Rebhuhn und manchmal ein Stachelschwein. Eines Tages hörte die Bärin einen Mann singen. Es war der Vater des Jungen, der seinen Sohn vermisste und nach ihm suchte. Mit seinem Gesang wollte er den Jungen auf sich aufmerksam machen.

Da sang auch die Bärin und hoffte, mit ihrem eigenen Gesang den des Mannes zu übertönen. Aber der Vater gab nicht auf. Er kam wieder und diesmal fand er den direkten Weg zur Höhle. Die Bärin versuchte ihn aufzuhalten, indem sie ihm erjagte Tiere in den Weg legte. Aber der Vater des Jungen ließ sich davon nicht beeindrucken. Schließlich, als letzten Ausweg, legte die Bärin sich auf den Rücken und streckte alle Viere in die Luft, um mit ihren Beinen einen Sturm zu entfesseln. Vergeblich. Die Bärin begriff endlich, dass sie den Mann nicht aufhalten konnte. Da biss sie sich eine Vorderpfote ab und gab sie dem Jungen zur Erinnerung, mit der Ermahnung, sie gut aufzubewahren.

Wenig später fand der Vater das Versteck der Bärin und tötete sie. Der Junge ging mit seinem Vater ins Dorf zurück und bewahrte die Tatze an einem sicheren Ort. Er wurde ein erfolgreicher Jäger mit einem besonderen Verständnis für Bären."

Canyon, die Jems Worten genauso aufmerksam gelauscht hatte wie Stevie, liefen Tränen über die Wangen. Sie schluckte beklommen, wartete darauf, wie der Junge reagieren würde.

„Ich liebe dich auch, Dad", sagte Stevie endlich. „Und die Tatze, die werde ich gut aufbewahren."

Am nächsten Morgen brachen sie nach einem schnellen Frühstück zeitig auf und liefen das letzte Stück durch die Wildnis bis zu jener Stelle, an der Jems Jeep geparkt war. Sie verstauten die Rucksäcke und das Gewehr im Kofferaum. Canyon öffnete die hintere Wagentür und setzte sich auf den Rücksitz. Stevie sollte vorne bei seinem Vater sein.

Auf dem Weg zurück nach Dog Lake taute der Junge langsam auf und erzählte ihnen, dass Ranee zuletzt häufiger Gast in seiner Wurzelhöhle gewesen war und dass sie ihm eingetrichtert hatte, mit niemandem über Esquoios Vision zu sprechen, weil die Leute aus Dog Lake sonst über ihn lachen würden.

„Und du hast ihr geglaubt?", fragte Canyon.

„Na ja", erwiderte Stevie. „Dad hat ihr vertraut, also tat ich es auch."

„Aber wieso hast du nicht mit mir darüber gesprochen, dass du mit Ranee an den Jellicoe Lake gehen wolltest?", fragte Jem.

„Ich habe es ja gar nicht gewusst. An diesem Tag kam sie in meine Höhle und sagte, ich müsse mit ihr kommen, der Zeitpunkt wäre nun richtig. Sie sagte, du wüsstest Bescheid und würdest nachkommen, sobald du alles geregelt hättest. Sie brachte mich ein Stück weg vom Dorf, an eine Stelle im Wald, wo *Was-coo* wartete."

„Kyle Beaver", sagte Jem.

„Ja. Er lief mit mir durch den Wald und brachte mich über den See. Er sagte gar nichts. Ich fand ihn nicht besonders nett."

Sie erreichten Dog Lake und stellten den Jeep vor Jems Haus ab, neben dem Wagen der Stammespolizei. Zu ihrer Verblüffung stand auch Canyons Ford vor dem Haus.

Stevie stieg aus und die Kinder, die auf dem Dorfplatz mit Stöcken einem Ball hinterherjagten, entdeckten und umringten ihn.

„Wo warst du?", fragte ein Mädchen mit kohlscharzen Augen.

„Im Wald", sagte er. „Eine Bärin hatte mich adoptiert."

Die Kinder schrien und lachten, aber Canyon merkte, dass sie Stevie nicht auslachten. Sie freuten sich nur, dass er wieder da war. Seine Erklärung schienen sie anstandslos zu akzeptieren.

„Spielst du mit?", fragte ein verschmitzter brauner Bursche in kurzen Hosen.

„Später", sagte Stevie. Er sah seinen Vater fragend an und Jem nickte ihm aufmunternd zu. Mit einem Lächeln rannte er hinüber zum Haus seiner Großeltern. Jem und Canyon folgten ihm langsam nach. Als sie in die Wohnküche von Elsie und Jakob Soonias traten, hatte sich Stevie bereits über ein Stück Apfelkuchen hergemacht.

Miles Kirby trug seine Uniform. Er saß am Tisch und lachte breit, als er Stevies gesunden Appetit sah. Freundschaftlich boxte er den Jungen vor die Schulter. „Na, da haben wir den Burschen ja wieder. Und scheinbar ist er vollkommen gesund. Alles noch dran, oder?" Fragend sah er Jem an.

„Er ist okay, Miles. Wir sind alle okay."

343

„Jem hat uns vor einem Bären gerettet", sagte Canyon.

Jem sah, wie sein Vater besorgt die Stirn runzelte.

„Ich musste ihn erschießen", sagte er. „Sonst säßen wir jetzt nicht hier."

Er berichtete seinen Eltern und Miles wie alles abgelaufen war. Der indianische Constable hörte aufmerksam zu und nickte nur hin und wieder.

„Wir haben Esquoio gesehen", sagte Jem.

„Die alte Hexe lebt tatsächlich noch?", fragte Elsie, schien aber in Wahrheit wenig überrascht.

„Sie ist eine alte, halbblinde Frau, Mutter, keine *Hexe*."

Elsie Soonias betrachtete ihren Sohn schräg von der Seite. „Du hast sie gesehen, aber du glaubst nicht mal das, was du gesehen hast."

Jem ging nicht darauf ein. „Wie lange wisst ihr beide schon von diesen Leuten da draußen?", fragte er. „Und wer weiß noch davon?"

„Viele wissen es, aber niemand sagt etwas", antwortete Elsie. „Es ist ein großes, offenes Geheimnis."

„Ich bin mal auf sie gestoßen, als ich mit Tomagatik jagen war", sagte Jakob. „Es muss zwanzig Jahre her sein."

Was für ein lange und gut gehütetes Geheimnis.

Jem schüttelte den Kopf, als könne er immer noch nicht begreifen, was er gesehen hatte. „Es war, als gehe man durch einen Traum", sagte er. „Eine vollkommen andere Welt. Wie eine Ankunft in der Vergangenheit. Es war faszinierend und traurig zugleich."

„Jeder sollte die Wahl haben, so zu leben, wie er leben möchte", sagte Jakob. „Es ist unser Land und diese Leute schaden niemandem."

„Dad hat versprochen, sie nicht zu verraten", sagte Stevie zu Miles.

Der Polizist hob die Schultern. „Zu spät, fürchte ich", sagte er. „Irgendjemand hat Harding gesteckt, dass es das

Lager tatsächlich gibt und dass dort wahrscheinlich Straftäter Unterschlupf gefunden haben. Er wollte sofort ein paar Mounties losschicken, aber ich konnte ihn davon abhalten. Ich habe die Vermutung geäußert, dass Stevie in diesem Lager ist und ihr auf der Suche nach ihm seid. Er ließ sich davon überzeugen, dass ein vorschneller Einsatz der Mounties Stevies Leben in Gefahr bringen könnte."

„Aber nun müssen Sie ihm melden, dass wir hier sind", sagte Canyon.

„Ja. Und besser ich tue es gleich, bevor er mir was anhängt und ich noch meinen Job verliere."

Miles ging nach draußen und meldete Harding über Polizeifunk, dass Stevie, sein Vater und Canyon Toshiro wohlbehalten in Dog Lake eingetroffen waren. Harding wollte sofort ins Reservat kommen, aber Miles sagte ihm, die drei wären sehr erschöpft von den Strapazen der Reise und stünden ihm morgen ausgeruht zur Verfügung. Danach kam er in die Küche zurück und bat Elsie Soonias um ein weiteres Stück Apfelkuchen. „Der ist hervorragend. Können Sie meiner Frau vielleicht das Rezept aufschreiben?"

„Na sicher", sagte Elsie und lächelte froh.

Später, als sie mit Miles Kirby in Jems Küche saßen, reichte der Officer Canyon ihren Autoschlüssel.

„Wo haben Sie Wagen und Schlüssel gefunden?", fragte sie.

„Der Wagen stand im Wald, der Schlüssel steckte noch. Zum Glück hat ihn ein altes Mütterchen ohne Führerschein gefunden. Sie hat Kräuter gesammelt und mir den Fund nach ihrer Rückkehr gleich gemeldet."

Miles befragte Stevie nach Ranee und der Junge erzählte noch einmal, wie sich alles zugetragen hatte.

„Was passiert denn jetzt mit ihr?", fragte Stevie.

„Du sagst, du bist freiwillig mit ihr gegangen?"

„Ja, das stimmt."

„Und sie hat dich nicht gegen deinen Willen in diesem Lager festgehalten?"

„Nein." Der Junge schüttelte nachdrücklich den Kopf.

„Na dann ..." Miles warf Canyon einen fragenden Blick zu. Auch Stevie sah sie fragend an.

Canyon suchte die Antwort in Jems Augen und er sagte: „Es war unverantwortlich, was Ranee getan hat. Aber ich will nicht, dass sie ins Gefängnis kommt. Das würde sie umbringen."

„Ich werde niemandem erzählen, was an diesem Abend in Ranees Haus passiert ist", sagte Canyon nach reiflicher Überlegung.

„Was werden die Mounties tun, wenn sie das Lager finden?", fragte Stevie.

Miles hob die Schultern. „Sich alles genau ansehen, die Leute überprüfen."

„Sie werden denken, du hast sie verraten, Dad", sagte Stevie bestürzt.

„Das kann ich nicht ändern. Ich weiß, dass ich es nicht getan habe. Und du weißt es auch."

„Tatsächlich kann ihnen doch niemand verbieten, dort auf ihre Art zu leben", fragte Canyon. „Ich denke, es ist euer Land."

„Wir haben es niemals abgetreten, aber die Provinzregierung erhebt Anspruch darauf. Darum geht es ja auch in dieser Kahlschlagsgeschichte", sagte Miles Kirby.

„Dann kann es also sein, dass sie bleiben dürfen?" Stevie war auf einmal ganz aufgeregt.

„Schon möglich", sagte der Polizist. „Aber ganz sicher bin ich mir nicht. Einigen Leuten wird das Waldlager ein Dorn im Auge sein. "

„Mit Sicherheit", sagte Jem. „Gleich morgen früh werde

ich Walter Katz anrufen und mit ihm darüber sprechen. Er kann herausfinden, wie die Rechtslage ist."

„Warum willst du sie schützen?", fragte Canyon.

Jem schien seine Worte sorgfältig zu überlegen, bevor er ihr antwortete. Er sagte: „Aus dem einfachen Grund, weil das Lager für solche wie Kyle, die aus dem Gefängnis kommen, oder Leute, die alkohol- oder drogensüchtig sind, die Rettung sein kann."

„Du meinst, ein Therapiezentrum in der Wildnis?" Canyon musterte ihn.

„Ja, so was in der Art."

„Aber diejenigen, die sich vor dem Gesetz dorthin geflüchtet haben, werden keine Strafe bekommen. Findest du das richtig?"

Jem sah aus dem Fenster und gab keine Antwort.

„Du willst nicht ihr Richter sein, nicht wahr?"

„Die Gefängnisse sind voll von Indianern, die irgendwann mal mit dem Gesetz in Konflikt geraten sind", warf Kirby ein. „Das macht Leute wie Jem und mich wütend, weil wir wissen, dass unsere Leute deswegen keine schlechteren Menschen sind. Vor dem Gesetz bekommen wir keine zweite Chance. Aber das Lager in den Wäldern ist für viele eine zweite Chance."

„Na gut", sagte Canyon, „das ist die eine Seite. Aber was ist mit den Kindern? Sie haben ein Recht darauf, etwas zu lernen, damit sie später einmal die gleichen Chancen haben wie andere Kinder auch."

„Wer sagt, dass sie nichts lernen da draußen?", fragte Kirby mit einem Lächeln in den dunklen Augen.

Canyon gab seufzend auf.

Jem begleitete den Polizisten nach draußen zum Wagen und bat ihn, Harding daran zu erinnern, einen Arzt mit ins Lager zu schicken.

„Ist jemand krank?", fragte Miles.

„Ranee hat ihr Kind verloren und wollte in kein Krankenhaus."

„Ich werde mich kümmern", sagte Kirby. „Aber in solchen Fällen wird sowieso der Gesundheitsdienst eingeschaltet."

Als Miles Kirby gegangen war, nahm Stevie sein Zimmer wieder in Besitz. Jem hatte es aufgeräumt, die Schätze seines Sohnes jedoch nicht angerührt. Edgar, der Waschbär, begrüßte den Jungen freudig, indem er wie eine Katze um seine Beine schlich.

„Ich habe zweimal in deinem Bett geschlafen", beichtete Canyon. „Ich hoffe, du bist mir nicht böse deswegen."

„Das ist schon okay", sagte der Junge.

„Stevie?"

Er hob den Kopf. „Ja?"

„Was hast du gemacht da drinnen, in deiner dunklen Höhle?"

„Gewartet", antwortete er.

„Gewartet worauf?"

„Dass die alten Geschichten zu mir kommen."

Canyon nickte. „Und? Kamen sie?"

„Manchmal."

Jem legte seinem Sohn eine Hand auf die Schulter. „Wie wär's mit einer gründlichen Dusche?", fragte er. „Ich glaube, die hast du verdammt nötig."

Stevie seufzte und zog die Mundwinkel nach unten. Die ganz normale Reaktion eines Neunjährigen auf den Hinweis, dass sein Körper Wasser nötig hatte. Canyon lachte und Stevie verschwand im Bad.

In der Küche warf sie einen Blick in den Kühlschrank, aber außer ein paar Dosen Eistee und einer halbleeren Flasche Ketchup war er leer. „Was hältst du davon", fragte sie

348

Jem, „wenn ich nach Nipigon einkaufen fahre? Dann habt ihr beiden ein bisschen Zeit für euch allein."

Jem sah sie an. „Wirst du denn wiederkommen?"

„Wenn du das möchtest?"

„Du weißt, dass ich das möchte", sagte er. „Aber was willst du?"

„Ich liebe dich, Jem Soonias."

Jem ging auf sie zu, legte die Arme um ihre Schultern und zog sie an sich heran. „Ich liebe dich auch", sagte er. „Aber der Weg zwischen den beiden Welten, in denen wir zu Hause sind, ist ziemlich weit."

Canyon schluckte und schob ihn ein Stück von sich. „Habe ich dir eigentlich schon erzählt, dass ich ein Viertelchen Indianerblut in mir habe? Die Mutter meiner Mutter war eine Cree."

„Nein, hast du nicht", sagte Jem, „aber das ändert natürlich alles." Er küsste sie und sie sah das Lachen in seinen Augen.

Ausgabe des Thunder Bay Observer vom 26. Juni 2004

INDIANERLAGER IN DER WILDNIS ENTDECKT

Nachdem ein vermisster neunjähriger Indianerjunge aus dem Dog Lake Reservat nach zwei Wochen unversehrt wieder aufgetaucht war, gelangte das Gerücht von einem traditionellen Indianerlager am Jellicoe Lake bis ins Police Department von Thunder Bay. Daraufhin durchsuchte eine Spezialeinheit der Royal Canadian Mounted Police (RCMP) das genannte Gebiet.

Tatsächlich stießen die Beamten auf ein Zeltlager mit rund 50 Männern, Frauen und Kindern. Menschen, die der Zivilisation den Rücken gekehrt haben, um im Einklang mit der Natur zu leben. Sie haben sich der Vergangenheit zugewandt, um einen Weg in die Zukunft zu suchen.

Das Areal, in dem sich die Aussteiger niedergelassen haben, steht seit einiger Zeit im Mittelpunkt eines Rechtsstreites zwischen Ureinwohnern und der Provinzregierung, die das Land zur Abholzung durch die Shimada Paper Company freigegeben hatte.

Inzwischen sind neue Verhandlungen angesetzt worden, die die Landrechtsfrage am Jellicoe Lake klären sollen. Walter Katz, der Anwalt der Dog Lake Cree, wird die Rechte der Waldbewohner vor Gericht vertreten. Die Aussteiger, die aus verschiedenen Reservaten der Umgegend stammen, behaupten, nach dem *Aboriginal Title* rechtmäßige Besitzer des Landes zu sein und beharren auf ihrem Recht, dort leben und jagen zu dürfen.

Die Jugendbehörde ist eingeschaltet, weil sich im Zeltlager auch Kinder im schulpflichtigen Alter befinden. Der Sprecher des Dorfes, Tommy Tahanee, ist bereit, mit den Behörden über den Bau einer Schule am Jellicoe Lake zu verhandeln. Den Vorschlag, die Kinder in Internaten unterzubringen, lehnte er jedoch strikt ab.

Eine Untersuchung des Gesundheitsdienstes ergab, dass sich sämtliche Mitglieder des kleinen Indianerstammes bester Gesundheit erfreuten.

Das Gerücht, unter den traditionell lebenden Waldbewohnern würden sich auch polizeilich gesuchte Straftäter aufhalten, konnte die RCMP nicht bestätigen.

© MERLIN VERLAG Andreas Meyer Verlagsgmbh & Co KG
Umschlagdesign: Gabriele Altevers
Satz: Merlin Verlag, Gifkendorf
Druck und Einband: Clausen & Bosse, Leck

1. Auflage, Gifkendorf 2005
Im 48. Jahr des Merlin Verlags
ISBN 3-87536-250-0
www.merlin-verlag.de